Melissa
Jones

Kalt ist die Erde

Roman

Aus dem Englischen übersetzt
von Lore Straßl

Weltbild

Originaltitel: *Cold in Earth*
Originalverlag: *Orion, London*

Genehmigte Lizenzausgabe
für Weltbild Verlag GmbH, Augsburg

Umschlaggestaltung: Studio Höpfner-Thoma, München
Umschlagmotiv: Katzenstein Picture Press/Corbis
Gesamtherstellung: Clausen & Bosse, Leck
Printed in Germany
ISBN 3-8289-6956-9

2004 2003 2002 2001
Die letzte Jahreszahl gibt die aktuelle Lizenzausgabe an.

Für N.A.S.

Kalt in der Erde liegst du, im eisigen Grab!
Meinen Armen entrissen, still unter dem Schnee!
Die einzige Sonne, die je für mich schien
Der einzige Stern, der meinem Himmel Glanz gab:
All mein Glück auf der Welt hast nur du mir gegeben –
All mein Glück auf der Welt, es liegt mit dir im Grab.

Emily Brontë

Zoës Tagebuch

9. April

Mein Baby – Beth – ist soeben gestorben. Nun, das stimmt nicht ganz. Mir kommt es nur so vor. Mir ist, als wäre es ein einziger langer Tag, seit sie starb – das war am Freitag, gegen Mittag, glaube ich, und heute ist Dienstag. Man riet mir zu schreiben – ein Tagebuch zu führen, weil ich mit niemandem reden kann. Das ist nicht Absicht, keine Bestrafung oder dergleichen, es gibt nur einfach nichts zu sagen – nicht seit meinem ersten Schock, als ich sie im Bettchen vorfand und sie nicht mehr atmete. Ich soll das alles genau niederschreiben, aber das ist so schwierig, so verwirrend, als müsse man steinigen Boden pflügen. Der Geistliche war sehr bestürzt, weil sie nicht getauft war – mein Mann ist katholisch –, vielleicht fiel mir deshalb dieser dumme Vergleich ein. Jedenfalls habe ich nicht die Bibel oder Ähnliches gelesen. Ich sitze an meinem Schreibtisch in meinem Arbeitszimmer. Ich liebe diesen Schreibtisch, er hat meiner Großmama gehört – ein häßliches, altmodisches Stück aus Mahagoni mit geschwungenen Beinen. Ich habe auch eine alte Lampe mit gelbem Seidenschirm darauf stehen, altmodische Dutzendware und absolut nicht nach Michaels Geschmack. Ich blicke durch das Erkerfenster in den Garten, an dessen hinterem Ende drei hohe Pappeln wachsen. Es ist ein sonniger Nachmittag, und das Gras sieht so frisch und grün aus. Es dürfte jetzt etwa drei Uhr nachmittags sein. In dieses Zimmer fällt nur vormittags Sonne – die Vorderseite des Hauses bekommt das Nachmittagslicht. Die Papiere auf dem Schreibtisch sind dieselben, und sie sind genauso angeordnet, wie sie es vorher waren. Ich habe jeden Tag hier gesessen und den Garten betrachtet, aber ich habe nichts aufgeschlagen, in nichts geblättert, nicht einmal etwas berührt; und jetzt schreibe ich mit stetiger Ausdauer sinnlos vor mich hin.

Ich habe immer gedacht, plötzlicher Kindstod sei ein euphemistischer Ausdruck der neunziger Jahre für Fahrlässigkeit oder wenn eine Mutter ihr Baby umgebracht hat – es heimlich erstickt hat – und es sich nicht nachweisen ließ und alle die Mutter bedauerten. Solche Mütter sind meistens älter und dankbar, noch ein Kind bekommen zu haben, oder jung und dumm und mittellos. Ich bin sechsundvierzig und keineswegs arm, und Beth war nicht geplant. Ich gab ihr den Namen Elizabeth, weil er so königlich, so erhaben, so vornehm ist – ich habe Elizabeth I. immer bewundert – und weil er auch so englisch und vertraut ist. Man konnte sie Lizzie nennen oder Eliza oder auch ganz einfach Beth, was mir ganz besonders gefiel. Ihr zweiter Vorname ist Mariana, für den Fall, daß sie eine romantische Seele haben würde wie ihr Vater. Wir hatten es uns gut überlegen können, weil wir wußten, daß mein Baby ein Mädchen sein würde – genau wie wir bei den Jungen schon nach den ersten paar Schwangerschaftsmonaten ihr Geschlecht erfuhren –, das vereinfacht alles, und man kann sich gut darauf vorbereiten. In meinem Beruf muß alles gut organisiert sein – der Haushalt muß reibungslos klappen, damit ich mir keine Gedanken darüber zu machen brauche, wenn ich nicht da bin. Obwohl Michael, was das angeht, nahezu perfekt ist, habe ich doch das Gefühl, daß ich es bin, die organisiert, und er ausführt, was dann zu tun ist. Das hat auch immer wunderbar funktioniert. Alles hat immer wunderbar funktioniert. Weshalb formuliere ich das eigentlich so? Als gäbe ich ein Interview! Es ist idiotisch.

Ich höre Geräusche aus der Eingangshalle – Klingeln, Schritte, Stimmen. Michael hat wahrscheinlich ein weiteres Bukett im Empfang genommen. Auf der beiliegenden Karte werden Worte wie »tragische Nachricht«, und »tiefstes Mitgefühl« zu lesen sein. Überall stehen Blumen herum, sämtliche Vasen sind voll, sowie zahlreiche Eimer und andere Gefäße. Die meisten sind in den Wintergarten verbannt. Hier will ich gar keine haben. Meine Mutter möchte für längere Zeit kommen und für uns kochen – sie vergißt, daß Michael bereits seit über vierzehn Jahren die Mahlzeiten für uns zubereitet. Er ist ein Gewohnheitstier und hält an seiner Routine fest, er kümmert sich um die Jungen, ist hier. Zu den Mahlzeiten setze ich mich zu ihnen und versuche ein wenig zu essen. Die übrige Zeit läßt er mich allein. Ich glaube nicht, daß er das gern tut, aber wir finden keinen Trost in der Gemeinsamkeit. Ich möchte nicht in seine Augen blicken. Augen sind das Fenster zur Seele. (Es ist eine der fatalen Folgen einer besseren Privatschule, daß man für jede Gelegenheit nichtssagende Zitate bereit hat.)

Für diese Woche haben sie die Aufnahme der Show abgesagt – das ist nicht tragisch –, aber ich bin fest entschlossen, nächste Woche zurückzukehren. Die Liste der Talkgäste ist mehr als beeindruckend – die Saison hat eben begonnen, und es wäre das Ende meiner Karriere, wenn ich aufhören würde. Das ist undenkbar! Wenn ihre Geburt mein Leben nicht aus seinen geregelten Bahnen geworfen hat, werde ich auch nicht zulassen, daß ihr Tod es tut. Ich kann nicht glauben, daß ich soeben etwas so Gefühlloses über meine kleine Beth geschrieben habe. Ich nehme an, das ist, was mich zur Überlebenskünstlerin macht. Beth reimt sich mit Death, dem Tod. Ich habe den Tod geboren. Wie in Miltons *Das verlorene Paradies:* Die Sünde gebiert den Tod. Dieses Gedicht ist natürlich viel schöner als dieser Tod, als hätte Milton schon damals gewünscht, daß Spielberg sein Werk verfilmen möge.

Sie war so ein braves kleines Ding mit ihren niedlichen rosigen Ohren, und sie wimmerte wie ein Kätzchen. Sie lächelte viel. (Natürlich war es bei den wenigen Tagen, die sie alt war, nur eine süße Grimasse – aber zumindest weiß ich, wie ihr Lächeln ausgesehen hätte.) Sie war ungemein freundlich und liebenswert. Ich mochte sie mehr als die Jungs im Babyalter, und es fiel mir schwerer, mich von ihr loszureißen, wenn ich zu irgendwelchen Treffen mußte. Ich dachte mehr an sie als an irgend etwas anderes. Und dann starb sie – ich glaube nicht, daß sie kränklich war, sie weigerte sich nicht zu leben oder dergleichen. Der Tod hat sie überwältigt, sie überrascht – dessen bin ich mir ganz sicher! Sie war so gesund. Aber ich will nicht mehr darüber schreiben.

Die Ärztin kam, untersuchte mich, verschrieb mir ein Beruhigungsmittel und Schlaftabletten. Es fiel mir schwer, sie auch nur in meine Nähe zu lassen, denn sie war während der gesamten Schwangerschaft meine Ärztin gewesen, und wir hatten viel miteinander gelacht. Sie ist auch ein Fan meiner TV-Show. Natürlich wußte sie, daß das Rezept im Papierkorb landen würde. Ich schlafe ohnehin einigermaßen. Jedenfalls genug. Ich sehe nicht ein, weshalb der Tod meiner Tochter durch irgendwelche Produkte der Pharmaindustrie aus meinen Gedanken verbannt werden sollte. Es wäre unrecht. Mein Schweigen erschreckt sie.

Wenn sie wollen, daß ich zu meinem Job zurückkehre, muß ich reden. Ich muß zu ihnen allen reden. Und ich muß versuchen, über Beths Tod zu schreiben.

Mittwoch, 17. April

Vergangene Nacht, als wir unsere Pyjamas anzogen, fing Michael an, mit mir über die Beerdigung zu reden. Ich halte das für eine so lächerliche Idee, daß ich nicht glauben konnte, er wolle es ernsthaft mit mir besprechen. Wie kann jemand eine Zeremonie aus dem Tod eines Baby machen? Er sagte, was könnten wir sonst tun – sie im Garten vergraben wie einen Hund oder eine Katze? Ich fragte, ob man sie nicht einfach entsorgen könnte wie Abfälle aus der Chirurgie. Er wies mich nicht zurecht, aber ich wußte, daß er zornig war. Er versuchte die Arme um mich zu legen, doch bevor er es tun konnte, rief einer der Jungen, und er ging.

Ich wollte immer ein großes Badezimmer haben, und so hatten wir das ursprüngliche Gästezimmer neben unserem Schlafzimmer im ersten Stock zu einem umfunktionieren lassen. Durch eine Doppeltür gelangt man von unserem Schlafzimmer hinein und kann vom anschließenden Kinderzimmer ins Schlafzimmer der beiden Jungen gehen, an das wiederum ein kleines Bad anschließt, von dem aus man in ihr Spielzimmer kommt. Also kann man, wenn man will, im Kreis durch den ganzen ersten Stock gehen. Am Treppenabsatz an der Vorderseite des Hauses steht eine Bank am Fenster. Hinter dem Treppenabsatz befindet sich das Kinderzimmer, Beths Zimmer. Ich glaube, das erwähnte ich bereits. Es ist hell und freundlich auf dem Treppenabsatz, und ich stelle mir oft vor, wie ich dort auf der Polsterbank sitze und lese, aber natürlich tue ich es nie. Man würde mich von der Straße aus sehen, und es würde irgendwie lächerlich wirken. Aber ich habe dort am Fenster immer einen Blumenstrauß stehen. Oben sieht es schon eher nach einem Speicher aus, mit dem Zimmer der Nanny – des Kindermädchens –, dem Bügelzimmer mit Waschmaschine und Trockner sowie einem leeren Raum, der eigentlich als Michaels Arbeitszimmer gedacht ist; und darüber befindet sich der Speicher. Unten ist es sehr geräumig, unser Wohnzimmer erstreckt sich über die gesamte Breite des Hauses und schließt an einen Wintergarten rechts der Haustür an. Links davon ist das Fernsehzimmer, von dem man in die Küche und von der hinteren Seite in mein Arbeitszimmer gelangt. Die Küche ist etwas eng, die vorherigen Eigentümer benutzten mein Arbeitszimmer als Küche – das Herz des Hauses. Aber ich sah sofort, daß dieser Raum ideal als Büro sein würde. Zweimal die Woche – während meines Schwangerschaftsurlaubs – kommt ein junges Mädchen, Sophie, um einige meiner Büroarbeiten zu erledigen, aber damit habe ich selbst auch keine Schwierigkeiten. Ich habe unser Haus und seine Bewohner geschildert, warum weiß ich nicht. Es hört sich an wie der Traum einer Vorstadthausfrau – so ist es wohl auch. Aber ich habe zwei Leben, und irgendwie waren Büro und Studioarbeit immer realer für mich als dieses große sonnige Haus. Michael hat erst richtig etwas für uns daraus gemacht, hat die Beleuchtung entworfen, mich überredet, wenigstens einen Teil meiner muffigen Erbstücke loszuwerden. Unsere jetzige Einrichtung nennt er »softig modern«. Ich glaube, das »Softige« bezieht er auf mich, doch das ist trügerisch. Er ist der Liebe, der Gute. Dann gibt es auch noch Seymour, den getigerten Kater. Er ist meine Katze, aber er duldet die Kinder.

Wie auch immer, Michael schaute nach den Jungen, und ich tat so, als ob ich schliefe, als er zurückkam. Beim Frühstück sagte ich ihm, sie könnten ruhig eine Bestattung organisieren, sollten jedoch nicht erwarten, daß ich daran teilnehme. Keiner sagte etwas. Am Montag, während alle bei der Beerdigung sind, will ich im Büro anrufen und Bescheid geben, daß ich am Mittwoch zurückkehren werde. Es kann also wirklich niemand sagen, daß ich sehr lange weg gewesen wäre. Jetzt werde ich darüber schreiben, wie es war, als ich sie fand.

Montag, 22. April

Das Wochenende war schwierig, weil ich versuchen mußte, mein Schweigen zu brechen und nicht den ganzen Tag bloß hier in meinem Arbeitszimmer zu sitzen. Ich nehme Gesichter nur verschwommen wahr und kann mich nicht stark genug auf sie konzentrieren, als daß ich ein scharfes Bild von ihnen bekäme. So ertappe ich mich beim Reden immer wieder dabei, wie ich auf einen Punkt über ihrer Schulter starre – wie wir es manchmal bei der Arbeit machen, wenn wir den Winkel der Kamera positionieren wollen. Michael nimmt es scheinbar sehr gelassen hin. Er »zeigt seine Liebe« – wie eine Amerikanerin an meiner Stelle sagen würde –, indem er mich nicht mit Fragen belästigt und seiner Routine auf seine übliche gemessene Art nachgeht. Ich weiß nicht, ob er Angst hat, mich mit den alltäglichen Problemen zu konfrontieren – ich bin mir nicht sicher. Mit Paul ist es am schwierigsten – er ist der Ältere mit seinen knapp vierzehn Jahren. Er hat meine dunkelblauen Augen und ebenfalls feingeschnittene Züge, aber damit endet die Ähnlichkeit – man sagt mir einen forschenden, direkten Blick nach (dem ich auch meine

Karriere und meine beruflichen Erfolge verdanken dürfte), seiner ist ebenfalls forschend, aber so schmerzerfüllt, als stünde sein Schicksal in jedem Augenblick auf der Schneide eines von ihm selbst geschärften Messers. Ich glaube, seine Sensibilität sollte meinen Mutter- und Schutzinstinkt hervorrufen, doch statt dessen hat er mich immer irritiert. Ich liebe ihn, doch er hat mich immer irritiert. Er weiß es, darum bittet er mich selten laut um etwas – aber es hat sich in seinen Gedanken festgesetzt, daß er mich braucht, und er beobachtet mich, wenn er glaubt, daß ich es nicht bemerke. Das war zuvor – jetzt habe ich Angst vor ihm und bin noch weniger zugänglich. Ich weiß, daß er leidet – ich weiß, er möchte, daß ich ihn in die Arme nehme, aber ich könnte es nicht. Kuscheln und Knuddeln mochte ich nie. Ich gehe ihm jetzt noch mehr aus dem Weg als je zuvor. Ich weiß, ihn quält das Schuldbewußtsein, weil er und Andrew zu dem Zeitpunkt, als sie angefangen haben muß, um Atem zu ringen, sich oben in ihrem Teil des Hauses aufhielten – ich kann mich nicht erinnern weshalb. Sie waren keine zwei Meter von ihr entfernt. Ich saß unten am Schreibtisch.

Jetzt sind sie auf dem Friedhof. Die Trauerfeier soll hier stattfinden – ich kann die Leute vom Partyservice diskret herumhuschen hören. Es wird Sekt geben. Ich liebe Sekt, aber ich halte den Aufwand in dieser Situation wirklich für völlig unpassend.

Seymour hat soeben die Tür aufgeschoben und kommt mit steil aufgerichtetem Schwanz herein. Er ignoriert mich. Er wird sich bald vors Fenster setzen – es ist seine Zeit – Vormittag und noch sonnig. Manchmal liegt er in den rechteckigen Flecken, die die Sonne auf den Teppich zaubert, putzt sich und niest bei dem Staub, der in der Luft flirrt. Der Teppich ist grün.

Ich habe mich schick angezogen und Make-up aufgetragen. Ich wollte, ich könnte mich erinnern, weshalb Paul und Andrew sich damals vor dem Mittagessen oben in ihrem Zimmer aufhielten – ich kann es nicht. Ich wußte, sie würde bald aufwachen und ihr Fläschchen haben wollen. (Ich bin nicht der Meinung, daß Stillen das beste ist – nicht, wenn man nur einen Monat Schwangerschaftsurlaub hat und schon so bald nach der Entbindung in den Wohnzimmern des Landes zu sehen ist und gut und elegant aussehen soll. Da sind angeschwollene Brüste nicht gerade passend. Ich wollte auch dieses Ziehen in den Brüsten nicht mehr, das unausbleiblich ist, wenn die Milch einschießt. Davon hatte ich genug, als ich Paul stillte.) Ich dachte, ich würde hinaufgehen und nach Beth sehen, ehe Nanny es tat. (Beths Nanny war schon meine gewesen – sie war nur kurz zur Geburt hier – sie ist jetzt alt). Das Babyfon ist in der Küche angeschlossen, um mich in meinem Arbeitszimmer nicht zu stören, aber ich nahm an, daß Beth bereits angefangen hatte zu wimmern. Es war meine letzte Woche, bevor ich ins Studio zurückkehren würde, deshalb war ich ziemlich beschäftigt, aber trotzdem wollte ich sie wenigstens kurz in den Armen halten. Sie war so ein liebes kleines Ding – und sie roch besser als jedes andere Baby. Ich ging in die Küche. Nanny war dort. Keine Laute von Beth. Ich stieg die Treppe hinauf und überquerte den Absatz zum Kinderzimmer, dessen gewöhnlich offenstehende Tür nur einen Spalt auf war. Das beunruhigte mich nicht. Ich dachte mir, sie würde frische Windeln brauchen. Ihr Bettchen steht genau in der Mitte des Zimmers – wie ein kleiner Thron –, während die übrigen gebrauchten, weißgestrichenen Babymöbel an den Wänden stehen. Ich hatte das Zimmer für sie gelb streichen lassen. Ich ging an ihr vorbei – sie schlief – zum Fenster, um den Rolladen hochzuziehen und die Sonne hineinzulassen. Mir ist an der Stille im Zimmer nichts ungewöhnlich vorgekommen. Ich ging zum Bettchen zurück. Sie lag auf dem Rücken (früher legte man die Babys auf den Bauch, aber das hat sich als gefährlich erwiesen). Ihre Augen starrten blicklos zur Zimmerdecke. Ihre Haut hatte eine schreckliche Farbe. Ich wußte, daß sie tot war, und fing zu schreien an, was sehr uncharakteristisch ist, da ich normalerweise gefaßt und selbstbeherrscht bin. Ich hörte, wie Nanny angerannt kam und die Tür zum Zimmer der Jungen geöffnet wurde. Paul stand dort mit großen runden Augen, und Andrew neben ihm. Ich verscheuchte sie mit einer Handbewegung und schloß die Tür vor ihnen. Nanny kam herein, als ich zum Bettchen zurückkehrte. Beide standen wir da und starrten auf sie hinunter. Ich wollte sie hochheben, brachte es jedoch nicht über mich. Nanny fragte, ob sie ihr die Augen schließen dürfe. Ich sagte ja – sie tat es –, und dann führte sie mich aus dem Zimmer. Ich zitterte am ganzen Körper. Sie brachte mich in die Küche und gab mir einen Kognak, dann rief sie den Notarzt. Die Jungen waren immer noch oben. Ich vergaß sie nicht, aber ich konnte mich nicht rühren. Nach einigen Minuten ging Nanny hinauf, um sie zu holen. Um etwa diese Zeit kam Michael zurück (er war beim Zahnarzt gewesen). Wir alle warteten in der Küche auf die Ambulanz. Ich erinnere mich, daß ich dachte, wie sehr ich mich drauf gefreut hatte, Beth einmal das Reiten beizubringen. Wenn sie so furchtlos geworden wäre wie ich es war, hätte es ihr viel Spaß gemacht.

Sie war erst einen Monat alt, als sie starb – ein absolut unschuldiges, pflegeleichtes kleines Ding. Ihre Geburt war unkompliziert gewesen, ihre Zeit bei uns unproblematisch und friedlich (von ihrem Erstickungstod abgesehen), deshalb leiden wir alle um so mehr. Ich hatte mir gewünscht, daß es ein Mädchen wird – wenn ich schon wieder schwanger sein mußte, sollte es wenigstens eine Tochter werden.

Vielleicht, wenn ich sie sehnlicher gewünscht oder ihre Einzigartigkeit, ihre Kostbarkeit bewußter anerkannt hätte, wäre sie nicht gestorben. Jedenfalls glaube ich jetzt, daß ich mehr für Klein-Beth empfinde, als ich je in meinem ganzen Leben für irgendein Lebewesen empfunden habe.

Seymour hat sich auf seinen Rücken gerollt und streckt sich zu seiner ganzen, in dieser Stellung erstaunlichen, Länge. Den Kopf wendet er mir zu und blickt mich an, um sich meiner staunenden Bewunderung zu vergewissern. Ich fühle mich völlig allein. (Nur daß natürlich draußen auf der Straße Fotografen auf mich lauern.)

Mittwoch, 24. April

Es ist sehr spät – nach eins, glaube ich. Heute war mein erster Arbeitstag, und ich war fast zu erschöpft, etwas zu Abend zu essen – doch kaum war ich im Bett, ertappte ich mich dabei, daß ich auf dem Rücken lag und an die Zimmerdecke starrte – so ähnlich, wie Beth es getan haben muß –, und das ertrug ich nicht. So sitze ich jetzt hier in Nachthemd und Jogginghose (Morgenröcke kann ich nicht ausstehen) und Socken – für April ist es empfindlich kalt. Ich habe mir ein großes Glas Whisky eingeschenkt. Die Samtvorhänge sind zugezogen, und ich habe alle Lampen hier angemacht. Ich bin so hellwach, daß ich an einem Wettrennen teilnehmen oder die Küchenschränke aus- und neu einräumen könnte. Ich möchte jedoch Michael nicht wecken, denn er würde mich bestimmt und vielleicht nicht ganz zu unrecht für verrückt halten, wenn er mich im Dunkeln im Garten herumlaufen sähe. Ich werde lieber darüber schreiben, was heute geschehen ist, über meine Heimkehr – von der ich mir so viel erwartet hatte. Ich habe ein schlechtes Gewissen, weil ich hoffte, es würde die absolute Sinnlosigkeit von allem beenden und die Gewalt, die sie über mich hat. Warum sollte ich das verdienen?

Es war ein großer Tag. Am Morgen fuhr ich in mein Büro in der Stadt, extra früh und mit einem Taxi (es lungern offenbar immer noch Reporter herum). Es war noch niemand da – ich hatte zwei Stunden lang die ganze Etage für mich allein. Mein Büro ist passenderweise das Eckzimmer am Ende eines Korridors, dem sich kleinere Büros (mit Glaswänden vom Fußboden bis zur Zimmerdecke) anschließen. Weil ich das Glück habe, geschäftsführende Produzentin unserer Programme zu sein und diese auch im Fernsehen präsentiere (sowie die redaktionelle Leitung über andere habe, die wir entwicklen und produzieren), bin ich den ganzen Tag viel zu beschäftigt, als daß ich an irgend etwas anderes denken könnte. Aber ich bin nicht Gott. Da sind auch mein Mitarbeiter Jeffrey – er versteht seine Sache – und der Koproduzent und der Produktionsassistent, außerdem die ganze Truppe, die für jede Produktion erforderlich ist. Dann gibt es auch die leitenden Redakteure des Senders, mit denen alles abgesprochen und geklärt werden muß und die spezialisiert sind, unberechenbare Entscheidungen zu treffen, zu denen sie sich obendrein unendlich lange Zeit lassen. Aber genug davon. Ich habe einen riesigen Schreibtisch, einen Ledersessel, einen Glastisch für Besprechungen, Diplome, Auszeichnungen und Fotos an den Wänden – nicht anders als in den üblichen Chefbüros. Aber ich mag es. Sehr sogar. Man wirft uns vor, daß wir, sowohl was die Struktur der Show betrifft als auch die Art und Weise meiner Geschäftsführung, amerikanische Vorbilder kopieren. Ich empfinde das als Kompliment. Die »britische Oprah« ist allerdings eine einfallslose Bezeichnung sowohl für mich wie auch für die Show. Ich fing mit Fernsehjournalismus an, war dann Nachrichtensprecherin, moderierte anschließend mehrere Jahre lang eine Infotainment-Vorabendshow mit Nachrichten über Promis und verschiedenem anderen Klatsch. Jedesmal wenn ich eine besonders ergreifende, schicksalsschwangere Story brachte oder einen Prominenten auf Abwegen und in peinlichen Situationen ertappte, schnellten die Einschaltquoten hoch, ebenso bei polemischer Berichterstattung, Briefen usw. So beschlossen Jeffrey und ich, eine eigene Gesellschaft zu gründen und eine neue Show zu lancieren. Seitdem sind drei Jahre vergangen, eine Zeit, die ich sehr genossen habe. Soviel journalistische Freiheit und Verantwortung hätte ich mir nie träumen lassen. Die Show ist durchaus nicht voyeuristisch oder – mir fällt das richtige Wort nicht ein – besonders gefühlsbetont, aber sie füllt offenbar eine Marktlücke und kommt bei den Zuschauern hervorragend an. Zuvor waren es immer entweder die seriösen Nachrichten oder die kleinen Skandalmeldungen im klischierten Stil des Sensationsjournalismus, und ich wollte beides gemeinsam – ein neues, bisher noch nie dagewesenes Programmformat, etwas, das die Zeit überdauert. Aber ich schweife ab – mitgerissen von meiner früheren *raison d'être.*

Wie auch immer, es war kalt an diesem frühen Morgen. Auf meinem Schreibtisch und dem Glastisch standen Blumen, aber zumindest lagen keine Teddybären herum. Kondolenzkarten lagen auf einem Stoß, wichtige Post auf einem anderen. Den größten Teil der Recherchen, die für solch eine Show nötig sind, hatte ich noch selbst erledigt – noch vor Beths Geburtstermin –, den Rest hatte Jeff organisiert. Die Liste der Interview-Partner stand fest. Die erste Sendewoche fiel jedoch aufgrund meiner Abwesenheit flach (wir nehmen die Show einen Tag vor dem Ausstrahlungstermin auf), und so mußte der frisch geschiedene Politiker ausgelassen werden. Ein Ersatzgast, eine Frau, war mit Bleistift eingetragen (wir haben drei Gäste in fünfzig Minuten), und alle Einzelheiten zu ihrer Person waren Punkt für Punkt aufgelistet, damit ich mir ein Bild machen und die endgültige Genehmigung geben konnte.

Sie ist Psychiaterin, aber – und das ist das Interessante an ihr – sie ist dabei, sich in psychiatrischen Kreisen einen Namen zu machen, weil sie medizinisches Wissen mit sogenannten »New-Age«-Therapien (welch ärgerlich ungenauer Terminus »New Age« doch ist) kombiniert – darunter auch spirituelle Heilung. Sie ist bei der High Snobiety groß in Mode. Aber mich interessiert mehr der Konflikt, den sie innerhalb ihres Berufsstandes auslöst. Wir haben herausgefunden, daß ihr vor zehn Jahren mit einem Berufsverbot gedroht wurde, weil sie sich in einen Patienten verliebt hatte. Sie hat ihn dann sogar geheiratet. Offenbar ist sie unverschämt teuer – sie will genügend Geld zurücklegen für ein eigenes »Heilungscenter« (das hört sich doch viel freundlicher und einladender an als »Psychiatrische Klinik«). Sie sieht sehr attraktiv aus – ist ausgesprochen fotogen, was fürs Fernsehen ja das Entscheidende ist – und kommt aus wirklich ärmlichen Verhältnissen. Es war sehr schlau von Jeffrey, sie zu finden – er muß sich erinnert haben, daß ich sie vor einiger Zeit erwähnte. Es hatte ganz den Anschein, als könnte ich mit ihr ein aufregendes Streitgespräch führen, genau das richtige für eine Talkshow mit hohen Einschaltquoten. Ich finde es auch interessant, daß sie an der Show teilnehmen will, allerdings wundere ich mich, wieso mich das überrascht. Mediziner können solche Exhibitionisten sein!

Ich glaube, diese Entscheidung am frühen Morgen war das einzige, was mir an diesem Tag klar bewußt war. Ich saß in meinem Sessel und las meine Korrespondenz, manchmal konzentrierte ich mich darauf, manchmal las ich nur die Schrift, ohne sie zu verstehen. Anna, meine Sekretärin, kam herein, und sie und Jeffrey brachten Kaffee und Plundergebäck von gegenüber und wirkten beide sehr verlegen. Als kleine Hilfestellung machte ich mit den beiden den Rundgang durch die Büros, und anschließend saßen wir zu dritt über der Budget- und Ablaufplanung.

Nach dem Lunch hatte ich einen Termin in den Studios im alten Themsehaus – da fiel mir plötzlich ein, daß ich Paul versprochen hatte, Filzstifte zu besorgen, also zog ich meinen Mantel an und ging hinaus. Mein Büro befindet sich am Soho Square, es war also am besten, wenn ich mich in der Berwick Street danach umschaute. Es war das erste Mal, daß ich allein war – niemand wußte, wo ich mich jetzt aufhielt –, allein in der ersten fremden Umgebung seit ihrem Tod. Beim Überqueren des Platzes sah ich einen Hund, der auf dem Asphalt hinter einem Ball herlief und dabei Tauben verscheuchte. Es war eine Colliemischung, schwarz, sehr schmutzig, er tollte mit sichtlicher Lebensfreude umher – aber seine Bewegungen wirkten seltsam linkisch, irgendwie beeinträchtigt. Ich fuhr zusammen, als ich bemerkte, daß er nur drei Beine hatte – ein Vorderbein fehlte völlig –, keinen Stummel oder etwas Gräßliches. (Ich kann keine Amputationsstümpfe ertragen.) Er war so freudig – ein Krüppel in seiner eigenen Welt. Er gehörte einem jungen obdachlosen Paar – ebenfalls schmutzig, aber ohne Lebensfreude. Der Anblick war unbeschreiblich – ich wußte nicht, ob er mich entsetzte oder aufmunterte. Jedenfalls brachte er mich zum Weinen, obwohl ich mich bei so etwas wahrhaftig nie von Gefühlen überwältigen lasse. In London sieht man ständig soviel Schlimmes, das einem eigentlich unter die Haut gehen sollte – viel Schlimmeres als das hier, Tag für Tag. Ich glaube, es war die Lebensfreude des Hundes, die so schwer zu ertragen war.

Jeffrey und ich kamen viel später als beabsichtigt im Studio an – Meetings im Produktionsbüro hatten uns aufgehalten; und dann gab es so viele, die mich »nur fünf Minuten« sprechen wollten –, aber alle brauchten um so vieles länger und stammelten, ehe sie zur Sache kamen, verlegen Beileidsbezeugungen zu meinem »Verlust«, als wären sie daran schuld. Das machte mich so müde. Die Arbeit ermüdete mich auch. Ich fand keinen Funken, keine Spur des Interesses mehr, von dem ich zuvor wie besessen gewesen war. Es war schrecklich – wo sich früher die kreativen Ideen nur so überstürzten, tastete ich mich jetzt schwerfällig von Einfall zu Einfall voran. Jeffrey tätschelte mir auf dem Rückweg zur Stadt im Wagen die Hand und sagte Dinge wie »Alles ist noch zu frisch«, und meinte, ich würde mich sehr tapfer benehmen. Ich mag Jeffrey sehr, aber er ist ein Lügner, wenn auch ein barmherziger.

Als ich heimkam, trugen die Jungen bereits ihre Schlafanzüge – Paul wartete auf die Filzstifte (an die ich mich glücklicherweise erinnert hatte). Andrew zeigte mir eine Bleistiftzeichnung, die er von einem Boot gemacht hatte und die wirklich erstaunlich gut war. Die beiden gingen zu Bett, und ich aß mit Michael noch ein wenig Eintopf. Wir redeten nicht viel. Er wirkte sehr besorgt, und ich hatte keine sonderliche Lust auf eine belanglose Unterhaltung. Als ich auf mein Zimmer ging, fand ich weitere Blumen auf meinem Toilettentisch und auf dem Nachtkästchen vor (ich kann schon keine mehr sehen!), und auf meinem Kopfkissen lag – beinahe wie eine Opfergabe – ein Buch. Es war ein Hochglanzhardcover mit dem Bild einer Rose auf dem Umschlag und dem Titel *Trauer: Wie man damit zurechtkommt und sie überwindet.* Michael kam aus dem Badezimmer, er blickte mich fragend und etwas ängstlich an. Ich griff nach dem Buch und warf es nach ihm, traf jedoch nicht. Er sagte nichts und ich ebenfalls nicht. Es ist erstaunlich, wie wir beide offenbar das Verlangen verloren haben, Worte zu benutzen. Er schlüpfte ins Bett und schlief sofort ein, während ich bloß schlaflos dalag und jetzt hier sitze, so wach wie ich nur sein kann. Ich weiß nicht, wie ich die nächsten zehn Shows durchstehen soll. Jeffrey schlug immer wieder vor, die Show weiter zu verschieben oder die Anzahl der Abende zu kürzen oder gar »Gastmoderatoren« zu engagieren, was den sicheren Tod der Show bedeuten würde, das weiß ich – also gestattete ich es ihm nicht. Meine Entschlossenheit, es zu schaffen, muß diese Erschöpfung überwinden, oder ich verschwinde in der Versenkung. Und wenn es dazu kommen sollte, wird es noch schlimmer sein – viel schlimmer. Ich schicke morgen besser jemand mit dem Rezept in die Apotheke und nehme die Schlaftabletten. Ich ertrage diesen Terror nächtlicher Ruhelosigkeit nicht. Nicht auch das noch.

Samstag, 27. April

Ich habe seit über einer Woche keine Zeit gehabt zu schreiben. Die Tage sind erstaunlich lang – länger als sonst, weil ich arbeite, als lernte ich zum ersten Mal lesen –, und nachts bin ich wie betäubt von den Schlaftabletten. Am Morgen sehe ich aus wie ein Säufer – aufgedunsen. Ich träume nicht – oder erinnere mich zumindest nicht daran.

Aber es ist geschafft! Die Woche ist vorbei. Vergangene Nacht machten wir die Aufnahme, und jetzt ist Samstag, Samstag morgen. Ich richte mich im Bett auf. Vor mir ist die Tür mit dem Knauf aus geblümtem Porzellan, die zum Treppenabsatz führt – sie ist geschlossen. Rechts ist die Doppeltür, durch die man ins Bad und ins Kinderzimmer (Babyzimmer) gelangt, und links von mir sind zwei große Schiebefenster und Bäume und Himmel und die Geräusche auf der Straße, aber gedämpft. Es ist windig, aber hell – beinahe Frühling; immer noch liegt dieser kalte nördliche Hauch in der Luft, allerdings bereits überlagert von jener Sanftheit, die das Ende des Winters verspricht. Michael hat mir Kaffee gebracht und mich mit Radio 4, Zeitungen und Seymour allein gelassen. Ich habe immer noch dieses Gefühl, nach einem Knockout zu mir zu kommen; ich habe es, seit ich diese Pillen nehme – es ist nicht das übliche Gefühl am Morgen nach einer fertiggestellten Show (das beruhigende und, wie ich zugeben muß, selbstzufriedene Gefühl). In meinem Kopf geht es statt dessen rund, während ich herauszufinden suche, was ich heute erledigen muß – welche Entscheidungen ich zu treffen habe. Ich höre, wie die Haustür zuknallt. Das dürfte Abbey sein, die übers Wochenende wegfährt. Sie hat einen treuen und geduldigen Verlobten daheim in Basingstoke. Ich lausche nach etwas anderem, nicht nach Beths Wimmern – offenbar ist es mir inzwischen klar, daß ich es nie wieder hören werde –, nein, nach etwas anderem. Ich weiß nicht wonach – ich habe es vergessen. In meinem Kopf geht es trotzdem noch rund. Ich werde ein Vollbad nehmen. Es hat keinen Sinn, hier herumzuliegen, als wären meine Beine von einem Holzhammer zerschmettert, und nicht imstande zu sein, mich erinnern zu können, worüber ich nachdenken will. Ich werde aufstehen.

Es ist ein wenig später. Die Jungen und Michael sind in der Küche beim Lunch. Ich bin immer noch oben. Ich bin angezogen und bereit, aber ich fühle mich nach wie vor ein bißchen verstört. Ich möchte niederschreiben, was soeben passiert ist. Während ich mich auszog, läutete das Telefon. Es war Lillian, die Psychiaterin, die wir gestern abend in der Show zu Gast hatten, und ich erinnerte mich, während ich nackt vorm Bett stand, daß ich ihr meine Nummer gegeben hatte, als wir nach der Show bei ein paar Drinks saßen, und sie sagte, sie würde mich anrufen, weil sie das Gefühl hatte, daß ich sie brauchte, und ich hatte gesagt, ja, das wäre nett. Ich kann Psychiater und Therapeuten nicht ausstehen. Bestenfalls sind sie Parasiten, schlimmstenfalls Betrüger – es ist okay, wenn sie sich auf geistig Kranke beschränken, aber das tun sie heutzutage ja kaum noch – sie wollen Zugang zu gesunden Psychen, damit sie darin herumpaddeln, planschen und sich so richtig austoben können wie Kinder, denen man echte Schußwaffen statt Spielzeugrevolver gibt. (Vermischte Metaphern – hat dieses Tagebuch etwa literarische Ansprüche?) Alle wollen Bücher schreiben und ihre Egos zur Schau stellen. Aber das ist idiotisch. Die Sache ist, daß der Talk mit ihr die Zuschauer in den ersten Minuten langweilte. Entweder war Lillian zu clever für mich, oder ich habe meinen Biß verloren – doch so sehr ich sie provozierte, sie blieb souverän. Sie ist eine kräftige Frau, doppelt so groß wie ich und, wie Jeffrey sagte, gleichzeitig sanft und kräftig aussehend. Gräßlich vulgärer Geschmack, was ihre Aufmachung betrifft – sie trug Purpurrot und Grün und viel zuviel schweren Schmuck. Sie hat rotes Haar, sehr schönes und langes für ihr Alter (sie dürfte älter sein als ich), und ein schmales, scharfgeschnittenes Gesicht mit spitzer Nase und großen, sehr stechenden grünen Augen. Sie dozierte ziemlich humorlos über das Bedürfnis nach Heilung in unserem nervenzermürbenden ausklingenden zwanzigsten Jahrhundert und über die Frau als Hoffnungsträger der Menschheit, über Patriarchie und die ganze abgedroschene Philosophie – und jedesmal, wenn ich sie unterbrach und davon anfing, daß die Ärzte sie kritisierten, fragte, wer ihre berühmten Patienten wären, verhielt sie sich ruhig und gelassen und brachte es fertig, mich als engstirnig dastehen zu lassen, genau wie ihre Kollegen, denen angeblich der Durchblick fehlte. Als ich die brennende Frage über ihr Liebesleben stellte, blickte sie direkt in die Kamera (nicht auf mich) und sagte: »Ich nehme mir die Freiheit, mich zu verlieben, in wen ich will!« Ich konnte fast hören, wie die ganze Nation am Bildschirm ihr zujubelte. Sie war wirklich gut und auf ihre Weise ein Profi. Ich hätte ihr am liebsten ebenfalls zugejubelt. Als die Scheinwerfer abgeblendet wurden und das Publikum begeistert klatschte, sah sie mich glücklich an wie eine Darstellerin, die mit ihrer Schauspieler-Kollegin einen gemeinsamen Triumph feiert. Ich sah den Schweiß auf ihrem Gesicht und entdeckte ihren adrenalingefüllten Blick erfreut auf mir ruhen – und sie lachte. Ich erinnere mich, daß ich versucht hatte, ebenfalls zu lachen über ihre Unverfrorenheit. Aber irgendwie war sie einfach zu überzeugend gewesen. Ich verstand es selbst nicht, doch schließlich kam es soweit, daß ich tatsächlich kurz in ihr Lachen einfiel. Und ich blieb bei ihr in dem künstlichen Dämmerlicht, und wir blickten gemeinsam ins Publikum. Jeffrey kam heraus in die Dekoration, beugte sich zu einem Kuß über mich und flüsterte mir ins Ohr: »Selbst die Besten verlieren den Boden unter den Füßen, wenn die Mittelmäßigen einmal den Höhenflug wagen.« Er grinste, und nun lachte ich wirklich. »Wir sehen uns dann oben«, sagte er. Er nickte Lillian zu und begab sich auf seine Runde durch die Studio-Etage. Gleich darauf machte der Aufnahmeleiter uns darauf aufmerksam, daß wir uns jetzt zurückziehen durften. Die Lichter im Zuschauerraum gingen an, das Publikum brach auf, und wir erhoben uns.

»Sie sind ungemein bewundernswert«, sagte sie und lächelte. Wider Willen fühlte ich mich entwaffnet.

»Jetzt gehen wir hinauf ins Grüne Zimmer, mischen uns unter die anderen und nehmen einen Drink«, entgegnete ich, und sie folgte mir. Ihre leicht geschwollenen, in Nylonstrümpfe gehüllten Beine steckten für den Anlaß in unpassenden hochhackigen Sandalen. Sie stöckelte auf dem polierten Dielenboden rhythmisch hinter mir her, und ich wußte, daß ihre Augen auf mir ruhten. Michael erschien auf einen Drink und um mich abzuholen (normalerweise kommt er nicht zu den Aufzeichnungen der Show), und wir blieben nicht lange. Es herrschte nicht eben eine euphorische Stimmung. Trotzdem ging Lillian noch vor mir. Sie verabschiedete sich in einem weiten grünen Überwurf aus Pannesamt – den sie bestimmt ihrer Augenfarbe wegen gewählt hatte. Sie war sehr ernst, als sie mir eine gute Nacht wünschte, und das war der Augenblick, als ich ihr meine Telefonnummer gab – es erschien mir beleidigend, es nicht zu tun. Sie verdient ihr Geld wie andere erfolgreiche Geschäftsfrauen auch (oder mehr als die meisten), dachte ich – und sie glaubt, daß sie anderen hilft, und will mir helfen. Sie muß von Klein-Beth gewußt haben. Also gab ich ihr meine Nummer, um damit Waffenstillstand zu verkünden – niemand sollte um die Gunst seiner Feinde buhlen. Ich wußte, ich würde mich weigern, sie je wiederzusehen, sollte sie anrufen. Und gerade das hat sie eben getan: Sie hat mich nackt in meinem Schlafzimmer überrascht – umgeben von Leinenlaken, Messingknäufen an Bettpfosten und dunklen Möbelstücken –, hat mich mit dem Ton ihrer Stimme überrascht und mich dazu gebracht, mich wie ein Teenager zu fühlen, der um ein erstes Rendezvous gebeten wird.

»Ich glaube, es wäre gut, wenn Sie, sobald Sie können, in meine Praxis am Devonshire Place kämen.«

»Warum?« Ich versuchte mich schwach zu wehren.

»Weil ich glaube, daß ich Ihnen helfen kann. Weil ich glaube, daß es einen Grund dafür gibt, daß Sie, die allein sind, mich gestern abend fanden.«

»Ich finde diesen ominösen Sprachstil nicht sehr erbaulich«, entgegnete ich – weiß Gott weshalb, es war unnötig schroff.

»Ich weiß, daß Sie verängstigt sind und sich beengt fühlen«, sagte sie. (Verängstigt und beengt – das ließ mich irgendwie an Hühner in Legebatterien denken.) »Ich werde den ganzen Montag in meiner Praxis am Devonshire Place 37 sein. Ich warte bis um zwanzig Uhr dreißig auf Sie. Auch wenn Sie später kommen wollen, nehme ich mir gerne Zeit. Es ist wichtig.«

»Ich bin in Eile«, behauptete ich und legte auf. Irgendwie ist es unheimlich, daß ich jetzt wirklich zu ihr gehen und sie wiedersehen möchte, dabei weiß ich nicht warum. Ich will keine Therapeutin, zu der ich über Beth sprechen kann. Ich brauche keine Freundin. Es ist nur so, daß sie die einzige Person ist, die seit Beths Tod meine Neugierde geweckt hat. Vielleicht liegt es an dieser neuen Erfahrung, daß ich endlich auf jemanden gestoßen bin, dessen Wille stärker ist als meiner. Ich weiß es nicht. Ich möchte nicht darüber nachdenken oder es analysieren, ich möchte es nur herausfinden. Und jetzt empfinde ich wieder dieses Schuldbewußtsein – es ist überwältigend. Die arme Beth hat keine Story – da ist bloß meine –, alles, was sie hat, ist ein Name und ein Grab.

Montag, 29. April

Es ist wieder spät – etwa zwei Uhr –, und ich sitze mit einem großen Glas Whisky und einer Zigarette in meinem Arbeitszimmer. Seit Beths Tod hatte ich Verlangen danach, aber ich hatte ein zu schlechtes Gewissen. Jetzt rauche ich eine Zigarette, und sie ist so stark, daß sie mir zu Kopf steigt und mir fast übel wird – herrlich! Rauchen ist so wundervoll vernunftswidrig. Ich habe keine Schlaftabletten mehr genommen. Lillian sagte, wenn ich Lavendelöl auf mein Kopfkissen sprühe und meinen Hals und die Handgelenke damit einreibe und meine tiefen Atemzüge zähle, dann würde ich schlafen können. Aus Angst, daß es nicht wirken könnte, probiere ich es nicht. Außerdem will ich wach bleiben, um schreiben zu können. Ich habe die Vorhänge offen gelassen, und es sieht so bezaubernd aus, wenn das Licht aus diesem Zimmer auf den Rasen fällt. Die Pappeln am Gartenrand wiegen sich im Wind, und der dunkle Garten ist geheimnisvoll und ohne Grenzen. Ich habe keine Angst und auch nicht das Gefühl, beobachtet zu werden, wie es mir sonst nachts oft passiert. Lillian ist eine sehr ungewöhnliche Frau. Ich wußte, daß ich sie am Abend besuchen würde – ich sagte Michael, ich würde später nach Hause kommen; ich zog ein gutes Kostüm an und alles –, aber ich rief sie nicht an, um ihr Bescheid zu geben. Ich konnte es nicht. Ich nahm ein Taxi zum Devonshire Place und frischte auf dem Rücksitz mein Make-up auf, wie ich es früher – ganz am Anfang – auf dem Weg zu Besprechungen tat, bevor ich irgendwann einmal zu beschäftigt war oder zu selbstbewußt wurde oder beides. Als ich ankam (etwa um neunzehn Uhr dreißig), saß nur ein gelangweilter alter Portier am Empfang. Er rief oben an und sagte ihr, daß ich da war. Er erklärte mir, wie ich die Praxis finden würde – das Wartezimmer war riesig und traditionell eingerichtet, mit schweren Sesseln entlang der Wand und diesem Schirm- und Zeitschriftengeruch in der Luft. Ich war froh, daß ich am Abend gekommen war und nicht während des Tages hier sitzen mußte.

Der Teppichläufer war rot. Ihr Sprechzimmer ist nicht beeindruckend – es befindet sich ganz hinten und ist ziemlich klein. Es hat nichts Persönliches – nichts, was ablenken könnte, nehme ich an. Nichts, woraus man Schlüsse ziehen könnte. Da ist ein großer Schreibtisch, an dem sie nicht sitzt, und zwei Polstersessel, vertraulich nebeneinandergestellt. Sie kam an die Tür, um mich zu begrüßen, war durchaus nicht überrascht, aber sie lächelte sehr erfreut.

»Ich bin so froh, Sie zu sehen«, sagte sie. Sie lächelt viel, was bei Erwachsenen ungewöhnlich ist, glaube ich. Sie ist sehr munter, stark parfümiert und wirkt irgendwie knuddelig wie ein Stofftier. Ich fragte sie, ob sie Lust hätte, zu einem Drink auszugehen oder zum Dinner, aber sie lehnte ab, weil sie noch arbeiten mußte, sobald ich gegangen war; also warum nicht einfach ihre übliche Stunde.

»Ich bin keine Patientin«, sagte ich.

»Was wäre daran auszusetzen, Patientin zu sein?« erwiderte sie wieder lächelnd. Wir setzten uns in die nebeneinander stehenden Polstersessel, und ich fing zu weinen an. Sie griff nach meiner Hand, drückte sie mit außerordentlicher Kraft und gab sie wieder frei. Ich wischte mir die Augen ein wenig, aber es war mir nicht peinlich. Ich erzählte ihr von meinem Job, weil ich wußte, daß sie von meinem Baby, Beth, hören wollte. Ich erzählte ihr alles über meine Familie, daß ich die Jüngste und das einzige Mädchen unter so vielen Jungen war – meine kleine Schwester kam erst viel später auf die Welt, ungeplant wie Beth – und auf dem Land aufwuchs und nicht groß in die Gesellschaft eingeführt wurde; und vom Women's Institute und der wäßrigen Marmelade dort, und von meinem Ehrgeiz, und daß alles nicht so lief, wie ich es mir ausgemalt hatte; und all die Dinge, die ich schon so lange niemandem mehr anvertrauen konnte, weil ich alle Leute, die ich in meinem Leben brauchte, nach ihrer Zweckmäßigkeit ausgesucht und um mich geschart hatte – infolgedessen war es nicht nötig, viel darüber zu reden. Ich erzählte ihr, daß ich Michael kennengelernt hatte, weil ich einen Bericht über bankrott gehende Firmen vorbereitete (seine war Beleuchtungsdesign), und wie süß er gewesen war und es mir gar nicht übelgenommen hatte – und wie lustig er war (das ist er auch jetzt noch) und wie glücklich ich war, ihn kennengelernt zu haben, und daß es mir gar nichts ausmachte, daß ich damals schon fast dreiunddreißig und nicht verheiratet war. Es wurde dunkel im Zimmer, während ich von unserer Hochzeit erzählte und wie ich die Jungen bekam und meine Karriere immer steiler aufwärts ging und es mir nichts ausmachte, daß ich keine besonders gute Ehefrau und Mutter, ja nicht einmal Freundin wurde, weil es Michael nichts ausmachte und wir alle offenbar recht glücklich waren. Und dann kam Klein-Beth, und durch ihre Geburt änderte sich alles. Sie brachte mich dazu, Dinge zu bemerken. Sie brachte mich dazu, vor Glück zu weinen. Sie brachte mir inneren Frieden. Sie brachte mich dazu, mich selig zu fühlen.

»Manchmal sind Kinder als Boten geboren«, sagte Lillian. Sie stand auf und schaltete die Lampe auf ihrem Schreibtisch ein – es half nicht wirklich, das Halbdunkel zu durchdringen, aber die Wandbeleuchtung wäre zu grell gewesen. Ich sagte nichts. »Sie kam, um Ihnen zu zeigen, wie …«

»Wie ich ein besserer Mensch sein könnte?« Das machte mich wütend. »Wer entschied, daß sie nur eine kurze

Nebenrolle im Drama meines Lebens spielen sollte? Wieso bekam sie kein eigenes?«

»Aber sie hatte doch eines. Und offenbar war es ein wunderbares Leben, das Sie völlig mit ihr teilten.«

»Ich kann nicht mehr darüber reden!«

»Alles geschieht aus einem Grund«, sagte Lillian, als ich aufstand und nach meiner Handtasche tastete. »Wissen Sie, Sie sind nicht mehr derselbe Mensch, seit sie durch Ihren Körper in die Ewigkeit einging.«

»Beth ist mein Baby – meines! Sie – ich verstehe nicht, weshalb sie sterben, von mir gehen mußte.« Dann fühlte ich mich so hilflos, weil die Worte so kindisch klangen. Ich ließ mich wieder in den Sessel fallen und weinte und weinte und weinte. Sie reichte mir Papiertaschentücher. Schließlich erhoben wir uns beide, und sie umarmte mich, stark wie ein Baum und weich wie Federn. Es war unglaublich, welchen Frieden ich empfand – so umhüllt, obwohl sie Polyester trug und ihr Parfüm zu schwer und zu süß war. Es ließ mich an mir selber zweifeln. Das ist mir seit unendlicher Zeit nicht mehr passiert. Sie sagte, sie würde nächste Woche wieder auf mich warten.

»Keine Angst, ich werde Ihnen keine Rechnung stellen«, sagte sie. »Hier geht es nicht um Geld.« Ich dankte ihr. Als ich auf die Straße hinaustrat, fühlte ich mich erweckt für alles Schöne und Rätselhafte und überhaupt für alles Unerklärliche – und ruhig, fast als stünde ich unter dem Einfluß einer Droge. War mein Zynismus zu beißend, mein Panzer zu undurchdringlich? Sie will mir in ihrer Güte helfen, und sie hat mir nicht nur das Gefühl gegeben, geliebt, sondern auch verstanden zu werden.

Dienstag, 30. April

Wieder meinen Job erledigt heute. Sehr müde. Michael rief im Büro an, wollte, daß ich ihm alles über den vergangenen Abend und Lillian erzähle. Sagte, er rufe an, weil er hoffe, ich würde am Telefon eher mit ihm reden. Es war schrecklich, wie er damit darauf hinwies, daß wir nicht mehr miteinander reden. Nie erzwingt er Konfrontationen. Er sagte, er mache sich Sorgen wegen Andrew und Paul, aber sogar noch mehr wegen mir.

»Mach diesen entschlossenen kleinen Mund auf und sprich zu mir«, sagte er halb im Spaß (mein »entschlossener kleiner Mund« ist eine alte humorvolle Phrase zwischen uns).

»Ich habe nichts zu sagen«, entgegnete ich – ich wollte nicht grausam oder aggressiv oder so was sein – wie könnte ich ihm von den Sesseln und dem Weinen und dem gedämpften Licht erzählen und davon, daß Klein-Beth nicht mehr da ist? Er sagte: »Ich glaube, wir sollten miteinander zu Beths Grab gehen – ich glaube, wir sollten darüber reden, wie wir beide uns fühlen. Ich liebe dich, und sie fehlt mir, und jetzt fehlst auch du mir ...« Es war unerträglich. Ich dachte, ich müsse mich übergeben.

»Nein, ich will nicht mit dir darüber sprechen«, erwiderte ich, als handelten wir einen Vertrag aus. »Ich möchte nicht grausam klingen, Darling, aber es bringt nichts, mich darum zu bitten, irgend etwas darüber zu sagen.«

»Was ist mit dem Grab?« sagte er heftig – ich dachte, mit Absicht heftig. Ich wurde ein wenig wütend – eine Hitzewelle stieg von meinem Bauch in die Kehle hinauf. »Du weißt nicht einmal, wo es ist! Ich habe die Stelle ausgesucht. Eine Magnolie wächst dort – sie blüht gerade. Es ist ein friedvolles Fleckchen. Die Grabtafel wird morgen fertig.« Ich sagte ihm, daß ich gleich auflegen würde. Er achtete gar nicht darauf. »Zu beiden Seiten sind Kindergräber. Das Gras dort gehört geschnitten. Ich werde heute frische Blumen hinbringen...« Ich legte auf, schob die Hand in den Mund und biß ins Fleisch, um die Tränen zurückzuhalten. Wie konnte er es wagen, mir vom Grab zu erzählen, wenn er wußte, daß ich es nicht wissen wollte? Wie konnte er es wagen, mich zu zwingen, an das Grab zu denken?

All das tat sich heute vormittag. Es war noch nicht einmal zwölf. Ich wollte Lillian in der Praxis anrufen, aber ich war ja erst gestern abend bei ihr gewesen – das erschien mir doch etwas übertrieben. Ich hatte starken Hunger, und ich erinnere mich, in meinem Büro hin- und hergelaufen zu sein (was ich normalerweise nicht tue) und dann von meinem Bürofenster zum Soho Square hinuntergeblickt zu haben. Ich sehnte mich nach meinem Arbeitszimmer mit dem grünen Teppich und nach Kater Seymour. Ich wollte dort sein – jetzt –, wollte sehen, wie die Sonnenstrahlen auf dem Teppich spielten – sanft –, wollte sicher sein, daß Beth oben in ihrem Bettchen schlief und die Welt in Ordnung war. Ich wußte nicht, was ich tun sollte, denn ich wußte, wenn ich das Büro verließe, wäre es ein bedeutender, nicht rückgängig zu machender Schritt. Aber ich konnte einfach nicht dort bleiben. Jetzt bin ich daheim. Michael ist im Garten, er jätet und pflanzt. Wir aßen schweigend zusammen zu Mittag, und er stellte keine Fragen. Ich habe ihm heute so weh getan, doch genau wie ich hat auch er keine andere Zuflucht. Ich bin nun in meinem Arbeitszimmer – aber die Sonne scheint jetzt an der anderen Hausseite, und der Nachmittag ist leer. Es gibt nichts zu tun. Ich glaube, ich sollte lieber gehen und die Jungen von der Schule abholen.

Paul und Andrew gehen in die gleiche Schule. Paul ist ein sehr guter Schüler, Andrew ein schlechter. Nicht, weil er nicht intelligent wäre, sondern weil es ihm egal ist – er ist jedoch nicht unartig, er ist brav. Er ist kreativ, ruhig – er lebt in seiner eigenen Welt. Sie kamen gemeinsam heraus, Andrew ließ sich Zeit, Paul war überwältigt, mich am Schultor stehen zu sehen, und schenkte mir sein intensives Lächeln, das ich zu erwidern versuchte; er trug seine Bücher ordentlich. Andrew folgte, blickte auf den Boden, dann rasch hoch zu mir und gleich wieder auf seine Füße.
»Mami«, sagte Paul und schlang die Arme um meine Taille. »Warum bist du da?«
»Ich bin eher nach Hause gekommen.« Ich küßte ihn und küßte Andrew, und wir standen alle etwas verlegen da.
»Wo ist der Wagen?« fragte Andrew und brach aus dieser Erstarrung aus. Er mag es nicht, irgendwo wie festgenagelt zu stehen – Andrew –, er hat immer Pläne im Kopf. Zu Hause machte ich ihnen einen Tee, und Abbey sah zu, was ich für ein Durcheinander anstellte, und bemühte sich, nicht im Weg zu stehen.
»Nicht zu viele Kekse, denn es gibt bald Abendessen«, ermahnte ich sie. (Sie essen noch nicht gemeinsam mit uns zu Abend, obwohl Paul es gerne möchte.) Ich versuchte, sie zu beaufsichtigen, sie dazu zu bringen, ihre Hausaufgaben zu machen, aber sie wollten nicht beaufsichtigt werden, also kehrte ich in mein Arbeitszimmer zurück und schlief ein.
Jetzt ist es wieder sehr spät, etwa zwei Uhr. Ich sitze in Beths Zimmer gegenüber dem Fenster auf dem Boden, mit dem Rücken an die Tür gelehnt, die zum Treppenabsatz führt. Der Rolladen ist hochgezogen, und der Mond scheint ins Zimmer – wässerig, milchig. Es ist ungemein schön, fast

unglaublich, dieses viele helle Licht. Das Bettchen ist weg, ich nehme an, sie haben es auf den Speicher gebracht – der Schaukelstuhl, auf dem ich gern mit ihr saß, während ich ihr das Fläschchen gab, steht noch in der Ecke, aber ohne sie will ich nicht in ihm sitzen. Auf dem Boden ist es ziemlich unbequem, denn der Teppich ist sehr abgetreten. Ich habe geweint und an sie gedacht und geschrieben und geweint. Links von mir ist die Tür zum Schlafzimmer der Jungen. Sind sie ins Kinderzimmer zurückgekehrt, nachdem Nanny und ich es verlassen hatten? Sind sie zur Wiege herangetreten, um nachzusehen, und sind dann zurückgewichen, wie ich es tat? Ich habe gar nicht daran gedacht, sie zu fragen. Ob Michael es getan hat? Ich wünschte, ich könnte die Tür zu ihrem Zimmer von innen verschließen, Beths Zimmer nur für mich zugänglich machen, aber das ist unmöglich. Der Riegel an der Tür zu den Jungen brach schon vor Jahren ab, und an der Tür zum Treppenabsatz, an der ich lehne, ist gar kein Schloß, ebensowenig an der von unserem Badezimmer – also, was soll's? Drei Türen führen zu einem Baby, einem Bettchen, einem Thron, der keiner mehr ist. Ich habe die Kommodenschubladen herausgezogen und die winzigen Wäschestücke betrachtet. Da sind sechs weiße, langärmelige Strampelanzüge aus Baumwolle, in denen sie fast ihr ganzes Leben steckte. Ein Jäckchen mit Rosenknospen am Kragen. Ein Mützchen. Die anderen Sachen waren unterschiedlich, sowohl in der Machart wie vom Material her, sie waren für sie gedacht, wenn sie drei Monate alt sein würde. Ich glaube, sie trug nur einmal den einen Overall, den dünnen, dunkelblauweiß gestreiften, als wir bei Jeffrey zum Sonntagslunch eingeladen waren. Ich berührte keine dieser ordentlich zusammengefalteten Sachen, erinnerte mich jedoch genau, wie sie sich anfühlten. Ich blickte in den Hängeschrank und auf die darin aufgereihten Kleidchen, in die sie erst hineinwachsen hätte sollen. Ich wunderte mich, daß noch alles da war. Ich dachte, daß Michael oder Nanny sie weggepackt oder weggeworfen hatten. Die alten Teddys unserer Familie sowie die neuen von Freunden sind nirgendwo zu sehen, ich habe keine Ahnung, wo sie sind. Trotzdem sehe ich sie, als lägen sie noch auf dem Schaukelstuhl, als säßen sie ordentlich auf den zwei Regalbrettern und hinten auf der Kommode. Ihr Mobile ist da – vom Mond beschienen –, doch die Wickelauflage mit dem Entchenmuster nicht mehr, auch der Babypuder, die Watte, die Creme sind nicht mehr da. Die Details von Beths Leben wurden fortgeschafft. Ich glaube, ich sollte lieber nicht mehr hierherkommen, auch wenn ich das Zimmer nicht verschließen kann.

Samstag, 4. Mai

In dieser Woche habe ich es an keinem Tag länger als ein paar Stunden im Büro ausgehalten. Die Aufzeichnung der Show war grauenvoll. Sobald ich heimkomme, setze ich mich in Beths Zimmer und weine. Ich frage mich, ob das gut ist oder schlecht.

Montag, 6. Mai

Heute verließ ich das Büro schon früh, um zu Lillian zu gehen – ein Patient hat seinen Termin in letzter Minute abgesagt, und so konnte sie mich einschieben. Ich eilte atemlos und aufs äußerste erregt zu ihr. Sie bemerkte sofort, daß mein Zustand sich verändert hatte. Eindringlich fragte sie mich:
»Was ist geschehen?«

»Mein Baby ist gestorben«, erwiderte ich, und mir war, als wäre es eben erst passiert. Ich fing nicht zu weinen an, sondern die Tränen flossen von selbst aus mir, wie überhaupt in letzter Zeit. Ich konnte vor Tränen nichts sehen.

Eine Weile herrschte Schweigen, dann sagte sie: »Ich möchte, daß Sie mir jetzt gut zuhören.« Sie führte mich an der Hand von der Tür zu den »Flüstersesseln«. Meine Tränen fielen auf ihre sommersprossigen Hände und den Amethyst an ihrem Ring. »Sie sind wie ein Gefäß, das mit Trauer und Tränen gefüllt ist«, sagte sie. »Es fließt über, und für etwas anderes ist kein Platz. Sie halten Ihr Baby wie ein Känguruh sein Junges, wie eine Löwin ihren Nachwuchs.« Das ließ mich nur noch mehr weinen. »Sie müssen Ihr Baby zur Ruhe legen, damit es seinen Frieden hat und Sie Ruhe und Heilung finden können, denn nur so können Sie die Botschaft verstehen, die es Ihnen überbringen wollte.« Sie ließ meine Hand los und ging zum Fenster. Ich dachte über ihre Worte nach, während sie die gelbe Jalousie unter dem roten Samtvorhang herunterließ. Sie drückte auf eine Glocke, woraufhin jemand Tee und Kekse, süß wie die Kindheit, vor der Tür abstellte. Wir saßen eine Zeitlang ohne zu reden, und mein Appetit nach Süßem überraschte mich. »Zoë, ich möchte Ihre Erlaubnis zu einer Trennungszeremonie zwischen Zoë und Baby Beth.«

»Trennungszeremonie?« fragte ich. Sie beugte sich zu mir herüber und blickte mich mit ihren Adleraugen an. Ich glaube nicht, daß irgend jemand mich je zuvor mit solcher Konzentration angeguckt hat.

»Übergangsritus. Zeremonie. Nennen Sie es, wie Sie wollen. Sie haben Ihr Baby nicht begraben. Es ist jetzt an der Zeit.« Ich dachte an das Grab irgendwo auf dem Friedhof am Stadtrand und an Beth schlafend in ihrem Bettchen.

»Nein, ich wollte sie nicht begraben. Ist das falsch?«

»Nicht, wenn Sie sie jetzt gehen lassen.« Das klang nicht wie ein Befehl. Was sie sagte, erschien völlig logisch, obwohl es so seltsam war.
»Was werden Sie tun? Mit Wasser oder Blumen oder Bibeln will ich nichts zu tun haben.«
Sie lächelte. »Nein, es ist eine schlichte Zeremonie. Die Zeit ist richtig.« Aus ihren grünen Augen sprach etwas wie Freude. Ich fragte mich, was sie damit sah, was ich nicht sehen konnte. »Sind Sie bereit?«
»Nein, ich bin nicht bereit. Wie könnte ich bereit sein, mich von meiner einzigen Tochter zu trennen?« Ich hatte nicht gewußt, daß ich das sagen würde.
»Sie werden Ihre Tochter nicht verlieren. Das einzige, was Sie verlieren werden, ehe es Sie vernichtet, ist Ihre Trauer.«
Ich blickte in Lillians Gesicht und konnte weder denken noch reden. »Beth ...«
»Sagen Sie nicht ihren Namen. Sagen Sie nie wieder ihren Namen.« Ich empfand nur Verwirrung.
»Es muß nicht heute sein, aber es ist absolut notwendig.« Ihre Stimme klang beruhigend. »Denken Sie darüber nach, dann können Sie jederzeit wiederkommen.« Das war ihre Aufforderung zu gehen, aber ich stellte fest, daß ich mich nicht rühren konnte, noch eine ganze Zeitlang nicht.

Nacht

Ich sitze, den Rücken an die Tür zu ihrem Zimmer gelehnt, im Badezimmer auf dem Boden. Meine Tochter, meine Tochter, meine Tochter. Ich wäre gern gestorben, wenn dich das am Leben gehalten hätte. Wenn meine Trauer das einzige ist, was mir von dir geblieben ist, werde ich sie behalten und dich nie verlassen.

Sonntag

Ich kann nicht arbeiten, nicht essen, nicht schlafen. Ich habe Angst. Mein Gesicht brennt vor lauter Tränen, meine Augen, mein Hals. Alles, was ich zustande bringe, sind Tränen. Ich schäme mich nicht, sie zu zeigen, aber ich schäme mich, daß ich sie los sein möchte. Tal der Tränen nennt Michaels Religion es. Ich nenne es Tränenschleier. Immer wieder denke ich daran, was Lillian über die Trauer gesagt hat, die mich vernichtet, und ich habe Angst. Es ist nur, daß Beth für mich Beth ist, nicht war. Ich bin ihre Mutter, und sie ist ein Teil von mir – ihre winzigen Arme und Beine und jede Einzelheit ihres perfekten Körpers. Wie könnte ich sie dem Tod überlassen? Wie könnte ich ihre Mutter sein und das tun?

Montag nacht, 13. Mai

Ich bin heute hingegangen, weil ich nichts anderes tun konnte. Lillian wußte, daß ich kommen würde. Sie war nicht überrascht. Ich habe jemanden gefunden, der es besser weiß. Das ist das Ironische daran. Michael würde lachen, wenn ich es ihm erzählte, aber ich kann es nicht. Sie sagte nichts zu mir, darum sagte ich »ich bin bereit«, und sie sagte »gut« und lächelte. »Stellen Sie Ihre Handtasche ab und schlüpfen Sie aus den Schuhen.« Sie war sanft. Sie deutete auf den Sessel, auf den ich beides legen sollte. Sie verdunkelte das Zimmer, wie es vorher war. Dann veränderte sich ihr Tonfall – sie wurde wie meine Lieblingsturnlehrerin in der Schule. »Ich möchte, daß Sie sich hinstellen – irgendwo im Zimmer, wo es Ihnen paßt, dann stelle ich mich Ihnen gegenüber.« Das geschah ohne weiteres Getue, als würde die Zeit plötzlich knapp. Wir standen einander gegenüber, ohne uns zu berühren, und ich wurde ruhiger. »Schließen Sie die Augen«, wies sie mich an. »Ich möchte, daß Sie sich vorstellen, Sie befinden sich an einem wunderschönen, sicheren Ort – es darf bei Ihnen zu Hause sein, muß aber nicht.« Ich stellte mir vor, mich unter den Pappeln ganz hinten im Garten zu befinden. Das geschah so unmittelbar, daß ich staunte. Ich hatte keine bewußte Wahl getroffen. »Es darf Tag oder Nacht sein.« Es war Tag, ein Sommertag. »Beth ist bei Ihnen, Sie tragen sie auf dem Arm.« Und da war sie, im Sommergarten (obwohl sie den Sommer nie kennengelernt hatte), in ihr weißes Tuch gewickelt, und blickte mit ihren sanften Augen zu mir hoch. »Wenn sie wach ist, möchte ich, daß Sie sie in den Schlaf wiegen.« Das tat ich, und sie schlief friedlich sein. Nach einiger Zeit, die ich damit zubrachte, sie voll unendlicher Liebe zu betrachten, sagte Lillian: »Ich möchte, daß Sie sich nach einem schönen Fleckchen für sie umsehen, einem, wo sie sicher und ungestört sein wird.«

Ich wußte, was kommen würde. Sie würde mich dazu bringen, Beth dort zu lassen. Irgendwie erschien mir das nicht mehr boshaft. Beth schlief tief und fest, und es gab da ein Fleckchen für sie: eine Mulde mit niedrigem Gras, umgeben von hohem Gras – wie Moses im Schilf –, und hier gab es keine wilden Tiere und Insekten oder sonst etwas Gefährliches, denn hier war das Ende unseres Gartens, wo der Rasen an Wildblumen und Bäume grenzt. Ich legte Beth nieder, und sie rührte sich ein wenig. »Jetzt möchte ich, daß Sie sich die Bande vorstellen, die Sie mit Beth verbinden. Ich möchte, daß Sie diese sehen, daß Sie diese sichtbar machen.« Ich dachte an bunte Bändchen und Kordeln, die von ihren Körperteilen zu meinen führen. Tatsächlich sah ich jedoch nur ein einziges Band – wie eine Nabelschnur –, aber es ging von ihrem Herzen zu meinem, und es wirkte seidig und majestätisch wie in einem Märchen. »Jetzt möchte ich, daß Sie die wunderschöne Schere in Ihrer Hand bemerken.« Ich blickte hinunter auf meine Hand, und da war sie, leuchtend, aber trotzdem scharf und bedrohlich. »Blicken Sie nun voll Liebe auf Beth und blicken Sie voll Liebe auf die Schere.« Ich nahm meinen ganzen Mut zusammen und tat es. »Jetzt möchte ich, daß Sie sagen: ›Beth, ich liebe dich. Um deines und meines Friedens willen lasse ich dich gehen.‹« Ich dachte diese Worte. »Sagen Sie sie laut«, forderte Lillian mich auf. Dann sprach ich sie, aber meine Stimme brach. Beth lächelte ein wenig, abwesend.

»Jetzt möchte ich, daß Sie das Band mit der Schere durchschneiden – und sehen, wie glücklich Klein-Beth ist.« Als ich die purpurne Schnur durchtrennte, fiel sie zu Boden und verschwand, während ich wie aus großer Entfernung auf Beth blickte. Ich fühlte nichts, außer, daß ich träumte.

Danach wies Lillian mich an, langsam in das Zimmer zurückzukehren. Als ich die Augen öffnete und die rote Dunkelheit sah und Lillians friedliches Gesicht, war ich sehr müde. Sie sagte, ich solle mich auf das Sofa unter dem Fenster legen und schlafen – was ich tat. Ich nehme an, das ist durchaus üblich. Lillian ging weg. Vermutlich zur Behandlung in ein anderes Zimmer. Als sie mich weckte, fühlte ich mich friedlich und nicht mehr tränenvoll. Ich stand auf. Sie umarmte mich – wieder diese daunenweiche Umarmung –, dann schickte sie mich fort. Ich nahm ein Taxi nach Hause. Ich fühle mich jetzt viel besser. Ich will nie wieder Beths Zimmer betreten. Ich kann kaum wach bleiben, um das niederzuschreiben, aber irgendwie erscheint es mir wichtig, mein Tagebuch weiterzuführen.

Michael fragte mich, weshalb ich schon so früh heimgekommen bin, und richtete mir aus, daß man vom Büro angerufen hatte. Ich schlief bis zum Abendessen in meinem Arbeitszimmer – die Jungen störten mich nicht einmal.

Sonntag morgen, 19. Mai

Heute ist es sehr kalt – windig und bedeckt. Ich erinnere mich nicht, daß es in meiner Kindheit je so windig gewesen ist. Aber auf die Erinnerung kann man sich nicht immer verlassen. Der Wind rüttelt am Haus und peitscht durch den Garten. Seymour liegt zusammengerollt in dem Sessel neben meinem Schreibtisch. In meinem Arbeitszimmer herrscht Chaos – Schachteln verschiedener Größe, die ich mit einem Filzstift beschrifte – Akten und Krimskrams. Gestern war es heiß. Einer dieser seltenen Frühlingstage mit strahlendem Himmel, einer leichten Brise und Blütenduft. Als ich aufwachte, war es so schön, daß ich am liebsten geweint hätte. Ich eilte zum Supermarkt, als er gerade geöffnet wurde. Ich kaufte die wunderbarsten Leckereien für ein Picknick – frische Erdbeeren und Sekt für Michael und mich. Traubensaft für die Jungen und diese gräßlichen Crispies, die sie so mögen, und alle möglichen Köstlichkeiten wie Schinken und Feinkostsalate und Pies. Ich versuchte, eine Tortilla zum Mitnehmen zu braten, denn die schmeckt kalt sehr gut, es gelang nicht so recht, trotzdem machte es Spaß und wir nahmen sie ebenfalls mit. Ich erinnere mich an Picknicks bei Kricketspielen, als ich noch ein Kind war, da hatten wir immer Tortillas dabei.
Wir fuhren zum Richmond Park. Ich lud Abbey nicht zu unserem Picknick ein, und ich glaube, sie war gekränkt und überrascht darüber, aber ich wollte nur die Jungen und Michael um mich. Mit Kühltaschen, Decken und allem möglichem suchten wir uns ein Fleckchen, weit vom Park-

platz entfernt. Die Jungen murrten, aber sie erkannten, daß ich recht hatte, als wir unseren Picknickplatz gefunden hatten. Er befand sich auf einer Kuppe mit einem Blick auf einen Wasserlauf (wichtig), ein weicher Wind umschmeichelte uns, und nirgendwo in der Nähe standen Abfalleimer, und es waren keine Menschen in Seh- oder Hörweite – die Leute sind faul und picknicken am liebsten neben einem Parkplatz, wenn nicht gar auf dem Parkplatz selbst. Paul tat sein bestes, mich zu loben, weil ich sie hierhergebracht hatte. Michael weicht nun meinem Blick aus wie zuvor ich seinem – jetzt ist er es, der Angst hat –, und Andrew, Andrew bastelte eine Schleuder, flocht Gras, entdeckte einen Kaninchenbau – er genoß den Tag, aber er wollte keine Zeugen. Im Gegensatz zu Paul. Paul hat offenbar das Gefühl, nur dann etwas getan zu haben, wenn es in Gesellschaft anderer war. Michael vertiefte sich in die Zeitung, nachdem wir gegessen hatten, und ich las den Jungen eine Geschichte vor. Sie sind dafür viel zu alt, und ich kam mir seltsam vor, aber ich tat es trotzdem. Es ist einfacher, als ein Gespräch zu führen. Dann erklärte ich, daß ich etwas Wichtiges zu sagen habe, und Andrew fragte: »Berufst du eine Sitzung ein, Mami?«, was mich zum Lachen brachte. Es stimmte schon, meine Rede war vorbereitet, aber ich hatte keine schriftlichen Unterlagen zu verteilen, ehe ich mit der Einleitung begann, und ohne Manuskript wußte ich auch nicht, was ich mit meinen Händen tun sollte. Andrew entgeht nichts. Michael hatte sich auf den Rücken gelegt und die Augen wegen der Sonne zusammengekniffen. Ich zog ihn zum Sitzen und Zuhören hoch – ich sammelte sie alle um mich.

»Ich habe viel, sehr viel über die Situation – über unser Leben nachgedacht«, sagte ich, »und ich habe beschlossen, die ganze Zeit bei euch zu sein. Ich werde die Show schnell zu Ende bringen, sie zuerst von Gastmoderatoren präsentieren lassen und dann einen guten Showmaster engagieren, und ich werde die Firma in Kürze Jeffrey übergeben.« Die Kinder, die nebeneinander vor mir knieten, runzelten zweifelnd die Stirn. Michael schob die Sonnenbrille auf die Nase und sagte ruhig: »Zoë, wenn du das tust, wirst du nie wieder in deinen Beruf einsteigen. Niemand wird je wieder eine Serie bei einer Firma in Auftrag geben, die vertragsbrüchig wurde.«

»Ich werde nicht vertragsbrüchig. Sie bekommen Wahlmöglichkeiten. Sie können die Serie entweder einstellen oder andere bekannte Showmaster als Gastmoderatoren verpflichten. Das ist keineswegs unzumutbar. Ich will es nicht mehr machen, nicht mehr so arbeiten, so auftreten.« Er sagte: »Ich finde, wir sollten das zu Hause unter uns besprechen.« Er sah verschwitzt, auf fatale Weise banal und unangenehm berührt aus. Ich blickte auf seine schönen, gepflegten Hände und bemühte mich, nicht zu vergessen, daß er mein Mann ist und ich ihn liebe und ihn nicht als Gegner vernichten dürfe, sondern daran denken müsse, sanft zu sein, und das strengte mich innerlich so an, daß ich eine Zeitlang nicht sprechen konnte.

»Ich dachte, ihr wärt alle glücklich, wenn ihr mich daheim hättet«, sagte ich schließlich.

»Ich bin glücklich, Mami«, sagte Paul. Er sah aus, als würde er gleich zu weinen anfangen. Andrew blickte mich aus blaßgrauen Augen an, und ich spürte, daß er alles verstand – der Jüngste, die Person, die mich von allen Leuten, die ich kenne, am leichtesten aus der Fassung bringen kann. Oft kann ich dieses Kind nicht verstehen, ich will es auch gar nicht versuchen, weil ich spüre, daß seine geistige Selbständigkeit gottgegeben ist – doch jetzt hatte ich das Gefühl, daß wir einander ganz nahe waren, als applaudiere er, als hätte er nur auf diese Entscheidung gewartet.

»Ich weiß, daß das nun eine entscheidende Wende in unserem festgefahrenen Familienleben ist.« Paul riß eine Handvoll Gras aus, und ich mußte mich zusammennehmen, um ihn nicht wegen seiner Zappligkeit zurechtzuweisen. »Aber es ist zu unserem Besten. Ich habe nach wie vor die Mehrheitsbeteiligung an der Firma – das bedeutet Einnahmen, und zwar nicht nur von der Show, nicht ganz so hohe wie bisher, denn Jeffrey wird größere Ausgaben haben – aber er ist durchaus in der Lage ...«
»Du begehst beruflichen Selbstmord«, sagte Michael. »Alles, wofür du gearbeitet hast.« Überrascht sah ich, daß er sehr verärgert war.
»Das meinst du.« Wir streiten uns nie vor den Jungen. Ich erinnerte ihn nicht daran, daß ich ihn rückhaltlos unterstützt hatte, als er seine Stellung aufgab, um bei den Jungen zu sein – nicht, daß da viel aufzugeben gewesen war. Ich blickte ihn nur durchdringend an, und er verstummte, aber ich glaube, mehr aus Höflichkeit als aus Angst vor einer Auseinandersetzung. »Und ich werde Abbey entlassen.« Ich guckte Paul an. »Ich werde mich selbst um euch beide kümmern.« Ich wartete auf sein unsicheres Lächeln – seine erleichterte Zustimmung –, aber er schloß die Augen, und Tränen tropften auf seine dünnen Hände. Andrew fixierte mich weiterhin mit seinem Blick. »Ich hatte nicht beabsichtigt, uns allen den Tag zu verderben«, sagte ich. Ich glaube, wir dachten jetzt alle an Beth. Ich hätte ihnen gern erzählt, daß sie nun ihren Frieden hat, daß ich sie zur Ruhe gebettet habe, aber das wäre völlig unmöglich. Wenn ich ihnen die Freude versprochen hätte, die ich den ganzen Sommer über für uns vorausspürte und wie Beths Tod der Weg zu dieser Freude war, hätte ich ihnen nur weh getan, das wußte ich. Ich habe die Botschaft ihres Todes empfangen – unsere Wiedervereinigung als Familie, und das muß ich ihnen mit Taten sagen, nicht mit Worten. Sie sind noch nicht bereit,

und ich bin noch nicht stark genug für überzeugende Worte. Aber ich glaube, Lillian wird mir helfen, dorthin zu gelangen, wo ich sein will.
Ich packte die Picknicksachen schnell zusammen wie ein Kind, das nicht vollgenommen wird. Jetzt bin ich hier und denke über alles nach. Ich bin allein, und es ist ein kalter Tag. Michael bereitet das Sonntagsmahl vor, aber keine Musik ist zu hören, kein Lachen. Ich weiß nicht, wo die Jungs sind. Ich möchte, daß meine Söhne mich wirklich lieben, ich möchte eine richtige Mutter sein. Und von heute an werde ich versuchen, mein Bestes zu tun.

Mittwoch nacht

Jeffrey kam heute nachmittag selbst, um die Schachteln abzuholen. Statt sich zu freuen, machte er ein gequältes Gesicht. Als ich ihn fragte, ob er denn nicht glücklich sei, endlich die Führung der Geschäfte übernehmen zu können, sagte er, er habe Angst um mich. Ich versuchte ihm zu gratulieren, daß er so schnell einen neuen Moderator gefunden und sich innerhalb von zwei Tagen die Leute vom Sender vom Hals geschafft hatte, aber er reagierte nicht drauf.
»Etwas ist mit dir geschehen, mehr noch als Beth – mehr als Beths Tod.« Er sah verängstigt aus und doch tapfer. Erregt. »Hart, aber gerecht, so bist du. So warst du immer. Nicht unüberlegt.«
»Beth hat jetzt ihren Frieden gefunden«, erklärte ich ihm. »Ich bin frei. Ich bin frei. Ich bin nicht mehr an die Vergangenheit gebunden.«
»Laß mich bitte nicht im Regen stehen«, sagte er, als ich ihn zur Tür begleitete.

Lillian und ich haben uns darauf geeinigt, daß ich diese Woche alles Unnötige aus dem Haus schaffe. Michael kann sich Beths Zimmer vornehmen – ich freue mich darauf, meine gesamte Kleidung wegzuwerfen, die ich in meinem Job trug. Ich frage mich, ob man in den Sammelstellen etwas gegen teure Markenkleidung hat. Blöder Witz – aber ich fühle mich frivol.
Abbey verließ uns heute. Ich bezahlte ihr noch zwei Monatslöhne.

Donnerstag, 16. Mai

Andrew ist wirklich ein außergewöhnliches Kind. Wie konnte ich nur diese Begabung (es ist das einzige Wort, das mir dafür einfällt) in meiner eigenen Familie übersehen haben?
Paul war heute beim Frühstück unleidlich, er klagte über Bauchweh und Krämpfe. Michael sagte, sie nennen es seinen »Sorgenmagen«, und manchmal hilft es, wenn er sich flach auf den Rücken legt. Er sagte es sehr gelassen und gab mir heimlich das Zeichen, es nicht wirklich ernst zu nehmen. Aber ich brachte es nicht fertig, den Jungen zur Schule zu schicken. Michael nahm es ohne Widerspruch hin, allerdings spürte ich, daß er wütend war, und brachte nur Andrew zur Schule. Ich versuchte mit Paul zu reden.
»Ist irgend etwas nicht in Ordnung?« fragte ich. Er wich mir aus, indem er die Frühstückssachen wegräumte. Er ist ein so ordentliches Kind; es macht mir angst; ich blickte eindringlich auf seinen Nacken, während er am Geschirrschrank stand, und versuchte seine Gefühle zu erspüren, wie Lillian es bei mir tut. Sein Haar ist in bester Privatschulmanier ganz kurz geschnitten, so kann man die

Nackengrube sehen, wo das Haar fast völlig abgeschoren ist.

»Abbey fehlt mir«, gestand er nach einiger Zeit, und ich glaube, dann fing er zu weinen an, aber er tat es stumm. Es machte mich ungeduldig, daß er einer solchen Kleinigkeit in unserem neuen Lebensablauf nachtrauerte, und noch ungeduldiger, daß ich meine gereizte Antwort nicht zurückhalten konnte.

»Sie wird uns besuchen«, sagte ich, zum Glück war ich vernünftig genug, ihn nicht zu bitten, mir nahezustehen. Meine im Beruf erprobten Strategien halfen auch hier. Ich sagte ihm, er solle seine Schuluniform ausziehen, wir würden in den Park gehen. Er war sehr gehorsam. Fast hätte ich mir gewünscht, er würde die Tür zuschlagen, wenn er schon keine Freude ausdrücken konnte. Er ist hauptsächlich an Büchern interessiert – nicht einmal Computerspiele sagen ihm etwas. Selten verläßt er das Schlafzimmer, von dort aus starrt er grübelnd über den Garten. Das muß sich ändern. Ich bin an der frischen Luft aufgewachsen, war viel im Freien, und ich halte das für richtig. Der Park war grün. Ich hasse ihn, wenn er zu blaß und gelblich wird, aber jetzt war er frisch mit vielen Pfützen, und wir wanderten eine beachtliche Strecke. Wir beobachteten die Pferde, die stumpfsinnigen Reitschul-Ausritte, die paar reiterlosen Pferde, die sich sehr elegant bewegten. Ich erzählte ihm, daß ich als Kind viel geritten war – altbekannte Geschichten. Ich schlug ihm vor, in diesem Sommer reiten zu lernen, vielleicht könnten wir uns dann überlegen, ein eigenes Pony für die Familie anzuschaffen. Diese Idee kam mir dort ganz plötzlich, und sie erschien mir so frisch und aufregend, daß ich mich fragte, wieso ich nicht schon viel früher daran gedacht hatte. Lillian würde stolz sein, wenn sie erfuhr, daß ich so rasch wieder auf das Leben hörte.

»Wir könnten es uns überlegen«, entgegnete Paul. Er hob den Kopf zu mir und neigte ihn beim Versuch zu lächeln leicht zur Seite. Ich erkannte, daß er nicht begeistert darüber war, aber gerade da spürte ich, daß Andrew es sein würde. Ich veranstaltete einen Wettlauf mit ihm zu dem Wäldchen und fand einige große gefällte Stämme, auf denen er Gleichgewichtsübungen machen konnte. Sein Rücken ist gerade, aber er senkt den Kopf. Ich stellte ihm Aufgaben: zum Spaß auf die Stämme hoch- und wieder von ihnen abzuspringen, und ich wählte nach und nach immer größere. Ich glaube, anfangs hatte er Angst sich weh zu tun, vielleicht seinen Knöchel zu verstauchen, in ein Kaninchenloch zu stolpern, aber er machte mit und schließlich lachte er sogar – vergaß, glaube ich. Vergaß, hoffe ich.

Während Paul und Michael zu Mittag aßen, ging ich die Zeitschrift Horse and Hound besorgen und studierte die Inserate und Preise. Dann rief ich meine Mutter an und bat sie, sich im Bekanntenkreis umzuhorchen und weiterzusagen, daß ich an einem Pony interessiert sei – eines, das an Kinder gewöhnt ist, aber schnell und groß genug, daß auch ich es noch reiten konnte.

Wie auch immer – Andrew. Als er heimkam, ging er direkt in mein Arbeitszimmer und überreichte mir eine wunderschöne Kreidezeichnung eines dunkelfuchsfarbenen Ponys.

»Woher wußtest du, daß ich an Pferde denke?« fragte ich. Er lachte. »Wußte ich nicht, ich wollte dir nur eines zeichnen.« Ich befragte ihn näher, und es war wirklich reiner Zufall. So etwas kommt vor, aber mich erstaunt, wie gut er zeichnen und mit Farbe umgehen kann. Es ist tatsächlich ein beachtliches Bild. Ich heftete es mit Reißnägeln an die Wand meines Arbeitszimmers. Egal, wenn die Tapete Löcher bekam.

Ich heile meine Familie
Ich heile meine Familie
Ich heile meine Familie.

Meine Familie ist heil und ganz
Meine Familie ist heil und ganz
Meine Familie ist heil und ganz
Meine Familie ist heil und ganz.

Ich bin umgeben von Liebe
Ich bin umgeben von Liebe
Ich bin umgeben von Liebe
Ich bin umgeben von Liebe.

Ich bin am rechten Ort zur rechten Zeit
Ich bin am rechten Ort zur rechten Zeit
Ich bin am rechten Ort zur rechten Zeit
Ich bin am rechten Ort zur rechten Zeit.

Ich bin eine gute und liebevolle Mutter
Ich bin eine gute und liebevolle Mutter
Ich bin eine gute und liebevolle Mutter
Ich bin eine gute und liebevolle Mutter
Ich bin eine gute und liebevolle Mutter.

Mein Herz ist stark
Mein Herz ist stark
Mein Herz ist stark.

Ich gebe und erhalte Liebe
Ich gebe und erhalte Liebe
Ich gebe und erhalte Liebe.

Ich bin sicher und geborgen
Ich bin sicher und geborgen.

Das Universum entfaltet sich nach Plan
Das Universum entfaltet sich nach Plan
Das Universum entfaltet sich nach Plan.

Lillian lehrt mich Affirmationen. Sie funktionieren so: Man entscheidet sich, wie man sich fühlen möchte und wie man sein Leben gern hätte. Es gibt keine Beschränkungen bei der Wahl. Sie sagt, man kann auch praktische Dinge einschließen, wie Geld und Kleidung. (Über dergleichen brauche ich mir jedoch keine Sorgen zu machen.) Wie auch immer, wenn man sich entschieden hat, was es ist, das man möchte, dann soll man in der Gegenwartsform Aussagen machen, so daß es scheint, daß diese Dinge bereits real sind. Man schreibt sie auf und spricht sie immer und immer wieder laut aus (wie die Verse, die wir in der Schule lernen mußten). Das soll man morgens und abends tun und damit einen Zustand des Seins (Bewußtseins, nehme ich an) kreieren, in dem diese Wünsche in Erfüllung gehen können. Sie benutzte die Ideenlehre Platos – es existieren nicht die sichtbaren Dinge, sondern allein die dem Denken zugänglichen Urbilder. Man kann Wünsche wahr werden lassen; beispielsweise, wenn man glaubt, man sei sicher und geborgen, dann wird man es auch sein usw. Sie versichert mir, daß es wirklich funktioniert. Für den lebenden Beweis brauche ich nur Lillian anzusehen. Also klemme ich mich jeden Tag dahinter. (Sie sagt, ich muß ein spezielles Affirmationsbuch kaufen, aber dazu bin ich noch nicht gekommen.)

Ich hatte einen Traum – man könnte es eine Vision im Wachzustand bei halbgeschlossenen Augen nennen. Ich hörte mir Beethovens Pastorale an – das bezaubernde Allegro, das wir in meinem Studio für so viele Werbungen benutzt haben. Michael und die Jungen waren außer Haus – Spätvormittag –, ich habe vergessen, wo. Später, sonniger, frischer früher Sommervormittag: Ich hatte eine Schale voll gelber Pflaumen. Sie waren köstlich. Wenn ich in sie hineinbiß, hätte ich am liebsten geweint – Saft rann mein Kinn hinunter, aber es war mir egal – ich wischte ihn mit dem Handrücken weg – so köstlich – so frisch – und diese herrliche Musik. Diese Passage hat einen bewegten ersten Satz, das Allegro ma non troppo, das natürlich klingt und ein Vorwärtsmoment aufbaut (jetzt weiß ich auch, warum man diese Passagen im Englischen »Movements« nennt). Lauschend und ohne nachzudenken sah ich grüngoldene Felder – so, wie ich die Pappeln sah, als ich Abschied von Beth nahm, eine Bergwiese, in der Ferne bewaldete Hügel, am Horizont den leuchtenden Saum des Meeres und ein Pferd – es könnte ein Pony gewesen sein – von einer glänzenden bronzeorangegoldenen Farbe, das mit hocherhobenem Kopf dahingaloppierte – ohne Reiter –, nur aus Lebenslust umhertollte, ein wunderbares, wildes Geschöpf, das zur Musik tänzelte. Nie zuvor habe ich eine solche Bergwiese am Meer gesehen – überhaupt nirgendwo eine wie diese –, aber aus dem leuchtend-goldenen Licht zu schließen, könnte es im West Country sein, allerdings sehr westlich – Devon oder Cornwall –, wo diese bezaubernde Kreatur durch das Gras tollte. Die vollkommene Vision hielt nur sehr kurz an, vielleicht nur eine Spur länger als die Musik. Sie rührte mich zu Tränen. Das Pferd war wie die Quintessenz aller Pferde – ihres Feuers, ihrer Schnel-

ligkeit, ihrer Kraft und Eleganz, aber auch ihrer Sanftheit –, und ich hatte das überwältigende Gefühl, daß es dieses Pony wahrhaftig gibt. Ich spürte eine Affinität.
Es ist seltsam, meine Erinnerung an Ponys, an den Reitclub (ich nahm sogar an Jagden und Reitveranstaltungen teil) ist viel prosaischer als diese strahlende Vision, aber sie ist ein Echo davon. Ich war damals glücklich. Ja, ich war über meine Familie verärgert, ja, ich wollte erwachsen werden, wollte nach London ziehen und Großes leisten (vage und unbestimmbar, wie Hoffnungen Jugendlicher sind), aber bei meinen Pferden war ich glücklich – heiter.
Ich weiß jetzt, wie falsch es gewesen ist, den Jungen Pferde vorzuenthalten. Sie brauchen ein Pferd – ich bin überzeugt, es wird helfen, uns alle zu vereinen. Das Tier in meinem Traum sieht dem auf dem Bild an der Wand ähnlich. Dem Pferd, das Andrew für mich gezeichnet hat. Die Geschehnisse beginnen immer seltsamer zu werden.

Später

Als Michael und die Jungen von der Schule heimkamen, machte ich Tee für uns alle, und es war sehr schön – richtig behaglich. Michael und ich sind inzwischen Experten darin, aneinander vorbeizugleiten – ziemlich dicht, aber nicht, ohne uns zu berühren – ich muß mich bei meinen Affirmationen um eine bessere Verständigung zwischen uns kümmern. Ich verbot Paul, am Tisch zu lesen.
»Wißt ihr, diese Pony-Idee«, sagte ich so gleichmütig, wie ich nur konnte. »Ich halte es für eine wundervolle Gelegenheit für die Familie. Wir sollten uns gleich zu Beginn der Ferien umsehen. Ihr wißt, wie gern ich als Kind geritten bin.«
»Du hast bereits angefangen, dich umzusehen, und ich

kann gar nicht reiten«, beklagte sich Paul und blickte zu seinem Vater.
»Du weißt, daß er keinen Sport mag«, sagte Michael. Am liebsten hätte ich ihn geschüttelt. Hat er je Phantasie gehabt, oder habe ich mir nur eingebildet, daß er sie hatte? Wie komisch.
»Das liegt daran, daß Turnen langweilig ist«, sagte ich. »Pferde sind anders. Pferde sind real. Sie riechen gut, sie schlecken einen ab, und wenn man sie tätschelt oder ihre Ohren berührt – es ist wie jedes heimelige Gefühl, das man je hatte, es geht direkt über die Finger durch den ganzen Körper.«
»Ich weiß, daß es so sein wird«, sagte Andrew, während er die Marmelade betrachtete, die er auf sein Brot strich. Ich hätte am liebsten laut gelacht.
»Ich möchte nur, daß du mir vertraust, Paul. Vertrau mir, denn ich weiß, wie gut das für dein Selbstbewußtsein sein kann. Ich möchte, daß du mehr Freude am Leben hast.«
Michael, der hinter Paul stand, fing an, geschirrklappernd den Tisch abzuräumen, um von dem Thema abzulenken.
»Ich möchte nur deine Zustimmung in dieser Sache«, sagte ich, glaube ich.
»In dieser Sache? Ich weiß nicht – ihr gelangweilten Ex-Manager ...«, sagte Michael lächelnd, als wäre mein Traum ein Witz. Eigentlich war es völlig uncharakteristisch für ihn, eine solche, wenngleich verhüllte, Feindseligkeit zu zeigen. Humor ist eine mächtige Waffe. Das lehrt Lillian mich.
»Ich würde gern ein Pony haben«, sagte Andrew und blickte zum ersten Mal auf. »Unbedingt sogar!« Er weiß, daß es zwischen uns bereits beschlossene Sache ist. Ich beachtete ihn kaum, sondern wandte mich Paul mit gekonnt fragender Miene zu, mit derjenigen, die eine sofortige Antwort erwartet.

»Wenn du möchtest«, war seine Antwort oder eine ähnlich irritierend passive Phrase.
»Jetzt – Hausaufgaben«, sagte Michael und begann sie zu beaufsichtigen, und alle drei taten ihre Arbeit, als wäre ich Luft.

Später

Als ich heute nacht nicht schlafen konnte, stand ich auf und machte unten Musik an, die ich mit Kopfhörern anhörte. Immer wieder lauschte ich diesem beschwingten Allegro, doch jedesmal klang es anders. Es schien sogar bei jedem Mal kürzer zu sein. Ich dachte an Pferde – an jedes, das ich gekannt und geliebt hatte oder das irgendeinen Eindruck hinterlassen hatte. Nach langen, intensiven Gedanken stieg ich zum Speicher hinauf und kramte in Schachteln nach den alten Fotos, die Mami mir übergeben hatte, als sie nach Daddys Tod aus dem großen Haus in das Cottage zog. Es war ziemlich schwierig, in fast völliger Dunkelheit die steile Speicherstiege hinaufzuklettern, aber ich hatte keine Zeit, die Taschenlampe zu suchen. Ich schleppte die Schachteln die Treppe hinunter und breitete die Bilder auf dem oberen Treppenabsatz aus. Es gab eine Menge von mir als fünf- oder sechsjähriges Kind im Sattel, verschwommene Farbbilder oder scharfe schwarzweiße, die mich wie aus dem letzten Jahrhundert aussehen ließen – ein Kind vergangener Zeiten. Eine Fülle von Gedanken stürmte auf mich ein. Ich war sehr gerührt. Mir wird die Bedeutung der Kontinuität bewußt. Mutter sein heißt Dinge weitergeben. Ich stehe an der Schwelle zu so vielen wichtigen Erkenntnissen, es ist seltsam. Mir wurde kalt, während ich so nachdenklich da oben saß. Mein Herumstöbern muß Michael geweckt haben, denn als ich auf

Zehenspitzen ins Schlafzimmer zurückschlich, überraschte er mich, indem er die Lampe auf seinem Nachttisch anknipste.
»Nimmst du deine Schlaftabletten nicht mehr?« Er war hellwach. Mir war, als hätte er mir aufgelauert.
»Nein. Sie verdrängen nur, was mir bestimmt ist zu ertragen.«
Er fragte mich, ob ich immer noch zu »der Verrückten« ging, »der Frau, die damals in deiner Show auftrat, als wir noch richtige Menschen mit richtigen Leben waren«. Er fragte, ob das die Stimme war, die er hörte. War es das, was mich verändert hatte? Ich sagte ihm, ja, daß sie mich unterrichte. Es ist schwierig, solche Fragen barfuß und im Nachthemd mitten in der Nacht zu beantworten. Michael war sehr ernst, während ich wie auf Wolken schwebte – ich mußte fast lachen, wie er so kerzengerade im Bett saß und ein T-Shirt mit purpurner Cartoon-Katze und idiotischem Text darunter anhatte, andererseits war ich auch nahe daran, ihm von all diesen aufregenden Dingen aus Vergangenheit und Zukunft zu erzählen, die mir durch den Kopf gingen.
»Wie oft ›hilft‹ diese Frau dir?«
»Einmal die Woche. Das weißt du doch.«
»Ja. Montags. Denkst du noch an Beth?« Seine Stimme war ruhig, aber der vorwurfsvolle Ton war nicht zu leugnen.
»Beth reimt sich mit Death.« Das hatte ich gar nicht sagen wollen. »Was soll das? Ist das ein Frage- und Antwortspiel?« Ich wollte nicht zu ihm ins Bett, so blieb ich wie gestrandet mitten im Zimmer stehen und wußte nicht wohin. Der Lampenschein auf seinem Gesicht läßt es sehr bleich aussehen und vielleicht noch schmaler. Vielleicht ist er tatsächlich dünner geworden.
»Komm ins Bett.« Es war zwar idiotisch, aber ich schaffte

es gerade, mich auf meiner Seite auf die Bettkante zu setzen, mehr brachte ich nicht über mich. Ich schaute zum Fenster, zu den Bäumen, blickte hinunter auf den ringsum mit Edelsteinen besetzten Ring, den ich statt des Eherings trage, und drehte ihn.

»Erinnerst du dich, wann ich ihn dir geschenkt habe?« fragte er und beugte sich zu mir herüber.

»Als Andrew ein Jahr war.«

»Ich bekam ein Design für eine Lampe patentiert.« Wie langweilig! Warum reden Ehepaare so oft miteinander über Dinge, die sie sowieso wissen, und finden das auch noch tröstlich? Warum hören sie auf, sich auf Neues einzulassen? Auf Abenteuerliches? All das dachte ich in diesem Augenblick. Ich drehte mich so, daß ich sein Gesicht sehen konnte. Es wirkte sehr eifrig, zärtlich. »Das war wohl das letzte Mal, daß ich selbst Geld verdiente.« Daß er Geld erwähnte, kam für uns beide überraschend, glaube ich. Wir sprechen nie darüber, daß er nichts verdient.

»Das war für mich nie ein Thema«, erinnerte ich ihn.

»Du bist zu lieb. Viel zu lieb.« Ich schauderte wie eine Vierzehnjährige, zu der ein Junge, den sie einigermaßen mag, sagt, daß er sie wirklich gern hat, aber sie will nichts anderes als nach Hause.

»Schatz – Zoë –, was quält dich?« Ich konnte unmöglich alles aufzählen, also beschränkte ich mich auf die Hauptsache, von der er bereits wußte. Ich blickte ihm in die Augen – ganz fest.

»Das Pony. Wir müssen das Pony haben.«

»Ich habe nicht nein gesagt. Es ist unpraktisch, aber nicht unmöglich.« (Es ist nicht sein Geld, also darf er da nicht einmal mitreden – aber ich sprach es nicht aus. Wir haben immer die Illusion aufrechterhalten, daß er der Haushaltsvorstand ist, zumindest was die Kinder betrifft.) »Aber

Schatz, hast du noch einmal darüber nachgedacht, ob du nicht doch zu deiner Karriere zurückkehren willst?«
»Das ist nicht, was das Universum jetzt beabsichtigt.«
»Was hat das Universum damit zu tun?« Es war dumm von mir, daß ich ihm diese Antwort gegeben hatte, sie konnte nur zu einem Verhör führen.
»Das würdest du nicht verstehen.« Das habe ich noch nie zuvor zu ihm gesagt.
»Sag das nicht – und bitte glaub nicht, daß es wegen des Geldes ist. Unser Einkommen ist kleiner, aber wir schaffen es schon. Es ist nur, daß du deine Arbeit so sehr geliebt hast.«
Es war eigenartig, so zu ihm zu reden, oder zumindest war es für ihn seltsam, so zu mir zu reden wie in einem Traum aus vergangenen Zeiten. Plötzlich sah ich uns, wie wir früher lachend im Bett lagen und sitzend lasen, wie wir das Licht ausmachten und ich meinen Kopf auf seine Brust legte. Vielleicht dachte er an etwas Ähnliches. Ich legte mich hin, langsam. Er rückte weiter auf seine Seite, aber ich spürte, daß er eigentlich näher kommen wollte. Wieder schauderte mir davor. Ich glaube, dann sagte er, daß er nicht von Beth reden wollte.
»Warum tust du es dann?« sagte ich. Die Musik und das glänzende Fuchspony und die Fotografien verflüchtigten sich, und Beths Gegenwart – ihre Abwesenheit – drohte zurückzukehren.
»Wenn wir ein neues Baby bekämen ...«
»Nein.« Perfider Gedanke! Er hätte es nie gewagt, mich dabei anzusehen. Süße Worte für einen egoistischen, perfiden Gedanken. Herrschsüchtiger, grauenvoll selbstgefälliger Mann! Ich habe recht, so wenig für ihn zu empfinden. Er ist selbstsüchtig. Er ist beschränkt. Er ist klein.
»Zoë, ich glaube ...« Seine Stimme wurde monoton, insektenhaft, gräßlich.

»Keinen Rat!«
»Wir sind in unseren Herzen nicht mehr zusammen.«
»Es steht uns nicht zu, uns den natürlichen Veränderungen des Universums zu widersetzen. Uns nicht.« Ich bemühte mich, es ruhig auszudrücken. Wenn ich es ihm nur beibringen könnte – wenn er sich mir doch nicht hartnäckig als Gegner in den Weg stellen würde!
»Was mit uns geschieht, ist unnatürlich.«
»Wer entscheidet das?« (Gehässig, aber es brachte ihn eine Zeitlang zum Schweigen.) Er holte Atem. Ich wollte die Decken von mir werfen und aus dem Zimmer rennen.
»Es wäre gut, wenn du schlafen würdest. Vielleicht eine halbe Tablette. Es ist drei Uhr.«
»Nimm du sie. Ich muß nachdenken.« Er tat mir leid, doch nur ganz kurz. »Streite nicht mit mir. Gib Frieden. Laß mich meinen eigenen Weg finden.«
»Nein, wir werden nicht streiten«, sagte er, dann knipste er seine Nachttischlampe aus und drehte sich um.
Ich frage mich, ob sie durch Zufall oder mit Absicht getötet – ermordet wurde, unsere Ehe, meine ich. (Lillian würde sagen, mit Absicht.) Vergangene Nacht war ein Wendepunkt – als ich mich zurückzog, ihn ansah und spürte, wie mein Herz sich verhärtete. Ein Klischee, aber ich fühlte mich wirklich so.

Sonntag nacht

Ich erzählte Andrew von meiner heutigen Vision von dem Pony. Er ist der einzige in der Familie, der versteht. Es war nach dem Sonntag-Lunch, und Paul war mit Michael weggegangen (zum Grab, nehme ich an – dumm dumm dumm). Ich nahm ihn mit hier herein und legte dieselbe Musik auf und versuchte im Einklang damit, die Vision zu beschreiben (was nicht so recht funktionierte). Weinte fast, weil es so schön war. Wir saßen nebeneinander auf dem Boden vor dem Kamin (leer), weil das die Mitte zwischen den Lautsprechern ist und man an der richtigen Stelle sein muß, sonst stimmt die Balance nicht. Aber die Balance (die Höhen) stimmt ohnehin nicht. Na ja, er kennt das Stück sowieso.

Immer wieder bat er mich, die Wiese zu beschreiben, und nachdem wir unsere Erinnerung durchforscht hatten, waren wir uns einig, daß keiner von uns je an einem solchen Ort gewesen war. (Wir hatten Devon und Cornwall besucht, als die Kinder noch ganz klein waren – Michaels Mutter lebte noch und war dabei, aber wir hielten uns hauptsächlich am Strand auf – einmal waren wir in Tintagel – herrlich –, doch nie fuhren wir durch ein solches Patchwork grüner Felder.) Wir glauben, daß meine Vermutung stimmte und die Wiese mit ihrem Patchwork-Muster und auch die Sonne, die in meiner Vision ins Meer versank, typisch für jenen Teil des Landes waren. Andrew rannte die Treppe hinauf, um die neue Kreideskizze von dem Pony zu holen, an der er arbeitet, und wir studierten sie. Das Außergewöhnliche daran ist, daß sie genau meine Vision wiedergibt. Mein Traum beseelt sie nur – versetzt sie in diese romantische Umgebung. Wir unterhielten uns darüber und kamen zu dem Schluß, daß es keinen Grund gibt, weshalb solch ein Pony wie in meiner Vision nicht wirklich existieren sollte. Dieses Tier könnte unser Retter in der Not – unser geflügeltes Pferd – sein, das nur auf uns wartet – unser goldbraunes Pferd. Andrew ist sehr aufgeregt. Er kann es kaum erwarten, die Kraft (die beherrschte Kraft) zu spüren, die ein Pferd einem vermitteln kann. Wir hörten uns das Musikstück immer und immer wieder an und redeten. Was ist der Sinn unserer Zeit auf Erden, wenn nicht der, Träume zu verwirklichen? (»Ich werde nicht aufhören, auf des Lebens Fährte für meine Träume zu kämpfen, mit dem Wort und dem Schwerte …«) Das ist, was das Leben uns geben kann. Wir können soviel Erhabenes ins uns tragen, wie wir bereit sind zu fassen.

Begeistert – wieder in meinem Arbeitszimmer –, es war eine echte Begeisterung. Andrew fragte, ob er mich zeichnen dürfe. (Wir hatten eine Zeitlang in triumphierendem Schweigen gesessen.) Die anderen waren inzwischen zurück. Wir hatten sie nicht gesehen, wohl aber in der Küche herumklappern gehört wie winzige Disney-Kreaturen, die ihrer abendlichen Hausarbeit nachgingen. Ich habe nicht einmal zu hoffen gewagt, daß Andrew mich fragen würde, aber seit ich seine erste Skizze gesehen hatte, hoffte ich es. Ein Porträt seiner Mutter für die Nachwelt! Es ist eine Ehre. Ich sagte, er solle zuvor noch mehr Bilder vom Pony machen, weil es das Objekt unserer Sehnsucht, unserer hehren Suche sei (wir lieben das Wort Suche) und wir zur Inspiration Abbilder davon an der Wand brauchen. Aber ich fühle mich sehr geschmeichelt. Wir einigten uns darauf, daß er mich am Fenstersitz auf dem vorderen Treppenabsatz malen würde. (Das ist ziemlich lustig, weil ich mir so oft vorgestellt habe, dort zu sitzen wie eine vornehme Dame aus dem achtzehnten Jahrhundert, die ihrer Muße frönt – eine Person, die ich nie hätte sein können … Aber wir werden in unserer Phantasie schwelgen und ein wenig frivol sein.)

Das Universum entfaltet sich nach Plan
Das Universum entfaltet sich nach Plan
Das Universum entfaltet sich nach Plan.

Ich bin sicher und geborgen
Ich bin sicher und geborgen
Ich bin sicher und geborgen.

Mein Leben wird jeden Tag schöner
Mein Leben wird jeden Tag schöner
Mein Leben wird jeden Tag schöner
Mein Leben wird jeden Tag schöner.

Montag, Juni

Lillian war heute erkältet. Wir lachten darüber. Die Menschheit macht immer größere Fortschritte, aber sie schafft es nicht, mit einem Sommerschnupfen fertig zu werden.

Ich sagte ihr, daß sie zu schwer arbeitet.

Jedesmal wenn ich sie sehe, liebe ich sie mehr. Ich sagte ihr, daß ich sie liebe. Sie zuckte nicht zusammen, wie wohl jeder andere auf der Welt getan hätte (außer Michael). Sie sagte lediglich, daß sie mich ebenfalls liebe.
Heute schien die Nachmittagssonne durch ihr Fenster.

Wir lachten, als sie nieste.

Sie interessiert sich sehr für meine Vision. Sie meint, daß die Zeremonie mit Beth mein Unterbewußtsein geöffnet hat. Sie riet mir, meiner täglichen Routine eine Affirmation hinzuzufügen, vielleicht etwas wie »Ich bin bereit, die Botschaft zu empfangen«. Ich werde mich nachher meinen Affirmationen widmen. Meine intensive Beziehung zu Andrew empfindet sie als sehr positiv. Kinder sind dem Universum näher, sagte sie, weil sie dem Ursprung des Lebens näher sind.

Ich erzählte ihr von meiner Szene mit Michael. Als ich ihr gestand, wie wütend er mich machte und wie engstirnig er ist, hatte sie nur Sympathie für ihn, nicht einmal ein bißchen Verachtung. Es ist erstaunlich, wie sie soviel Liebe für jeden empfinden kann. Sie findet, daß ich ihm eine Chance geben sollte – vielleicht macht er selbst einige Entdeckungen. Er versteht, daß ich momentan nichts für ihn empfinden kann, aber ich glaube nicht, daß sie denkt, es wird immer so bleiben. Anscheinend machte es ihr nicht einmal etwas aus, als ich ihr sagte, daß er sie offenbar überhaupt nicht ausstehen kann – sie wirkte nur nachdenklich und betrübt. Ich sagte ihr, wie seltsam es ist, Michael aus meinem Leben auszuschließen – und auch die unzähligen bedeutungslosen Nebensächlichkeiten.
»Nicht umsonst nennt man das Wachstumsschmerzen«, sagte sie und hielt mich fest mit ihren so erstaunlich grünen, grünen Augen.

Mittwoch, Juni

Wäsche waschen macht mich verrückt. Ich weiß nicht, wie Abbey – oder überhaupt Hausfrauen – es schaffen. (Sollte es schaffen oder schafften heißen? Ich kenne mich nicht mehr mit der Grammatik aus.) Der Himmel ist strahlend blau, und ich habe den ganzen Vormittag damit vergeudet, die Wäsche zu sortieren. Ich habe beschlossen, sie zur chemischen Reinigung zu bringen. Das Leben ist zu kurz. Die Wäscherei kann es mir dann alles in einer braunen Pappschachtel mit einer Schnur drum herum zurückgeben, so wie meine Mutter es bekam, als wir in London lebten und ich noch klein war; dann brauche ich die Wäsche nur noch in die Schränke zu tun. Mitten in dem ganzen Durcheinander – ich blicke beim Sortieren von farbiger und weißer Wäsche und Handwäsche hinaus in den Garten und stolpere über den Bügelkorb –, rief Jeffrey an. Michael – ausnahmsweise war er einmal in seinem Arbeitszimmer – holte mich ans Telefon. (Sein Arbeitszimmer ist trostlos – ganz in Weiß und kahl mit Radierungen in Aluminiumrahmen.) Jeffrey berichtete mir, daß der Sender die Serie nicht mehr haben will und, was noch bestürzender ist, auch keine der anderen Shows, die sich noch im Entwicklungsstadium befinden. Er sagte, er könnte sie anderen Sendern anbieten, befürchtete jedoch, daß sie nicht daran interessiert sein würden. Die Einschaltquoten meiner Show sind offenbar bodenlos gefallen, und in Fachkreisen sei man der Meinung, daß meine Firma ohne mich in den Bankrott schlittere. Das machte mich so verdammt wütend, daß ich am ganzen Körper zitterte. Verstehen diese Leute denn nicht, daß ich Jeffrey die Verantwortung nicht übertragen hätte, wenn ich von seinen Fähigkeiten nicht überzeugt wäre? Und was ist mit den Autoren? Sind sie ohne mich etwa plötzlich Idioten? Das sagte ich zu Jeffrey, aber er sagte (ziemlich müde), ich sei naiv, und daß er das alles hatte kommen sehen – noch nie habe ich ihn so mutlos erlebt. Er irritierte mich noch weiter, als er sagte, er habe nicht erwartet, daß mich all das so überraschen würde – hatte ich denn nicht gesehen, daß die neue Talkmasterin total überfordert war? (Da er sie schließlich ausgewählt hatte, sagte ich nur: »Nun, zumindest ist sie blond« und beließ es dabei.) Das war nur als harmlose kleine Stichelei gedacht, aber er klang tief verletzt, verletzt, weil ich die Show nicht eingeschaltet hatte – und erstaunt, daß ich die Kritiken in den Zeitungen nicht gelesen hatte oder die Broadcast News. Ich sagte ihm, daß es mich nicht interessierte. Dann fragte er mich in dem Tonfall, den er immer benutzt, wenn er über Beths Tod spricht, wie es mir ginge. Ich sagte ihm nochmals, daß mich seine dramatischen

Neuigkeiten kein bißchen interessierten, daß ich nur darüber glücklich war, ein Pony für meine Söhne zu kaufen. »Zoë, es wird jetzt kein Geld für dich geben – verstehst du das? Die Firma macht pleite.« Bei diesen Worten flüchtete er sich in einen flehenden Tonfall. Michael stand während dieses lächerlichen Gesprächs in der Nähe, mit dem Rücken zu mir. Er drehte sich zu mir um, als ich Jeffrey schroff aufforderte, den Mund zu halten, und bat mich um den Hörer. Das überraschte mich, da sie einander kaum richtig kannten und Michael sich nie einmischt. Aber es war mir egal. Ich ging zum Mansardenfenster und blickte hinaus – der Garten sieht von jedem Fenster anders aus – das war interessant – ich fragte mich, wo mein Fotoapparat war. Ich schob das Fenster hoch und lehnte mich hinaus in die wundervoll sanfte Brise. Sie war schwerelos – ein angenehmes Gefühl. Hochgelegene Orte sind wunderbar.
Michael sagte: »Ja, ich weiß. Natürlich verstehe ich, es tut mir leid ...« Viele lächerliche, nichtssagende Floskeln.
Als er dabei war, den Hörer aufzulegen, rief ich laut: »Wiedersehen, Jeffrey, du bist ein Schatz«, um ihm zu zeigen, daß ich ihm nicht grollte, ihm keine Schuld zuwies, und um ihm die Möglichkeit zu geben, zumindest ein bißchen an meiner Freiheit – Freude – teilzuhaben.
»Zoë, das ist eine sehr schlimme Nachricht. Es bedeutet, wir haben kein Einkommen mehr – verstehst du das?« Mir fiel auf, wie müde Michael aussah, und auch, daß ich nichts für ihn empfand – absolut nichts.
»Warum fragt ihr, du und Jeffrey, mich ständig, ob ich verstehe? Natürlich verstehe ich. Ich bin nicht blöd.«
»Wir werden mittellos sein.« Er sagte das keineswegs im freundlichen Tonfall, sondern wütend – wie eine Drohung.
»Warum gehst du dann nicht in die Welt und verdienst ein verdammtes Geld für uns?« Das schrie ich – brennende Wut hatte mich gepackt – »... statt dich hier oben in diesem

jämmerlichen kleinen Zimmer zu verkriechen?« Er schien sich verzweifelt um eine Antwort zu bemühen, aber ich war von all dem viel zu gelangweilt, zu aufgebracht, zu wütend. Ich kehrte zu meiner Wäsche zurück und trat nach dem Bügelkorb, so daß er gegen die Tür prallte. Er ist wirklich ein so schwacher Mann! Ich blicke ihn an und frage mich, wie ich ihn je hatte lieben können – mit ihm schlafen können –, zuhören können, was er zu sagen hatte – es ernst nehmen. Das Leben meiner Firma endet also. Ein neues Leben wird es ablösen. Lillian hat mich das gelehrt. Es ist alles sehr einfach, wenn man sein Herz und seinen Geist öffnet. Andrew würde es verstehen. Paul nicht. Ich fange an zu glauben, daß Paul ein Versager sein könnte wie sein Vater. Wie kann Michael es wagen, mich anzuschreien? Warum tut er nicht ausnahmsweise einmal selbst etwas und läßt mich in Ruhe? Ich habe Geld für ihn verdient – für sie alle – diese ganzen Jahre!

Er ist zum Essen nicht heruntergekommen. Ich bin allein in meinem Arbeitszimmer – ohne Seymour – und betrachte Andrews Bild. Wie sehr es mich doch an meinen Traum erinnert. Das Pony ist völlig einfarbig, was ungewöhnlich ist. Kinder malen gern Blessen und weiße Socken. Ihr Geschmack ist in mancher Hinsicht vulgär, glaube ich. Doch dieses hier ist lediglich ein dunkler Fuchs, goldfarben, verhalten. Fast als wüßte es Bescheid. Wie schwierig es zu finden sein wird!

Später

Michael läßt sich offenbar einen Bart wachsen. Tarnung und Verstellung, vermute ich. Ich bin wieder wach und in meinem Arbeitszimmer – es ist zwei Uhr. Ich habe keine

Angst, denn es ist mir jetzt klar, daß ich nicht viel Schlaf brauche und es so viel zu tun gibt – mehr noch: zu erleben. Pauls Lehrerin rief heute nachmittag an, um zu sagen, daß sie mit uns über ihn reden möchte (Michael war einkaufen). Ich stellte sie mir im Lehrerzimmer vor mit ihrem Pausenbrot, umgeben von Regenschirmen und diesem grauenvollen Schulgeruch. Ich fragte sie, ob Paul etwas angestellt habe. Sie sagte nein, also sagte ich: »Warum kümmern Sie sich dann nicht um Ihre eigenen Angelegenheiten?« Ich legte auf und empfand eine tiefe innere Befriedigung.

Michael telefonierte am Nachmittag sehr viel. Hoffentlich, weil er eine Stellung sucht. Aber wenigstens kümmert er sich noch um die Kinder. Es irritiert mich, wenn ich mich ständig erinnern soll, wann sie abgeholt werden müssen, daß Lunch und Kindertee für sie besorgt werden muß. Ich will heute abend nicht mit Michael essen. Ich werde mein Dinner im Arbeitszimmer zu mir nehmen, und Andrew kann mich im Schlafanzug besuchen, und wir können uns über das Pony unterhalten. Ich finde, wir sollten bis zu den großen Ferien warten, ehe wir uns auf die Suche danach machen – wenn ich mich nicht irre, beginnen sie in einer Woche. Dann haben wir mehr Zeit, und ich glaube, ich werde mich besser konzentrieren können. Zur Zeit finde ich Fernsehen ausgesprochen lästig. Ich höre hier Musik – lesen kann ich nicht – ich habe viel zum Nachdenken, und ich schaue gern hinaus in den Garten, und manchmal, wenn Michael fort ist und mich nicht sieht, lege ich mich auf die alte Steppdecke in den Garten und beobachte die Bienen auf den Blumen.

Juni, Montag

Michael hat einen Job. Das ist mal was Neues – er verkündete es mir heute morgen. Er klopfte an die Tür und kam herein. Eine Invasion, aber ich wußte nicht, wie ich es hätte verhindern können. Er wurde durch einen alten Freund, der Architekt ist, gebeten, einen Beleuchtungsplan für einen neuen Hörsaal in einer Universität in Schottland zu entwickeln. Nichts Aufregendes, aber ein richtiger Auftrag mit »anständigem Honorar« – er sagte diese Worte, als wären sie kursiv geschrieben, aber ich ging nicht auf seine Anspielung ein und lobte ihn nicht gerührt. Ich werde froh sein über die Trennung. Und über die Herausforderung für Michael. Ein weiterer Weg, den Beth uns durch ihren Tod gezeigt hat und wodurch sie uns geholfen hat, über uns hinauszuwachsen. Wie auch immer, es war ein unguter Zeitpunkt für mich – er wollte es mir in allen Einzelheiten erzählen, aber meine Gedanken waren anderswo. Ich gehe nämlich heute nachmittag zu Lillian und mußte überlegen, ob ich den taubenblauen Angorapullover anziehen sollte – es könnte in der Stadt zu warm dafür sein (der Sommer weigert sich immer noch, seinen Einzug zu halten), aber ich wollte, daß sie mich in dieser Farbe sah. Ich halte das für wichtig. (Inzwischen habe ich beschlossen, ihn anzuziehen.) Nachdem Michael das Zimmer verlassen hatte, fing ich zu weinen an. Ich weiß nicht recht warum und was es bedeutet.

Später

Ich nahm die ursprüngliche Skizze des Ponys mit, um sie Lillian zu zeigen. Sie war sehr beeindruckt. Sie kniff die Augen zusammen, als sie die Zeichnung im Licht studierte

(sie zog dafür extra ihren gelben Rolladen hoch und trat damit ans Fenster). Es ist sehr beruhigend, mit ihr im Zimmer zu sitzen, und es wird zusehends zwangloser. Aus der üblichen Stunde wurden diesmal eineinhalb. (Ich kann nicht behaupten, daß ich etwas dagegen habe.)
Es war eine sehr besinnliche Sitzung. Sie fragte mich nach Beth, und ich sagte ihr, wie glücklich die Erinnerung an sie mich machte und welchen Frieden es mir bescherte – wie sie mein Leben veränderte, genau wie Lillian vorhergesagt hatte. Ich mache mich nicht mehr durch meinen Ehrgeiz verrückt und versuche nicht mehr, mir mit Ellbogenkraft einen Weg nach oben zu bahnen. Sie lächelte mich an.
»Mir gefällt die Farbe, die Sie heute tragen.«
»Ich habe sie extra ausgesucht«, sagte ich, und sie lächelte. Es machte mich so glücklich, daß es wirklich die Zeit wert gewesen war, die ich für meine Entscheidung gebraucht hatte. Ich erzählte ihr von Michael und dem Job. Sie nahm diese Nachricht eher gelassen auf, trotzdem glaube ich, daß sie sich darüber freut. Sie meint, daß wir alle von der vorübergehenden Trennung profitieren werden. Ich sagte ihr, wie wundersam es war, daß ich jetzt verstand, wie begabt Andrew ist – daß er vielleicht ein bedeutender Mann werden würde –, und wie sehr ich ihn früher vernachlässigt hatte.
»Und was ist mit Paul?« fragte sie, fast zärtlich. Sie erkannte mein Lob für Andrew an, durchschaute es aber auch auf ihre einsichtsvolle Weise.
»Er ist immer noch gereizt, ruhelos.«
»Es ist der Schmerz über den Tod seiner Schwester. Haben Sie schon einmal daran gedacht, ihn zu mir zu bringen? Ich würde ihn gern kennenlernen.«
Ich bin sehr aufgeregt über Lillians Vorschlag – wenn sie mir irgendwie helfen könnte, Paul zu verstehen –, ich weiß, es ist ungerecht von mir, ihn so unausstehlich zu finden;

fast wollte ich ihr nicht gestehen, wie wütend er mich macht – wie ich ihn vernachlässige. Sie war sehr nachsichtig. »Und jetzt möchten Sie nicht nur schön, sondern auch perfekt sein?« sagte sie, und wir lachten.
Wir vereinbarten einen Termin mit Paul für den Donnerstag nächster Woche.

Juli (zweiter Ferientag)

Hatte in den letzten Tagen keine Zeit zum Schreiben – alles geht so schnell.

Michael ist sehr damit beschäftigt, sich auf seine Reise vorzubereiten, darum ging ich mit den Jungs ins Theater (in den Ferien gibt es Nachmittagsvorstellungen). Es war schwierig. Ich wählte etwas nicht zu Anspruchsvolles aus – Private Lives. Aber die Komödie war sogar für Andrew zu schwierig, glaube ich. Sperrsitze, dicht nebeneinander – wir saßen nicht am Ende der Reihe, weil ich die Karten nicht vorbestellt hatte – es war eine spontane Entscheidung gewesen, was gut ist. Sie hatten das gesamte Publikum in der Mitte des Zuschauerraums zusammengepfercht (gedankenlos, ja faul). Es war heiß. Ich hatte vorgehabt, sobald das Licht ausging, zu den leeren Sitzen am Mittelgang vorzurücken, aber als es gedämpft wurde, drängten immer mehr Zuschauer in unsere Richtung, so daß ich nicht an ihnen vorbeikam, um hinauszugelangen. Also folgte ich einem plötzlichen Impuls, sprang auf und kletterte über die Rückenlehnen der Sitzreihe vor uns (die Jungen folgten nicht). Ich fühlte mich wild wie ein Tier. Schürfte mir dabei die Haut an den Schienbeinen auf und holte mir blaue Flecken. Sehr dumm. Entnervend, weil alles so schnell passierte – der Zwang hinauszukommen war unwiderstehlich – Klaustrophobie, nehme ich an. Paul war es schrecklich peinlich, Andrew egal. Am Büfett war noch mehr Gedränge, also setzten wir uns auf unsere Plätze und aßen Eiscreme. Ich versuchte die Handlung zu erklären und wurde ärgerlich, als Paul Fragen stellte. Andrew sagte nichts. Kein guter Tag. Aber auch nur ein Tag, wie Lillian sagen würde. Als wir heimkamen, hatte Michael das Abendessen für uns vorbereitet, aber ich hatte keinen Hunger. Keinen Hunger.

Ich möchte zu Lillian. Ich bemühe mich, mir ihre Stimme vorzustellen.

Juli

Heute packt Michael. Paul – schweigsam – hilft ihm. Ich blieb hier unten und konnte mir vorstellen, wie Seymour in und aus dem Koffer sprang. Andrew zeichnet oben, denke ich. Ich wollte einen langen Spaziergang machen – am liebsten am Meer entlang und barfuß. Die einzige Möglichkeit war der Richmond Park, aber ich hätte die anderen Leute dort nicht ertragen. Ich brauche Einsamkeit. Ich blieb hier in meinem Arbeitszimmer (wartete darauf, daß Michael verschwand, glaube ich). Früher packte ich seine Koffer für ihn, das war eine dieser Pflichten als Ehefrau, denen ich mich nicht entzog. Jetzt interessiert es mich nicht – es ist mir egal, ob er genügend Socken mitnimmt und eine Strickweste, falls es kalt wird; und genug Oberhemden, aber nur zwei Hosen und ein Jackett für Besprechungen mit seinen Auftraggebern, und seine Nagelschere und genügend Zahnpasta. Manchmal ist es schwierig, sich an diese neue Freiheit von den Regeln unserer Ehe zu gewöhnen.

Ich habe großes Verlangen nach ganz frischem Apfelsaft – mit Bodensatz, so daß ich den Glaskrug schütteln muß; und wenn ich genug davon trinke, wird es mir ganz leicht die Zunge zusammenziehen – und auch dieses Milchige, das ich nie verstanden und fast verabscheut habe, es ist fast buttrig, das mich jedoch nie davon abgehalten hat, mehr trinken zu wollen – trüber Apfelsaft. Es gibt ein Feinkostgeschäft in der Gegend, das ihn vielleicht hat – aber ich weiß nur mit Sicherheit, wo es ihn in Soho gibt. Kein Soho jetzt (Jetzt kein Soho, jetzt kein Soho, jetzt kein Soho – die Dämonen singen wieder ...) Zum Teufel – ich werde sehen, ob ich welchen bekomme.

Später

Als ich mit Holundersaft (kein Apfelsaft zu bekommen) nach Hause kam, rief Michael mit der gleichmütigen Stimme, die er sich jetzt angewöhnt hat, zu mir in die Diele herunter. Ich war eine Ewigkeit weggewesen, hatte in verschiedenen Läden und Geschäften nachgefragt, aber kein Apfelsaft war zu finden; ich stand vor dem Säfteregal, war verwirrt und mir bewußt, daß ich dumm aussah, was mich aber nicht davon abhalten konnte, hin und her zu erwägen, ob Birnennektar zu süß sein würde oder Holundersaft nicht doch bloß wie Limonade schmeckt, und ich konnte mich einfach auf nichts wirklich konzentrieren. Wie auch immer, ich stieg die Treppe hinauf, als Michael rief. Alte Gewohnheiten sind hartnäckig. Der Koffer lag auf dem Bett, Paul bewachte ihn fast feierlich, Michael hielt seinen Kulturbeutel in der Hand.
»Paul möchte, daß ich dich etwas frage.«
»Was ist los, Paul – Angst vor mir?« Ein neuer Versuch, nett zu ihm zu sein. Aber er ging nicht darauf ein. Er hatte

jedoch keine Angst, mir in die Augen zu blicken, obwohl er nichts sagte. Ich hatte das Bedürfnis, ihn einzuschüchtern, und durchbohrte ihn mit meinem Blick.
»Schatz …« Michael brach meine Konzentration. »Paul würde dir gern – Paul, bist du sicher, daß du es ihr nicht selbst sagen möchtest?« Paul schüttelte den Kopf.
»Mir reicht es!« Ich war wieder verärgert und wollte weinen, weil ich so verärgert war. Fast wäre ich aus dieser trostlosen häuslichen Szene gestürmt.
»Zoë, nur einen Augenblick – wir brauchen dich einen Moment. Paul würde dir während meiner Abwesenheit gern an die Hand gehen – Verantwortung übernehmen. Er möchte einkaufen und kochen und im Haushalt helfen.«
»Selbstverständlich, Schatz«, sagte ich, glaube ich zumindest, und wandte mich zum Fenster hin. Michael – so aufmerksam – versuchte, Paul mit einer Mission zu betrauen (wenn auch mit einer sehr weltlichen, profanen), und da war ihm diese nette kleine Idee gekommen. Wahrscheinlich hat er ihm als Abschiedsgeschenk eine Schürze gegeben. Als keiner der zwei etwas sagte, wurde mir bewußt, daß ich mich dazu äußern mußte.
»Du bist ein ausgezeichneter kleiner Koch – du wirst eine große Hilfe sein.« Ich bemühte mich, ehrlich zu klingen, aber ich war gereizt. Ich bin jetzt noch gereizt, während ich darüber schreibe.
»Er möchte auch gern in meinem Arbeitszimmer schlafen, solange ich weg bin, um das Zimmer warm zu halten, sozusagen.«
»Was hast du an deinem eigenen Zimmer auszusetzen?« fragte ich ihn. Ich weiß, es war falsch, ihn so anzufahren, aber ich ärgerte mich, daß er so schlau war und mich zu solchen lächerlichen Zugeständnissen zwang, verlangte, wie ein Schauspieler behandelt zu werden, der vor seinem

ersten großen Auftritt die Bestückung seiner Garderobe in Anwesenheit seines Agenten bespricht. In diesem Kind stecken sowohl Feigheit wie eine eigene Art von Hartnäckigkeit. Es ist nicht offene Unnachgiebigkeit wie bei mir. Lillian nennt es »passiv aggressiv« (obwohl sie nichts von schlauen Schlagwörtern hält) und sagt, es läge daran, daß er unsicher ist. Sie hat zuviel Taktgefühl, was Paul betrifft, als daß sie ihn verschlagen nennen würde, aber die Tatsache bleibt, daß die von Michael kommenden Bitten viel schwerer abzuschlagen sind. Einen Moment lang fühlte ich mich erpreßt, fast als würde er – hätte ich mich geweigert – die Kinder mitnehmen oder zu meiner Mutter schicken, und dann hätte ich Andrew nicht mehr bei mir, und ich brauche ihn.

»Natürlich darfst du dort schlafen, wenn du möchtest«, preßte ich hervor.

»Andrew wird froh darüber sein, nehme ich an«, sagte Michael. »Er kommt in das Alter, wo er gern ein Zimmer für sich allein hätte.«

»Andrew stellt keine Forderungen!« entgegnete ich, und wieder gelang es mir nicht, meine Wut zu unterdrücken, als ich sah, daß Paul ein rotes Gesicht bekam und den Tränen nahe war. Er ist mein Fluch, dieser Junge. Mit diesen Worten – es war das Beste, was mir im Moment einfiel – machte ich meinen Abgang. Nachdem er seinem Sohn ein paar ermunternde Worte zugemurmelt hatte, während ich die Treppe hinunterging, folgte mir Michael in die Küche (wo ich schnell einen tiefen Schluck Holundersaft nahm) und überfiel mich dort.

»Zoë, du wirst dich gut um sie kümmern und um dich ebenfalls – versprichst du mir das?«

»Warum glaubst du, mich das fragen zu müssen?« (Ich war einem Streit jetzt nicht abgeneigt.)

»Du mußt zugeben, daß du in letzter Zeit geistesabwesend

bist. Es war nicht leicht für Paul.« (Welch gütige und taktvolle Antwort!)
»Erspar mir einen Ausbruch von Psychogeschwafel.« (Das war unfair, unrichtig, und ich genoß es.)
»Es ist für uns alle eine sehr schwierige Zeit. Wir sind alle betroffen. Paul klammert sich in letzter Zeit sehr an mich. Du weißt, wie überempfindlich er ist – es ist wichtig, daß er das Gefühl hat, daß du ...«
»Daß ich was? Seine Mutter bin und ihn liebe? Oh, ich vergaß, ich bin seine Mutter und liebe ihn.« Er sagte nichts, also fuhr ich fort: »Ich finde solche Szenen nervtötend.« Ich merkte, daß es mir gelungen war, ihn endlich wütend zu machen.
»Ich bin nicht mehr sicher, ob du ihn liebst – oder überhaupt einen von uns. Nicht seit Beth.« Schrecklich daran war nicht sein Ärger, sondern die Tatsache, daß es seit sehr langer Zeit das erste Mal war, daß ich überhaupt etwas glaubte, was er sagte.
»Ahh. Der Wink – der Augenblick der Wahrheit«, sagte ich.
»Tut mir leid, Zoë, ich habe die Beherrschung verloren.«
»Nervtötend, nervtötend, nervtötend«, stichelte ich.
»Bitte, tu wenigstens so, als ob du sie liebst – tu, als ob es wichtig sei.«
»Du mißverstehst mich«, sagte ich und war wundervoll eisig.
»Sei jetzt nicht verärgert, Zoë.«
»Ich bin jetzt nicht verärgert. Aber ich werde es vielleicht bald sein. Ärger ist gut. Ärger ist ehrlich. Ärger befreit. Ärger reinigt. Ärger definiert das Selbst. Ärger definiert Grenzen. (Das mußte ich ihm sagen.) Ja, ich verspreche, mich um sie zu kümmern.« Ich meinte es, und das wußte er.

»Sei wieder nett und friedlich.« (Das sagt er immer.)
»Ja, ja.« Ich mußte ihn fast zur Seite stoßen, um aus dem Zimmer zu kommen.

Ich bin jetzt müde. Ich habe versucht, es so niederzuschreiben, wie es geschehen ist, aber es ist, als ob ich im Fieber schreiben und mich erinnern würde. Ein altmodisches, wutentbranntes Fieber der Seele.

Juli

Ich fand Seymour heute morgen auf Pauls Bett liegend (wir haben es vor Michaels Abfahrt in sein Arbeitszimmer getragen) – ein neuer Platz für ihn. Das Zimmer hat die gleichen Lichtverhältnisse wie meines, das ist wahrscheinlich der Grund, aber ich sagte ihm trotzdem, daß er ein treuloser Kater ist. Er war bei seiner Morgenwäsche und schien keine Lust zu haben, sich mit mir zu unterhalten. Es ist sehr ordentlich im Zimmer. Da ist sein Bett (das er tatsächlich macht), sein Wasserglas auf dem Nachtkästchen (fast erwartete ich falsche Zähne darin zu sehen, er ist ein so alter Mann), und sein Bücherregal hat er auch mit heraufgebracht (natürlich sind die Bücher alphabetisch nach Autoren geordnet).

Andrew hat jetzt eine ganze Suite für sich. Das Spielzimmer sieht immer mehr wie das Atelier eines Malers aus. Ich glaube nicht, daß Paul je wieder hier einziehen wird. Andrew hat weitere Bilder von dem Fuchspony gemalt – einige Bleistiftskizzen, wie von einem lebenden Modell, und mehrere Aquarelle. Sie sind wundervoll. Ich betrachtete sie lange im Dämmerlicht (obwohl ich sie noch nicht hätte sehen sollen). Blauregen rankt vor dem Fenster. Jetzt sind schon seit einer Woche Ferien, Michael ist weg, Andrew und ich werden uns morgen zwei Ponys ansehen, von denen wir denken, daß sie vielleicht demjenigen auf den Bildern ähneln und so unsere Vision ins Leben wecken. Sie sind zwar nicht in Cornwall, aber wer weiß? Er war viel am Telefon – er beantwortet die Inserate – er hat eine Liste mit Fragen in schöner Schrift mit schwarzer Tinte aufgesetzt, und er geht sie bei jedem Telefonat genau durch. So lange könnte ich mich nicht konzentrieren. Er betont, daß keine grauen oder braunen Ponys in Frage kommen, worüber ich lachen muß. Im Grunde genommen ist es Andrew, der sich auf die Suche nach dem Pony macht, ich stehe ihm nur zur Seite (und wünschte, ich hätte als Kind seine Art von Freiheit gehabt.) Andrew kümmert sich auch um meine Mutter und meine Schwester, die beide oft anrufen. Ich weiß, daß es zu Meinungsverschiedenheiten kommen würde, wenn ich mit ihnen reden würde, darum übernimmt er das für mich. Wenn er nicht da ist, muß ich mir ihr langes, zögerliches Gerede auf dem Anrufbeantworter anhören. Manchmal stecke ich mir die Finger in die Ohren, um ihre Stimmen nicht zu hören. Ich gehe nie ans Telefon in diesen Tagen – es ist alles so trivial. Ich glaube nicht, daß Paul morgen überhaupt mitkommen will, also werde ich ihn wahrscheinlich hierlassen – Seymour kann den Babysitter spielen.

Juli

Seitdem Michael endlich weg ist, scheint das ganze Haus vor Erleichterung aufzuatmen. Alle Türen stehen offen, und ich wandre von einem Zimmer ins andere, öffne Fenster und lasse Licht hinein.

Ich brachte Paul heute zu Lillian. Es war seltsam, ihn in der Eingangshalle mit dem roten Läufer abzusetzen und nicht die Treppe hinaufzueilen, um sie zu umarmen – seltsam, sie nicht einmal zu sehen. Paul wollte nicht zu ihrer Tür gebracht oder an der Hand geführt werden. Er sagte, er würde allein gehen. Er sagt das schon immer. Wir sollten es auf seinen Grabstein schreiben.

Als ich auf den Devonshire Place hinaustrat, hatte ich keine Pläne – ich wußte nur, daß ich mich eine Stunde lang irgendwie allein unterhalten mußte. Es war ein merkwürdiges Gefühl, diese Treppe ohne meine übliche Hochstimmung herunterzugehen – unvollständig. Ich hatte Lillian nicht gesehen und würde es auch nicht. Immer wieder erstaunt es mich, wie viele Leute es auf den Straßen von West End an einem ganz gewöhnlichen Wochentag gibt. Sie sehen aus, als hätten sie genug Geld für Einkäufe, aber es sind durchaus nicht alles reiche Ehefrauen – eher junge Leute. Junge Männer. Ich erinnerte mich plötzlich, daß Michael und ich darüber lachten, als wir uns gerade kennengelernt hatten und aus irgendeinem Grund im Debehams' Café lunchten. (Offenbar versuchte er, mich zu beeindrucken.) Er stellte die Theorie auf, daß all diese Leute für eine halbe Stunde aus ihren Büros kamen und dabei zufällig mit anderen zusammentrafen, die das gleiche taten. Und das war, woher sie alle kamen. Ich konnte nicht mehr zu lachen aufhören (ich war schrecklich verliebt), und doch war es keine Theorie, die ich plausibel fand. Wir hatten schließlich aufgegeben und einfach beglückt Händchen gehalten, glaube ich.

Da waren sie heute alle wieder – in Eile ihrem Ziel zustrebend –, und hier war ich, allein mit erregtem sommerlichem Herzschlag. Ich schlenderte lange Zeit – ich war energiegeladen und wollte mich etwas beruhigen – die Rückseite der Oxford Street entlang, dann nach Soho und weiter zur Regent Street und hoffte, niemandem zu begegnen, den ich kannte. London ist wie die Dritte Welt geworden: Ich wurde von Bettlern angesprochen, was mich wütend machte, obwohl mich so etwas früher fast schuldbewußt und traurig gemacht hatte. Die Menschen in der City verrohen eben. Ich wollte sie alle aus dem Weg schieben. In der Regent Street war jedoch die Welt wieder in Ordnung, und plötzlich stellte ich fest, daß ich einen Schaufensterbummel machte; und dann betrat ich die Geschäfte, nahm ganze Armvoll Kleider von den Ständern, eilte damit in die Umkleidekabinen, riß mir die alten Sachen vom Leib und schlüpfte begeistert in neue, mit denen ich vor den langen Spiegeln auf und ab schritt und mich bewunderte. Das ist neu – ich konnte plötzlich ohne Zögern entscheiden, welche Kleidungsstücke richtig waren, und sie mit absoluter Klarheit (Absicht, Entschlossenheit) kaufen. Ich habe das Aussuchen und Einkaufen von Kleidungsstücken immer als lästige Arbeit empfunden – in meinem früheren Leben war es Teil meines Jobs, und manchmal gefiel es mir, aber meistens überlegte ich dabei, wann und wie oft ich die Sachen tragen würde, welchen Wert jedes einzelne Kleidungsstück hatte und welche Absicht der Kauf hatte. (Absicht des Kaufes, Kauf der Absicht – ging das schon wieder los? Jetzt wiederhole ich die Worte zur Melodie von »Moses Supposes« aus Singin' in the Rain, der nicht einmal mein Lieblingsfilm ist, und ich denke über den Apostroph in singin' nach und wie lächerlich er ist und über Gene Kellys kurze Arme, und ich will das alles gar nicht denken, ich will das mit den Kleidungseinkäufen erklären. Es ist wichtig.) Diese Einkäufe hatten keinen anderen Zweck, als mir Freude zu machen. Das war es, was neu war. Das ist, was ich niederschreiben will. Ich kaufte so viele Kleider mit kurzen Röcken, eines aus Seide mit Kirschenmuster, und eine lange Hose (ich habe eine ganze Menge abgenommen) und ein Hemdkleid und drei Paar Schuhe und zwei Hüte. Zwei Hüte – ich kann es nicht glauben! An das übrige kann ich mich nicht erinnern – ich habe es noch nicht ausgepackt –, aber ich war so glücklich, so glücklich in diesen Läden.

Das Lächerliche ist, ich vergaß völlig, daß Paul nur eine Stunde bei Lillian sein würde und feierlich versprochen hatte, im Wartezimmer mit seinem Erwachsenenbuch zu warten (das er glücklicherweise mitgenommen hatte, der arme Schatz). Es war fast Mittag, und ich hatte gesagt, ich würde ihn um elf Uhr abholen. Ich nahm mir ein Taxi, mit meinen ganzen Schachteln, dachte dabei an das Seidenpapier darin und fühlte mich so herrlich in die dreißiger Jahre zurückversetzt und war absolut glücklich, da ich alle auf mich hereinstürzenden Ereignisse der letzten Zeit vergessen hatte, was eigentlich nicht lieb von mir ist. (Lillian ermahnt mich, nicht zuviel von mir zu fordern, vor allem in dieser Phase des Wachsens und der Veränderung; trotzdem – meine Erziehung und die Konventionen machen mir zu schaffen.)

Paul war sehr lieb und nachsichtig. Vielleicht hatte er gar nicht erwartet, daß ich pünktlich sein würde. Er war auf dem Heimweg sehr nachdenklich und weigerte sich, darüber zu sprechen, worüber er und Lillian sich unterhalten hatten, sogar als ich wütend wurde. Ich nehme an, das ist gut, denn es bedeutet, daß sie die für eine therapeutische Behandlung so wichtige Vertrauensbasis aufbauen, und ich sollte mich da nicht einmischen. Ich bin sicher, sie wird mir nächste Woche alles erzählen. Als wir zu Hause ankamen, ging er mit einem resignierten Seymour auf dem Arm ins Arbeitszimmer seines Vaters hinauf, während ich Andrew meine Kleider zeigte und er mich formell in sein Atelier einlud (das Spielzimmer) und wir uns über das Pony unterhielten. Er liebt meine Theorie, daß wir durch eine Art höhere Eingebung wissen, daß es wirklich existiert. Wir haben lange über Vorherbestimmung geredet. Er hat zwar nicht die Bücher gelesen, die ich lese – wie konnte er auch –, aber er lernt so schnell.

Freitag

Heißer Abend. Wunderschön. Spielte mit Andrew im Garten unter dem Sprinkler. Er war das Fuchspony (das noch keinen Namen hat) und ich seine treue Stallgefährtin (Sunsight – eine helle Fuchsstute mit schwarzen Flecken und glänzenden Hufen ...). Endlich ist es Sommer. Richtiger Sommer. Ich machte uns eine verdünnte Zitronenlimonade (deshalb verdünnt, weil nicht genügend Zitronen im Haus waren, Paul kann nicht an alles denken), und wir hatten ein etwas mageres Picknick im Gras bei den Pappeln am Rand des Rasens. Sonne drang in unsere Körper und Herzen und Seelen – erneuerte uns. Wir saßen in der Nähe der Kuhle, die ich mir für Beth vorgestellt hatte, und ich fühlte mich noch beschwingter. Paul wollte nicht ins Freie kommen. Ich sah, daß er uns eine Zeitlang vom Fenster in Michaels Arbeitszimmer aus beobachtete. Er ist so bleich, sein Gesicht scheint wie ein Licht. Als ich ihm zuwinkte, verschwand er. Wahrscheinlich kehrte er zu seinen Büchern zurück oder was immer es ist, womit er sich beschäftigt. Andrew und Paul reden in meiner Anwesenheit offenbar nicht miteinander, aber ich bin sicher, sie palavern ohne Ende, wenn ich weg bin.

Wie auch immer, nach dem Lunch oder kurz vor dem Nachmittagstee, ich weiß es nicht, ich habe aufgehört, meine Uhr zu tragen, kam Paul heraus, um zu sagen, daß jemand an der Haustür läutete. Ich glaube, ich fuhr ihn an, schließlich ist er schon vierzehn, warum konnte er nicht einfach aufmachen? Jedenfalls war es Abbey, die ehemalige Nanny der Jungen (ich kann mich nicht erinnern, ob sie noch bei uns war, als ich mit diesem Tagebuch anfing ...). Es war wirklich außerordentlich ungewöhnlich: a) Ich hatte sie nicht eingeladen; b) Ich hatte nicht erwartet, sie je wiederzusehen und c) Ich hatte so lange überhaupt keine Besucher empfangen, und so kam es mir seltsam vor. Sie sah merkwürdig aus. Ich glaube, sie hat zugenommen, und sie stand vor der Tür, ohne zu sagen, weshalb sie gekommen war. Aber sie war nie gut darin gewesen, eine Unterhaltung zu beginnen, geschweige denn zu führen (da merkt man deutlich den Klassenunterschied). Paul neben mir war steif wie eine Statue, dann warf er sich plötzlich in ihre Arme, was ich etwas ärgerlich fand. Es war ihr sichtlich nicht peinlich, und sie erinnerte mich an einen fetten Felsen.
»Kommen Sie doch herein«, forderte ich sie auf, glaube ich. Im Garten sagte sie: »Ich dachte, ich schau mal vorbei – die Jungen fehlen mir.« Andrew ignorierte sie völlig, er hatte sich wieder ans hintere Ende des Gartens zurückgezogen, also konnte ich wohl kaum sagen, daß auch sie ihnen fehlte. Wir setzten uns auf die Terrasse. »Ich hab' versucht anzurufen, aber der Anrufbeantworter war immer eingeschaltet.« Ich sagte nicht, daß Anrufer dann normalerweise eine Nachricht hinterlassen sollten. Ich wollte nicht unnötig unhöflich sein.
»Ich mache Urlaub vom Telefon«, sagte ich. Ich wußte plötzlich, daß ich sie wirklich nicht hierhaben wollte. Es ist nie meine Stärke gewesen, mich zu rechtfertigen, aber Paul, der sich unablässig an ihren Körper oder ihre Klei-

dung klammerte, war offensichtlich so glücklich, sie wiederzusehen, daß ich schlecht irgend etwas sagen konnte. Ich befürchtete, wenn ich es täte, würde er uns alle mit einer für ihn untypischen Szene schockieren.

Ich trat ins Haus und machte Tee und ließ die beiden beisammen. Sie hatte diese gräßlichen Eiskekse, die sie immer für die Kinder gekauft hatte, aus ihrer Handtasche gefischt – sie fingen bereits zu schmelzen an, aber ich legte sie rasch auf einen Teller. Nach ein paar Fragen – sie ist arbeitslos und will bald mit ihrem Freund Urlaub machen – und nachdem ich ihr von dem Pony erzählt hatte und daß Michael nicht da war, gaben wir auf, uns zu unterhalten, und ich trug den Sprinkler zu einem anderen Teil des Gartens und tat, als würde ich jäten, während sie und Paul auf der Bank saßen und ich Worte aus seinem Mund sprudeln hörte, die ich aus dieser Entfernung nicht verstehen konnte. Ich spürte, wie ich wütend wurde und besorgt, und ich wollte etwas tun, damit sie ging und uns allein ließ ... uns allein ließ. Diese Worte schossen immer schneller durch meinen Kopf und bildeten sogar eine monotone Melodie. Wie als Antwort darauf stürmte Andrew, der unter den Pappeln die herrliche Szene skizziert hatte, plötzlich quer über den Rasen mit ausgestreckten Armen wie ein Racheengel auf Abbey und Paul zu und sagte laut: »Meine Mutter möchte, daß du jetzt gehst. Du bist eine ehemalige Bedienstete, keine Freundin.« Abbey wurde knallrot, und ich ließ alles, was ich gerade tat, und ging hinüber, um mich zu entschuldigen – ich weiß nicht, was in ihn gefahren ist; plötzlich standen Andrew und ich im Gras über einem völlig verstummten Paul und über Abbey, die mit ihren Eiskeksen (oder was auch immer sie waren) auf der Bank saß, während die Spätnachmittagssonne in ihre Augen schien.

»Andrew war ausgesprochen ungezogen. Entschuldige dich, Andrew«, sagte ich.
»Es tut mir leid.« Lobenswerterweise lächelte er Abbey süß an, dann auch Paul.
»Kinder sind so unberechenbar«, sagte ich, aber ich hatte ein heißes, rotes Gesicht bekommen, vor lauter Anstrengung, mich zu beherrschen. Was ich am liebsten gesagt hätte, war: Fette Kuh, steh von meiner Bank auf und verschwinde.
Schließlich stand sie mühevoll auf und errötete wieder.
»Bitte entschuldigen Sie sich nicht. Ich muß jetzt sowieso gehen. Ich muß meinen Zug kriegen.« Ich bot ihr nicht an, sie zum Bahnhof zu fahren.
»Wir werden Sie zur Tür begleiten, nicht wahr, Jungs?« sagte ich, und wir marschierten in Formation durch das Haus, Abbey und Paul vor uns anderen beiden. Als wir in die Diele kamen, rannte Paul ohne ein Wort oder einen Blick die Treppe hinauf. Abbey blieb stehen und blickte ihm nach.
»Er ist ein bißchen dünn«, sagte sie, ohne mich anzusehen, was unhöflich war, aber das war alles. Ich biß mir auf die Zunge und widerstand der Versuchung, sie hinauszuschieben. Ich mußte ihr nicht einmal angst machen, indem ich ihr in die Augen blickte (das habe ich immer großartig gekonnt). Ich glaube, ich hätte sonst gelacht.
»Danke für Ihren Besuch«, sagte ich und wünschte ihr noch einen schönen Urlaub.
»Wann kommt euer Daddy zurück?« fragte sie Andrew rasch. Er antwortete nicht, sondern sagte nur höflich auf Wiedersehen und hauchte ihr einen Kuß auf die Wange, als sie sich zu ihm hinunterbeugte. Als sie gegangen war – der Kies knirschte unter ihren Füßen –, verstand ich nicht, wieso ich so nervös gewesen war.

Mittwoch

Ich hatte heute einen wundervollen Tag mit meinem entzückenden Sohn beim »Pony Shopping«, wie Andrew es nennt. Ich bin sehr müde, aber nicht schläfrig. Ich liege im Bett, eine Tasse heiße Schokolade neben mir, die Rolläden sind hochgezogen – der Mondschein und dunkle Blattmuster wandern über mein Bett. Nein, Michael – es ist wundervoll. Seymour war hier, aber er tollt jetzt wahrscheinlich im Vollmond herum. Oder er hat sich wieder in Pauls Bett zurückgezogen, der Treulose. Es ist Vollmond, glaube ich. Ich war gerade draußen auf dem Treppenabsatz, um mich zu vergewissern.

Der englische Sommer ist perfekt, wenn er möchte. Alles war heute so beschwingt und voller Leben – sehr fröhlich. Ich verspürte Abenteuerlust. Meine Stimmung stieg. Wie könnte ich es sonst ausdrücken? »Höher und höher, hinauf zu den Sternen ...« Andrew studierte die Straßenkarte – das kann er sehr gut –, und das mußte er auch: Wir haben uns heute drei verschiedene Fuchsponys in drei unterschiedlichen Gegenden angesehen. Das erste auf einem Reiterhof am Rand der Cotswolds. Eine prächtige Stute, aber ein Springer – die Tochter des Besitzers ist zu groß geworden und will jetzt ein Pferd. Der Hof, ein Familienunternehmen, auf dem auch Rennen veranstaltet werden, schüchterte mich ein wenig ein, weil ich schon so lange nichts mehr mit Pferden zu tun gehabt hatte; und da Andrew nicht reiten kann, mußte ich die Ponys selbst reiten, um mir einen Eindruck zu verschaffen. Die Frau (ich habe ihren Namen vergessen) riet uns, ein weniger trainiertes, ruhigeres Pony zu nehmen. Sie schien offenbar nicht zu verstehen, daß ich selber reiten und mich um das Pony kümmern werde, während Andrew lernt, und ich weiß, daß er sich als Naturtalent erweisen wird und in Null Komma nichts an Rennen teilnehmen kann, und daß wir uns kein plumpes, langsames Tier ohne Mut aufhalsen wollen. Wie auch immer, ich ritt die Stute auf einem sehr schönen Übungsplatz, fühlte jedoch keine Affinität zu ihr. Wir waren sehr höflich zu der Frau, aber irgendwie hatte ich das Gefühl, daß sie uns gegenüber nicht die richtige Einstellung hatte. Ich kann nicht genau sagen warum oder was es war, das mich so argwöhnisch machte (Lillian wird es wissen – oder es einer präzisen Intuition zuschreiben).

Wir aßen Lunch in einem Pub an einem Bach. Es war voll von Touristen, aber das störte uns nicht. Andrew zeichnete den Schwan, der dort die Hauptattraktion ist, reinweiß wie die Schwäne im St. James' Park – und wir unterhielten uns ein bißchen über göttliche Wesen und die Seele von Tieren. Ich zitierte Yeats' Leda und der Schwan – soweit ich mich daran erinnern konnte –, und er war begeistert.

Das nächste Pony lebte im Herzen von Gloucestershire auf einer ziemlich verwahrlosten Weide (ein Schlammteich im Winter, nehme ich an). Ein Wallach – glücklicherweise – mir vier weißen Socken (nicht so gut). Lammfromm, fast stoisch, sich dem Ende seiner besten Jahre nähernd, würde ich sagen. Es war das Pony einer Bauerntochter – sie war nirgendwo zu sehen, wahrscheinlich war sie am College oder hatte sich von irgendeinem Idioten schwängern lassen und saß jetzt in einer verdreckten Behausung irgendwo. Der Bauer war unbeholfen. Wir konzentrierten uns gar nicht richtig auf das Pferd, ließen uns Ausreden einfallen, als das Tier herbeigeführt wurde: Ich sah keinen Sinn darin, es zu reiten. Als wir wegfuhren, überfiel mich eine unerträgliche Traurigkeit bei dem Gedanken, daß es Tiere gibt, die unerwünscht sind, keine Sieger, zu alt oder verzärtelt sind oder von ihren Besitzern mißhandelt werden. Andrew konnte es nicht verstehen, aber ich war den Tränen nahe.

Auf das letzte Pony hatten wir die meiste Hoffnung gesetzt. Erstens war es das jüngste (acht Jahre), und man hatte uns versichert, daß es reinfarbig war und ein temperamentvolles Tier. Niemand hatte gelogen. Wir waren sehr von ihm angetan. Es gehörte einer Freundin einer Freundin meiner Mutter, so gab es Tee in hauchdünnen Porzellantäßchen statt in Steingutbechern und Kuchen für Andrew. (Er aß drei Stücke.) Die Dame des Hauses war äußerst zuvorkommend und Andrew seinerseits sehr höflich zu ihr, aber mir entging nicht, daß seine Gedanken anderswo waren, gar nicht bei der Sache, und ich kam mir vor, als befände ich mich in einem Zimmer mit seinem Geist. Die Dame war reizend, sehr sachverständig, ohne versnobt zu wirken. Aber das Pony bockte. Ich kann nicht alle meine Erfahrungen mit Pferden ignorieren und ernsthaft daran denken, ein störrisches Tier zu kaufen. Wir brachten das Pony in seine Box zurück, Andrew redete fast zärtlich auf das Tier ein (ich kann mich nicht an seinen Namen erinnern), während er ihm den Sattel abnahm, und wir waren traurig. Aber wir mußten nein sagen, und das taten wir sofort statt später telefonisch wie Feiglinge.

Erst nach sieben Uhr abends zurück. Paul hatte uns das Abendessen vorbereitet, wie versprochen. Michael rief an. Glücklicherweise war ich in dem Moment in der Badewanne, aber Paul redete mit ihm. Er kommt am Montag zurück. Ich will ihn nicht sehen.

Montag

Ich wollte nicht zu Hause sein, als Michael zurückkam, aber ich wußte, daß er sich aufregen würde, wenn ich fortging und sie allein ließ, darum blieb ich hier in meinem Arbeitszimmer und schrieb. Andrew sitzt am Boden beim Fenster und zeichnet mich. Ich habe ein kuscheliges Feuer im Kamin angemacht, gegen die abendliche Kühle. Tau draußen auf dem Gras. Am liebsten hätte ich mich verkrochen, als ich seine Schritte in der Eingangshalle hörte. Andrew legte seine Skizze zur Seite und versteckte sie unter einem Löschblatt. Ich konnte Papier rascheln hören, als ich aufstand. Ich glaube, wir sagten beide »hallo, Schatz«, umarmten uns jedoch nicht. Ich muß aufpassen, denn er wird versuchen, sich aufzudrängen und sich einzumischen. Sein Bart ist jetzt wirklich ein Bart. Er stellte uns eine Menge Fragen, als erstes, wo Paul sei. Ich erklärte ihm, daß er oben sei und es vorziehe, in Ruhe gelassen zu werden, aber er achtete kaum darauf – er ist sehr diktatorisch geworden. Irgendwie scheint er viel Platz im Zimmer zu beanspruchen.

»Gibt es was zum Abendessen?« wollte er wissen. Ich sagte ihm, daß etwas zu essen da sei, aber nichts Warmes.

»Wenn Paul nicht kocht, essen wir, wann uns danach ist«, sagte ich – ich fühlte Andrews Augen auf meinem Gesicht. »Das gibt uns mehr Freiheit.«

»Ich werde etwas vorbereiten.« Meine Worte ignorierte er. Er verließ das Zimmer, seine Schritte dröhnten in der Halle, überall im Parterre gingen die Lichter an (das ist mir egal, Hauptsache, er läßt mich in meinem Zimmer in Frieden), und er rief nach Paul, ganz laut, immer wieder.

»Er ist am liebsten allein«, sagte ich halb zu mir. Andrew blickte lächelnd zu mir auf und zeichnete weiter.

Der heimgekehrte Herr und Meister rief uns zu Brathuhn

und Reis (Gemüse war keines zu finden, sagte er). Es war köstlich. Darüber war ich froh. Michael versuchte sich mit Paul zu unterhalten, der sehr still war. Das ist er bereits seit Wochen, es müßte also ein Wunder geschehen, damit er antwortet, wenn er angesprochen wird. Aber Michaels Ego (ich habe ihn nie zuvor dermaßen Macho erlebt wie jetzt) war so groß, daß er sich einbildete, er könne das alles ändern. Andrew war ebenfalls still. Obwohl wir ihn nicht fragten, erzählte Michael uns doch Sachen, Neuigkeiten aus Schottland, Storys und Witze. Offenbar ist alles in Ordnung, die Universität ist sehr zufrieden mit seiner Arbeit. In etwa einer Woche muß er zurückkehren. Zum Glück.

Ich wollte nicht neben ihm im Bett liegen – es ergab sich eine Lösung. Während Michael im Badezimmer war und ich im Bett saß und tat, als lese ich, erschien Paul an der Tür, die Hand fest um den Knauf.

»Ich muß mit dir reden, Mami«, sagte er, kam jedoch nicht ins Zimmer. Ich habe die Kinder nie physisch zu nah kommen lassen.

»Kannst du nicht schlafen?«

»Ich habe geschlafen und etwas Schreckliches geträumt.« Einen Augenblick lang hatte ich panische Angst, daß er Beths Namen erwähnen würde, aber das tat er nicht. Tatsächlich wollte das arme Kind mir nicht einmal erzählen, worum es in seinem Traum gegangen war. »Ich habe Angst, daß es nie Morgen wird«, sagte er schließlich, »daß die Sonne nicht aufgehen und es für immer und alle Zeit dunkel bleiben wird.«

»Du bist ein Dummerchen«, sagte ich und freute mich insgeheim, daß er solche Phantasie hat. (Ich darf keinesfalls vergessen, Lillian davon zu erzählen.) »Dazu wird es nicht kommen. Jeder weiß, daß es Morgen werden wird.«

»Das liegt daran, daß es bisher immer Morgen geworden ist. Aber es beweist nicht, daß es immer so sein wird.« Aus seinen Augen sprach Überzeugung, die mich verstummen ließ. Ich war nahe daran, meine Beherrschung zu verlieren und ihm zu sagen, daß man mit vierzehn zu alt für solche Alpträume sei, als Michael im Bademantel, umgeben von einer Dampfwolke, aus dem Bad kam.

»Erzähl es Daddy«, sagte ich. Paul wiederholte auf die gleiche, wie hypnotisierte Weise alles, was er zu mir gesagt hatte. Er schien völlig verzweifelt und ratlos zu sein.

Michael ging zu ihm und faßte ihn bei der Hand.

»Du wirst heute nacht bei Mami schlafen«, sagte er. Ich versuchte ihm über Pauls Schulter hinweg zu signalisieren, daß dies das letzte war, was ich wollte, aber Michael beachtete mich nicht, und ich konnte das Kind schließlich nicht offen vor den Kopf stoßen. »Es ist ein großes Bett«, sagte Michael. »Ihr habt genug Platz. Jetzt weißt du, daß Mami hier ist, und sie liebt dich mehr als alles andere auf der Welt.« Er steckte Paul ins Bett und redete ständig in seiner »Daddy«-Stimme (die mir den Magen umdrehte) auf ihn ein, sprach von unbegründeter Angst und dem hellen Tag, der am Morgen anbrechen würde, und daß »sein lieber, guter Junge«, bei Mami sicher und geborgen sei. Dann holte er Seymour aus Pauls Bett, der zwar verwirrt, aber nicht so widerspenstig war wie sonst und es sich sofort mit seinem ganzen Gewicht auf Pauls Brust und Bauch bequem machte. Ich drehte mich um und tat, als wäre das Kind gar nicht da. Michael ging hinaus und machte ihm Milch warm, in die er einen Schuß Kognak gab. Paul trank sie gehorsam und murmelte gute Nacht und schlief lange vor mir ein. Michael legte sich in Pauls Bett in seinem Arbeitszimmer. Ich hoffe, er findet es komfortabel genug, dort bleiben zu wollen.

Mittwoch

Ich weiß nicht, was mit Michael los ist, er hat sich offenbar drastisch verändert.

Er brüllte mich heute im Wintergarten an – er brüllte wegen der Kinder, weil sie angeblich völlig verhaltensgestört sind, und daß es alles meine Schuld sei. Ich konnte es nicht glauben! Er war in mörderischer Stimmung. Ich versuche, mich an seine Anschuldigungen zu erinnern, aber es gelingt mir nicht, nur die Worte »Rückzug aus der Realität« blieben haften, da er sie wie eine Zauberformel ständig wiederholte. Es war wie das Schlagwort eines Politikers beim Wahlkampf – aufrüttelnd, doch nichtssagend, drohend und erregend gleichermaßen. Ich stand und dachte darüber nach, während er auf- und abmarschierte und seine Stimme sich schmerzhaft in mein Bewußtsein fraß. Er hatte alle Fenster und Türen geschlossen, so daß wir hier eingesperrt waren, dabei war es ein heißer, heißer Vormittag (er sagte, er wolle nicht, daß die Kinder es hören, aber ich glaube, er wollte mich mit voller Absicht tyrannisieren). Andrew saß im hohen Gras in der Nähe von Beth, und Paul war oben. Ich bin sicher, beide wußten ganz genau, was vorging.

»Du hast dich verändert«, sagte ich. »Du warst früher ein so liebevoller Mann.« Was ich hauptsächlich empfand, war Staunen und Distanz. (Ich wollte nicht wütend werden und das Glas einschlagen.) Er senkte die Stimme und murmelte, daß Beths Tod mich aus der Bahn geworfen habe, und ich sagte: »Nein nein nein. Er hat mich glücklich gemacht.« Da wandte er sich ab und fing zu weinen an.

»Was ist mit dir passiert?« fragte er schluchzend. Er tat so überdramatisch, daß mir übel wurde.

»Ich bin glücklich«, sagte ich wieder. »Du bist derjenige, der den Halt verloren hat.«

»Du gehst immer noch zu dieser Frau, nicht wahr?« fragte er. Ich nickte und befürchtete, daß er über mich herfallen würde, doch er atmete nur heftig, als hätte er einen langen Wettlauf hinter sich und keine Kraft mehr zu streiten. Ich sagte ihm nicht, daß Paul von Lillian behandelt wird, aber ich erklärte, daß er auf seine eigene Weise mit dem Schmerz fertig wird, und daß Andrew so begabt ist, und wie die Jungen wachsen und sich verändern.

»Niemand sollte gezwungen werden, normal zu sein«, sagte ich, und dann, als er nicht zu weinen aufhörte: »Wenn du uns nicht magst, dann verlaß uns doch! Wie wär's, wenn du dir eine Geliebte suchst? Das wäre vielleicht das richtige für dich.« (Inzwischen war ich wütend, hatte aber nicht wirklich beabsichtigt, etwas so Grausames zu sagen.) Aber es war notwendig, denn er war so gräßlich geworden. Ich glaube, er weinte, weil er so wütend war – er ist so wütend geworden und gemein und verschlossen.

»Es ist kein Geld auf unserem Konto«, war das einzige, was er sagte.

»Dann muß ich es wohl ausgegeben haben«, erwiderte ich, und ein wundervoller Ärger erfaßte mich und trug mich wie eine Welle. Er erklärte mir, daß er erst in einem Monat für den Auftrag, den er jetzt ausführte, bezahlt würde. Ich sagte nur, er solle mich nicht nerven.

»Du kannst kein Pony kaufen. Wir können es nicht bezahlen und es uns nicht leisten, es in London zu halten.«

»Versuch doch, mich daran zu hindern«, sagte ich und spürte, wie die Welle – grün und sich immer mehr ausbreitend – mich höher und höher trug. (Jetzt, wo ich darüber nachdenke, warum führt Streit unter Eheleuten immer zu dem Thema Geld? Ich bin auf dem richtigen Weg, wogegen er in Schwierigkeiten gerät, also versucht er mich zu bestrafen, und es muß mit dem leidigen Thema Geld sein. Vielleicht ist Mammon tatsächlich derjenige, den wir alle am meisten anbeten.)

»Du mußt aufhören, dich so sehr um Andrew zu kümmern«, sagte er schließlich.

»Eifersüchtig auf deinen eigenen Sohn?«

»Paul braucht dich.«

»Wenn du weitere Forderungen an mich stellst oder bestimmen willst, wie ich leben soll, wie ich mit meinen eigenen Kindern umgehen soll, nehme ich sie eines Tages und verlasse dich, und du wirst uns nie wiedersehen – du wirst nicht einmal je erfahren, wo wir sind.«

Während ich das sagte, erkannte ich, daß ein solcher Ausweg nicht nur möglich, sondern unausbleiblich war. Für Michael war es eine Drohung, die ihn erkennen ließ, wie sehr ich mich verändert, wie weit ich mich von ihm entfernt hatte und was ich bereit wäre zu tun, um ihm zu entkommen, falls es sich als nötig erwiesen hätte. Aber es muß sein. Er muß entwaffnet werden. Ich werde nicht zulassen, daß er sich in unser Leben einmischt. Er schwieg eine Zeitlang, dann nannte er mich ein Luder. Das war schrecklich, denn nie zuvor hat er je ein solches Wort gesagt, weder zu mir noch zu irgend jemand anderem. Dann sagte er: »Ich werde dich nicht gewinnen lassen« und machte einen ziemlich unbeholfenen Abgang.

»Stille Wasser sind tief«, rief ich ihm nach, aber um ehrlich zu sein, er hatte mir angst gemacht, und ich begann zu weinen. Ich rief Lillian an, aber sogar ihre Privatnummer war belegt und wurde automatisch zu ihrer Sekretärin umgeschaltet (die weder freundlich noch tüchtig ist), darum weiß ich nicht, ob sie meine Nachricht überhaupt bekommen wird. Ich bin jetzt ziemlich verbittert. Ich hatte nicht erwartet, daß Beths Tod Michael so grausam machen würde.

Donnerstag

Paul kroch vergangene Nacht wieder zu mir ins Bett. Ich baute eine Trennmauer aus Kissen zwischen seiner und meiner Seite auf.

Freitag

Paul hat Michael offenbar erzählt, daß er bei Lillian in Behandlung ist, denn Michael stürmte herein, während ich mich heute früh schminkte, und brüllte mich an, was in mich gefahren sei. Ich sagte ihm, daß Lillian ein Genie ist. Er versuchte meine Parfümflasche zu zerschmettern. Ich glaube, jetzt dreht er völlig durch. Paul war in meinem Zimmer (wahrscheinlich schlief er noch), während ich mich für eine neue Pony-Expedition bereit machte. Andrew wartete in der Halle. Paul wachte auf, als der Krach begann (ich hatte ziemlich viel Kraft beim Kämpfen), und flehte Michael immer und immer wieder an: »Tu Mami nicht weh.« Glücklicherweise lenkte das Michael ab, er ging aus dem Badezimmer und zum Bett, um mit dem Kind zu reden. Er beruhigte sich, murmelte etwas und entschuldigte sich.

Ich weiß jedoch nicht, was ich jetzt tun soll. Wenn er gewalttätig wird, muß ich wirklich weg von hier. Ich möchte Lillians Rat, aber sie hat mich noch immer nicht zurückgerufen, und mein nächster Termin ist erst am Montag. Ich möchte meine Zuflucht – mein Arbeitszimmer, meinen Garten, mein Zuhause – nicht aufgeben. Ich ertrage den Gedanken nicht, bei Mami zu leben, es gibt nicht einmal genügend Platz im Cottage, und es würde all dem widersprechen, wofür ich gearbeitet habe.

Montag

Ich war sehr durcheinander, bevor ich heute zu Lillian ging. Konnte keinen klaren Gedanken fassen. Ich hätte nie gedacht, daß Michael mir je drohen, daß ich vor ihm Angst haben könnte. Sicher, heute hat er sich scheinbar beruhigt, ließ mich in Ruhe, war meistens in seinem Arbeitszimmer. Er fuhr mit den Jungen irgendwohin. Ich konnte einfach nicht klar denken. Ich fühlte mich so allein.

Heute trug sie Blau. Sie war beim Friseur gewesen. Ich konnte nicht gleich zu sprechen anfangen, als ich mich in einen der Flüstersessel fallen ließ, obwohl sie mich auf ihre so ermutigende, freundliche Art aufforderte: »Erzähl, komm, erzähl schon« (wir waren inzwischen per du), als hätten wir eine Mitternachtsparty im Schlafsaal eines romantischen, romanhaften Mädchenpensionats veranstaltet und würden über unseren letzten Streich kichern. Ich mußte auf ihren Amethystring blicken (das beruhigt mich), auf den feinen Vorhang, der sich im sanften Wind aufbauscht, auf die abgenutzte Tapete (vor allem das Stück, das sich oberhalb der Bodenleiste löst) und in ihr weises Gesicht – ich betrachtete ihr Make-up, um festzustellen, ob es wie beim letzten Mal ist … Idiotisch, ich weiß. Aber ich mußte ganz einfach sichergehen, daß meine gute Fee wirklich real war und heute hier war.

Als ich ihr von Michaels Wutanfall erzählte, überraschte sie mich, denn sie brach in Lachen aus, ein helles Lachen, das vor lauter Fröhlichkeit immer tiefer wurde.
»Er ist einfach geschockt!« erklärte sie. »Was er doch für ein Theater macht!« Sie tupfte die Augen mit ihrem Taschentuch ab, und ich spürte, wie mein Herz leichter wurde. »Männer sind wie Kinder, und weißt du, was die größte

Erschütterung für Kinder ist? Wenn ihnen zum ersten Mal klar wird, daß sie nicht der Mittelpunkt des Universums sind und in der Welt außer ihnen plötzlich ganz andere Dinge auf der Tagesordnung stehen. Er durchlebt jetzt diese Phase.« Nachdem sie mir eine gute Minute Zeit gegeben hatte, darüber nachzudenken, fragte sie: »Was sage ich immer?«

»Es gibt keine Veränderung ohne Veränderung.«

»Richtig. Er ist weggewesen. Er wollte heimkommen und alles vorfinden wie vor seiner Abfahrt: seine Frau vor Kummer gebeugt, ein Roboter unterdrückter Gefühle, seine Kinder gehorsam und artig. Vergiß nicht, sie waren immer mehr seine Kinder als deine.«

»Ja.«

»Nun stellt er fest, daß du neue Seiten in dir erfährst, daß seine Kinder Probleme haben, Paul seelische, während Andrew sich aus Angst vor der Realität in seine Kreativität flüchtet. Männer drücken ihre Angst immer mit Wut aus. Nun will er, daß du glaubst, es sei deine Schuld, denn dann würde er sich viel besser fühlen. Wirst du ihm den Gefallen tun und es selbst glauben?«

»Nein.« Bei diesem Wort, das wie das Klicken eines Sicherheitsgurts klang, wurde mir alles so klar. Was falsch war, lag plötzlich auf der Hand. Ich weiß jetzt, daß ich nicht zweifeln darf (und auch nicht werde). Der Weg vor mir ist immer noch offen.

Sie glaubt nicht, daß er eine seiner Drohungen wahrmachen wird. Im Grunde seines Herzens ist er ein guter und anständiger Mann. Daran muß ich denken und ihm verzeihen und mich bemühen, mich nicht von ihm provozieren zu lassen.

Morgen fährt er sowieso wieder weg. Seine Abwesenheit wird ihm eine Chance geben, in sich zu gehen und alles zu verstehen. Ich wünsche, er würde mich zu Lillian begleiten, wir könnten so viel erreichen. Wir beschlossen auch, daß keine Notwendigkeit besteht, Paul weiterhin in meinem Bett schlafen zu lassen. Er benutzt diesen Schlafplatzwechsel, um sich seinen Gefühlen zu entziehen, außerdem ist es für Michael eine Art, seine Macht zu demonstrieren. Also muß ich Paul wegschicken, aber so behutsam ich kann.

Samstag

Ich glaube, Michael hat in meinem Schreibtisch gekramt (auf der Suche nach Lillians Nummer?). Nicht, daß jetzt Unordnung darin herrscht – es ist nur, daß ich das Gefühl habe, alles liege ein ganz kleines bißchen anders.

Dienstag, 3 Uhr

Michael ist wieder fort – Gott sei Dank. Ich liege im Bett – Paul schläft immer noch neben mir. Morgen werde ich ihm sagen, daß das aufhören muß. Ich glaube, es gibt Frauen, die nicht dazu bestimmt sind zu heiraten und Kinder zu haben, und ich gehöre zweifellos zu ihnen. Ich blicke Andrew an und denke, was für ein wundervolles Kind er doch ist, aber auf distanzierte Weise, als sei er bei jemand anderem aufgewachsen (genau genommen ist er das auch – bei Michael) und wäre mir dann quasi »ausgewachsen«, als lebender Traumbegleiter zugeteilt worden. Ich staune über ihn, über seine Phantasie, über seine guten Manieren, darüber, daß er weiß, wann er zu schweigen hat, über sein Selbstbewußtsein, seine Intelligenz, seine künstlerische Begabung. Ich fühle mich mit ihm verbunden, doch nicht, als wäre ich seine Mutter, sondern eher auf geistiger Ebene, als verwandte Seele, als geistiger Zwilling, fast auf dieselbe Art, wie ich Lillian empfinde, so habe ich gefühlt, als ich entdeckte, daß mein Sohn ein solcher Schatz ist. Aber ich sehe mich ihm gegenüber in keiner Beschützerrolle, habe keine derartigen Gefühle (ich bewundere es, daß er das nicht von mir verlangt und auch nicht zu brauchen scheint) – ich fühle Staunen ihm gegenüber. Es ist auch ganz gut, daß er meinen Schutz nicht braucht, wenn ich bedenke, wie ich bei Beth versagt habe – und ständig bei Paul versage.

Der Unterschied ist jedoch, daß es mir egal ist, bei Paul zu versagen. Er interessiert mich nicht. Als Baby war Paul nur Arbeit für mich, die ich in meinen Tagesplan einbeziehen mußte. Michael liebte ihn, war ihm ein echter Vater. Ich war nur eine Melkmaschine. Ich wollte nicht zugeben, wie wenig ich für Paul empfand, fühlte nach seiner Geburt aber Verdrossenheit bei dem Gedanken, daß ich noch ein Baby bekommen mußte, um die Familie vollzählig zu machen und meinen Teil des unausgesprochenen Abkommens mit Michael zu erfüllen. Wie lästig ich Paul empfand, wie er unentwegt meinen Blick suchte, mit der einen Hand nach meinem Rockzipfel griff, hinter mir herkrabbelte, die andere Hand im Mund hielt, die Augen flehend weit aufgerissen. Ich erinnere mich, daß ich nach Michael gerufen habe, damit er ihn mir abnahm, oder nach Marie (sie war das erste von vielen Au-pair-Mädchen). Ich muß ihm heute sagen, daß ich ihn keine weitere Nacht in meinem Bett haben will. Keine einzige Nacht mehr! Jetzt schläft er neben mir, ziemlich friedlich. Von jetzt an soll er in seinem eigenen Bett schlafen.

Juli, Donnerstag, spät abends

Habe Paul heute zum zweiten Mal zu Lillian gebracht. Ich wünschte, ich hätte die Gelegenheit gehabt, sie zu sehen, aber er ging wieder allein hinauf.

Wenigstens holte ich ihn heute pünktlich ab. Er wirkte größer, als ich erwartet hatte, wie er so auf den Stufen des Devonshire Place stand. Seine Ponyfransen müssen nachgeschnitten werden. Mir war, als hätte ich ihn lange nicht gesehen. Als er mich bemerkte, lächelte er, und ich zuckte zusammen. Ich habe nie das Bedürfnis zu lächeln, wenn ich ihn sehe.

»Beeil dich, meine Parkuhr läuft ab«, sagte ich, glaube ich. Im Wagen sagte er: »Mami, ich finde, du bist sehr tapfer, und ich liebe dich.«

»Wie kommst du darauf? Hat Lillian gesagt, du sollst aus dir herausgehen?« Meine Stimme hörte sich grob an, aber ich konnte es nicht ändern, selbst wenn ich es gewollt hätte, und ich konnte ihn nicht angucken.

»Ich sage es, weil es wahr ist. Du bist eine sehr tapfere Mutter.«

»Danke«, sagte ich, so freundlich wie ich nur konnte.

»Ich vergesse nicht, daß du deine Karriere aufgegeben hast, um bei uns zu sein.«

»Ja, das stimmt«, sagte ich und fragte mich, warum ich es getan hatte, und versuchte, meine damaligen Überlegungen nachzuvollziehen, und fragte mich auch, weshalb mir mein Leben von Tag zu Tag düsterer und beklemmender und unbestimmter vorkommt. Jetzt, in der Dunkelheit, versuche ich, nicht darüber nachzudenken.

»Mami, ich habe Beth sehr gerngehabt, und sie fehlt mir.«

»Was hat sie dir gegeben? Einen Wahrheitstrunk?« entgegnete ich. »Du weißt genau, daß wir nicht über Beth reden dürfen. Es ist alles vorbei, und sie hat jetzt ihren Frieden.«

»Aber wir nicht.«

Ich fuhr mit dem Wagen an den Straßenrand – hinter mir hupten und fluchten sie.

»Schau mich an, Paul. Ich habe dich zu Lillian gebracht, weil du Alpträume hast, weil du leidest, weil du unfähig bist, zu deinem Bruder oder zu mir oder zu Daddy eine Beziehung aufzubauen. Was immer du für die Familie empfindest, für deine Schwester, ich möchte, daß du das Lillian erzählst, dafür ist sie da. Aber laß mich damit zufrieden!« Ich war mit dieser Rede noch nicht weit gekommen, als Paul den Kopf abwandte und aus dem Fenster schaute – es sah aus, als sei er von dem aufgerissenen Mund eines besonders abstoßenden Zeitungsjungen fasziniert. Ich ließ also meinen Ärger an seinem Hinterkopf aus, der noch das Liebenswerteste an ihm geblieben war. Ich hätte zehn zu eins gewettet, daß eine Träne langsam über seine Wange rollte. »Schatz, es tut mir leid. Ich wollte nicht aufbrausen. Ich bin froh, daß du über diese Dinge – über deine Gefühle – mit Lillian sprichst. Wirklich. Sie kann uns helfen.«

»Ich wollte dir nur sagen, wie tapfer ich dich finde«, sagte er mit erstickter, aber entschiedener Stimme. »Ich mag Lillian nicht. Ich gehe nur zu ihr, weil du es willst. Das hat nichts mit ihr zu tun.«

»Du kleiner Idiot«, sagte ich. »Weißt du überhaupt, wie dumm du bist?« Jetzt fing er richtig zu weinen an, das Gesicht abgewandt, die Faust im Mund. »Es tut mir leid«, sagte ich wieder, müde, verärgert.

Ich rief Lillian an, als wir zu Hause waren.

»Richten Sie ihr aus, ich will über meinen Sohn mit ihr sprechen«, sagte ich der verdammten Sekretärin – ich weiß immer noch nicht, ob sie die Nachricht erhalten hat, ob sie anrufen wird oder ob ich bis Montag werde warten müssen.

Freitag, Juli

Wachte heute morgen entsetzlich früh auf (nicht ungewöhnlich), lauschte dem Morgenkonzert der Vögel und Pauls kindlichem Atem. Hunger, mein Bauch knurrt. (Zu essen ist schwierig. Trotz der Leere in meinem Magen wird mir übel, wenn ich nur an Essen denke – dann kommen plötzliche Hungerkrämpfe und starker Durst, und ich muß ganz schnell etwas zu mir nehmen – stärkehaltige Süßigkeiten oder Obst, kein Fleisch eigentlich, und ich muß, egal was, ganz schnell irgendwas essen, bevor mir wieder übel wird.)

Während ich so daliege, denke ich ans Atmen. Nicht Pauls Atem, Beths Atem, ich weiß nicht warum. Ich denke nie über Beth nach. Ich brauche nicht mehr über sie nachzudenken, das ist es nicht. Aber Paul machte beim Atmen eben saugende Geräusche – so wie Babys es tun –, oder er klappert mit den Zähnen; jetzt liegt er wieder ganz still – er ist auch im Schlaf ordentlich. Ich hasse ihn so sehr, daß ich ihn wachrütteln möchte – ich möchte ihn schütteln wie einen Getränkeautomaten, der mein Wechselgeld nicht herausgibt; ich weiß nicht, warum ich an Getränkeautomaten denke, während ich hilflos wie ein Krüppel hier liege. Jetzt muß ich an Obst und Fruchtsaft denken und spüre, wie mich wieder Hunger überfällt wie Wut – auf meiner Stirn bilden sich Schweißtropfen, Hitze steigt in meinen Kopf, weil ich versuche, meine Gedanken zu stoppen, damit ich ruhen kann und Paul nicht so sehr, nicht so abgründig hasse. Ich versuche mich an Dinge zu erinnern, die er zu mir gesagt oder die er getan hat, die ihn mir vielleicht doch ein wenig näherbringen könnten, aber mir fällt nichts ein, ganz und gar nichts. Ich durchsuche die Vergangenheit nach Erinnerungen – irgendwelche Erinnerungen an Paul und mich, als uns noch ein Blick verband oder ein Wort oder ein Schweigen, etwas, das all die Jahre gutmachen würde, während denen er mich irritiert hat, die Stunden und Tage und Jahre, in denen er ein schlechtes Gewissen in mir weckte, mich verlegen machte und elend, wie nur eine Mutter elend sein kann, der ihr eigenes Kind völlig fremd ist. Das Zwitschern der erwachenden Vögel ist disharmonisch. Ich kann es alles in Farben und Lichtern sehen – die Vergangenheit – dann Pauls Augen, die mich fixieren, mir folgen; dieses Kind wirft einen Schatten auf meine heiteren Tage und meine neuen Entdeckungen. Paul vermißt Beth – als hätte er das Recht dazu, als dürfe er wagen, mich damit zu belästigen!

Alles, was ich eben geschrieben habe, ist so schrecklich. Ich stieg aus dem Bett, zog den Rolladen hoch – ein ganz gewöhnlicher Sommertag. Das Licht ist auf der anderen Hausseite, falls es überhaupt Licht gibt. Trostlos. Ich versuchte gar nicht, leise zu sein, ging ins Bad, ließ Wasser über meine Handgelenke laufen, versuchte, mich kühl zu fühlen – als wäre heute ein neuer Tag, nicht bloß die Fortsetzung von gestern.

Zurück im Bett. Ruhelos. Habe gar nicht versucht, still zu liegen, setzte mich nur auf und griff nach diesem Buch und fing an, es noch mal zu lesen, suchte nach Lillian, nur nach dem Gefühl ihrer Nähe (ich werde sie heute nicht sehen). Der Morgen, ein trauriger Tagesanbruch. Dämmerung über der ganzen Stadt, dem ganzen Land. Leute, die ein Ziel haben, stehen auf.

Ich legte das Buch zur Seite, setzte mich gerade im Bett auf, den Handrücken hielt ich vor die Augen, da rührte sich Paul und drehte sich zu mir. Als ich die Hand wegnahm, waren seine Augen offen und auf mein Gesicht gerichtet. Sie waren erschreckend – so lebendig, aber dennoch dunkel und tot. Er fragte: »Mami, fühlst du dich nicht wohl?« Und ich sagte: »Ich werde mich erst wieder wohl fühlen, wenn du nicht mehr hier bei mir schläfst.« Während ich das sagte, hatte ich die unwiderstehliche Vorstellung, ihm eine Messerklinge in die Augen zu stoßen. Er wich zurück und wand sich vor Schmerz, als hätte ich es wirklich getan, aber er sagte nur: »Tut mir leid, Mami«, stand so leise auf, als wolle er vermeiden, ein Baby aufzuwecken, schlüpfte in seinen Bademantel und verließ das Zimmer.

Ich habe solche Schuldgefühle. Wie konnte ich es ihm nur sagen – nach all diesen Bemühungen, etwas zu erreichen – wie konnte ich ihm nur meine Gefühle offenbaren?

Jetzt. Das ist jetzt Verzweiflung.

August, Montag

Öder Tag im August (ereignislos ...) Es war schon immer mein schlimmster Monat. Nie geschieht im August etwas (außer man ist sechzehn). Selbst wenn es windig ist, ist es still: nichts geschieht – nichts wird von der Brise herangetragen. Michael ist zurück – oben in seinem Arbeitszimmer. Ich bin unten in meinem. Andrew zeichnet im Spielzimmer, Paul liest in seinem Zimmer. Nach dem Lunch liege ich im Gras (das wieder gemäht werden sollte) auf der Steppdecke. Mußte jedoch ins Haus gehen, keine angenehme Hitze – Schweiß – keine Orientierung. Nahm, seit ich aufgestanden bin, zweimal ein Bad und duschte einmal. Seymour ist verschwunden, wahrscheinlich irgendwo unter einen Busch. Aus irgendeinem Grund dachte ich ans Büro, wo diese idiotischen Ventilatoren gewöhnlich an sind – letztes Jahr haben wir uns informiert, wieviel eine Klimaanlage kostet, und haben es uns lange überlegt (zu teuer). Jeffrey muß vermutlich immer noch Personal freisetzen, die Sache abwickeln. Bisher war ich glücklich und fühlte mich geläutert, aber jetzt fühle ich mich schwer und belastet – es ist nicht ein Schmerz, der schmerzt, nur Schwere. Nichts.

Später

Ich mußte Lillian unbedingt sehen, noch ehe es soweit war, doch als der Abend kam, war ich zu spät dran, weil ich mich nicht entscheiden konnte, was ich anziehen sollte (ich zog mich immer wieder um).

»Mir ist, als sei ich voller Gift«, sagte ich. »Überall in meinen Gedärmen. Vielleicht stecke ich voller Krebsgeschwüre und weiß nicht einmal, daß ich nicht mehr lange zu leben habe.« Natürlich war das absichtlich provokativ gemeint. Lillian trug ein türkises Kleid mit einem Pfauenfedermuster, das lila und blaue Pfauenaugen hatte (sie ist die einzige, die ich je kennengelernt habe, die solch vulgäre Farben tragen kann), eine weiße Strumpfhose (ich habe mich immer gefragt, wer das für sie kaufte) und ihre Riemensandalen (eine andere Version der schwarzen aus Lack, die sie bei unserer ersten Begegnung anhatte). Wahrscheinlich kauft sie all ihre Kleider und Schuhe – wie Frauen von Politikern oder Managerfrauen aus der Großindustrie – in drei verschiedenen Farben. Ihre schweren Vorhänge waren an diesem Sommerabend zurückgezogen, nicht jedoch die

Stores, sie bauschten sich gegen das offene Fenster, und man konnte einen dunklen Schatten erkennen, wo sie gegen das Fensterbrett streiften. Ich dachte, das war nicht stilvoll – schließlich waren wir ja auf dem Devonshire Place. Ihr Gesicht sah aus, als hätte sie geschwitzt, sich den Schweiß mit einem dieser rauhen bräunlichen Papiertücher abgewischt, die man gewöhnlich auf öffentlichen Toiletten findet, und dann wieder Puder aufgetragen. Ich bin fast sicher, daß sie das getan hatte, bevor ich eintrat.

»Selbstmitleid? Ist das Leben plötzlich so unerträglich?« fragte sie herausfordernd.

»Mir ist, als verliere ich den Boden unter den Füßen.« Darauf ging sie nicht ein. Das gehört zu ihrer Technik. Sie erkannte, daß ich von ihr beruhigt werden wollte; ein Spiel, bei dem sie die Trösterin und ich die Trotzige spielen sollte. Mit ihrem Schweigen zeigte sie an, daß sie heute keine Zeit für solche Spiele hatte.

»Wie geht es Michael? Hat er dich seit seiner Rückkehr bedroht?«

»Nein.«

»Ich wußte, daß es ein vorübergehender Zustand sein würde. Hast du noch Angst?«

»Nicht vor ihm.« Sie fragte nicht, wovor ich Angst hatte, denn sie wollte nicht, daß ich das Thema wechselte und womöglich etwas erfand. Sie wollte mehr über Michael hören. »Er will nicht, daß ich ihn verlasse. Also verhält er sich ruhig und wartet, daß es vorübergeht.«

»Was vorübergeht?«

»Ich weiß nicht. Ich. Das neue Ich – du und mein Ich.«

»Ahhh.« Sie lächelte. Richtige Antwort. »Willst du es vorübergehen lassen?«

»Nein. Aber die Dinge ändern sich. Ich habe mich früher innerlich sehr beschäftigt gefühlt, flink. Die Welt war an-

ders, schneller und schöner als zuvor, als je zuvor. Sie starb – wir lernten uns kennen –, und es war gut. Es hatte einen Sinn. Jetzt fühle ich mich müde, mutlos, ziellos.«
»Immerhin findest du nach deinen ganzen Anstrengungen wenigstens hier eine Oase der Ruhe, der Besinnung.«
»Ich wünschte, ich könnte dich öfter sehen. Außerhalb von hier.« Ich hatte nicht erwartet, das zu sagen. In ihren Augen leuchtete kurz so etwas wie Freude auf, doch ehe ich es erkennen konnte, stand sie auf, um die Tür zu öffnen. Es hatte geklopft, was bedeutete, daß das Tablett mit dem Tee gebracht wurde. Sie mußte hinter mir das Zimmer durchqueren, und der Teil des Raums vor mir wurde schmerzhaft leer und häßlich ohne sie.
»Eines Tages, vielleicht – später«, antwortete sie mir. »Es gibt noch so viel, was hier in diesem Zimmer getan werden muß.«
»Ich weiß nicht, was ich jetzt tun soll.«
»›Lehre uns Leid und Mitleid, und lehre uns Mut und Gleichmut‹.«
»Ich wußte nicht, daß du T. S. Eliot kennst.«
Sie lächelte wieder. Sie lächelte die Teekanne mit ihrem göttlichen Lächeln an. »Bleib bei Michael und verschließ dich ihm nicht. Hab keine Angst vor seiner Wut – oder seiner Liebe. Ist Andrew noch kreativ, beschäftigt, er selbst?«
»Ja.«
»Habt ihr das Pferd gefunden?«
»Pony. Wir haben schon einige Zeit nicht mehr danach gesucht.«
»Warum nicht?«
»Es erscheint weniger wichtig. Andrew malt es noch.«
»Laß dich nicht deiner Träume berauben. Vergiß sie nicht, nur weil es August ist und du verschwitzt und müde bist.«

»Wie macht sich Paul bei dir?«
»Oh, ich liebe den kleinen Paul – er ist wundervoll!« Das hörte sich wie ein spontaner Ausbruch fast kindlicher Freude an, als wäre er ihr eigenes Neugeborenes, das ihr plötzlich in die Arme gelegt worden war. Ihre Fähigkeit, das Leben zu genießen und sich an jenen zu erfreuen, die zu ihr gesandt wurden (wie sie es beschreibt), hört nie auf, mich zu erstaunen.
»Was sagt er zu dir?«
»Ich denke, das ist eine Sache zwischen mir und Paul, meinst du nicht auch?« sagte sie, als ob sie mich zurechtweisen wollte, daß es ein Etikettefehler ist, zwischen eine Mutter und einen Sohn zu treten, und als ob ich das in einer momentanen Konzentrationsschwäche vergessen hätte. Ihre Stimme war jedoch leise und sanft. Sie beruhigte mich.
»Ich dachte ja nur, du könntest mir sagen, wie ernst es um ihn steht – was deiner Meinung nach sein Problem ist.« Ich wagte nicht, ihr zu erzählen, wie grausam ich bei der Verteidigung meines Bettes vorgegangen war.
»Seine Seele war am Ersticken. Gemeinsam lösen wir seine Bande.« Sie schenkte Tee ein. Ich bewunderte ihre Ringe. Aber den Bruchteil einer Sekunde hatte ich das Gefühl, daß sie eine Strafe erteilte.
»Es tut mir leid. Ich mache mir nur Sorgen. Ich liebe ihn nicht genug, und ich bin grausam zu ihm, und ich möchte nicht, daß er meinetwegen leidet.«
»Menschen leiden nicht anderer Menschen wegen, sondern weil sie zulassen, daß andere ihnen Leid zufügen.«
»Bin ich ein Teil dessen, was Paul angst macht?«
»Warum fragst du ihn das nicht selber?« Ich fing an zu weinen – Wasser in die glatte Oberfläche des Orangentees. Sie stellte ihre Tasse nieder, nahm mir meine ab und faßte meine Hand. Sie stand über mich gebeugt und berührte

meinen Kopf mit der anderen Hand. Es war Friede und Liebe. Hätte ich sie an mich ziehen und an ihrer Brust weinen wollen, es hätte sie nicht geschockt oder abgestoßen, aber es war nicht nötig, denn allein ihre Nähe und die Berührung ihrer Hände genügte. »Es wird nicht alles mit einem Mal klar sein. Wie lange kommst du schon zu mir?«

»Fast vier Monate.« Bereits jetzt löste sich die Verspannung ein wenig, als wäre ich sogar bereit, durch meine Tränen zu lachen. Vier Monate sind tatsächlich eine zu kurze Zeit, um seinem Leben eine andere Richtung zu geben. Ruhig reichte sie mir Papiertaschentücher, kehrte zu ihrem Sessel zurück und musterte mich liebevoll, während ich mir die Augen abwischte und mich schneuzte, nach dem Tee griff und ihn mit neuem Appetit trank.

Als ich ging, sagte sie mir, daß sie in den Urlaub fahren und deshalb nächste Woche sowohl meine wie Pauls Sitzung ausfallen würde. Ich wünschte, ich hätte das früher gewußt. Jetzt liege ich auf meinem Bett, und mir fällt alles ein, was ich sie hatte fragen wollen, vor allem, ob ihr meine Anrufe mitgeteilt werden, und wenn ja, warum sie dann nicht zurückruft. Ich vergesse das immer wieder.

Vielleicht spielt es keine Rolle. Vielleicht ist es ein Zeichen von Unabhängigkeit, Disziplin.

Alles scheint erstaunlicherweise wie früher zu sein, als wäre die Zeit stehengeblieben. Ich darf mich nicht unterkriegen lassen. Ich muß meine Kräfte sammeln.

August

Ich fühle mich jetzt nicht sonderlich gut.

Ich bin eine sehr schlechte Frau und eine sehr schlechte Mutter. Ich weiß es. Michael hatte recht, daß er sich Sorgen machte, als er mir die Kinder anvertraute. Eines ist bereits gestorben. Baby Beth ist gestorben, und das war meine Schuld. Eine Mutter weiß es. Als sie an jenem Tag anfing, um Atem zu ringen, in dem Moment, als ich hier in meinem Arbeitszimmer unruhig wurde und hungrig, hätte ich es wissen müssen. Eine richtige Mutter hätte es gespürt. Ich habe vielleicht gegähnt oder mich gestreckt in dem Augenblick, als sie da oben um Atem rang; und sie geraten in Panik, die Babys, die den plötzlichen Kindstod erleiden; sie sterben in Panik, gelähmt und gewürgt vor Angst. Es wäre nicht weit gewesen, die Treppe hinaufzulaufen, wenn ich es gespürt hätte. Ich hätte ihre kleine Brust massieren und Beth in meinen Händen halten können. Sie wäre vielleicht am Leben geblieben – oder in meinen Armen gestorben. Wenn sie in meinen Armen gestorben wäre, vielleicht wäre das Leid für sie erträglicher gewesen.

Nein. Das ist dumm. Ihre kleinen, starr blickenden Augen hätte sie auf und zu gemacht, nach Atem ringend wie ein Fisch, ich wäre außer mir gewesen – es wäre aber nicht besser gewesen. Trotzdem hätte ich es wissen sollen. Hätte weniger egoistisch sein sollen, hätte das Bettchen nachts in unser Schlafzimmer stellen sollen und tagsüber in mein Arbeitszimmer. Sie war zu klein und schutzlos, um allein in einem so weit entfernten Zimmer zu liegen. Es hätte verhindert werden können.

Bei ihr zu versagen, und jetzt bei Paul. Meine Grausamkeit gegenüber Paul war ungeheuerlich. Ich weiß nicht, warum ich so wild war – ich weiß es nicht. Jetzt bin ich hier und schäme mich so sehr, daß ich nicht gesehen werden will – von niemandem.

Ich schrieb das heute vormittag und war so müde, daß ich den ganzen Nachmittag schlief. Entsetzlich, im Dämmerlicht aufzuwachen und nicht zu wissen, wieviel Uhr es ist, und mit diesem Gewicht auf der Brust – schwerer, als Beths kleiner Körper gewesen wäre.

Ich kann das, was ich den Jungen angetan habe, nicht wiedergutmachen. Aber wenn ich zulasse, daß sie zusammenbleiben, kann ich sie zumindest nicht mit meinem Lebensüberdruß anstecken. Immer noch schläfrig. Erschrak, als ich Seymour auf der Lehne des Sofas entdeckte, auf dem ich lag, und sah, wie er mich hungrig anstarrte und dann mit den Krallen am Samtbezug kratzte.

Kein Laut von oben. Was machen die Jungen? (Michael ist wieder weg.)

Ging hinauf, um zu baden. Schwere Last auf meiner Brust, unsichtbar im Wasser, aber ich spüre sie trotzdem. Legte mich aufs Bett. Paul klopfte an und kam herein, die Augen auf mich gerichtet. Ich schämte mich so sehr. Er fragte mich, ob mit mir alles in Ordnung sei, und sagte, daß es achtzehn Uhr war. Ich erklärte, daß ich müde war. Er fragte, ob ich mit ihnen zu abend essen würde – er kochte –, ob ich hinunterkommen würde. Ich sagte ja, und es gelang mir, nicht zu weinen. Er ist ganz einfach ein Sohn, der seine Mutter liebt und sich Sorgen um sie macht. Er haßt mich nicht.

Stummes Abendessen. Tödliche Sommerdunkelheit. Vom elektrischen Licht tun mir die Augen weh, obwohl Paul Kerzen angezündet hat (weiß Gott, wo er sie gefunden hat). Eine sehr gute Variante von Michaels Eintöpfen. Intelligenter Junge. Andrew scheint meilenweit weg zu sein. Er erzählte mir, daß er noch an den Bildern arbeitet. Das sagte er, während Paul das Geschirr in die Spülmaschine stellte. Dafür, daß sie Brüder sind, nehmen sie sich eigentlich voreinander sehr in acht. Ich bin so müde, daß ich jetzt das Licht ausmache, erst zehn Uhr abends.

August

Habe den ganzen Vormittag mit angezogenen Beinen wie ein Embryo gelegen. Radio 4. Regen. Es ist Sonntag. Paul sagte mir, er hat Hühnchen in den Ofen getan, aber er geht jetzt zu Beths Grab. Das hat mich zum Weinen gebracht. Andrew will nicht mit. Paul wird einige Zeit brauchen, da sein Vater ihn nicht hinfährt. Der Bus ist langsam. Vielleicht sollte ich mich zwingen aufzustehen und ihn fahren. Ich muß ja nicht hinsehen – ich kann im Wagen warten. Das ist das mindeste, was ich tun kann.

Natürlich blieb ich nicht im Wagen, ich Idiotin. Vier Monate nach ihrem Tod mein erster Besuch an ihrem Grab. Paul kennt den Weg gut, weil er einmal die Woche hingeht, wenn Michael da ist. Man muß meilenweit zwischen Gräbern gehen, um zur Kinderecke zu kommen, ein kitschiger Name für die Beerdigungsparzellen von Neugeborenen. Ihr Grab ist außerordentlich klein, es hat eine glänzende Platte, und Paul entfernte die Blumen von letzter Woche und ersetzte sie durch die, die er im Garten gepflückt hat (Levkojen und Glockenblumen), und wir standen mit gesenktem Kopf im Regen (typisches Friedhofwetter, nehme ich an). Ich war so erschöpft, daß ich mich ins Gras kniete und die Hand auf die Platte stützte. Da waren ihr Name und Geburtsdatum und dann die Worte »Vergeßt mich nicht«, was besser ist als »In tiefer Trauer«. Michael hat Geschmack. Ich fühlte mich schwindelig. Paul half mir auf und war sehr lieb und fürsorglich. Nach dem Mittagessen legte ich mich wieder ins Bett.

Montag, August

Es kostete mich fast meine ganze Kraft, aufzustehen und den Termin bei Lillian einzuhalten, doch es erwies sich als vergeudete Liebesmüh. Da war eine Nachricht, die mir der Portier gab. Sie hatte angerufen und ließ mir ausrichten, daß sie noch in einer Klinik aufgehalten wurde, und ich sollte doch bitte auf sie warten. Das tat ich über eine Stunde, doch keine Lilly. Ich kam heim und schleppte mich hinauf. Paul brachte mir Abendessen auf einem Tablett – später kam Andrew herunter und zeigte mir ein fertiges Bild. Welch wunderschöne Vision. Welch totale Zeitvergeudung. (Das sagte ich ihm nicht.) Er sagt, er wird jetzt mit meinem Porträt anfangen. Er wirkte sehr glücklich. Er versteht nicht, daß sich alles geändert hat. Nichts von all diesen Dingen bedeutet noch etwas. Ich bin so erschöpft, daß ich nicht mehr schreiben kann. Wäre es nicht besser, ich würde sterben?

Donnerstag, August

Zwei Dinge passierten heute. Michael rief an. Weil ich nicht mit ihm reden wollte, erklärte Andrew ihm, ich habe Grippe und sei zu schwach, alles sei in Ordnung, Paul immer noch ein wunderbarer Hausmann etc. etc.

Zweitens, Paul hatte heute einen Termin mit Lillian und bat mich, abzusagen und ihn nicht hinzubringen.
»Es hilft nicht?« fragte ich.
»Nein.«
»Warum glaubst du das?« Als seine Mutter sollte ich die Frage ohne Vorurteil stellen.
»Ich mag sie nicht. Ich traue ihr nicht.« Er ist ein sehr wahrheitsliebendes Kind, was gut ist.
Er schaute mich kurz mit einem seiner durchdringenden Blicke an und sagte: »Ich glaube, sie ist ein wenig wahnsinnig, Mami.« Ich wollte lachen – ich wußte, wie absurd das Ganze war – diese große Psychologin wurde von so einem kleinen Jungen wahnsinnig genannt.
»Warum?«
»Sie denkt, Beths Tod ist gut, wo doch jeder weiß, daß er schlimm ist. Das Schlimmste, das je passieren konnte.«
»Das Schlimmste, das je passieren konnte«, sprach ich ihm nach, und es schien in etwa alles zusammenzufassen.
»Warum gehst du jeden Sonntag zu ihrem Grab?«
»Um in Beths Nähe zu sein und ihr zu sagen, daß es mir leid tut. Ich sage ihr immer, daß es mir leid tut.«
»Warum? Was tut dir leid?«
»Daß ich noch lebe.«
»Aber das ist falsch, Paul! Das darfst du nicht sagen! Das darfst du nicht einmal denken! Daddy und ich denken es nicht.«
»Du und Daddy habt sie mehr geliebt, als ihr mich je lieben

könntet. Sie war sehr brav und gut und rein und nicht wie ich.«

»Paul, du bist ein sehr guter Junge.«

»Nein!« Ich wußte nicht, was ich weiter tun sollte. Zu betroffen, ihn zu beruhigen, nehme ich an. (Schon eher zu unfähig.) Ich versuchte, ihn zu umarmen und zu küssen. Ich konnte ihm nicht sagen, daß ich ihn liebe, weil ich keinerlei Gefühle empfinde, aber ich bemühte mich, das Richtige zu tun – ihn zu beruhigen.

»Du bist ein sehr guter Junge«, sagte ich wieder.

»Ich weiß, daß du das nicht wirklich glaubst.«

»Doch!« Er bat mich, auf die andere Bettseite zu rutschen und strich das Bettuch glatt und schüttelte meine Kopfkissen auf. Dann deckte er mich zu. Nur Minuten, nachdem er die Tür geschlossen hatte, senkte sich der schwarze Himmel der Bewußtlosigkeit über mich.

Michaels Aufzeichnungen

26. September

Felix Bracewell, mein Anwalt, Schwager und, wie ich von Herzen hoffe, mein sehr guter Freund, hat mich zur Erleichterung der Prozeßführung gebeten, schriftlich niederzulegen, was während der letzten paar Monate geschehen ist.

Ich werde wegen Mordes vor Gericht stehen, wegen Mordes an meiner Familie. Es ist sehr eigenartig, das zu schreiben, doch statt mich zu verwirren, hoffe ich, es wird mir helfen, klarer zu sehen. Was ich schreiben werde, soll – und wird – den Fall nicht noch mehr komplizieren. Dafür werde ich sorgen. Felix weiß nicht, wann der Prozeß sein wird, aber bis zu seinem Beginn kann noch ein Jahr vergehen. Wir wissen nur, daß er sehr teuer sein und es wegen Zoë eine Menge Publicity geben wird. Zeitschriften haben mir Geld für meine Story angeboten, und ich würde lügen, wenn ich behaupten würde, ich wäre nicht versucht gewesen, darauf einzugehen. Das Honorar hätte mir bei der Begleichung von Gerichts- und Anwaltskosten geholfen, und ich hätte Zoës Mutter Geld für die Jungen geben können, aber es würde gegen meine ethischen Prinzipien verstoßen. Pragmatisch ausgedrückt, Felix meint, es würde ein schlechtes Licht auf mich werfen. Also versuche ich statt dessen, das Haus über einen Makler zu verkaufen. Ich bin im Gefängnis in Untersuchungshaft. Man läßt mich nicht auf Kaution frei, weil

man in mir eine Gefahr für meine Söhne sieht. Ehrlich gesagt, ich bin fast erleichtert, hier zu sein. Die Disziplin, die ungewohnte fremde Umgebung, das Mißtrauen, der Argwohn, die idiotische Aggression, aber vor allem die durch nichts zu erschütternde Routine helfen mir. Ich bin von allem und allen isoliert. Wäre ich draußen in der Welt, würde ich den ganzen Tag weinen, die Gräber besuchen, zuviel trinken und meine Freunde in Verlegenheit bringen und ihnen auf die Nerven fallen. Es ist nicht, daß ich hier sicher vor der Bosheit der Welt wäre, sondern eher vor meiner eigenen, vor allem und besonders vor dem Bösen, das sich seit Beths Tod, am 6. April, bis zu meiner Verhaftung, das war der 18. September, glaube ich, unserer Familie bemächtigt hat. Zumindest hoffe ich inbrünstig, daß das Böse tatsächlich Gefängniszellen meidet und nur aktive Menschen verfolgt.
Mir fehlt Seymour, der Kater. Er ist mit Paul und Andrew bei meiner Schwiegermutter, Beatrice, in Berkshire.
Ich bin Katholik. Recht und Unrecht, Gebote, Sünde, Strafe und Höllenfeuer, ich habe immer daran geglaubt. Meine Eltern sind beide tot. Sie waren sicher gute Menschen: Sie waren arm und ertrugen ihre Armut, ohne zu klagen. Sie dankten jedoch dem lieben Gott, daß ich einem solchen Leben entkommen bin. Sie erkannten nicht, welche Ironie das war. Ich entkam nicht dank meines Berufs und dem Geld, das ich zuerst verdiente, sondern durch meine Ehe mit Zoë. Sie konnten sich kaum mit Zoë unterhalten, aber sie waren so stolz, daß sie ihre Schwiegertochter war. Ich glaube nicht, daß Zoë das je verstand. Sie hätten es gern gesehen, daß die Jungen katholisch erzogen würden, aber Zoë war Atheistin, so gaben sie sich mit unserer Abmachung zufrieden, sie den Religionsunterricht besuchen zu lassen, jedoch zu keiner Überzeugung zu zwingen. Es war ein seltsamer Kompromiß – zuerst heilige Werte vorgesetzt

und dann gesagt zu bekommen, es sei einem selbst überlassen, an sie zu glauben oder nicht. Wie die meisten Kompromisse funktionierte es nicht wirklich und führte unweigerlich dazu, daß ich meinen Glauben vernachlässigte. Zoë sagte, das wäre alles unwichtig, weil ich ein guter Mann sei und unseren Söhnen ein gutes Beispiel geben würde, dem sie nacheifern werden. Manchmal bemerkte sie ein wenig spöttisch, daß ich sogar sie bessere. Sie hatte solche Gewissensbisse wegen ihres Erfolgs, ihres draufgängerischen Temperaments, ihres wundervollen autoritären Wesens. Auf ihre Weise war sie katholischer als ich, voller Schuldbewußtsein und inneren Konflikten. Ich war so stolz auf alles, was sie tat, alles, was sie war, und sie war die Gütigste, Süßeste, Tapferste. Sie war immer so außerordentlich stark, von einer inneren Kraft getrieben, so daß ich gar nicht auf die Idee kam, sie könnte zerbrechlich sein, was eine krasse Fehleinschätzung war. Ich glaube, Menschen, die zielbewußt sind, sind verletzlicher, und zwar gerade wegen ihrer fixen Ideen.

Sie wurde verrückt. Eine schonendere Weise, es auszudrücken, gibt es nicht, und ich mag psychologische Terminologie nicht. Zoë wurde wahnsinnig vor Trauer. Der Wahnsinn machte sie hart, unberechenbar, als spielte sie eine Rolle, die nicht zu ihr paßte. Ich war machtlos, ich konnte ihr nicht helfen, konnte sie nicht davon abbringen. Es machte mich rasend vor Wut, aber es machte mich nicht zum Mörder. Das wird mein Verteidigungsargument sein und was Felix beweisen muß: daß unsere Familie schuldlos ist, daß sie machtlos gegen das Böse war, das sich plötzlich unter uns breitmachte.

Absolut nicht zeitgemäß – das Böse.

Genug der Einleitung. Am 6. April starb Elizabeth – unser Baby. Es war ein unvorhersehbarer Kindstod – sie war einen Monat alt –, und es war eine Tragödie. Ich glaube, Zoë litt wegen ihrer Gewissensbisse am meisten. Sie war nie sehr mütterlich gewesen, und wir hatten Beth nicht geplant. Während ihrer Schwangerschaft ließ sie sich unentwegt über dieses Thema aus und stöhnte, daß es ihr nicht gutging, daß sie genug hatte, daß sie zu alt war für ein weiteres Kind usw. Sie befand sich am Höhepunkt ihrer Karriere. Und jetzt hieß es Schwangerschaftsurlaub ausgerechnet während der kritischen Phase der Vorproduktion der vierten Staffel ihrer Show. Sie hatte ein schlechtes Gewissen, weil sie Beth nicht wollte, aber ich wußte, daß sie sie wollte, falls das einen Sinn ergibt. Schwer, diese Unterscheidung zu erklären. Als sie geboren wurde, waren wir beide völlig aus dem Häuschen. Ich glaube, die Jungen staunten, wie vernarrt wir in sie waren. Als sie starb, sah Zoë es, glaube ich, als Bestrafung für ihren Egoismus – ganz einfach. Sie sagte es nicht, aber ich spürte, daß sie es so empfand. Sie wollte nicht darüber sprechen. Ich kümmerte mich um alles. Die Ärztin war sehr freundlich, die in einem solchen Fall erforderliche gerichtliche Untersuchung kurz, ich suchte die Grabstätte aus – ich erledigte alles.

Zoë wollte nicht reden, aber was geschah, war schlimmer als Schweigen. Sie sah uns nicht an, keinen von uns. Wenn sie bei uns war, war sie nicht richtig anwesend – nur ihr Körper war es. Ich verstand nicht ganz, daß dieses Verhalten – die Art, in der sie sich uns entzog – uns in solche Gefahr brachte. Ich litt, weil ich spürte, daß sie mir mißtraute, und das war erschreckend. Ich hatte es nie zuvor empfunden. Ich war sehr egoistisch und vergaß daran zu denken, daß ich gar nicht wirklich zählte.

Dann ließ sie sich mit einer dieser verrückten, monomanischen Psychiaterinnen des neuen Schlags ein, die davon überzeugt sind, daß wir alle unter einer Krankheit namens Leben leiden, die sich nur dadurch heilen läßt, daß man den eigenen Willen und Verstand aufgibt und sich völlig der Macht der Heilerin ausliefert – und nur ihr! Das ist etwas, was Zoë in höchstens zehn Minuten durchschaut hätte, doch jetzt weiß ich, daß sie sich in der Nacht, als sie und diese Seelenklempnerin einander kennenlernten, zur falschen Zeit am falschen Ort befand. Es war ein Treffen mit dem Bösen, und ich schaute freundlich zu, führte sie nach Beendigung der Show fort, nachdem ich die Frau angelächelt und ihre mit Schmuck überladene Hand geschüttelt hatte. Lillian besaß – besitzt eine ungewöhnliche Konzentrationsfähigkeit: die Art, wie sie Zoë anblickte und mich ... Mich beachtete sie kaum. Ich mochte ja »in Trauer« sein, aber gewiß nicht »in Not«, und sie fühlte den Unterschied rasch und mühelos. Zoë aber, die eine wunderschöne Art von Leid ausstrahlte, mußte für sie der vollkommene Glückstreffer gewesen sein. Zoë benahm sich, als seien Teile ihres Körpers verletzt und als trüge sie Verbände, aus denen Blut sickerte; sie bewegte sich wie ein Ritter, der in der Schlacht verwundet worden war, aber nicht zu kämpfen aufhören wollte. Ihr Gesicht war angespannt, ihre festen, schönen Lippen waren zusammengepreßt, und ihre Augen warnten davor, in sie zu blicken, ergründen zu wollen, was sie zu verbergen suchten; alles, was sie preisgab, war ihr sorgfältiges Äußeres und die makellose Armani-Silhouette.

Und natürlich – das hätte ich nicht vergessen sollen – war Zoë berühmt.

Ich weiß, daß Zoë anfangs geglaubt hatte, wenn sie mit ihrem Beruf weitermachte, tat, was sie konnte, würde sie über Beths Tod hinwegkommen. Und sie hätte es vielleicht wirklich geschafft, und ich hätte ihr geduldig und verständnisvoll zur Seite gestanden. Aber Lillian wollte nicht, daß Zoë überlebte. Sie wollte sie vernichten und neu erschaffen und so formen, wie sie, Lillian, sie sich vorstellte. Ich glaube nicht, daß je irgend jemand gewagt hat, Lillian zu sagen, daß ihre Macht Grenzen hat, daß der Schöpfer den Menschen formt und es Blasphemie ist, sich einzumischen. Gott ist ziemlich überholt. Man kann einen ganzen Saal leeren, indem man seinen Namen nennt. Jetzt sind ausgefallene Medizinmänner bzw. -frauen in Mode, wie Lillian. Vielleicht glaubte sie, wenn sie Zoës Weltanschauung zerstörte, dann würde, wie Phoenix aus der Asche, eine neue, bessere entstehen. Ich frage mich, wie viele Menschen sie vernichtet hat, die kein neues Leben beginnen konnten, nachdem ihre Weltanschauung zerstört wurde, und so dem Wahnsinn verfielen wie Zoë. Natürlich gibt es viele Irre, die immer noch umherwandern. Es war Zoës Tragödie, daß sie sterben mußte. Aber wenn ich es recht bedenke, ist es wohl eher meine Tragödie. Wie könnte ich ihr ein solches Leben wünschen, wäre sie noch unter uns?

Sie glauben, ich hätte sie ermordet: a) Weil ich wußte, daß sie wahnsinnig war, möglicherweise Beth getötet hatte und nun eine Gefahr für Andrew und Paul darstellte; oder b) weil ich ganz einfach wütend auf sie war, da ich wußte, daß sie Beth getötet hat. Ein Arzt kann nicht immer den Unterschied zwischen plötzlichem Kindstod und Ersticken erkennen, manchmal werden beim Tod durch Ersticken die Blutgefäße der Augen in Mitleidenschaft gezogen. Möglich wäre auch noch, c) daß ich zuerst Beth tötete und dann Zoë, weil sie dahintergekommen war. Sie haben mich beider

Morde angeklagt, und ich glaube, sie werden die Einzelheiten erst später ausarbeiten. Töten aus Mitleid, Verbrechen aus Leidenschaft, ja sogar Irrsinn, für sie ist das alles ein und dasselbe. Wie sehr sie sich doch täuschen! Als Oscar Wilde schrieb, daß jeder das tötet, was er liebt, hatte er bestimmt nicht gedacht, daß man ihn wörtlich nehmen würde. Wir leben in einer Zeit, in der alles viel zu wörtlich genommen wird. Beths Tod war ein Unglücksfall; Zoës Tod bleibt ein Rätsel. Sie war auf dem Gesicht liegend erstickt, erwürgt. Unfall oder Mord, das kann der Gerichtsmediziner nicht feststellen. Kein schlüssiger physischer Beweis. Ich glaube, das ist die Terminologie. Da Beth ebenfalls erstickte, lautet die Folgerung: nicht zwei Unfälle, sondern zwei Morde. Ich schreibe das mit ruhiger Feder. Ich staune, wie ruhig ich dabei bin. Ich kann nur sagen, daß ich sie nicht getötet habe, doch niemand glaubt an solche Zufälle, also bin ich der Hauptverdächtige. Ihnen fällt kein anderer ein. Mir auch nicht.

Es mag Dir seltsam vorkommen, Felix, aber ich muß zugeben, daß ich mich in diesen ungewöhnlichen Tagen selbst gefragt habe, ob ich fähig gewesen wäre, Zoë zu töten. Wie Du weißt, gibt es Mordfälle, nach denen der Täter die Erinnerung an sein Verbrechen verdrängt, in eine Art Trance oder Delirium oder in den Zustand eines Schlafwandlers fällt. Mein Problem ist, daß ich die Frage nicht beantworten kann. Mein bewußtes Ich wird sie immer verneinen. Ich kann nur aus tiefster Seele sagen, daß ich Zoë liebte und ihr nie etwas hätte antun können. Ich betete allerdings, daß, was immer sie besessen hatte, sterben würde, das gebe ich offen zu – aber nie ihr süßes Selbst. Ich wiederhole, was Du bereits weißt. Diese vielen Kreise! Ich hoffe, alles ist verständlich. Wenn Du das liest, Felix, hab keine Angst, ich werde alles noch näher ausführen. Aber jetzt bin ich müde.

27. September

Heute kamen mit der Post ein paar Zeilen von Andrew. Sie lagen in einer Karte, die er aus einer seiner Zeichnungen angefertigt hat – wunderschön, möchte ich hinzufügen –, außerdem kam ein Exposé des Maklers, der den Auftrag hat, unser Haus zu verkaufen.

Ich weiß nicht, was mir mehr zu schaffen machte.

Weil das Haus in einer ruhigen Straße in »vornehmer Gegend« liegt, gehören drei Farbfotografien zu dem Exposé. Von der Fassade, dem Garten und der geräumigen Eingangshalle. Außen ist es smart, um die Bezeichnung von Zoës Mutter zu benutzen, und häßlich und gut gepflegt, mit einem im Grätenmuster angelegten Gartenweg, Kies, einer niedrigen Mauer, einem Baum. Das Wohnzimmer ist eher kärglich eingerichtet, wir hielten uns nie viel darin auf und gegen Ende kaum noch. Der Garten ist von Zoës Arbeitszimmer aus fotografiert, beinahe von ihrem heißgeliebten Schreibtisch aus – durch das Erkerfenster über den Rasen zu den Bäumen. Wie sehr sie diesen Ausblick liebte! Das Bild gibt mir das schmerzliche Gefühl, in Zoës geheime Welt einzudringen – eine Welt, die es nun nicht mehr gibt. Aber das bilde ich mir wahrscheinlich alles nur aus Sehnsucht ein. Das Gras muß unbedingt gemäht werden, so sieht es nicht gut aus – ich weiß, daß jetzt niemand dort wohnt, aber der Makler hätte sich darum kümmern müssen, immerhin bekommt er zwei Prozent von 800.000 Pfund, wenn er einen Käufer für das Haus findet.

Ich liebe dieses Haus.

Ich wollte bis an mein Lebensende in diesem Haus wohnen. Bis zu meinem und Zoës Tod, betrauert von unseren Enkeln. So wird es nicht sein. Statt dessen gab es nun diese grotesken Todesfälle, unzeitig, glaube ich, wäre das passende Wort. Das Haus kann nichts dafür, daß sie in ihm stattfanden. Plötzlich frage ich mich, ob der Preis dadurch steigen oder fallen wird. So, wie ich die Welt kenne, wird er wahrscheinlich steigen.
Ich erinnere mich, als wir das Haus kauften, hielt Zoë es für eine lästige Arbeit. Wir waren frisch verheiratet, sie war mitten drin, das Land mit ihrer Vorabendshow zu begeistern, und hatte soeben ihren Vertrag zu noch günstigeren Bedingungen neu ausgehandelt. Das war, ehe sie und Jeffrey auf die Idee kamen, ihre eigene Show zu etablieren, gerade als sie sich einen Namen machte und sich zum ersten Mal richtig verliebt hatte. Ich weiß, das klingt kitschig und unglaubwürdig, aber es ist wahr. Ich weiß, daß sie das Gefühl gehabt hatte, mehr bekommen zu haben, als sie je zu hoffen gewagt hatte. Sie gestand mir, daß sie an dem Punkt gelangt war, sich mit ihrer Einsamkeit abzufinden, als sie mich kennenlernte. Wir waren beide so überrascht, als wäre es ungewöhnlich, daß Menschen sich verlieben und heiraten. Niemand konnte glücklicher sein als wir, aber sie war ungemein beschäftigt, so daß ich mich alleine nach einem Haus umschaute. Ich wollte ein großes, das wir renovieren und mit Kindern füllen konnten. Da ich Beleuchtungsdesigner bin, wollte ich jedes Zimmer mit perfekter Beleuchtung ausstatten. Zoë beschuldigt – beschuldigte – mich, ein Modernist zu sein und das Haus in einen monströsen Iglu zu verwandeln, aber wir schlossen Kompromisse, gaben uns mit einfacheren, schlichteren Lösungen zufrieden, behielten jedoch die alten Erbstücke. Ich beaufsichtigte alles, gab das Geld meiner jungen Frau aus (mein eigenes Geschäft machte bank-

rott, noch ehe wir heirateten), und sie überzeugte mich, daß ich mir kein schlechtes Gewissen einreden mußte, weil nicht ich das Geld nach Hause brachte. Das war unsere Abmachung: Sie verdiente das Geld, und ich führte den Haushalt. Und als, noch nicht einmal ganz ein Jahr nach unserer Hochzeit, Paul geboren wurde, war ich überglücklich.

29. September

Felix, einige Gedanken nach unserem Gespräch. Das war ein echtes Erlebnis für mich. Hier hinter Mauern vergesse ich das Leben draußen, daß Du Dich der neugierigen Presse stellen mußtest, ehe Du überhaupt hereinkamst. Ich nehme an, daß dieser Medienrummel nach ein paar Wochen aufhören wird. Werde nicht verlegen, wenn Du folgendes liest, Felix. Ich mag Dich mehr als je. Obgleich wir in dieselbe Familie hineinheirateten, fanden wir nie wirklich Zeit, einander kennenzulernen. Du bist unkompliziert und sehr direkt. Du bist ein Verstandesmensch, wie Zoë, nur sanfter und umgänglicher als sie. Warum haben wir uns früher nie richtig unterhalten?

Ich bin dankbar für die Bücher, die Du mir gebracht hast. Mir hängt Radio 4 zum Hals raus, sie beschäftigen sich immer noch ständig mit dem Zweiten Weltkrieg, und wenn nicht damit, dann mit Politik, und die Sprecher sagen im Grunde genommen immer das gleiche und sind so von sich eingenommen. Ja, ich glaube schon, daß ich verärgert bin, weil sie mich hier festhalten. Und ich möchte meine Söhne sehen. Ich wünschte, Beatrice würde sie herbringen, aber ich kann verstehen, warum sie es nicht tut.

Felix, Du hast bestimmte beweiskräftige Vorfälle erwähnt. Nun, an Vorfällen war kein Mangel, aber beweiskräftig? Nach Beths Tod gab es so wenige Personen, die unseren Lebenswandel kannten, und dann war ich fort, und Zoë war ganz allein mit den Jungen. Ich möchte die Kinder zu diesem Zeitpunkt nicht in diese Sache hineinziehen, aber ich bin ziemlich sicher, daß Zoë ein Tagebuch führte. Es muß noch irgendwo im Haus sein, in ihrem Schreibtisch unter ihren Papieren, außer die Polizei hat es. Ich habe es nie gelesen, in ihren persönlichen Unterlagen herumwühlen wollte ich nicht, aber sie hat sich stundenlang zurückgezogen und geschrieben, und ich bin sicher, in allen Einzelheiten. Es müßte uns auch viel über ihren Geisteszustand verraten. Ich werde Dich deswegen anrufen, sobald ich kann – ich komme mir wie ein Idiot vor, daß ich nicht schon eher daran gedacht habe. Es könnte natürlich sein, daß es unserem Fall mehr schadet als hilft.

Ich bemühe mich mit allen Kräften, mir noch einmal alles von Anfang an ins Gedächtnis zurückzurufen. Diese Zeugensache macht mir angst.

Beths Tod – irgendwann zwischen zehn und dreizehn Uhr an jenem Vormittag. Nanny, Zoë, Paul und Andrew waren im Haus. Ich war von zwölf Uhr dreißig bis dreizehn Uhr dreißig beim Zahnarzt. Theoretisch könnte ich sie natürlich getötet haben, bevor ich wegging. Jeder war in einem anderen Zimmer. Ich in meinem Arbeitszimmer, ein Stockwerk über dem Kinderzimmer; ich glaube jedoch nicht, daß Nanny und die Jungen das mit Sicherheit bezeugen können. Wenn doch nur festgestellt werden könnte, daß die Todeszeit genau zu jenem Zeitpunkt war, als ich mich beim Zahnarzt befand, aber leider ist das unmöglich.

Der nächste Vorfall, nehme ich an, war die Begegnung mit Lillian. Ich bin sicher, Jeffrey wird bestätigen, welche unmittelbare und gewaltige Wirkung sie auf Zoë hatte. Felix, ich möchte Dich bitten, Dich an sie zu wenden und sie zu fragen, ob sie eine Zeugenaussage über Zoës Geisteszustand machen kann (ich bin sicher, daran hast Du selbst schon gedacht). Ebenso sicher bin ich, daß sie versuchen wird, sich zu weigern. Aber wenn wir Zoës Wahnvorstellungen nachweisen können – eben fällt mir ein, daß es wahrscheinlich vergebliche Mühe sein würde. Lillian wäre die letzte, die Zoë geistesgestört nennen würde. Aber zumindest war ihre erste Begegnung ein beweiskräftiger Vorfall. An jenem Abend waren eine Menge Leute da, besorgt um Zoë und bereit, sie zu beschützen, und sie waren von Lillians Selbstdarstellung im Fernsehen keineswegs beeindruckt. Sie nutzte Zoës geschwächten Zustand aus und ließ sie nicht zu Wort kommen. Ihre ganze hochgepriesene Sensibilität nutzte sie ausschließlich für ihre Zwecke. Es war, als ob ein Schlangenbändiger von der Schlange hypnotisiert wurde. Wie auch immer, diesbezüglich kann ich eine lange Liste von Zeugen vorweisen. Und dem Himmel sei Dank, daß es Jeffrey gibt. Er telefonierte mit Zoë, als sie zu desorientiert und verwirrt war zu verstehen, daß sie uns in den Bankrott getrieben hatte. Das war ein schrecklicher Tag! Aber wohin führt es uns genau? Jeffrey wird aussagen, daß ich sehr beherrscht war. Das wird gut für mich sein. Soviel ich weiß, waren die Jungen gegen Ende die einzigen Zeugen meiner Wutausbrüche gegen Zoë. Und sie werden nicht aussagen. Wenn jemand anderes darauf hinweist, weiß ich wirklich nicht, wie wir beweisen könnten, daß meine Wutanfälle gerechtfertigt waren. Ich versuche ja nur zu denken, alles durchzugehen. Abbey war nicht mehr da. Soweit ich mich erinnere, verkehrten wir mit niemandem. Ich bin schon ganz durcheinander.

Es sieht so aus, als würde es ein sehr kurzes Plädoyer werden zu meiner Verteidigung.

Vielleicht wird die Staatsanwaltschaft meine Vergangenheit durchkämmen und Leumundszeugen finden. Ich werde später weiterschreiben.

6. Oktober

Letzte Nacht träumte ich von Paul. Ich weiß nicht genau, was ich träumte. Dummerweise dachte ich, ich würde nichts davon vergessen, und schrieb es deshalb nicht sofort auf. Aber die wenigen Erinnerungen an diesen Traum verfolgten mich den ganzen Tag. Wie einsam der Junge ist und immer war. Es ist seltsam – ich kenne meine Söhne so gut, war immer bei ihnen, und was uns verband, war stark, aber auf Paul mußte ich besonders achten, ihn beschäftigt halten, ihn motivieren, weil er ansonsten sofort depressiv wurde. Er hat Alpträume. Man muß ihm einfache Aufgaben übertragen, wenn er besorgt ist. Kochen ist gut. Kochen erfordert sowohl ein gewisses Maß an Ordnung wie auch an Kreativität, und er war stolz, wenn er mir helfen durfte. Während ich dies schreibe, wird mir bewußt, daß ich mir selbst etwas vormache. Er war sein ganzes Leben lang einsam – und ich hilflos. Ich war ein Freund, doch immer außerhalb der Mauern seiner Seele. Ich glaube, er mag Andrew nicht, und ich weiß nicht, ob es daran liegt, daß er ihn um seine Unabhängigkeit beneidet. Das ist nur eine Vermutung. Es ist nichts, worüber ich groß nachgedacht habe, aber ich fand Andrew immer pflegeleicht. Er kann sich stundenlang mit sich selbst beschäftigen, er malt, liest, manchmal hält er sich den ganzen Nachmittag am hinteren Ende des Gartens auf – mit seinen imaginären Freunden –, er mag andere Kinder nicht sonderlich. Das kann ich ihm nicht verdenken. Als Kind ging es mir ähnlich. Und dank Zoë waren die Jungen kultivierter als ihre Altersgenossen, glaube ich. Wir waren natürlich stolz darauf in unserer Eitelkeit.

Das ist das Merkwürdige an Paul –, jedesmal, wenn man anfängt, über ihn zu reden oder zu schreiben, schweift man zu Andrew oder Zoë ab. An Paul ist nur eines bemerkenswert, sein Seelenschmerz. Er hat kein Talent und empfindet kaum Freude. Seine Sensibilität war in der Familie immer wie eine klaffende Wunde, die wir geflissentlich vermieden zu berühren. Ich habe immer gedacht, wenn ich alles um ihn herum so normal wie nur möglich gestaltete, würde es ihm helfen, sich über diese ganzen Hindernisse hinwegzuheben, um den großen Preis zu erringen, nämlich erwachsen zu werden. Ich glaube, Paul liebte Beth. Er nahm sie oft auf den Arm und gab ihr auch manchmal das Fläschchen. Andrew dagegen beachtete sie kaum.

8. Oktober

Träumte wieder von Zoës Tod, von ihrer Beerdigung. Schmerzliche Erinnerungen. Keine Handlung. Nichts Greifbares.

Wenn ein Kind stirbt, bildet die Öffentlichkeit sich ein, daß dieser Tod ihr Eigentum ist, ihre Trauer. Milder ausgedrückt bedeutet es, daß niemand den Gedanken erträgt, daß ein Leben unerfüllt bleibt, und der Tod der Jungen und Unschuldigen wird zum Symbol der Ungerechtigkeit auf dieser Welt etc. etc. Das Spektakel der Beerdigung einer Berühmtheit ist dagegen abstoßend. Als Zoë starb, waren die

Massen wie besessen von einer hysterischen Sympathie – wahrscheinlich im Zusammenhang mit Beths Tod. Und da sie berühmt war, betrauerte die Menge sie beide, so daß es fast den Anschein hatte, als würde Beth aufs neue beerdigt. Unmengen von Fotoreportern und Kameramännern der Fernsehanstalten lauerten uns vor der Kirche auf. Zoës Mutter, deren bleiche Haut fest und gespannt war und die einen Schleier trug, der mir altmodisch und theatralisch erschien, wurde von einer Horde dieser Leute bedrängt. Ich erinnere mich, daß sie zu einem dieser Kerle sagte: »Mit wem, glauben Sie, haben Sie es hier zu tun, mit Jackie Kennedy?« Ich hätte am liebsten gelacht, aber sie war so weit entfernt, daß sie es sowieso nicht gehört hätte.

Der Trauergottesdienst wurde in der gleichen Kirche wie bei Beth abgehalten, und es war schwarz von Leuten, als wir in die Wagen einstiegen, um zum Friedhof zu fahren, auch entlang der Straßen. Die Polizei hielt sie fern von der Begräbnisstätte, so warteten sie vor dem schmiedeeisernen Tor, während am Grab nur Zoës Mutter und ich standen sowie Paul, Andrew, Zoës Brüder und deren Frauen (Du und Laura, natürlich), außerdem Jeffrey und Abbey und die alte Nanny, was mich sehr rührte.

Gerade als Vater Owen, der die Jungen getauft hatte, mit der Grabrede begann, sah ich eine Gestalt auf den Wegen und übers nasse Gras auf mich zukommen. Es hatte die Nacht davor geregnet, glaube ich, jetzt war jedoch ein klarer, sonniger Morgen. Es ist ein großer Friedhof, und jener Teil befindet sich auf der Kuppe eines Hügels, gesäumt von vielen Bäumen – weitere werden gerade gepflanzt, so daß einmal der Eindruck entstehen wird, Bäume bewachten und schützten die Gräber. Das sollte dem Ganzen die Düsterkeit nehmen. Bis es soweit ist, werden natürlich noch

Jahre vergehen. Dann kamen wir oben an und konnten die Polizisten vor dem Tor sehen und die vielen Menschen, einige mit Blumen und Bildern von Beth (weiß der Himmel, wo sie die herhatten), und etwa hundert Meter davon entfernt eine kleinere Gruppe mit Transparenten und Spruchbändern, auf denen stand: »Was geschah wirklich mit Zoë und Baby Beth?« Für ein Transparent wurde sogar ein Satz aus der Bibel herzitiert: »Das Blut der Unschuldigen schreit nach Vergeltung« oder so ähnlich. Es war die erste in der Öffentlichkeit geäußerte Verdächtigung. Diese Gruppe von Demonstranten – so nannte die Polizei sie – konnte nicht in Handschellen in Polizeiwagen weggeschafft werden, wie es sich gehört hätte, weil es eine friedliche Demonstration war, wie der für die Sicherheit zuständige Polizist erklärte. Da waren wir also um die Grabstätte verteilt und blickten von dem Hügel hinunter auf diese unbegreiflichen Menschenmassen, dann empor zum Himmel und hinab ins Grab und versuchten, uns zu konzentrieren. Ich erinnere mich, daß mir auffiel, welch schöner Septembertag es war, und mir schossen Tränen in die Augen. Ich hoffte, Vater Owen würde sich beeilen. Zoës Mutter an meiner Seite zitterte heftig, und ich hatte Angst, sie würde zusammenbrechen. Immer wieder lehnte sie sich vor, als wolle sie zu Zoë ins Grab springen. Manchmal stützte ich sie mit der Hand, und sie wehrte nicht ab, bemerkte es vermutlich gar nicht. Ich bin mir nicht sicher, ob sie überhaupt wußte, was vorging. Sie blickte mich nicht an und sprach nicht zu mir.

Sie kam langsamen Schrittes den Hang herauf, teilweise versteckt hinter einem riesigen Strauß dunkelroter Rosen. Ich dachte, warum haben sie die vorbeigelassen? Wieso gestatten sie dieser Fremden einen so dramatischen Auftritt bei unserer Beerdigung? Da sah ich, daß es Lillian war.

Während Vater Owens Grabrede erkannte sie auch Paul, der neben mir stand; er stieß einen Laut aus, den ich nur als Ausdruck der Furcht bezeichnen kann. Keiner von uns bewegte sich. Lillian konnte nicht direkt zu uns herkommen – es hätte zu sehr gestört, da wir uns an der anderen Seite des Grabes befanden. Also stellte sie sich neben Nanny und die Trauergäste, die der Menge den Rücken zuwandten. Dann blickte sie über das Grab zu Andrew und lächelte. Dieses Lächeln, Felix, ich kann Dir nicht beschreiben, wie blasphemisch – unverschämt – ruchlos – dieses Lächeln war. Fast war es wie das heimliche Lächeln, das eine Frau für ihren Liebhaber bestimmt und das in der Öffentlichkeit nicht bemerkt werden soll, ein ganz gewisses Lächeln, das zwei Personen in ein Universum von Harmonie und stillem Einverständnis zusammenschließt. Sonst blickte Lillian weder mich noch einen anderen der Trauernden an, dann senkte sie den Kopf in scheinbarer Demut.

Ich schäme mich, wie wütend mich dieses Lächeln machte.

Ich erinnere mich, wie diese schreckliche Wut mich befiel und ich die Tränen nicht mehr zurückhalten konnte; an die warme Sonne auf meinem Nacken, an den Klang von Vater Owens Stimme, die Farben hinter meinen Augen und dann der Blick in das offene Grab, der Sarg, der hinuntergelassen wurde und die Händevoll Erde, die man darauf warf. Ich erinnere mich, daß ich die Augen öffnete und sah, wie Andrew aus den Augenwinkeln von unten neugierig zu Lillian hochschaute. Dann Lillian, nachdenklich mit gesenktem Kopf; die Familienangehörigen, die sich in Grüppchen und gegenseitig stützend im Sonnenschein vom Grab entfernten. Nur Vater Owen, die Kinder, Lillian und ich blieben. Andrew schien die Absicht zu haben, um das Grab herumzugehen, vielleicht wollte er Lillian begrüßen. Lillian blickte jetzt auf und beobachtete uns beide mit ihren Adleraugen. Als Andrew sich bewegte, umklammerte ich fast grob seinen Ellbogen und sagte, ich glaube nicht viel lauter als ein Wispern: »Nein – du gehst nicht zu ihr – nein!« Er hielt inne, schien zu erstarren, dann wehrte er sich. Das alles nur ganz leicht. Es war nicht einmal eine Szene. Nicht einmal ein sichtbarer Widerstand. Nach einer wohl berechneten ominösen Pause rief Lillian ohne jede Hemmung über das Grab: »Ist schon gut, Andrew. Gehorche deinem Vater.« So laut war ihre Stimme, daß Vater Owen sie zum ersten Mal anblickte, und auch er zuckte zusammen und erstarrte wie ein erschrockenes Kaninchen. Es war sogar eine lustige Situation, aber Vater Owens offensichtliche Verwirrung machte mich sehr wütend, und mir war, als schnüre man mir die Kehle zu. Trotzdem begann ich, sie anzubrüllen: »Lassen Sie die Hände von ihm – von uns!« Lillian verzog keine Miene, ihr kupferfarbenes Haar erinnerte an eine gräßliche Flamme, ihre Augen waren herausfordernd. Da wurde mir klar, aber nur im Unterbewußtsein, daß ich sie glücklich machte, daß sie sich in ihrem Element befand, wie sie so an Zoës Grab stand und mich herausforderte. Andrew wehrte sich wieder, da stellte ich mich hinter ihn und hielt ihn an beiden Ellbogen fest.

»Sie sind ein böser Fluch für unsere Familie – gehen Sie!« Ich wußte, daß ich meinen Sohn nicht so festhalten und nicht so über das Grab meiner Frau hinweg brüllen sollte – keines dieser surrealer Ereignisse hätte eintreten dürfen – aber ich konnte nicht aufhören. Es war so widerwärtig, daß die Person, die ich am meisten haßte – und die schuld an so vielen unvorstellbaren Vorfällen war – ihren großen Auftritt an Zoës Grab machte und versuchte, ihren Sohn, den sie noch nie zuvor gesehen hatte, seinem Vater abspenstig zu machen. Mir wird noch jetzt beim bloßen Gedanken daran übel vor Zorn. Vater Owen, der sich wieder fing, befahl mir, meinen Sohn loszulassen, und ich tat es natürlich. Dann kam er herüber und sprach zu uns beiden, er beugte sich dabei zu mir hinunter, da ich im Gras kniete, Paul hatte seine Hand auf meine Schulter gelegt. Ich schämte mich, konnte nicht beten, ja nicht einmal denken, ich kann mich auch nicht erinnern, was er gesagt hat, nur daß er mir gut zuredete und ich aufstand. Als ich hochblickte, sah ich, daß Lillian den Hang hinunterging, allein.

So war es bei der Beerdigung, und natürlich gibt es außer Dir Menschen, die bezeugen können, wie grob ich zu Andrew gewesen bin. Ich hoffe, Du kannst verstehen, warum ich es tat. Bitte Nanny auszusagen. Bitte Nanny und Vater Owen.

12. Oktober

Felix, danke für Deinen Antwortbrief zu den letzten Seiten, die ich Dir sandte. In Erwiderung auf Deine Frage möchte ich bestätigen, daß ich von allem, was ich schrieb und Dir schickte, Fotokopien oder Abschriften behalten habe, um jederzeit darin lesen und nachschlagen zu können.

Du fragst, weshalb ich so überzeugt bin, daß Lillian eine so boshafte Frau ist, und ob ich glaube, daß sie sogar etwas mit Zoës Tod zu tun hat. Wie auch immer die Umstände sind, mir ist natürlich klar, daß Du keine Beweise für Lillians Bosheit finden wirst. Die Tatsache ist, daß sie Zoë nach Beths Tod zu beraten anfing. Ihre Bemühungen, sie zu trösten, waren vergeblich und konnten den beginnenden Wahnsinn Zoës nicht aufhalten. Wenn ich so zurückblicke, bin ich mir nicht sicher, daß irgend jemand das vermocht hätte. Vielleicht hätte Vater Owen ihr helfen können. Er ist zwar kein Heiliger und weder besonders beeindruckend noch sehr fromm. Aber er ist gütig. Wie auch immer, es ist unbestreitbar, daß Lillian Zoë nicht helfen konnte. Wir haben keine Beweise, daß Lillian Zoë dazu brachte, Paul zu vernachlässigen, doch es steht fest, sie bestärkte Zoë in ihrem Glauben, daß Andrew ein Genie ist, was ihn ziemlich durcheinanderbrachte und verunsicherte, glaube ich. Aber ich drehe mich im Kreis. Tut mir leid. Lillians Aufzeichnungen könnten uns weiterhelfen – nur wissen wir ja nicht einmal, ob sie so professionell war, überhaupt welche zu führen. Es wird sich finden. Im Grunde genommen könnten wir Lillian lediglich berufliche Inkompetenz vorwerfen.

Aber ich weiß Bescheid. Ich weiß, sie ist eine Kannibalin, die sich vom Elend Leidender ernährt und bewußt oder unbewußt danach strebt, Leid hervorzurufen und zu verstärken und den Leidenden von ihr abhängig zu machen. Sie verschafft ihm kurze Erleichterung – eine flüchtige Milderung –, dann stößt sie ihn zurück in die Welt, wo er versuchen muß, nach ihren seltsamen Lehren zu leben, von denen ich allerdings nichts weiter weiß, als daß sie niederträchtig sind. Sie lügt und verdreht und verzerrt die Welt aus Eigeninteresse, um sich aus ihrer eigenen lähmenden geistigen Einsamkeit zu retten. In dieser Beziehung ist sie verabscheuenswert. Wie melodramatisch das klingt! Verzeih mir.

16. Oktober

Felix, Du schreibst in Deinem letzten Brief, ich klinge zunehmend überzeugter, daß wir diesen Fall verlieren und daß unsere Verteidigung auf wackligen Beinen steht. Ich kann nicht lügen und es bestreiten. Vielleicht werde ich wirklich leichtsinnig, was meine Sicherheit betrifft. Aber bitte glaube mir, das hat nichts mit mangelndem Vertrauen zu Dir zu tun. Ich verbringe soviel Zeit damit, mich zu erinnern, ich erkenne, wie blind ich war – Haß verzehrt mich, und ich bemühe mich, diesen Haß zu überwinden. Es entkräftet mich. Vater Owen besucht mich, das ist mir ein Trost. Hinter unserer Tragödie steckt soviel mehr als die Zuweisung von Schuld und Unschuld, um die sich unser lahmer Prozeß bemüht, der sich nicht einmal annähernd mit den wesentlichen Problemen befaßt. Und ich weiß, daß meine Niederschrift nicht so vorurteilsfrei und sachlich ist, wie ich sie eigentlich halten wollte. Verzeih. Ich überlasse es Dir, herauszusuchen, was Du brauchen kannst.

Dein Vorschlag, einen Tag gemeinsamen Brainstormings einzulegen, ist großartig. Ich wäre dankbar, einmal einen ganzen Tag lang Gesellschaft haben zu dürfen. Und wenn Du auch noch die Erlaubnis der Gefängnisverwaltung bekämst, einen Picknickkorb mitzubringen, wie Du vorschlägst, wäre ich zutiefst gerührt. Das ist wirklich ein wundervoller Einfall Deiner Laura – bitte sag ihr tausend Dank.

3. November

Felix, ich muß mich entschuldigen, daß ich erst jetzt schreibe, so lange nach Deinem Besuch, aber wie Du weißt, war ich krank und zu schwach zum Schreiben. Offenbar weiß niemand, wie es zu diesem Fieber kam, aber jedenfalls war es sehr entkräftend. Möglicherweise haben die hygienischen Zustände – ich komme mir vor wie im neunzehnten Jahrhundert – etwas damit zu tun.

Es scheint mir lange her zu sein, seit wir uns sahen, aber ich möchte Dir auch jetzt noch, so verspätet, für Deine gewissenhaften Bemühungen für mich danken. Ich verstehe völlig, daß es unserem Fall nicht helfen würde, Lillian zu dämonisieren, wie Du es nanntest. Sie steht ja nicht vor Gericht. Außerdem werden wir nie erfahren, was sie zu Zoë gesagt oder mit ihr getan hat. Ich weiß, Du hast recht, es tut mir nicht gut, wenn ich soviel über sie grüble. Du bist nicht der einzige, der mir das rät. Ich werde nicht weiter drängen, sondern überlasse es Dir, ob wir sie fragen sollen, als Zeugin der Verteidigung aufzutreten. Schließlich liebte sie Zoë und versteht vielleicht genau wie wir, daß es eine Tragödie war. Vielleicht hast Du recht, und sie glaubt gar nicht, daß ich schuldig bin. Du wirst mir ja bestimmt über ihren Standpunkt Bescheid geben, wenn es Dir erst gelungen ist, einen Termin bei ihr zu bekommen.

Noch etwas: Es ist sehr bedauerlich, daß Du Zoës Tagebuch nicht finden konntest. Wenn ich recht habe und sie wirklich eines führte, könnte es uns verraten, wie sie sich gefühlt hat. So vieles, das heute für uns unverständlich ist, könnte klar werden.

Ich bin froh, daß Jeffrey und Nanny so bereitwillig auf Deine Vorschläge eingegangen sind. Ich muß Dir natürlich recht geben, daß Nanny zu alt und gebrechlich ist und wir sie nicht in den Prozeß hineinziehen sollten, aber ich finde es trotzdem gut, daß Du sie besuchen wirst. Grüße sie bitte von mir, wenn Du den Augenblick für günstig hältst. Über Deinen Rat, was die Jungen betrifft, werde ich nachdenken. Ja, sie sind wichtige Zeugen, und es wäre vielleicht schlecht für unsere Verteidigung, wenn wir sie nicht hinzuziehen. Aber andererseits sind sie erst vierzehn und elf und haben sowohl ihre Mutter wie ihre Schwester innerhalb weniger Monate verloren. Ich kann mir nicht vorstellen, daß irgendein Vater so selbstsüchtig sein könnte, auf ihrer Zeugenaussage vor Gericht zu bestehen.

November

Lieber Felix,
ich möchte Dich um einen Gefallen bitten. Ich habe einen sehr bestürzenden Brief von Andrew erhalten. Er klingt, als fühle er sich einsam und elend bei Beatrice. Ich hatte keine Ahnung gehabt, daß sie sich noch nicht einmal nach einer Schule für die Kinder umgeschaut hat. Ich hatte mir keine Sorgen um sie gemacht, denn der Gedanke war mir gar nicht gekommen, daß die Jungen sich nicht völlig wohl und geborgen fühlten, das heißt so wohl und geborgen, wie es unter diesen Umständen möglich ist. Ich weiß, Beatrice würde sich lieber so verhalten, als wäre ich tot statt hinter Gittern, und es würde die Lage eher verschlimmern, wenn ich versuchte, ihr zu schreiben oder bei ihr anzurufen – allerdings werde ich Andrew sofort schreiben. Könntest Du die Jungen bitte besuchen? Ich fühle mich hier so hilflos, und der einzige, der mir sonst einfällt, ist Jeffrey. Es ist nur, daß ich ihn nie wirklich ernst nehmen konnte – außerdem hat er sich nie für die Jungen interessiert –, und jetzt, da er so große finanzielle Probleme hat und sich abrackert, um aus der mißlichen Lage zu kommen, in die Zoë ihn gebracht hat, wäre es sicher besser, ihn in Ruhe zu lassen. Wenn Du mir sagen könntest, wie es wirklich aussieht, hätte ich einen klareren Überblick, und mir würde vielleicht einfallen, was ich für die Jungen tun kann.
Beste Grüße,
Dein Michael

8. November, Freitag
(Persönliche Aufzeichnungen –
nicht zur Weiterleitung an Felix)

Felix ist verreist für ein verlängertes Wochenende, mein verzweifelter Brief ist also umsonst. Ich glaube, er hat mir von seinem Kurzurlaub erzählt, aber ich vergaß es. Ich weiß nicht, ob es nur daran liegt, daß ich das Fieber noch immer nicht ganz überwunden habe – oder daran, daß ich hier eingesperrt bin. Jedenfalls fühle ich mich schwindelig und habe Angst – mein ganzer Körper ist davon betroffen, nicht nur das Herz oder der Magen, es ist auch nicht diese plötzliche Schwäche im Kreuz oder die Verspannung im Nacken, die mir früher häufig zu schaffen machten, wenn ich zu intensiv arbeitete und unter Hochspannung stand.

Es ist spät, und ich liege auf dem oberen Bett in meiner Zelle und versuche mir einzubilden, ich sei nicht hier, sondern im Zimmer der Jungen bei Beatrice, daß ich sie ins Bett stecke, ihnen versichere, daß alles in Ordnung sei. Ich kann mir dieses Zimmer jedoch nicht einmal vorstellen. Nur das Haus, es ist lang und niedrig und hat einen Blick über diese »trostlosen Wiesen«, wie Zoë sie nannte, und das Zimmer hat Lampenschirme aus rosa Seide. Das Haus ist voll von solchen gräßlichen Lampen und dem Geruch von Möbelpolitur und Lavendel und noch etwas – wie getrockneter Tee –, das ich nicht kenne, aber typisch ist für Landhäuser. Vielleicht ist es der Geruch von längst nicht mehr duftenden Blütenmischungen. Ich kann mir alles bis ins Detail vorstellen, wie beispielsweise Beatrices Terrier, die sich auf den Betten breitmachen. Was ich mir jedoch nicht vorstellen kann, ist, wie ich Andrew tröste. Er hat nie Trost gebraucht. Sogar die paar Male, die er Schmerz oder

Kummer gehabt hat, schien er selbstbeherrscht und widerstandsfähig. Ich mußte ihm nie etwas mit meiner »Daddy-Stimme« erklären, wie Paul es nennt. Warum bin ich überrascht, daß er seinen Seelenfrieden verloren hat? Und dennoch bin ich es. Seine wenigen flehenden Zeilen lassen mich ohnmächtig und hilflos fühlen. Wenn Grausamkeit und Böses sogar bei uns daheim existierten, ist vielleicht kein Zuhause davor sicher. Lieber Gott, mach, daß Felix so schnell wie möglich dorthinfährt und herausfindet, was mit meinen Jungen los ist.

9. November

Wie ich so an diesem verlorenen Wochenende warte – diesem langen Samstag nachmittag, dem ein noch längerer Sonntag folgen wird –, habe ich das eigenartige Gefühl, frei zu schweben. Die Gegenwart, das sind die Tage und die Stunden, aber nicht die wirkliche Zeit, nicht das Leben. Zoë war das Leben, und danach waren es die Jungen. Für mich begann das Leben, erst wirklich, als ich Zoë kennenlernte. Ich wuchs mit Fred-Astaire-Filmen auf, die ich liebte. Zoë sagte, dadurch werde ich zum Verräter meiner Klasse. Es war nicht nötig, darauf näher einzugehen, ich verstand genau, was sie damit meinte. Einer von Freds Songs war mein Lieblingslied. Zu Beginn unserer Beziehung sang ich es Zoë gerne vor – hauptsächlich im Bett:

> The way you wear your hat
> The way you sip your tea
> The memory of all that –
> No, no, they can't take that away from me …

»Das versucht auch niemand«, sagte sie gewöhnlich und lachte. Dann kam die Koda:

> We may never never meet again
> On the bumpy road to love
> Still I'll always always
> Keep the memory of …

Dann weiter:

> The way your smile just beams
> The way you sing off key
> The way you haunt my dreams
> No, no, they can't take that away from me
> No – they can't take that away from me.

Da es mein Lieblingssong war, tanzten wir an unserem Hochzeitstag zu seiner Melodie. Solange ich mich erinnern kann, wünschte ich mir, ja erwartete ich, daß das Leben als Erwachsener wie in diesen Filmen sein würde: wie der schwarze glänzende See einer Tanzfläche, mit Frauen in hauchdünnen Kleidern mit glitzernden Trägern über schneeweißen Armen, gepuderten Gesichtern, schimmerndem gewelltem Haar; Frauen, die in kurzen Stakkatosätzen auf die ebenso kurzen Stakkatofragen von Männern antworteten: »Tanz?«, »Drink?«, »Zigarette?«. Dann schließlich: »Heiraten wir« – eine Feststellung, keine Frage. Ich glaube, diese Filme müssen dazu beigetragen haben, daß viele Paare über ihr Eheleben enttäuscht waren, aber zu jener Zeit erschienen mir, der ich in einer ärmlichen Behausung auf dem Land aufwuchs und meist alleine ins Kino ging, diese Träume wundervoll. Doch diese wunderschönen Menschen in diesen wunderschönen Räumen erweckten den Wunsch in mir, eine wunderschöne beleuchtete

Welt zu kreieren. Das war die ungefähre Vorstellung. Ich studierte Kunst und Möbeldesign und kaufte als Jugendlicher und romantischer Träumer sämtliche Nummern der Zeitschrift Interiors. Mein Bett war schmal, etwa wie das, auf dem ich jetzt liege, und das Elternhaus, das ich verließ, war ein geblümter, billiger Alptraum, aber ich erkannte meine Berufung ganz klar, obgleich sie sehr idealisiert war.

Als ich nach London kam, arbeitete ich zuerst in einem Geschäft für Leuchten und Lichtplanung in Soho. Abends entwarf ich meine eigenen Designs. Damals wie heute mochte ich harmonische Linien, flexible Formen. Das ganze Schwarz und Chrom, das damals in Mode war und zum Achtziger-Jahre-Look wurde, gefiel mir in seiner nüchternen Zweckmäßigkeit ganz und gar nicht. Das Geschäft belieferte verschiedene Bauherren und Innenarchitekten – es bestand eine gewaltige Nachfrage – zum Großhandelspreis. Es gab einen ungeheuren Boom an Neubauten und Renovierungen – die Stadt war im narzißtischen Rausch. London stand am Beginn einer Ära, in der Sekretärinnen und Verkäuferinnen auf Partys schwarze Kleider mit Schulterpolstern trugen, ihre Lippen knallrot anmalten und sich für ihre Jobbeschreibung euphemistische Namen ausdachten, an die ich mich jetzt nicht mehr erinnern kann. Wir tranken alle grauenvolle Cocktails, als wären sie der Nektar dieses neuen Lebensgefühls. Ich hatte eine Freundin – Helen –, sie war Krankenschwester und katholisch, beides gefiel meiner Mutter sehr. Ich fragte sie nicht, ob sie mich heiraten wolle, was sie beide sehr enttäuschte, aber in dieser Hinsicht blieb ich unbeugsam. Helen war gut zu mir, als mein Vater um diese Zeit starb.

Matt – meinem Freund im Geschäft – gefielen meine Ideen, und da er zweiter Geschäftsführer war, hatte er mehr Erfahrung als ich. Er war sehr unzufrieden, weil er keine Möglichkeit sah, in der Firma aufzusteigen. Wir gingen oft miteinander ins Pub, und er beklagte sich, während ich schweigend zuhörte. Schließlich heckten wir die Idee aus, uns selbständig zu machen. Ohne ihn hätte ich nie den Mut dazu gehabt. Matt war ebenfalls »ein Bursche aus der Arbeiterklasse«, wie Zoë ihn später nannte, ihr Snobismus war nicht ohne Humor, aber auch nicht ganz ohne Eifersucht – ich glaube, sie war nicht sehr glücklich darüber, wie sehr ich in jenen frühen Tagen an Matt hing. Matt hatte keine gute Erziehung genossen – er war ein Chauvinist, er trank viel und hörte sich gerne reden. Er hatte Charme, der auf Zoë, wie sie sagte, überhaupt nicht wirkte, aber auf mich schon. Er war hilfsbereit, und man konnte sich auf ihn verlassen. Er bewies, ein guter Freund zu sein, als Helen mich wegen eines anderen verließ – gleich nachdem wir unser Geschäft gegründet hatten. Eine Woche lang ging er jeden Abend mit mir saufen – Bier, mit Whisky zum Nachspülen, bis ich nicht mehr aufrecht stehen konnte. Ich weinte aus Selbstmitleid, nicht aus Trauer, und er war für mich da, fröhlich und verläßlich. Er kümmerte sich um die Geschäfte und verschaffte uns eine Menge Aufträge, vor allem einen ganz großen, bei dem wir uns verpflichteten, eine Neubausiedlung mit allen Beleuchtungseinrichtungen zu beliefern – das waren über achtzig Prozent unserer Produktion. Darüber gerieten wir beinahe in Streit. Der Auftrag sicherte unser Auskommen weit über das erste Jahr hinaus, schloß jedoch keine Vergütung für meine neuen Designs ein. Matt paßte es sowieso nicht, wenn ich zuviel Zeit am Reißbrett verbrachte, und ich wiederum ärgerte mich, wenn er sich zuwenig Zeit nahm, meine Designermodelle zu verkaufen. Ein oder zwei brachte er an den Mann, aber nichts Größeres. Ich war also der Künstler und er der Kaufmann, und wir lebten zusammen in einer Wohnung im East End in der Nähe unseres Lagerhausateliers.

Es stellte sich leider heraus, daß Matts geschäftlicher Spürsinn nicht so unfehlbar war, wie er immer behauptet hatte. Er beging den Fehler, sich auf zwei oder drei Auftraggeber zu konzentrieren, und als unser Hauptkunde Bankrott machte, waren unsere Verluste ungeheuerlich. Wir mußten zusehen, wie unser Geschäft pleite ging und wir nichts tun konnten, um es zu verhindern. Da erschien Zoë auf der Bildfläche. Es war Matts Idee – er meldete sich auf eine Anzeige in einer Fachzeitschrift. Er hoffte, wir könnten uns durch diese Publicity aus der Misere retten, vor allem, wenn es uns gelänge, Zoë zu überreden, eines meiner neuen Designs in ihrer Sendung zu zeigen. Da es ihr glücklicherweise gefiel, tat sie es und bezeichnete es als »elegant und schön«. Außerdem kaufte sie einen Deckenfluter und zwei meiner Wandleuchten, die immer noch in unserem Haus sind. Sie sagte sogar vor der Kamera zu Matt, wenn er das Geschäft auf mein Talent aufbaute, statt Standarddesigns anzubieten wie alle anderen auch, würden die Käufer uns die Tür einrennen, und ich könnte gar nicht schnell genug neue Designs entwerfen. Ich glaube, es machte ihr Spaß, es ihm so richtig zu geben. Sie war furchtlos, meine Zoë. Ein bißchen wie diese Filmstars aus den dreißiger und vierziger Jahren, würde ich sagen.

Mein erster Blick auf Zoë war von oben auf ihren Kopf. Ich hatte mich aus dem Atelierfenster gelehnt, um zu sehen, wer geläutet hatte, denn unsere Videosprechanlage war außer Betrieb, und wir mußten uns vergewissern, daß sie es war, nicht irgendein Gläubiger oder gar der Gerichtsvollzieher. Sie trug einen schwarzen Wollmantel, mit dem Schnitt eines Herrenmantels und schwarze Schuhe mit

Gummisohle, die ausgesprochen häßlich waren, wie ich selbst aus dieser Höhe erkennen konnte. Ihr Tontechniker und ihr Kameramann standen neben ihr. Sie rauchte eine Zigarette, die sie in den Rinnstein fallen ließ, bevor sie das Haus betrat. Der Kameramann hielt die Tür für sie auf, und sie nickte ihm zu. Es war ein grauer Herbsttag. Das einzige, was ich klar erkennen konnte, war ihr glänzendes mittelbraunes Haar.

Zoë ist nicht groß, aber sie gab sich damals angriffslustig, daß sie jedem Mann den Beschützerinstinkt austreiben konnte – zumindest anfangs. Ich liebte sie, weil sie so draufgängerisch war und uns das Lampenfieber nahm, indem sie über meine Witze lachte, und weil sie Matt erst nach der Aufnahme sagte, wie wenig sie von ihm hielt, und weil sie sich immer wieder für die Einladung bei uns bedankte, als handelte es sich um ein großes gesellschaftliches Ereignis und nicht um das Zugrabetragen unserer unmittelbaren Existenz. Durch ihre ganz besondere Art verlieh Zoë dem Fernsehjournalismus, der Schicksalsstorys erzählt, eine besondere Würde. Gewiß, wir gehörten in die Klatschkolumne, aber wir waren trotzdem real für sie, Menschen eben. Was sie auszeichnete, war ihre Großherzigkeit und daß ihr die Personen, über die sie berichtete, wirklich etwas bedeuteten. Sie ließ sich ihre Gefühle nie anmerken, was ein Zeichen von Ehrlichkeit war, wie ich fand. Eine Woche später rief sie an und fragte, ob ich mir die Rohfassung der Talkshow anschauen wollte. Danach aßen wir zusammen Dinner und lachten viel, obwohl ich insgeheim Angst hatte, nicht ihren Erwartungen zu entsprechen. Trotz meiner Angst brauchte ich nicht lange, bis ich in ihr eine verwandte Seele erkannte. Ein Klischee, aber in unserem Fall absolut zutreffend. Sie verstand, daß ich nicht auf äußeren Erfolg aus war und auf großes Geld. Das

war kein Thema zwischen uns. Sie wußte, daß ich ein geborgenes Zuhause brauchte, daß ich sie brauchte – und ein wenig Freiraum im Kopf für meine Träume.
Verzeih mir, Felix, daß ich abgeschweift bin. Laura hat Dir wahrscheinlich bereits das meiste davon erzählt, vielleicht aber auch nicht, Zoë und sie haben einander ja nie sonderlich nahegestanden. Ich glaube nicht, daß sich Zoë außer mir je irgendeinem Menschen wirklich anvertraut hat. Sie und ich waren die besten Freunde. Aber man kann ja nie wissen, schon gar nicht bei Schwestern.

Sonntag, 10. November (Kriegergedenktag)

Ich höre besser auf, in Erinnerungen zu schwelgen, wie wir uns kennenlernten und wie schön das war. Ich muß zu dem Zeitpunkt überspringen, als ich das letzte Mal zu ihr heimkam – aus Schottland – und sie sah und Mitleid mit ihr hatte und trotzdem meine Wut an ihr ausließ.

Ich kam an einem frühen Nachmittag Ende August heim. Zwei Tage bevor sie starb, glaube ich. Paul öffnete die Tür. Er war noch ernster und noch weniger Kind denn je; er lächelte nicht, schlang jedoch die Arme um meinen Hals und ließ sich von mir umarmen. Es war dunkel in der Eingangshalle, denn an allen Parterrefenstern, die ich sehen konnte, waren die Vorhänge zugezogen. Ich fragte ihn nach dem Grund, und er antwortete, daß Zoë darauf bestanden habe, denn sie sagte, es sei ein Haus des Todes.
»Wir sind in Trauer«, erklärte er. Ich wurde wütend, weil ich das sehr schlecht für die Jungen fand. Ich zog die Vorhänge jedoch nicht zurück, weil ich die Anweisungen seiner Mutter in Pauls Gegenwart nicht in Frage stellen wollte. Ich fragte ihn, wo Andrew sei, und Paul antwortete,

im Spielzimmer, aber die Tür sei verschlossen. Die Zimmer, ja sogar die Küche waren peinlich sauber, als wäre dieser Teil des Hauses unbewohnt.

Er sagte mir, daß Zoë sich oben ausruhte, was ich sofort vermutet hatte.

»Ich mach' mir solche Sorgen, weil sie kaum noch etwas ißt.« Er erzählte mir, daß er regelmäßig kochte und dafür gesorgt hatte, daß sie dreimal am Tag etwas zu essen bekam. Er hatte ihr das Essen auf Tabletts serviert, seit ich am Montag weggefahren war. Jetzt war Sonntag nachmittag. Anfangs war sie ruhig gewesen, hatte manchmal gelächelt und zu ihm gesprochen und auch gegessen und sich bei ihm bedankt, doch gestern hatte sie angefangen zu stöhnen, Selbstgespräche – lauter Unsinn – zu führen, fühlte sich schlecht und brachte keinen Bissen hinunter.

In unserem Schlafzimmer stank es – anders kann ich es nicht ausdrücken. Ich war hinaufgegangen, um nach ihr zu sehen. Ich klopfte an, aber sie schwieg. Im Zimmer war es dunkel, die Rolläden waren heruntergelassen – und die Vorhänge zugezogen. Das Bettzeug roch, es war gräßlich, und ich stand da und fühlte mich wie in einem Alptraum, aber es war alles meine Schuld, weil ich nicht hätte wegfahren dürfen. Es war dumm von mir und unverantwortlich und unbedacht. Sie lag zusammengerollt, ein Häufchen unter der Decke. Ich redete zu ihr – ich kann mich nicht erinnern was –, während ich auf das Bett zuging. Sie schlief nicht, aber sie war auch nicht wach. Ich faßte sie an den Schultern und schüttelte sie sanft. Sie setzte sich im Bett auf – die Augen weit offen. Sie trug ihren Schlafanzug. Ihre Lippen waren trocken und rissig, ihre Haare strähnig, ja fast leicht verfilzt, und sie blickte mich mit wirrem Blick an, als käme ich von weit, weit her und wäre ein Fremder.

Ich glaube, ich sagte: »Ich bin heimgekommen. Zoë, ist alles in Ordnung?«
»Beth ist gestorben ...«, stammelte sie. »Aber es war ein Unfall – ich hatte nichts damit zu tun. Das glaubst du mir doch, nicht wahr? Ich war unten in meinem Arbeitszimmer.« Sie murmelte es, als presse sie nur einige der Worte hervor, die in ihrem Kopf umherwirbelten.
»Das weiß ich, Zoë.«
»Du hast Beth nicht geliebt.«
»Das ist nicht wahr.«
Ich holte ihr ein Glas Wasser aus dem Badezimmer. Sie trank ein paar Schluck, wischte den Mund an ihrem Ärmel ab und sagte: »Eklig«, als wäre sie eine Fünfjährige.
»Es ist nicht sehr frisch.«

Ich werde nicht alle Einzelheiten durchgehen, mit welchen Überredungskünsten ich sie dazu brachte, ein heißes Bad zu nehmen und in einen frischen Hausanzug zu schlüpfen, ihren babyblauen, und wie ich das Bett frisch bezog und die Kissen aufschüttelte, so daß sie sich im Bett aufsetzen konnte. Paul half mir. Wir zogen die Vorhänge und die Rolläden so weit auf, daß ein bißchen Tageslicht auf den Teppich fiel. Dann brachten wir ihr Suppe, Käse und Schwarzbrot, einen halben Apfel und eine Tasse Tee. Sie tat alles, was wir sagten – wie die gehorsame Insassin eines Irrenhauses im neunzehnten Jahrhundert. Sie ließ auch zu, daß Paul ihr Haar bürstete.

Während dieser ganzen Zeit kam Andrew nicht aus seinem »Atelier«, wie Paul es jetzt nannte. Ich war zu beschäftigt. Ich rief die Ärztin, Sarah Longdon, an, und sie versprach, gegen neunzehn Uhr zu kommen. (Seit Beth haben wir ihre Privatnummer.) Ich hätte geweint, wäre ich nicht völlig schockiert gewesen. Ich machte mir Pauls wegen solche

Sorgen und fragte ihn immer wieder, warum er mir das nicht alles am Telefon gesagt hatte, als ich anrief. Er antwortete, daß ich nichts hätte tun können.

Ich blieb neben Zoë sitzen, bis die Ärztin kam, verließ das Zimmer jedoch, als sie Zoë untersuchte. Ich glaube, ich goß ein Glas Whisky in mich hinein und lief auf dem Treppenabsatz vor dem Zimmer hin und her wie ein werdender Vater. Die Ärztin sagte etwas von hinausgezögertem Schock, der, wie sie annahm, eine schwere Depression oder gar Demenz ausgelöst hatte. Ich glaube, ich reagierte ziemlich heftig und sagte, das sähe ein Blinder. Sie ignorierte meinen Wutausbruch und meinte, sie würde Zoë an einen Psychiater überweisen, und zwar dringend.
Ich glaube, ich sagte, er würde ins Haus kommen müssen – und da Zoë eben Zoë war, sagte sie – o Wunder – sie würde sehen, was sie tun konnte.

Paul und ich bereiteten gemeinsam das Abendessen zu, und ich versuchte ihn für die Fernsehsendung zu interessieren, Geschichten aus Glasgow. Alles, um ihn von seiner Mutter abzulenken. Gegen halb neun kam Andrew aus seinem Zimmer endlich herunter. Er begrüßte mich, schien jedoch nicht wirklich zu bemerken, wie krank Zoë war – er befand sich in seiner eigenen Welt. Ich bemühte mich, es als natürlichen Verteidigungsmechanismus anzusehen, gegen den schaurigen Alptraum, in den sich unser Familienleben verwandelt hatte, aber daß er sich absolut keine Sorgen machte, beunruhigte mich noch mehr als Pauls unverkennbare Angst und Elend. Wäre ich nicht so entschlossen gewesen, wenigstens zu tun, als hätte sich in unserem Leben nichts verändert, hätte ich ihn wohl gefragt, glaube ich, aber ich tat es nicht. Er aß seinen Teller leer, Paul stocherte nur darin herum, und ich bemühte mich, wenigstens ein paar Bissen zu mir zu nehmen. Sie guckten vor dem Zubettgehen mit mir fern – eine Komödie. Dann brachte ich sie zu Bett und bemutterte sie, so gut ich konnte. Ehe ich mich in Abbeys Zimmer ins Bett legte, sah ich noch nach Zoë. Sie schlief.

Der Psychiater kam am nächsten Morgen. Er sah aus wie ein Akademiker oder Geschäftsmann, der sich nicht die Spur für andere interessiert und was in ihnen vorgeht. Er hatte einen Schnurrbart und eine Glatze mit Leberflecken. Ich konnte nicht warm mit ihm werden, mir wurde jedoch klar, daß das absolut keine Rolle spielte. »Du mußt den Spengler nicht mögen, der dein Abflußrohr repariert.« Das hatte mein Vater immer gesagt, und aus einem mir unerklärlichen Grund ging mir das durch den Kopf.

Dr. Pettigrew, so hieß er, meinte, Zoë leide unter einer tiefen Depression, die mit Drogen – medikamentöse Behandlung nannte er es – in den Griff zu kriegen sei, aber er wollte sie ins Krankenhaus einweisen, um sie unter ständiger Überwachung zu halten. Ich entgegnete, daß ich das nicht wollte. Ich wußte einfach, daß es das Falsche wäre, daß ich glücklicher sein würde, wenn sie zu Hause behandelt werden konnte. Ich sagte ihm, ich beabsichtige, die Jungen zu ihrer Großmutter aufs Land zu schicken, bis Zoë sich erholte. Sie hatten bereits zuviel mitgemacht. Der Arzt war erstaunlich nachgiebig. Nachdem er etwas über die Kosten einer häuslichen Behandlung gemurmelt hatte, schien er damit einverstanden zu sein. Ich frage mich jetzt immer und immer wieder, weshalb ich auch nur die Vorstellung, daß Zoë ins Krankenhaus müsse, so instinktiv abgelehnt habe. Jedem graut vor solchen Institutionen, und ich war einfach unfähig, meine Abneigung zu unterdrücken und sachlich auf den Vorschlag einzugehen. Ich dachte nur an weiße Kittel und Korridore und Tabletts mit unappetitlichem Essen und konnte nicht weiter sehen. Ich wollte Zoë in dem Nest behalten, das ich für sie geschaffen hatte. Hätte ich nicht diese unüberlegte Entscheidung getroffen, würde Zoë jetzt am Leben sein. Sie hätte die richtige Pflege und Überwachung gehabt. Ich erinnere mich, daß er ein Rezept für Schlaftabletten ausgestellt hat, was mich überraschte. Sie hatte ihm geklagt, daß sie nicht schlafen könne. Dabei hatte ich den Eindruck, daß sie nur selten wach war. Ich dachte auch nicht an die Auswirkungen, sondern rannte umgehend zur Apotheke und holte die Tabletten – ich glaube, sie hießen Temazipam, aber sicher bin ich nicht.

Als ich ihr das Tablett mit dem Lunch brachte, erschien sie mir viel lebendiger – anwesend.
»Nun, Michael, was gibt es?« Sie sagte das mit ihrer Arbeitsstimme, und ich war so froh wie nie, sie zu hören.
»Du bist krank, Zoë – du bist – Beths Tod …«
»Geistesgestört?« sagte sie. »Irr?« Sie bedachte mich mit ihrem festen, ironischen, wunderschönen Lächeln und blickte mir direkt ins Herz.
»Sie wissen es nicht. Sie möchten, daß du ins Krankenhaus gehst, damit sie dich beobachten können – aber ich sagte nein, ich möchte, daß du zu Haus bleibst.«
»Mit meinen Kindern.« Das sagte sie in einem triumphierenden, kindischen Ton, der mich beunruhigte.
»Darüber wollte ich mit dir reden. In unserer Familie ist die Atmosphäre seit längerer Zeit sehr bedrückend …«
»Quatsch, Quatsch, Quatsch«, sagte sie ungeduldig. »Komm zur Sache!«
»Ich habe eingehend darüber nachgedacht, und ich glaube, die Jungen sollten zu deiner Mutter fahren, bis es dir besser geht.«

»Niemand wird die Kinder aus diesem Haus wegbringen!« Sie setzte sich bei diesen Worten kerzengerade auf, und ich zuckte zusammen – aber vor Wut.
»Wage es nicht herumzukommandieren«, sagte ich.
Sie stieg aus dem Bett, und ich sah ihre weißen Beine zittern. Sie gestikulierte und zeigte auf mich und ruderte mit den Armen wie ein Stummfilmstar.
»Wie soll ich wissen, daß du nicht Beth ermordet hast und nur auf eine Gelegenheit wartest, Andrew und Paul etwas anzutun?« Sie sprach es nicht aus, aber mir war, als hätte sie es getan und als hielte sie mich für eine Gefahr für sich und ihre Kinder.
»Du wirst es nicht wagen, die Kinder fortzubringen!«
»Du bist nicht im Zustand, mir Vorschriften zu machen. Du bist krank. Wenn es dir erst wieder besser geht, wirst du froh sein über die Entscheidung, die ich getroffen habe.«
»Nein. Ich bring' dich um, wenn du mir meine Kinder nimmst.« Sie senkte die Stimme und fuhr mit froher Vertraulichkeit fort: »Beth schläft. Eine Mutter weiß es.« Sie wiederholte das mehrmals, als sage sie das einer anderen Person in ihrer Nähe, einer, der sie traute und die sie liebte.
»Beth, zurück ins Bett mit dir. Sofort!« Ich wollte sie gar nicht Beth nennen. Ich habe keine Ahnung, warum ich es tat.
»Siehst du! Eine Mutter weiß es!« rief sie erregt. Sie fing an, am Fußende des Bettes hin und her zu laufen und an ihren Nägeln zu beißen. »Eine Mutter weiß es.« Als ich sie am Ellbogen faßte und zum Bett zurückführte, wehrte sie sich nicht, aber ich hatte auch nicht das Gefühl, daß sie es willig tag.
»Du bleibst hier, und Pflegerinnen werden sich um dich kümmern.«
»Die Jungs ...«

»Wenn du mit mir wegen der Jungen streitest, lasse ich dich doch ins Krankenhaus einweisen.« Ich weiß nicht, warum ich ihr so kindisch und verletzend drohte.
»Böser – gemeiner Mann. Eine Mutter weiß es«, entgegnete sie und wand sich im Bett wie in Schmerzen. »Höllenfeuer«, erklärte sie.
»Also gut, Zoë. Niemand wird das Haus verlassen. Wir werden alle hierbleiben.« Ich weiß nicht, warum ich ihr nachgab – zwingen konnte sie mich ja schließlich nicht. Aber sie tat mir leid, und ich wollte sie nicht von ihren Kindern trennen.

Danach setzte ich mich eine Zeitlang zu ihr ans Bett, es wäre herzlos gewesen, einfach hinauszustürmen. Offensichtlich war sie nicht mehr sie selbst. Das ist kein höflicher Euphemismus, denn Wahnsinn zerstört das Selbst. Letztendlich ähneln Wahnsinnige einander sehr. Ich erinnere mich, gedacht zu haben, daß Zoë Lady Macbeth erstaunlich ähnlich wurde. (Am Anfang unserer Beziehung hatte sie mich oft überredet, mit ihr ins Theater zu gehen, und wir hatten das Stück miteinander gesehen.) Dieser Gedanke brachte mich zur Schlußfolgerung – es war, als spielte ich ein Spiel mit mir selbst, das nichts mit dem wirklichen Leben zu tun hatte –, daß Lady Macbeth aus Schuldbewußtsein wahnsinnig geworden war, weil sie Duncan ermordet, es mit eisiger Berechnung geplant hatte. Zum ersten, aber nicht zum letzten Mal, ich hoffe, Du kannst das verstehen, Felix, fragte ich mich, ob meine Zoë nicht tatsächlich ihr eigenes Baby getötet hatte. Natürlich nicht vorsätzlich, sondern als Reflexhandlung ihres Unterbewußtseins. Statt mich über meine eigenen offenbar paranoiden Vorstellungen zu entrüsten, fing ich an, diesem Gedanken in meiner Erinnerung nachzugehen – und das, während ich Zwiebeln schnitt und für eine Spaghettisoße andünstete. Sogar während ich das Familienrezept nachlas und mechanisch kochte, forschte ich in meinem Gedächtnis, was in den Tagen kurz vor und nach Beths Tod passiert war, und ich reihte die Punkte aneinander, die meine Theorie bestätigten. Sie wollte Beth nicht. Das einzige, was sie daran hinderte abzutreiben, war die Tatsache, daß ich Katholik bin. Sie war viel mehr an ihrer Karriere interessiert als an Kindern. Sie schien Beth zu lieben, als sie da war, weigerte sich jedoch, ihr zuliebe ihre Routine zu unterbrechen – gab ihr nie die Brust, hatte vor, so schnell wie möglich zu ihrer Arbeit zurückzukehren. Nichts, was sie tat, bezog Beth mit ein. Und als das Baby starb, war keine Trauer bei ihr zu bemerken. Sie weigerte sich, zur Beerdigung mitzukommen, sie weigerte sich, über Beth zu reden – sie war nur daran interessiert, zur Arbeit zurückzukehren und dann zu Lillian zu gehen, einer Fremden, die ihr Absolution bot. Während der ganzen Zeit, als ich den Tisch deckte, Seymour von einem der Stühle hob, frische Servietten aus dem Wäschekorb fischte – der war zum Umkippen voll – und die Gurken für den Salat schnitt, dachte ich, daß es, statt alles noch schlimmer zu machen, so viel einfacher wäre, wenn Zoë unser Baby getötet hätte. Ich vermute, daß Du das unglaublich findest, Felix, aber ich dachte, daß es uns vielleicht retten könnte, wenn man herausfand, daß postnataler Wahnsinn sie gepackt hatte, Groll, Ärger über Beth, und daß sie das Baby mit einem dieser kleinen Plüschtiere erstickte, die in ihrem Zimmer herumsaßen, und daß sie dann versuchte, die Tat zu verbergen, indem sie mich beschuldigte. Es wäre leicht gewesen, mit einem kleinen Geheimnis, einer kleinen Schuld fertigzuwerden. Wir hätten zusammen Buße tun und ihr vergeben können. Vergeben hatte ich ihr bereits.

Wenn ich jetzt zurückblicke, erkenne ich, wie nah am Rand des Wahnsinns ich selbst gewesen bin, als ich dachte, daß es eine willkommene Lösung gewesen wäre, wenn Zoë unser Töchterchen ermordet hätte. Ich bin mir jetzt keineswegs sicher, ob ich meine Story – meine Phantasie – tatsächlich glaubte, aber ich war jedenfalls nahe daran. Es ist eine Sache, die man vielleicht vor Gericht zur Sprache bringen kann, Felix, aber das überlasse ich Dir. Ich liebte sie so sehr, daß eine solche Vorstellung, wenn überhaupt, meine Liebe zu ihr noch erhöhte. Nichts könnte mich je, wird mich je davon abhalten, Zoë zu lieben.

Beim Abendessen hörten die Jungen stumm zu, als ich ihnen die Situation erklärte. Ich sagte, daß vermutlich am nächsten Nachmittag – das wäre Dienstag gewesen – eine Pflegerin kommen würde und daß Mami zu Hause bleiben würde. Andrew schien besonderen Wert darauf zu legen und bestand darauf, daß sie nicht weggebracht würde. Ich sagte den Jungen, daß ich vorgehabt hatte, sie zu ihrer Großmutter zu schicken, aber daß Zoë mich angefleht hatte, daß sie zu Hause blieben. Ich hielt es nun auch für besser, daß wir alle beisammen blieben, so schwierig die Lage auch war. Sie würden geduldig sein und beten müssen, daß ihre liebe Mutter bald wieder gesund werde. Paul hielt die ganze Zeit die Augen auf mich gerichtet, während Andrew auf seinen Teller starrte wie üblich.
»Paul hat mir erzählt, daß du fleißig Bilder gemalt hast«, wandte ich mich an ihn, weil mein Gefühl mir sagte, daß ich ihn vernachlässigt hatte.
»Ja.«
»Möchtest du sie mir zeigen?«
»Nicht heute.«
»Du bist plötzlich so ein Geheimniskrämer«, sagte ich und bemühte mich, fröhlich zu klingen, aber ich ärgerte mich.

Die Anspannung war so groß, und jetzt hatte ich auch noch die Sorge von Andrew und seinem zunehmenden Autismus.

»Daddy, wir müssen Flohpuder für Seymour kaufen«, sagte Paul. »Er kratzt sich ständig.«

»Dann müssen wir auch überall im Haus sprühen. Gegen seine Flöhe wurde den ganzen Sommer nichts unternommen, oder?«

»Nein«, gestand Paul, als wäre das ein grausamer Verrat. Zoë hatte bestimmt keinen Gedanken an Seymours Flöhe verschwendet.

»Macht nichts. Keine Angst, wir werden diese Flöhe schon unterkriegen«, beruhigte ich ihn. Keine Antwort. »Ich werde nicht mehr wegfahren, Jungs. Das versteht ihr doch, nicht wahr? Es war falsch von mir, euch hier allein für eure Mutter sorgen zu lassen, es tut mir leid. Versteht ihr? Könnt ihr mir verzeihen?«

Ich glaube, diese Frage war für Paul unerträglich, er schwieg. Aber Andrew erwiderte: »Ja, Daddy«, und lächelte.

Am nächsten Tag starb sie.

Paul brachte ihr das Frühstück. Ich bat ihn, mir alles zu erzählen, was sie gesagt hatte – es könnte ja wichtig gewesen sein, vielleicht gelang es uns, einen Sinn zu erkennen. Er sagte, ihre Augen waren auf ihn gerichtet – ihr Zustand war nicht mehr so schlimm wie bei meiner Heimkehr. Sie schien sich zu freuen, ihn zu sehen. Andrew hatte sich gleich nach dem Frühstück wieder in seinem »Atelier« verschanzt und kam weder heraus, noch zeigte er ein Interesse an irgend etwas. Das einzige, was an diesem Vormittag passierte, war, daß das Telefon läutete. Es war Lillian. Sie sagte, sie mache sich Sorgen, weil Zoë zwei Termine nicht

eingehalten und auch nicht angerufen hatte, um sie zu verschieben oder sich zu entschuldigen. Sie wollte mit Zoë sprechen. Ich erklärte ihr, daß sie nicht ans Telefon kommen könne. Sie fragte, ob es Zoë gutgehe. Ich sagte, es ginge ihr gut. Ich konnte ihr doch nicht sagen, daß Zoë so krank war, sonst hätte sie nur versucht, sich einzumischen.
»Sie halten sie gefangen, nicht wahr?« sagte sie. Ich glaube, ich antwortete nicht, sondern legte nur auf, was schwach von mir war. Paul kam bald darauf in mein Arbeitszimmer.
»Das war die Irrenärztin, nicht wahr?« Ich fragte ihn nicht, woher er das wußte, ob er vielleicht an der Tür gelauscht hatte.
»Was weißt du denn von ihr?«
»Mami hat mich zu ihr gebracht.«
»Stimmt, ich hatte es vergessen.« Ich fragte, wie oft er bei ihr gewesen war, und er antwortete drei- oder viermal, während ich weggewesen war. Er sagte, sie habe versucht, mit ihm über seine Mutter und Beth zu reden – aber das letzte Mal habe sie sich nicht mit ihm befaßt. Als ich ihn fragte, was er damit meinte, antwortete er, daß sie die ganze Stunde mit ihm über ihr eigenes Leben geredet hatte, über ihre Vergangenheit, als sie vor vielen Jahren in Südamerika als Armenärztin gearbeitet hatte.
»Sie erzählte, daß sie einen Sohn gehabt hat, an den ich sie erinnere. Ich weiß nicht, was aus ihm geworden ist. Wahrscheinlich ist er jetzt erwachsen.«
»Was hat sie dir sonst noch erzählt?«
»Dinge, die ich ihr versprochen habe, in meinem ganzen Leben niemandem zu erzählen.«
»Warum willst du ein Versprechen halten, das du ihr gegeben hast?«
»Mami zuliebe. Mami liebt sie.«
Während wir diese Gespräch führten und ich ihn über diese seltsame Sitzung ausfragte, starb Zoë. Nun, das ist zumin-

dest nach meiner Schätzung ihre Todeszeit. Es könnte sowohl davor als danach gewesen sein, als ich in meinem Arbeitszimmer war und die Jungen allein in ihren Zimmern. Es war das zweite Mal, daß in fünf Monaten solch eine Situation eintrat: Wir hatten uns alle getrennt in verschiedenen Zimmern aufgehalten, während einer von uns starb, grundlos, ohne Sinn aus dem Leben gerissen wurde. Dabei ist der Sinn einer Familie, einander zu lieben und zu beschützen.

Paul schaute nach ihr – er öffnete die Tür und dachte, sie schliefe. Um sie nicht zu wecken, brachten wir ihr keinen Lunch. Das war das erste Mal, was an sich schon merkwürdig ist. Daß sie tot war – daß sie gestorben war –, blieb uns verborgen, bis ich gegen fünfzehn Uhr die Pflegerin hinaufführte, um sie mit ihr bekannt zu machen. Sie sollte sich jeden Tag zwischen acht Uhr dreißig und siebzehn Uhr dreißig um sie kümmern. Sie war eine in Psychiatrie ausgebildete Schwester, überraschend nett, wie ich fand. Paul folgte uns die Treppe hinauf, weil er nicht ausgeschlossen werden wollte.

Wir klopften an die Tür. Keine Reaktion. Auf Zehenspitzen betraten wir das Zimmer – Paul blieb glücklicherweise draußen stehen. Zoë lag auf dem Bauch, wie oft, wenn sie nicht einschlafen konnte und alle anderen Methoden versagt hatten. Ich erinnere mich, daß wir uns einmal darüber unterhielten und uns fragten, ob das deswegen half, weil es unser Unterbewußtsein an unsere Zeit als Babys erinnerte. Wir waren damals alle etwas übersensibel und nervös. Die Schwester berührte Zoë und konnte sie nicht wecken – ich stand an der Tür –, sie legte die Finger auf ihr Handgelenk – kein Puls. Es war zu dunkel im Zimmer, man konnte ihr blaues Gesicht und die kalten Lippen nicht sehen. Ich glaube, die Schwester sagte etwas wie: »Mr. Warren, da stimmt etwas nicht«, und bat mich hereinzukommen und die Tür zu schließen, ohne Paul hereinzulassen. Sie zog die Vorhänge zurück und die Rolläden hoch. Die Herbstsonne fiel auf das Bett und Zoë. Zoë war tot! Ich glaube, ich heulte – das wird die Schwester bestimmt bestätigen, falls sie als Zeugin aufgerufen wird. Ich heulte und schrie und schluchzte wie ein Irrer. Die Schwester war bewundernswert. Sie benutzte das Telefon auf dem Nachttisch und rief eine Ambulanz. Sie schloß Zoë die Augen. Sie ließ mich erst einmal sitzen, ging zur Tür und bat Paul, einen Kognak aus der Hausbar unten zu holen. Ich war außer mir, selbst nach dem Drink. Während sie Paul zur Seite nahm und ihm sagte, daß seine Mutter gestorben war, ging ich ins Badezimmer, holte mir die Nagelschere vom Regal und schnitt eine Locke von Zoës Haar ab. Ich trage sie immer bei mir, auch jetzt. Es war feige von mir, es Paul nicht selbst zu sagen. An Andrew dachten wir gar nicht. Wir hatten ihn ehrlich gesagt vergessen, bis die Ambulanz eintraf, um die Leiche abzuholen. Die Hausärztin kam ebenfalls – sie war sehr erschüttert, glaube ich – und dann saßen wir drei, die übriggeblieben waren, auf dem Sofa in Zoës Arbeitszimmer, umarmten einander, zitterten und weinten. Die Ärztin und die Schwester blieben im Haus. Ich glaube, sie hatten Angst, uns allein zu lassen. Ich rief Zoës Mutter an. Nach einem kurzen erschrockenen Schweigen murmelte sie etwas von familiärer Verpflichtung und so, und wir einigten uns darauf, daß sie am Abend kommen sollte. Ich rief Jeffrey an – ich weiß nicht warum –, er stotterte nur etwas Unzusammenhängendes, daß er seit Wochen versucht habe, Zoë zu erreichen, und rang nach Atem. Ich konnte mir regelrecht vorstellen, wie Zoë gesagt hätte: »Was hast du denn erwartet? Jeffrey ist sehr leicht aus der Fassung zu bringen.«

Während ich diese Zeilen schreibe, sehe ich Zoë im Bett sitzen und mich anlächeln – so nahe dem Ende ihres Lebens. In diesem Moment war sie wieder ganz die alte, und wir verstanden einander. »The way your smile just beams ...«, singt Fred Astaire in meinem Kopf. An jenem Abend waren wieder Reporter und Fotografen vor dem Haus. Wir hatten Polizeischutz bekommen. Zoës Mutter rief sämtliche Brüder an sowie Dich und Laura, als sie ankam. Wir bestellten ein indisches Essen, das mit dem Heimservice kam. Andrew weinte sehr. Ich war erleichtert, daß er es konnte. Ich betete. Paul, dessen Gesicht wie versteinert war, stellte sich neben mich und versuchte mit mir zu beten, aber kein Laut drang über seine Lippen. An diesem Abend liebte ich die Jungen über alles, sie waren mir so nah wie nie zuvor. Unsere Kinder. Unsere Kinder, die noch lebten.

Die Polizei kam, glaube ich, am nächsten Tag, um meine Aussage aufzunehmen. Sie befragten auch getrennt die Jungen. Zwei Tage vergingen mit dem Warten auf das Ergebnis der Autopsie, aber ich wurde erst etwa zwei Wochen später wegen Verdacht auf Mord verhaftet. Es war nach der Beerdigung. Gott sei Dank gestatteten sie, daß wir sie beerdigten. Ich wußte nicht, daß die Polizei die Nachbarn befragt hatte; die sagten aus, daß sie uns ständig streiten gehört hätten – das hast Du mir inzwischen gesagt, Felix –, daß unser Verhältnis offenbar gespannt und Zoë unglücklich gewesen war und sich völlig von ihrer Umwelt abgeschottet hatte. Die Polizei erfuhr auch von Zoës Besuchen bei Lillian und daß Lillian, ohne mich direkt zu beschuldigen, gesagt hatte, wir hätten eheliche Probleme gehabt. Auch daß Zoë mehrmals erwähnt habe, ich hätte sie des öfteren bedroht. Die Polizei hat offenbar unser ganzes Leben zu einem Puzzle zusammengefügt und ist dabei wohl auch auf Lillian gestoßen. Unsere Hausärztin hatte sie nämlich nicht an sie verwiesen, so könnte es sein, daß die Agentin es von Zoës früheren Angestellten erfahren hat – ich weiß es wirklich nicht.

Der Sonntag nähert sich seinem Ende. Ich habe viel zusammenhängender über Zoës letzte Tage geschrieben, als ich je für möglich gehalten hätte. Das liegt wohl zum Teil daran, glaube ich, daß ich nicht wirklich begreife, daß ich sie verloren habe, daß sie tot ist und nicht wiederkommen, nie wieder heimkommen wird. Ich glaube, ich kann viel weniger begreifen – falls dies überhaupt Sinn macht –, daß Zoë tot ist, daß ich sie nie wiedersehen werde, als daß ich wegen des Mordes verhaftet wurde. Seit wir unser geliebtes Baby Beth verloren haben, ist alles anders. Ich habe aufgehört, ich selbst zu sein, und Zoë hörte auf, Zoë zu sein. Wir erstarrten innerlich und wurden verrückt vor Schmerz; und nichts, was wir für uns oder andere taten, konnte Gutes zur Folge haben. Unser Handeln und unsere Worte trugen nur noch zur Steigerung des Bösen bei.

Zoë würde jetzt sagen, ich klinge wieder mal, als lebte ich im Mittelalter – sie zog mich immer wegen meines Katholizismus auf, »Aberglaube, nichts weiter«; dasselbe sagte sie, wenn ich vom Dogma sprach oder über die Existenz von Gut und Böse diskutierte. Sie sagte, sie glaube nicht an Moralbegriffe wie gut und böse, was teilweise erklärte, weshalb sie sich nie als guten Menschen betrachtete, der sie jedoch in Wirklichkeit war. Ja, sie war ein guter Mensch. Das ist der Grund, weshalb mein Prozeß, so entsetzt, geschockt und bestürzt ich darüber bin, nicht das Schlimmste ist. Selbst wenn ich des Mordes an Zoë für schuldig erklärt werden sollte, wäre das nicht das Schlimmste. Das Schlimmste ist, daß ich sie verloren habe. Sie war meine

Frau, und jetzt ist sie tot und liegt im Grab. Es hört sich bestimmt an, als zerfließe ich vor Selbstmitleid, wo ich doch weiß, daß ich dankbar sein sollte, weil ich das Glück hatte, mehr als diesen ersten halben Tag ihrer knapp bemessenen Zeit mit ihr verbracht zu haben. Eigentlich hätte ich ja nur die schicksalsträchtige TV-Story eines Mißerfolgs sein sollen, ein Versager, über den sie in ihrer Sendung berichtete, ehe sie zu anderem überging.
Das Ganze hört sich bestimmt völlig verrückt an. Ich muß jetzt schlafen.

Sonntag – spät

Kann nicht schlafen. Mir wird jetzt bewußt, daß alles, was ich zuletzt geschrieben habe, der Versuch war, mich zu entschuldigen für etwas, das ich Zoë angetan habe und dessen ich mich schäme. Mir ist klar, daß Du alles wissen mußt, Felix, damit Du meine Verteidigung vorbereiten kannst, aber es ist so demütigend, es zuzugeben, schon deshalb, weil Du zur Familie gehörst. Ich muß jetzt über den Juli berichten. Das genaue Datum weiß ich nicht, aber es war meine erste Heimkehr, kurz nachdem ich mit meinem Auftrag in Schottland angefangen hatte. Ich war nach London zurückgekommen, nur für eine Woche – ich erinnere mich, es war einer jener schwül-heißen Sommertage, die ich noch nie mochte. Ich habe ganz einfach nicht den Metabolismus für den Sommer und konnte nie verstehen, wieso die Leute sich so danach sehnen. Zu Hause angekommen, daran erinnere ich mich nur zu gut, war ich zutiefst über Zoë bestürzt, über alles, was mit ihr und den Jungen zu tun hatte. Sie war ganz offensichtlich nicht bei Verstand und weigerte sich, auch nur den Mund aufzumachen. Ich erinnere mich, daß ich sie eines Vormittags im Wintergarten angeschrien habe – ich glaube, ich trieb sie dort mehr oder weniger in die Enge. Sie ging unentwegt rastlos hin und her. Sie konnte während dieser Zeit nicht still sitzen. Sie blickte mir nicht in die Augen – auch an das erinnere ich mich –, es war so uncharakteristisch.

Es war sehr egoistisch von mir, mich so gehen zu lassen und sie anzubrüllen. Es brachte nichts und erschreckte uns nur beide. Ich glaube, ich hatte vor allem Angst – Angst vor ihr. Schlimmer noch, ich wußte, daß ich zu große Angst hatte vor dem, was gerade vorging, als daß ich etwas dagegen unternahm. Ich hätte meinen Freund Nick in Glasgow anrufen und ihm sagen sollen, daß ich wegen des Nervenzusammenbruchs meiner Frau nicht zurückkommen könne, aber ich dachte immer wieder an das Geld und daß ich von Nick kaum mehr Hilfe zu erwarten hätte, wenn ich ihn sitzenließ und, schlimmer noch, daß es sich herumspräche und ich keine Aufträge mehr bekommen würde. Ich konnte nicht ertragen, was mit Zoë geschah, was von ihr Besitz ergriffen hatte, aber ich war zu feige.

Nachdem ich sie sinnloserweise angebrüllt und damit die Jungen erschreckt hatte, fuhr ich direkt in ihr Büro, um mit Jeffrey zu reden. Ich hatte mich nicht telefonisch angemeldet – glücklicherweise war er im Studio und mußte nicht mitansehen, wie außer mir ich vor Panik und Wut war. Seine Sekretärin – Kate, schmallippig und unglücklich, wie ich immer dachte – konnte mir ohnehin geben, was ich wollte: Lillians Adresse am Devonshire Place. Ich hatte nicht vor, etwas Normales zu tun wie anzurufen und einen Termin zu vereinbaren. Ich glaube, sie hätte mir sowieso keinen gegeben. Da war ich also, schwitzend in diesem heißen Büro und dann auf dem Pflaster von Soho Square, mit der Adresse auf einem gelben Notizzettel in der Hand.

Ich sah den Tauben zu, die in dichten grauen Schwärmen aufstiegen, betrachtete die Tische und Stühle auf dem schmutzigen Pflaster und die Leute, die dort saßen wie Narren und taten, als wären sie in Paris. Ohne bewußt irgend etwas zu beschließen, schritt ich, so schnell ich konnte, in die Richtung des Devonshire Place und atmete die giftigen Abgase in der stinkenden Luft ein. Jedesmal wenn ich in der Oxford Street bin, befällt mich die apokalyptische Vision, daß die gesamte Straße mitsamt Bürgersteig und Fahrbahn, Gebäuden, Personenwagen und Bussen von der Oberfläche der Erde abgezogen werden sollte wie ein Heftpflaster. Diese Straße symbolisiert für mich unsere ganze Verderbtheit, unter der die unschuldige Erde erstickt, eine Verdichtung von Rücksichtslosigkeit und Barbarei. Ich blieb nicht lange dort, sondern begab mich durch die Mortimer Street zum Cavendish Square und nahm den Weg parallel zur Rückseite der Kaufhäuser. Ich erinnerte mich, daß wir mit Zoë im Debenham geluncht hatten, als wir gerade anfingen, einander kennenzulernen, und uns arglos fühlten wie Kinder. Es war ein schrecklicher Weg für mich, ich hatte bereits völlig die Kontrolle verloren, und ich wußte nicht, was ich tun würde, wenn ich erst dort war.

Die Empfangsdame – schludrig – behauptete, daß Lillian den ganzen Tag mit Patienten beschäftigt sein würde und ohne vorherigen Termin ohnehin nicht zu sprechen wäre. Ich vergeudete keine Zeit damit, sie umzustimmen, auch nicht, indem ich erklärte, es handle sich um einen Notfall. Ich hätte den ganzen Tag draußen auf dem Bürgersteig warten können, bis sie abends herauskam, um heimzugehen, wie es im Film passiert. Aber es war nicht nötig. Irgendwie spürte ich, daß Lillian sich, sobald sie wußte, daß ich hier war, nicht weigern würde, mit mir zu sprechen.

Ich blieb im Wartezimmer sitzen. Niemand versuchte, mich davon abzuhalten. Es war dunkel, kühl und stickig. Jeder Patient spielte den Unsichtbaren und bemühte sich, keinen Laut von sich zu geben und sich nicht merklich zu bewegen. Ich schwitzte noch mehr als zuvor. Ich glaube, es war mir egal. Vielleicht entdeckte ich erst da, daß meine Fähigkeit zu hassen ebenso groß sein konnte wie die zu lieben – zumindest, was Zoë betraf. Ich war der betrogene Ehemann, der sich auf eine gewaltige Szene vorbereitete.

Nachdem ich bereits fast eine Stunde gewartet hatte – während meine Sachen am Leib allmählich auf der Haut trockneten und mir kälter wurde –, kam Lillian die Treppe mit dem roten Läufer herunter. Sie begleitete eine Frau, die offensichtlich geweint hatte und sich vertrauensvoll und mit großer Zuneigung auf ihren Arm stützte und den Kopf an ihre Schulter schmiegte. Am Fuß der Treppe verabschiedeten sie sich, Lillian drückte der Frau die Hand, lächelte und sagte, sie solle gut auf sich aufpassen. Die Frau wollte nicht gehen, gehorchte dann aber doch.

Nachdem sie die Patientin verabschiedet hatte und bevor sie ins Wartezimmer eintrat, sah ich, wie Lillian ihr Kleid unter dem Plastikgürtel zurechtzupfte und für einige Augenblicke den Kopf hängen ließ. Dann richtete sie sich auf, holte tief Atem, hob den Kopf und schien um fast fünfzehn Zentimeter zu wachsen. Sie trat durch die Tür, und ihre grünen Augen überflogen das Wartezimmer nach dem nächsten Opfer. Sie bemerkte mich früh – beinahe sofort –, und unsere Blicke trafen sich. Sie errötete, was ich nicht erwartet hatte. Ich stand auf und eilte zur ihr – »Ich muß mit Ihnen reden«, sagte ich. »Jetzt!«
Ich hatte erwartet, sie würde mich zurückweisen, sogar bedrohen oder vor all diesen Leuten zumindest in Verle-

genheit geraten, aber sie stand gerade vor mir und erwiderte ruhig: »Selbstverständlich. Ich muß Philippa nur erklären, daß es nicht lange dauern wird.« Sie sprach ungewöhnlich laut für einen Ort, an dem man Stille erwartet hätte – ohne jede Diskretion –, als stünde sie auf der Bühne. Alle blickten auf und hörten ihr andächtig zu. Es war offensichtlich, daß sie es liebte, wenn man zu ihr aufschaute und ihrer Stimme lauschte. Ich war nicht erpicht darauf, mit ihr im Rampenlicht zu stehen, deshalb wartete ich am Fuß der Treppe auf sie, während sie sich bei den anderen Patienten entschuldigte. Gemeinsam stiegen wir stumm zu ihrem Sprechzimmer hinauf.

Personen, die sich eine künstliche Persönlichkeit zugelegt haben, umgeben sich stets mit neutralen Gegenständen. Sie wissen nicht genug von der Persönlichkeit, die sie zu sein vortäuschen, als daß sie es in ihrem Umfeld ausdrücken könnten. Daran kann man erkennen, daß sie Schwindler sind, und so war es auch bei Lillian. Kein Bild an der Wand, nirgendwo etwas Persönliches. Sie saß hinter ihrem Schreibtisch aus künstlichem Mahagoni und ich auf dem rotgepolsterten Stuhl davor. Die dunklen Vorhänge waren zurückgezogen, aber eine helle Gardine war vor das Fenster gezogen – ein kleiner Ventilator sorgte für eine leichte Luftzirkulation.
»Kommen Sie wegen Zoë? Ich hoffe, es fehlt ihr nichts?« begann sie mit unverkennbarer Selbstzufriedenheit. Sie glaubte nicht wirklich, daß Zoë etwas fehlen könne, sie war nur dabei, in ihre Rolle zu schlüpfen, in der Hoffnung, mich aus der Fassung zu bringen und dumm aussehen zu lassen.
»Ich glaube, Sie wissen, daß Zoë sehr krank ist«, sagte ich. »Krank im Kopf. Und jeden Tag wird es schlimmer. Ich mache Sie dafür verantwortlich. Sie sollen wissen, daß ich

Sie für einen Scharlatan halte und für eine Schwindlerin und für eine verantwortungslose, habgierige, widerliche Frau. Ich werde mit meinem Anwalt sprechen, damit er Anklage wegen fahrlässiger Gefährdung gegen Sie erhebt.«

»Zoë bezahlt mich nicht, also glaube ich kaum, daß es einen Grund für eine Klage gibt. Was wollen Sie also gegen mich in der Hand haben?« stellte Lillian sachlich fest. Was mich schockte, war, daß sie sich nicht einmal die Mühe machte, eine beleidigte Miene aufzusetzen. Sie wog die Fakten ab und schlug rasch zurück. Sie wußte, daß ich machtlos war, ganz im Gegensatz zu ihr, und sie rieb es mir unter die Nase.

»Zoë besucht mich, weil ich ihre Freundin bin und ihre spirituelle Beraterin. Es hat nichts mit Geld zu tun, nicht einmal mit Medizin. Es ist Frau heilt Frau, ich helfe nur dem natürlichen Heilungsprozeß ein wenig nach.«

»Sie ist krank. Sie kann keine Entscheidungen treffen. Sie traut niemandem. Sie hat Angst. Sie hat sich in ihre eigene Welt zurückgezogen.«

»Manchmal muß man sich ›zurückziehen‹, wie Sie es nennen, in sich selbst, um herauszufinden, wer man wirklich ist – nicht jemandes Frau oder jemandes Mutter, sondern man selbst. Zoës Seele, ihr Frausein, steht momentan unter Belagerung. Sehen Sie denn nicht, daß Ihr Antagonismus es nur noch schlimmer macht?«

»Die Person, die Sie da beschreiben, ist nicht Zoë. Zoë wußte immer genau, wer sie ist, warum sie etwas getan hat. Diese Einzelheiten sind belanglos – sie ist kein Frauchen, das Selbsthilfe benötigt oder den Gott des Feminismus. Sie war stark, aber sie gibt sich die Schuld am Tod unseres Babys – das ist, was sie verrückt macht, das ist, worüber sie hinwegkommen muß!«

Die ganze Zeit, während diese Worte aus meinem Mund sprudelten, dieses als Erklärungen getarnte Flehen aus mir hervorbrach, empfand ich zunehmende Bestürzung darüber. Ich hätte solche Einzelheiten, etwas so Privates über Zoës Seele und Verstand, wirklich nicht mit dieser schillernden und grausamen Hohenpriesterin des Bösen besprechen sollen.

Sie legte eine dramatische Pause ein, bevor sie eine wohlüberlegte Antwort gab. »Ich verstehe, was Sie sagen. Ich finde nur, daß Ihnen das Wissen und die Erfahrung fehlen, zu diesem Zeitpunkt über Zoës Behandlung zu entscheiden.«

»Zoë bedeutet Ihnen nichts! Das einzige, was Sie interessiert, ist, von ihr Besitz zu ergreifen. Sie sind grausam!« ich glaube, das klang verärgert und kindisch.

»Mr. Warren, mich zu bedrohen führt keinen von uns weiter.« Sie sprach sehr bedächtig, aber ich bemerkte, wie ihre Augen sich weiteten und ihre rote Zunge beim Reden sichtbar wurde.

»Sie wollen, daß ich Sie bedrohe«, dachte ich laut. Ich hätte diese Feststellung lieber für mich behalten sollen.

»Sie sollten sich überlegen, was Sie sagen. Ich hätte Sie nicht zu mir vorzulassen brauchen – das dürfen Sie nicht vergessen. Ich hatte gehofft, ich könnte auch Ihnen helfen, sich zu heilen. Aber ich sehe jetzt, daß Sie es vorziehen, mich zu hassen. Wir sollten dieses Gespräch beenden.«

»Sie sind eine schlechte Frau. Ich werde Sie schon noch kriegen!«

»Ich kann es kaum erwarten«, entgegnete sie und lächelte wieder ihr Schlangenlächeln. »Glauben Sie mir. Aber in der Zwischenzeit möchte ich Ihnen sagen, daß ich Ihnen vergebe.« Die stickige Schwüle des Zimmers machte mich noch aggressiver, als ich sonst gewesen wäre. Ich wollte mit den Fäusten auf sie einschlagen, ihren schlaffen Körper treten und sie anspucken. Statt dessen fing ich zu weinen an, und heiße Tränen flossen meine Wangen hinunter. »Passen Sie auf sich auf«, sagte sie zu mir, ging zur Tür und öffnete sie.

An den Flur und die Treppe und die Heimfahrt kann ich mich nur noch verschwommen erinnern.

Felix, ich weiß, ich habe mich falsch und dumm benommen – aber Du mußt verstehen, welch ein schrecklicher Feind Lillian ist. Ich weiß, daß Du mich überzeugen willst, daß das nicht wahr ist, daß mein Feind in mir selber steckt, nicht außerhalb. Aber sie ist listig, reagiert blitzschnell, sie riecht jede Schwäche, und sie stürzt sich auf sie. Ich weiß nicht, warum sie ist, wie sie ist, doch es war nur Zoës wegen, daß ich so außer mir geriet. Ich hätte danach zu Hause bleiben und mich um sie kümmern sollen. Statt dessen ließ ich sie überwachen.

Ich gebe zu, das war auch schwachsinnig von mir. Ich war inzwischen außer mir vor Verzweiflung. Ich mußte einfach wissen, was sie tat. Ich bildete mir ein, es würde sie vor jedem Unheil bewahren, wenn jemand sie kontrollierte. Ich erzähle Dir besser, wie und wann. Ich begann damit, indem ich mich wieder mit Matt in Verbindung setzte. Er war mit seiner zweiten Frau nach Bristol gezogen und hatte dort eine recht lukrative Künstleragentur aufgebaut. Als wir es erfuhren, hatte Zoë gesagt, daß es die richtige Entscheidung gewesen war, auf das Talent anderer zu bauen. Wir hatten uns aus den Augen verloren. Als Betrüger meiner eigenen Klasse konnte ich ihn schlecht zum Dinner einladen. Zoë und ich machten einen Witz darüber, aber es war tatsächlich so. Und, wie ich Dir bereits gesagt habe, sie haben sich von Anfang an nicht gut verstanden. Inzwischen dachte ich mit Zuneigung an ihn zurück und betrachtete ihn als Teil meines vergangenen Lebens – ich vermißte ihn nicht. Ich setzte mich aber mit Matt in Verbindung, weil er überall Beziehungen hatte und Gott und die Welt kannte und es mit einer Reihe von riskanten Geschäften mit Freunden von Freunden weit gebracht hatte. Er zeigte keinerlei Neugier, weshalb ich einen Privatdetektiv suchte, sondern nannte mir Namen und Adresse einer Firma – ein Einmannbetrieb, wie er sagt –, die vor einiger Zeit für einen seiner Freunde etwas in London ermittelt hatte.

Ich mußte in aller Eile, ehe ich nach Schottland zurückkehrte, alles organisieren. Ich traf mich mit dem Mann, auf seinen Vorschlag hin, in einem Pub in Battersea. Er sah aus wie ein Buchmacher oder ein kleiner Angestellter, ungewissen Alters, trug ein Nylonhemd, billige Schuhe. Ich erzählte ihm von Zoë, nicht daß ich glaubte, sie wäre mir untreu, nur daß sie eine schlimme Zeit durchmachte und ich die nächsten Wochen beruflich auswärts sein würde und sie die ganze Zeit allein im Haus mit den Jungen, und daß ich mir Sorgen um sie machte. Er sagte, daß er dann wohl etwas wie ein Schutzengel sein solle, kein Spion. Das bestätigte ich und fragte mich, wie oft er das bereits zu einem Ehemann gesagt und wie oft er eine Erklärung wie meine gehört hatte und ob er mir glaubte und ob ihn die Wahrheit überhaupt interessierte. Wahrscheinlich weder das eine noch das andere – er glaubte mir nicht und es interessierte ihn nicht –, aber es spielte keine Rolle, und wahrscheinlich war es so ohnedies sicherer. Wir einigten uns darauf, daß er in der Nähe des Hauses von seinem Auto aus beobachten würde. Fuhr sie mit dem Wagen fort, sollte er ihr folgen. Jeden dritten Tag sollte er mir seinen Bericht faxen. Fotografieren sollte er nicht. Er heißt Don Goldsmith – ich kann Dir seine Adresse geben –, und wir besiegelten es mit einem Handschlag.

Das war noch etwas Verrücktes und Unerklärliches, das ich in diesem Sommer tat. Vielleicht verlor auch ich den Verstand. Während ich auf der Fahrt nach Glasgow aus dem Zugfenster starrte, beruhigte mich die Abmachung mit Don, gleichzeitig schämte ich mich aber auch darüber. Don würde sich nicht einmischen, er würde ihre Freiheit nicht beschneiden, sondern wie ein Schutzengel in der Nähe sein und an meiner Stelle über sie und die Jungen wachen.
Er folgte ihr zu Lillian.
Er begleitete sie bei einem Einkaufsbummel, bei dem sie in einem Kaufrausch Kleider und Accessoires erstand.
Er war in der Nähe, als sie Paul zu Lillian brachte.
Er fuhr unzählige Meilen hinter ihr her, als sie mit Andrew ihre Pony-Ausflüge machte.

Ich glaube, er begann sie gernzuhaben. Er war sehr teuer. Ich beendete seinen Auftrag, bevor sie Beths Grab besuchte und etwas später fast nur noch im Bett lag. Sie unternahm kaum noch etwas, und ich wußte, daß ich in vierzehn Tagen meinen Auftrag ohnehin beendet haben und heimkehren würde. Mir ist nun klar geworden, daß er mehr meinetwegen als ihretwegen dort war. Ich machte mir so die Illusion, daß ich ihr beistehe, obwohl das natürlich nicht der Fall war. In Dons Berichten gab es keine Überraschungen, nur Monotonie. Ich bildete mir ein, daß das Schlimmste überstanden wäre.

Montag, 11. November
(Persönliche Aufzeichnungen)

Felix rief mich als erstes am Morgen wegen der Jungen an. Er wird heute abend gleich nach Arbeitsschluß zu ihnen fahren und mich morgen nachmittag besuchen, damit wir darüber reden können. Laura wird ihn begleiten.

Später

Jeffrey besuchte mich heute etwa zur Teezeit. Er brachte mir ein paar Interiors-Magazine mit. Es rührte mich, als ich mir vorstellte, wie er in eine Zeitschriftenhandlung gegangen war und sie für mich erstanden hatte, in der Hoffnung, sie würden mich aufmuntern. Er hat abgenommen. Zoë hatte immer befürchtet, er würde irgendwann plötzlich einen Herzinfarkt bekommen – er hatte immer gern viel gegessen und viel Alkohol getrunken und keinerlei Sport getrieben, bestimmt auch kein Fitneß-Training. Es ist etwas Unreifes an ihm, als habe er sich diese Hollywood-Magnaten aus den vierziger Jahren zum Vorbild genommen und das zu seiner fixen Idee gemacht. Er hatte seinen Bart gestutzt. Er gründet gerade eine neue Firma – er will Komödien und Quiz-Shows vermarkten und dafür nur die ausgesuchtesten Talente aus dem Showbusineß engagieren.
»Ein Produzent ist nichts ohne Talent.« Er lächelte über den unabsichtlichen Reim. Sein Prokurist hatte Konkurs angemeldet, was gut für ihn war, weil er ihn frei machte, um neu anzufangen. Das Haus hatte er nicht verkaufen müssen, weil Stella im Grundbuch als Besitzerin eingetragen ist. Den Mädchen – so nannte er seine Frau und seine Töchter – gehe es gut. Letztere hatten bereits feste Freunde; er versuchte tolerant zu sein. Ich glaube, es war ihm plötzlich peinlich, daß er das Wort Mädchen erwähnt hatte, da meine beiden nicht mehr lebten.
»Ich kann Ihnen gar nicht sagen, wie leid es mir tut, daß Sie zu allem anderen auch noch hier drin stecken«, sagte er. Aber er schien überzeugt davon zu sein, daß Du als mein

Verteidiger mich frei bekommst. »Sie müssen in großer Sorge um die Kinder sein. Wäre es Ihnen recht, wenn wir an einem Wochenende einen Ausflug mit ihnen machen?« Ich versicherte ihm, daß ich ihm sehr dankbar dafür wäre. »Bestimmt sind Sie besonders wegen Paul besorgt, weil er doch so sensibel ist.« Ich nickte nur, weil ich wirklich nicht darüber reden wollte. »Ich kann es einfach nicht glauben, daß ich bei Ihrem Prozeß als Zeuge auftreten soll – es ist so surreal!«

»Aber es würde eine gute Miniserie abgeben, finden Sie nicht?« fragte ich. Ich dachte, er würde gleich zu weinen anfangen.

»Ich kann einfach nicht glauben, daß Zoë nicht mehr ist – wissen Sie. Sie war eine solche Kämpfernatur! Ich hatte keinen Moment daran gezweifelt, daß sie über all das hinwegkommen würde.«

»Wir können nicht erwarten, daß das Leben Sinn macht«, sagte ich, glaube ich. »Es ist nicht unsere Aufgabe, es zu verstehen.«

»Fangen Sie nicht mit diesem gottverdammten religiösen Gerede an, um Gottes willen«, sagte er. Darüber lachten wir ein wenig, und Jeffrey zitterte.

»Sie sollten jetzt lieber gehen«, riet ich. »Es nimmt Sie zu sehr mit.« Ich dankte ihm, weil es wirklich anständig von ihm gewesen war, zu kommen und sich einer solchen Nervenbelastung auszusetzen. Und es war nett, daß er tatsächlich darüber gesprochen hatte, was ihn bedrückte, statt Zoës Tod als peinliche Angelegenheit anzusehen. Es tat mir gut – nicht, was er sagte, sondern sein Anblick, er mit seiner getupften Krawatte und dem Tüchlein, das aus seiner Brusttasche ragte, und dem Regenmantel und Regenschirm. Ich legte mich gleich schlafen, nachdem er gegangen war, wachte jedoch einmal kurz auf, weil mir einfiel, daß ich »seine Mädchen« nicht hatte grüßen lassen.

Mittwoch (Persönliche Aufzeichnungen)

Endlich Nachricht von Felix über die Jungen. Er war zu beschäftigt und konnte gestern nachmittag nicht kommen. Ich füge den handgeschriebenen Brief bei, den er statt dessen geschickt hat.

Die Jungs, den Umständen entsprechend, in guter Verfassung – es ist Beatrice, deren Zustand zu wünschen übrig läßt. Und Laura macht sich Vorwürfe, weil wir sie nicht oft genug angerufen und besucht haben. Trauer, Nervenbelastung und Erschöpfung. Ich habe das Gefühl, Beatrice hat das alles noch nicht verarbeitet und ist der Anstrengung mit den Kindern nicht gewachsen. Paul trauert, scheint mit der Lage jedoch fertigzuwerden. Andrew ist teilnahmslos. Würden uns am liebsten in den Hintern treten, daß wir nicht schon früher daran gedacht haben – wir hätten die Jungen gern bei uns. Unser Haus wird renoviert, Laura ist dort während der Woche viel allein – wie Du weißt, bleibe ich meistens in der Londoner Wohnung. Überleg es Dir. Ich werde Dich so bald wie möglich besuchen.
Herzlichst,
Felix

Zuerst war ich verärgert, daß er keine Zeit für einen Besuch gehabt hatte, aber dann erleichtert, daß die Jungen mehr oder weniger okay waren. Auch ich war bisher nie auf den Gedanken gekommen, daß Felix und Laura sie bei sich aufnehmen könnten – ich habe jetzt das Gefühl, daß ich seit Zoës Tod überhaupt an kaum etwas anderes als an sie gedacht habe –, aber es wäre wirklich ideal. Laura kann großartig mit Kindern umgehen, sie unterrichtet nach der Montessori-Methode in der Vorschule in Marlow. Und wenn ich mich nicht täusche, gibt es da auch ein Gymnasium, in welches die Jungen gehen könnten. Es wäre ideal – aber es ist eine große Zumutung. Ich glaube, ich werde Felix bitten, die beiden auf einen Besuch mitzubringen. Ich weiß, daß es sie sehr mitnehmen wird – mich ebenfalls –, aber ich glaube, ich sollte mit ihnen über unseren Plan reden. Ich möchte nicht, daß sie sich wie Pakete vorkommen, die dahin und dorthin geschickt werden. Ich weiß, daß Felix und Laura ihr Bestes tun werden, damit sie sich geborgen fühlen. Es ist eine gute Idee. Aber im Moment wünsche ich mir das eine, daß ich frei wäre und bei ihnen.

Donnerstag, 14. November
(Persönliche Aufzeichnungen)

Felix und Laura kamen heute mit den Jungen. Ich sollte wohl erst einmal ein wenig über sie schreiben, bevor ich weitermache. Sie sind seit etwa vier Jahren verheiratet, glaube ich. Sie ist sieben- oder achtundzwanzig, über fünfzehn Jahre jünger als Zoë. Sie war ein ungeplanter Nachzügler, genau wie Beth. In ihrer Familie kamen zuerst die drei Jungen, dann Zoë und zuletzt Laura, die als Kind von allen sehr verwöhnt wurde. Sie und Zoë haben sich nie vertragen. Laura ist in Ordnung, aber ein wenig überkandidelt. Sie ist blond, hat jedoch haselnußbraune Augen – sie ähnelt Zoë absolut nicht, obwohl eine entfernte Familienähnlichkeit besteht. Sie hat ein schmales Gesicht mit hoher Stirn, bleiche Lippen, dünne Haut, durch die man manchmal bläuliche Adern sieht. Felix sagt, sie ist wie eine Lippi-Madonna: schwere Augenlider und helle Wimpern. Sie kann sowohl umwerfend aussehen wie grauenvoll; jedenfalls hat sie noch nie gesund ausgesehen. Sie ist die einzige in Zoës Familie, die man als zart definieren könnte, aber sie ist nicht wirklich anfällig, und es fehlt ihr auch nichts. Und niemals tut sie wehleidig. Wie ich schon erwähnte, kann sie gut mit Kindern umgehen – instinktiv. Sie ist eine Konformistin: Sie hat all diese schrecklichen Zeremonien mitgemacht, Debütantenbälle etc., die typisch für die obere Mittelschicht sind – Rindermärkte, sagte Zoë dazu. Sie ist viel geritten, liebt Pferde, hatte jedoch nie Zoës Wagemut. Ich glaube, einer der Gründe, weswegen Laura aufs Land ziehen will, ist, daß sie dort ein Pferd halten kann. Sie ist für Felix eine großartige Ehefrau, richtet sich nach seinen Wünschen, begleitet ihn zu Empfängen und anderen wichtigen Anlässen, die zu seinen geschäftlichen und gesellschaftlichen Verpflichtungen gehören – und sie baut sein Selbstbewußtsein auf. Das ist die taktvolle Art, es zu formulieren. Er betet sie an, sie sind sehr ineinander verliebt, und das dürfte positiv für die Jungen sein. Zoë sagte immer, Felix sei zu gut für Laura, und sie würde nur im Schatten seiner Persönlichkeit existieren. Aber das ist ein wenig unfair. Sie ist nett. Sie ist in Ordnung. Ich habe Felix noch gar nicht beschrieben. Er ist dunkel, untersetzt, hat starken Haarwuchs und wirkt stets ein bißchen hektisch. Er trägt das Haar glatt zurückgekämmt, auf diese leicht gangsterhafte Privatschul-Manier – wie es die Banker tragen. Er ist außergewöhnlich intelligent und besitzt das richtige Maß an Idealismus. Er hat Charme, und er ist ein brillanter Redner, dem man stundenlang gebannt zuhören kann. Zoë meinte immer, er würde es bis ganz nach oben schaffen, bis zur Ernennung zum Lord und allem. Ich glaube, sie hatte recht.

Beiden Jungen müssen die Haare geschnitten werden. Das war mein erster Gedanke, als sie hereinkamen. Sie strahlten jedoch vor Sauberkeit. Laura trug ihr Haar in einem hohen Pferdeschwanz, der sie sehr mädchenhaft aussehen ließ, kein Make-up, aber Parfüm, das wundervoll duftete – das fiel mir besonders auf, weil ich so lange keines mehr gerochen habe. Felix im Anzug und gestreiftem Hemd. Was ist los mit mir? Ich schreibe, als hätte die Begeisterung über die Kleidung meiner Besucher alle weiteren Sinneswahrnehmungen ausgelöscht – aber ich glaube, so ähnlich war es auch, zumindest anfangs. Ich kam mir plötzlich wie ein verarmter Verwandter vor, der von dem zuvorkommenden, rechtschaffenen Zweig der Familie besucht wird, der nicht aus irgendeinem namenlosen Slum in der Provinz kommt. Mich befiel dieses unheimliche Gefühl von Anonymität – als gehörten meine Kinder gar nicht mehr mir und würden es auch nie wieder, als hätte ich sie von Felix und Laura geliehen, nicht umgekehrt. Das war aber nur ein unbewußtes Gefühl, das ich gar nicht so klar erkannte, wie ich es jetzt tue.

Nach der Begrüßung setzte Stille ein, als wäre ich wegen irgendeines schlimmen Vergehens zum Schuldirektor zitiert worden, um mich zu rechtfertigen. Zum ersten Mal kam mir der Gedanke, daß die Jungen vielleicht tatsächlich glaubten, ich hätte ihre Mutter umgebracht. Daran hatte ich bisher ehrlich gesagt noch nicht gedacht. Die Jungen setzten sich, und die Erwachsenen stellten sich hinter sie wie für ein Familienporträt.
»Wie geht es euch?« fragte ich und blickte in Pauls Augen, in deren gequältem Ausdruck sich eine Welt der Grausamkeit und Angst zu konzentrieren schien. Andrew schaute mich an, aber seine Augen wirkten leer, was ich noch entsetzlicher fand. Sie waren beide sehr blaß. »Wie geht es eurer Großmutter?«
»Gut«, antwortete Andrew, obwohl wir alle wußten, daß das nicht stimmte. Ich merkte, daß ich nach der langen Trennung nicht mehr mit ihnen umzugehen wußte. Weil ich nicht wußte, was ich sagen sollte, starrte ich sie nur an. Felix übernahm das Wort, und Laura fuhr fort, indem sie sagte, daß wir uns alle überlegt hatten, was das

Beste für die Jungen wäre etc. etc. Andrew sagte, daß unser Vorschlag gut klinge. Paul fragte mich, wann ich das Gefängnis verlassen dürfe. Ich antwortete, daß wüßte niemand.

»Ich kann mir gut vorstellen, wie schrecklich es für euch sein muß, mich hier zu sehen«, sagte ich, »aber es hat sich nichts daran geändert, daß ich euer Daddy bin – ich denke die ganze Zeit an euch und möchte tun, was das beste ist. Ich wollte euch sehen, um es euch selbst zu sagen, damit ihr nicht denkt, ich hätte euch verlassen und kümmere mich nicht mehr.«

»Als du das letzte Mal heimgekommen bist, hast du versprochen, daß du nicht wieder fortgehen wirst«, sagte Paul.

»Keiner von uns konnte voraussehen, was mit eurer Mutter geschieht, oder daß man eurem Vater dafür die Schuld geben würde«, sagte Laura.

»Laura hat recht«, sagte ich. »Ich wollte euch nicht verlassen, aber es kam anders. Felix wird sein Bestes tun, mich freizubekommen, und er und Laura werden sich bestens um euch kümmern.«

»Ihr habt unser Haus noch nicht gesehen, es ist wirklich schön«, sagte Laura. »Ihr könnt beide im Dachgeschoß schlafen, und es gibt einen großen Garten.«

»Wie der zu Hause?« fragte Paul.

»Fast so schön«, antwortete Laura. »Wir werden uns ein paar Enten anschaffen. Ihr könnt mir mit ihnen helfen.«

»Dann können wir Seymour nicht mitnehmen«, sagte Paul. »Ihm gefällt es bei Oma überhaupt nicht, wegen der Hunde.«

»Das hatte ich vergessen. Wie dumm von mir. Natürlich müßt ihr Seymour mitbringen. Felix und ich warten mit den Enten, bis ihr wieder zu Hause bei Daddy seid. Was ich wirklich gern hätte, ist ein Pony.« Andrew hob den Kopf, als Laura das sagte – sie bemerkte es, vermied es jedoch,

weiter mit ihm darüber zu reden. Sie ist offenbar nicht dumm.
»Damit wäre das geklärt«, hörte ich meine Stimme sagen.
»Gut«, sagte Felix.
»Ihr könnt mich besuchen, wenn ihr möchtet, müßt aber nicht«, sagte ich. »Ich kann mir vorstellen, daß es euch keinen Spaß macht, mich hier zu sehen.«
»Ich möchte dich wieder besuchen, Daddy«, sagte Paul.
Wir redeten noch kurz – Abgedroschenes, Platitüden. Ich stand absichtlich als erster auf und wandte mich zum Gehen, denn ich wollte sie nicht von hinten sehen.

17. November
(Persönliche Aufzeichnungen)

Vergangene Nacht träumte ich, daß der Privatdetektiv und ich im Haus nach dem Rechten sehen mußten – was wir dann auch taten. Alles Mobiliar war entfernt. Es war ein kalter grauer Tag, und mich fror in meinem Traum. Da war dieses bleierne Dezemberlicht, das dunkel wirkte, obwohl der Himmel hell war, und die Farben des Laubes unter meinen Füßen auf dem Gartenweg waren sowohl fahl als hell, als hätten sie alles Licht in sich aufgesogen. Das Haus erschien mir kalt und abstoßend und riesig groß – die Zimmer waren anders angeordnet. Als wir Beths Zimmer betraten, befanden sich ihr Bettchen und das Mobile darüber noch am selben Platz. Ich fürchtete mich vor dem Bettchen, aber es war leer. Keine Geister. In unserem Schlafzimmer lagen Zoë und das Baby zusammen im Bett. Beth auf dem Rücken in Zoës Arm. Ich dachte, sie lebten und ich hätte sie wiedergefunden, aber sie waren beide tot. Ich hatte mich getäuscht. Der Privatdetektiv und ich standen neben dem Bett und betrachteten sie, und ich glaube, wir sprachen über etwas, ich kann mich jedoch nicht erinnern worüber.

Furchtbarer Traum. Als ich aufwachte, war ich noch völlig darin gefangen und konnte nicht zwischen Wahn und Wirklichkeit unterscheiden. Der Tag ist sonnig und hell, aber mir ist, als befände ich mich unentrinnbar in der kalten Welt dieses Traums.
Ich habe heute einen Brief von Paul bekommen:

Lieber Daddy,
ich bin so froh, daß ich Dich gestern besuchen durfte. Jetzt muß ich mir nicht mehr ausmalen, wo Du bist, was viel schlimmer ist, als sich an die Wirklichkeit zu erinnern. Ich glaube, Mami würde sich sehr freuen, daß uns Felix und Laura bei sich aufnehmen. Ich mag Laura sehr, und ich glaube, Andrew mag sie auch; Du brauchst Dir also keine Sorgen zu machen. Ich denke dauernd an Mami, und ich weiß, daß Du das auch tust. Ich hoffe, ich darf Dich bald wieder besuchen, liebster Daddy.
Dein Dich liebender Sohn
Paul

Pauls Brief – der mir helfen wollte, mich besser zu fühlen.

Ich mache mir Sorgen, daß die letzten Seiten, die ich Felix geschickt habe, ihn erschreckt haben könnten. Es beunruhigt mich, daß er noch nicht mit mir darüber gesprochen hat. Ich sollte wirklich bedenken, daß sein Leben sich nicht nur um meines dreht und er schließlich auch noch andere Mandanten hat. Ich bin sehr niedergeschlagen.

21. November (Persönliche Aufzeichnungen)

Ein Brief von Felix:

Es war schön, Dich mit den Jungen zu besuchen. Was den Fall betrifft, muß ich zugeben, daß der Inhalt Deines letzten Schreibens sich nicht eben günstig darauf auswirkt. Vergiß bitte nicht, daß alle Briefe von den Justizbehörden gelesen werden.
Daß Du Zoë an ihren letzten Tagen Temazipam besorgt hast, könnte schnell falsch ausgelegt werden, nämlich daß Du sie schwächen wolltest, um sie anschließend leichter zu ersticken.
Auch die Tatsache, daß Du an dem Tag, an dem sie gestorben ist, ihr kein Lunch gebracht hast, könnte so interpretiert werden.
Am schlimmsten ist jedoch, daß Du Dich geweigert hast, sie ins Krankenhaus einweisen zu lassen, und sie so die richtige Pflege nicht bekam. Es sieht nicht gut aus, das darf ich Dir nicht verheimlichen.
Den Psychiater Deiner Frau zu bedrohen und sie beschatten zu lassen sind auch nicht gerade Verhaltensweisen, welche zu Deinen Gunsten sprechen.
Ich befürchte, daß all dies den Staatsanwalt auf die Idee bringen könnte, die Anklage auf vorsätzlichen Mord zu erweitern. Du mußt noch einmal in Erwägung ziehen, die Jungen – zumindest Paul – wirklich für Dich aussagen zu lassen. Sie können dem Gericht sagen, welch gute Erziehung sie genossen und was für ein guter Vater Du immer warst.
Bitte verstehe, daß diese Bedenken nicht meine eigenen sind, sondern daß ich damit nur die Sichtweise der Geschworenen darstellen will. Und denke daran, daß diese Indizien nicht beweiskräftig sind. Ich werde meine Verteidigung auf jeden Fall darauf einstellen, daß Du der Leidtragende bist und nicht der Mörder. Jeffrey wird Dich, so hoffe ich, als hochanständigen Menschen schildern, und ich werde Laura aufrufen, deren Engelsgesicht jedes Herz erobern kann.
Beste Grüße
Felix

Ich sollte wohl froh sein, daß Felix so ehrlich ist, aber ich vermute, daß er es nicht übers Herz brachte, mir das alles ins Gesicht zu sagen. Ich kann es ihm nicht verdenken, und es überrascht mich nicht. Seine Interpretation der Fakten ist die einzige zutreffende.

1. Dezember (Persönliche Aufzeichnungen)

Seit ich die letzte Eintragung machte, ist über eine Woche vergangen. Ich habe überhaupt nichts getan und fühle eine unbeschreibliche innere Leere. Fühlen ist das falsche Wort. Ich habe nicht gefühlt, wohl aber überlegt und in Erinnerungen geforscht. Es hat geschneit. Ich kann mich nicht erinnern, wann ich das letzte Mal Schneeflocken beobachtet habe. Früher, in meinem Leben draußen, waren die Jungen beim ersten Schnee aufgeregt und wollten nicht zur Schule gebracht werden, sie bettelten, daheim bleiben zu dürfen, um einen Schneemann zu bauen und eine Schneeballschlacht zu veranstalten. Das waren die Tage, als Seymour auf dem Fensterbrett saß und gebannt dem fallenden Schnee zusah, sich dann zusammenrollte und einschlief; die Tage, an denen Zoë sich über den Verkehr ärgerte und darüber, daß sie ein zweites Paar Schuhe in die Arbeit mitnehmen mußte und daß sie kein Taxi bekam, das sie in die Stadt brachte. Oder an den Aufnahmeabenden, daß das Publikum zu Hause bleiben würde, statt das Risiko einzugehen, nasse Füße und kalte Hände zu bekommen – das stimmte nie, die Engländer lieben es, dem Wetter zu trotzen. Ich sitze am Fenster und beobachte das Schneetreiben; es ist ruhig und stetig, ab und zu wirbeln die Schneeflocken auf, zielsicher auf einen Punkt zusteuernd oder etwa ziellos in der Luft tanzend? – ich weiß nicht recht, was von beiden. Ich war wie betäubt, und ich war trübsinnig. In Gedanken gehe ich immer wieder den Besuch meiner Jungen durch, denke an meine Unbeholfenheit und ihr Elend, und wie ich sie auf vielerlei Weise hätte trösten können, es aber nicht tat. Wie einer, der im heftigen Schneegestöber hilflos um sich schlägt.

5. Dezember (Persönliche Aufzeichnungen)

Heute morgen erhielt ich einen Brief von Laura, den ich hier einklebe.

Lieber Michael,
entschuldige, daß ich nicht eher geschrieben habe, aber wir waren damit beschäftigt, den Jungen zu helfen, sich hier einzugewöhnen. Sie sind sehr lieb und hilfsbereit. Ich habe darüber nachgedacht, was ihnen helfen könnte, sich hier schnell wohlzufühlen, und ich dachte daran, ihre Betten, Bücher und Möbelstücke aus London zu holen und damit den Speicher einzurichten. Wäre Dir das recht? Der Speicher wird gerade ausgemalt – gelb und grün. Hinten hat er ein großes Fenster, das fast vom Boden bis zur Decke reicht, und das Gesims ist so niedrig, daß man sich bücken muß, wenn man an den Seitenwänden entlanggeht. Ich lasse gerade die Bodenbretter abschleifen und glaube, daß es sich gut machte, wenn auch sie gelb gestrichen würden, aber das sollen die Kinder selbst entscheiden. Es gibt eine Leiter, die man herunterklappen muß, um auf den Speicher zu gelangen, aber ich möchte eine Wendeltreppe einbauen, das wird viel sicherer und bequemer sein. Der Speicher nimmt die gesamte Länge des Hauses ein, ungefähr zehn Meter – also gibt es genug Platz, damit Andrew seine Staffelei an einem Ende aufstellen kann, wenn er möchte.
Momentan herrscht noch Chaos – die Kinder schlafen in Felix' Arbeitszimmer – überall sind Handwerker; nur gut, daß ich nur am Vormittag unterrichte. Ich nehme die Jungen mit – sie werden

meine kleinen Schatten sein, bis das neue Schuljahr beginnt. Sie sitzen in einer Ecke, Paul liest, Andrew beobachtet die Kinder. Ich versuche, sie beide für das Haus zu interessieren, damit sie mithelfen, es zu einem richtigen Zuhause zu machen. Mit Andrew habe ich's leichter – er liebt die Felder und Wiesen und den Weg zur Dorfkrämerei, wo er Eier und Schinken für uns einkauft, und ich habe das Gefühl, daß er mir vertraut. Paul ist schwieriger. Ich glaube, daß er mich mag, aber er benimmt sich wie ein Schiffbrüchiger – er will nicht schwierig oder unkooperativ sein, aber er tut nie etwas spontan. Ich kann mir vorstellen, daß diese Zeilen schmerzlich für Dich sind, aber ich hoffe, Du kannst mir mit ein bißchen Rat beistehen. Und bitte, laß mich wissen, was Du von meinem Vorschlag mit den Möbeln denkst. Wenn Du ihn nicht für gut hältst, brauchst Du es bloß zu sagen, ich habe mit den Jungen noch nicht darüber geredet.

Ich möchte keine alten Wunden aufreißen und will Dir nur versichern, daß es nichts gibt, was ich nicht täte, um Dir und den Jungen zu helfen. Ich fühle mich, zu Recht oder Unrecht, mehr als nur ein bißchen verantwortlich für das, was mit Zoë geschehen ist.

Von Felix beste Grüße. Er läßt Dir ausrichten, daß er sich bald wieder bei Dir sehen lassen wird und daß er fleißig an Deinem Fall arbeitet. Das kann ich wahrhaftig bezeugen. An den Wochenenden verspricht er, sich zu entspannen. Aber dann schließt er sich doch in seinem Arbeitszimmer ein und gönnt sich keine Ruhe.

Du brauchst es uns nur wissen zu lassen, dann bringe ich die Jungen zu Dir, wann immer Du willst.

Von Herzen alles Liebe,
Laura

Felix könnte recht haben, daß Laura ein Engel ist. Ich habe ihren Brief gleich beantwortet und ihr erklärt, daß Paul schon immer leicht verwundbar war und daß sie ihm kleine Aufgaben geben soll – er liebt es, methodisch vorzugehen. Und ich habe ihr erklärt, daß er gern kocht. Und daß ich das mit den Möbeln für keine gute Idee halte. Sie sollen vergessen, das ist sicher das beste. Ich habe auch an jeden der beiden getrennt geschrieben. Hier sind die Durchschläge der Briefe.

Lieber Andrew,
ich höre von Laura, daß Du Dich prima benimmst und Dich schnell an Euer neues Leben anpaßt. Das mit dem Speicher finde ich großartig. Sei so lieb und mal mir ein Bild von dem Ausblick, den man von dort hat. Ich denke immer an Euch.
Alles Liebe,
Daddy

Lieber Paul,
danke für Deinen Brief, Darling. Tut mir leid, daß ich nicht früher geschrieben habe. Es hat hier geschneit, und vom Wetterbericht weiß ich, daß es auch bei Euch kalt, ja eisig ist. Ich hoffe, Du machst Spaziergänge mit Laura und kochst ihr einige Deiner köstlichen Dinner. Verwöhn sie mit Deinem sauren Hühnchen – sie wird begeistert sein. Ich hoffe, Du machst Dir nicht zu viele Sorgen, und daß Du mich noch vor Weihnachten besuchen wirst. Wenn Dich irgend etwas quält, dann rede bitte mit Laura darüber oder schreib es mir. Wie gewöhnt Seymour sich ein?
Alles Liebe,
Daddy

Diese Briefe zu schreiben hat mich ziemlich mitgenommen. Ich glaube, es hat was damit zu tun, daß ich mich an den Gedanken gewöhnen muß, daß das Leben draußen weitergeht. Wenn ich mir vorstelle, daß die Jungen von gelb und grün gestrichenen Wänden (o Gott!) und Lauras Fröhlichkeit umgeben sind, dann bin ich mir fast sicher, daß Lauras Liebe ihnen helfen wird – was Zoë und ich nicht geschafft haben. Ich bin mir sicher, daß sie neu beginnen werden, daß ihr Schock und ihre Trauer allmählich nachlassen werden. Ich weiß, daß sie bei Laura und Felix – dem »dynamischen Duo«, wie Zoë sie manchmal nannte – eine gute Chance haben. Zwar zweifelte meine geliebte Zoë immer an Lauras Fähigkeiten, trotzdem beunruhigte es sie, egal wie steil es mit ihrer eigenen Karriere aufwärts ging, daß ihre kleine Schwester und deren Ehemann es weiter bringen könnten als sie. Ich frage mich, was sie jetzt dazu sagen würde, daß Laura für ihre Kinder sorgt. Ich würde mich nicht wundern, wenn sie etwas dagegen hätte.

Dienstag, 10. Dezember
(Persönliche Aufzeichnungen)

Das kam heute von Paul:

Lieber Daddy,
Seymour ist ein wenig verärgert und zieht sich irgendwohin zurück, wo er ungestört sein kann. Nachts schläft er auf meinen Füßen und tagsüber auf meinem Feldbett. Laura und Andrew ignoriert er, aber wenn Felix heimkommt, streicht er um seine Beine. Vor den Handwerkern versteckt er sich. Gestern habe ich zum Abendessen einen Auflauf aus Hackfleisch und Kartoffeln gemacht. Ich glaube, er schmeckte Laura. Ich werde sie bitten, daß sie mich am nächsten Besuchstag zu Dir fährt.
Alles Liebe,
Paul

P. S. Ich träume jede Nacht von Mami – in meinen Träumen ist sie glücklich. Wenn ich aufwache, denke ich, daß sie noch lebt.

Donnerstag, 12. Dezember
(Persönliche Aufzeichnungen)

Langer Nachmittag mit Felix. Wir sprachen nicht über die Jungen oder überhaupt über etwas Persönliches. Das scheint jetzt Lauras Zuständigkeitsbereich zu sein, und das ist auch ganz gut. Er hat Zoës letzte Monate unter die Lupe genommen, hat Abbey und Nanny befragt, um sicherzugehen, daß alle Aussagen mit meiner Beschreibung der Geschehnisse übereinstimmen. Bei dem Privatdetektiv war er noch nicht.

Vor ein paar Wochen war er bei Lillian, aber jetzt hat sie angerufen und gesagt, daß sie mich besuchen möchte – sie behauptet, sie müsse etwas von Angesicht zu Angesicht mit mir besprechen. Ich bin sicher, sie will sich nur an meiner Notlage weiden. Ich möchte sie eigentlich gar nicht sehen, aber Felix argumentiert, daß Mordprozesse oft im letzten Moment zu Änderungen in der Einstellung von Zeugen führen können, daß jene, die dem Opfer oder dem Angeklagten nahestanden, plötzlich umdenken, und wenn Lillian mich sehen will, dann wahrscheinlich, weil sie mit etwas ins reine kommen möchte. Das Problem bei meinem Fall ist, wenn ich Zoë nicht ermordet habe, gibt es kaum Verdächtige, und Tod durch Unfall wäre nur dann als Folge von Zoës Schwäche und Depression zu erklären. Einer solchen Theorie würde Lillian nie zustimmen, denn dann müßte sie zugeben, versagt zu haben und mitschuldig zu sein. Es ist kaum anzunehmen, daß Lillian sich je zu einem Auftritt entschließt, bei dem sie nicht als die große, bejubelte Diva dastünde. Aber trotz dieser Fakten und trotz meines Hasses auf sie bin ich auf Felix' Rat eingegangen und werde mit ihr reden. Es wäre sonst dumm von mir – schlimmer noch – feige.

Freitag, 13. Dezember
(Persönliche Aufzeichnungen)

Ich träumte, daß Zoë und Beth im hohen Gras bei den Pappeln ganz hinten im Garten lagen. Zoë in einer karierten Baumwollbluse und Jeans; Beth lag auf dem Bauch auf einer Decke. Sie war älter, konnte fast schon krabbeln. Spielzeug lag herum. Zoë lag ebenfalls auf dem Bauch; den Kopf auf eine Hand gestützt, mal auf Beth blickend, dann – mit der anderen Hand die Augen beschattend – zum Haus. Nach wem hielt sie Ausschau? Nach mir? Andrew? Paul? »Ich verstehe nicht, warum er nicht kommt, Beth«, sagte sie zu dem Baby. Da sah ich mich selbst auf dem Rasen, ich stand als gewaltiger Riese über ihnen. Ich rief zu ihnen hinunter – aber Zoë war sich meiner Anwesenheit nicht bewußt, sie hielt immer noch Ausschau.

Wie leicht meine Träume jetzt zu interpretieren sind.

Montag, 16. Dezember

Lillian trug Schwarz, wie bei der Beerdigung. Das überraschte mich, denn ich konnte sie mir nur in geschmacklosen grell-bunten Kleidern vorstellen. Allerdings hatte sie eine purpurrote Brosche angesteckt und ein dickes, starkes Make-up aufgetragen. Ein aufdringlicher, synthetischer Geruch ging von ihr aus, daran erinnere ich mich sehr gut. An ihren Händen prangten Brillantringe und an ihrem Ringfinger ein Amethyst. Irgendwie sah sie überlebensgroß aus, auch daran erinnere ich mich.

Ich nickte nur, als sie grüßte, war nicht imstande, anstandshalber höflich zu sein und sie mit Worten zu begrüßen. Sie fragte: »Wie fühlen Sie sich?«
Ich antwortete: »Den Umständen entsprechend.« Ich weiß, ich benahm mich kindisch, aber ich konnte nicht über meinen Schatten springen. »Warum sind Sie hier?« fragte ich, und eine Welle von Übelkeit und Angst überkam mich.
»Ich bin hier, weil ich Ihnen persönlich mitteilen will, daß Ihr Anwalt sich mit mir in Verbindung gesetzt und mich ziemlich hartnäckig gebeten hat, vor Gericht für Sie auszusagen.«
»Das weiß ich. Ich sagte ihm, daß Sie das nicht tun würden. Aber er meinte, es kann nie schaden zu fragen.«
Sie ignorierte meine Unterbrechung und fuhr mit ihrer Rede fort, die wie auswendig gelernt klang. »Er will, daß ich behaupte, Zoë sei gegen Ende, zumindest die letzten zwei Wochen, persönlichkeitsgestört, ja möglicherweise sogar suizidgefährdet gewesen. Er möchte, daß ich aussage, Ihre einzige Schuld sei die, daß Sie Zoë vernachlässigt haben. Das ist die Story, die ich seiner Meinung nach vor Gericht erzählen soll. Und nun will ich Ihnen erzählen, was ich tun werde.«
»Das ist keine Story«, entgegnete ich, »sondern die Wahrheit.«
Lillian machte eine Pause, bevor sie antwortete, dann sagte sie ganz langsam, als wolle sie mir einen tiefen, subtilen Einblick in den Sachverhalt vermitteln: »Es ist Ihre Wahrheit, Michael. Ich will bezeugen, daß es Ihre Wahrheit ist.«
Sie wirkte so aufgeblasen vor Stolz, daß ich sie ausgelacht hätte, hätte mein Haßgefühl mir nicht buchstäblich die Kehle zugeschnürt. »Jeder Mensch sieht die Dinge auf seine eigene Weise. Stellen Sie sich einen Kuchen vor, von dem jeder ein Stück bekommt, doch jedes Stück ist anders.

Jemand hat die Aufgabe, den ganzen Kuchen darzustellen – sozusagen das Gesamtbild.«
»Ich glaube, Sie werden zugeben müssen, daß dies Gottes Aufgabe ist.«
Sie lächelte. »Ich hatte vergessen, daß Sie religiös sind.« Es gelang mir, die Fassung zu bewahren und zu schweigen. »Ich kann mir nicht vorstellen, daß es in Ihrem Interesse ist, mich absichtlich mißzuverstehen, Michael. Ich bin hier, um Ihnen persönlich zu sagen, daß ich nicht nur aussagen werde, daß Sie sich schuldig gemacht haben, weil Sie Ihre Frau vernachlässigt und seelisch zerstört haben, sondern ich werde auch von Ihren Wutanfällen ihr und mir gegenüber berichten und von Ihren Drohungen.«
»Welche Drohungen?« Ich konnte mich an keine Drohungen erinnern – mich befielen plötzlich Übelkeit und Zorn.
»Sie erinnern sich doch«, sie tat, als redete sie mir gut zu. »Sie haben Zoë mehr als nur einmal gedroht, ihr die Kinder wegzunehmen – sie hat mir erzählt, daß Sie sie für verrückt hielten, und das nur, weil Zoë anderer Ansicht war als Sie und weil sie nicht nach Ihren Vorstellungen leben wollte. Sie haben versucht, sie völlig unter Ihre Kontrolle zu bringen, und als Ihnen das nicht gelang, kamen Sie in meine Praxis am Devonshire Place und drohten mir.« Es stimmte, daß ich all das getan hatte, aber es war nicht so gewesen, wie sie es hinstellte. Aus ihrem Mund klangen dieselben Taten und Sachverhalte ganz fremd.
Ich überlegte ein wenig und wehrte mich. »Wie wollen Sie wissen, in welcher Verfassung sich Zoë zwei Wochen vor ihrem Tod befunden hat? Sie haben sie überhaupt nicht gesehen!« Als sie nicht darauf antwortete, stieg wieder Zorn in mir auf, und ich sagte: »Sie dürfen nicht behaupten, was gar nicht stimmt!«
Daraufhin nahm ihr Gesicht den Ausdruck eines Schulkinds an, das die Finger in die Ohren steckt und summt,

während man versucht, einen Streit aufzuklären. Nach einer längeren Pause fragte sie mit vor Aufregung glänzenden Augen: »Flehen Sie mich an?«

»Nein, ich habe nicht vor, um irgendwas zu betteln. Ich wünsche mir nur, daß Sie sich vorstellen würden, wie zornig Sie wären, wenn der Mensch, den Sie auf der ganzen Welt am liebsten haben, anfinge, sich selbst zu zerstören, und Sie nicht nur machtlos wären, sondern auch noch verantwortlich gemacht würden?« Ich weiß nicht, was über mich kam, derart an ihr Mitgefühl zu appellieren, jedenfalls war es völlig verkehrt. Sie wurde knallrot, als hätte man ihr einen unsittlichen Antrag gemacht, ihr Gesichtsausdruck veränderte sich, aber ich kann nicht beschreiben wie.

»So etwas ist mir tatsächlich passiert. Aber es hat mich stärker und weiser gemacht.« Sie sagte dies, als rezitiere sie eine Zauberformel. »Ich habe etwas Furchtbares erlebt, doch das hat nichts mit Ihnen zu tun oder mit dem, was Sie erlebt haben.« Das klang zornig, viel zu zornig, als daß es sich echt angehört hätte. »Ich weiß nicht, ob Sie Zoë getötet haben, es ist wahrscheinlich, daß Sie es taten, aber ich werde es wohl nie mit Sicherheit wissen. Was ich jedoch weiß, ist, daß Sie sie bedrohten, daß Sie mich bedrohten, und zwar nicht nur einmal, sondern zweimal. Ich werde das zweite Mal nie vergessen, es war an ihrem Grab. Und genau das ist, was ich dem Gericht erzählen werde.« Bei diesen letzten Worten warf sie ihren Kopf ein wenig zurück.

»Sie tun mir Unrecht. Bei Gott, Sie tun mir Unrecht!« sagte ich – ich habe wirklich keine Ahnung warum. Natürlich entsprach es der Wahrheit, aber es war sinnlos, es laut zu artikulieren. Ich glaube, ich hatte Angst. Das gebe ich allerdings nur ungern zu.

»Ich liebte Zoë!« rief sie mit triumphierender, theatrali-

scher Stimme. »Es interessiert mich nicht, ob ich Ihnen Unrecht tue. Ihr werde ich jedenfalls kein Unrecht tun, indem ich schweige.«
»Es wird Zeit, daß Sie gehen«, sagte ich, glaube ich. »Wir haben uns nichts mehr zu sagen!«
»Nein. Wahrhaftig nicht!« Grüne Augen funkelten mich an und genossen es. Sie wiederzusehen war, als hätte sich ein Abgrund unter meinen Füßen geöffnet, ein Abgrund, der mich in den Sommer fallen ließ, diese kranke Zeit, als Zoë verrückt und ich grausam war. Nachdem Lillian gegangen war, weinte ich heiße Tränen des Selbstmitleids, aber auch Tränen der Wut und Hilflosigkeit und Sehnsucht.

Ich habe Felix geschrieben, daß Lillian mich besucht hat, um ihr Ego zu stärken. Anders formuliert: Sie kam, um mir angst zu machen und um zu siegen. Ich glaube allmählich, ich werde bestraft, weil ich Zoë getötet habe – oder vielmehr, weil ich durch meine Blindheit und Schwäche und Dummheit zu ihrem Tod beigetragen habe; und die Strafe besteht darin, daß ich diese Erkenntnis Tag für Tag mit mir herumschleppen muß. Lillian ihrerseits ist lediglich ein Dämon, ein seelenpeinigender Teufel, und nur deswegen so mächtig, weil sie die Wahrheit spricht. Vielleicht macht es keinen Unterschied, ob ich Zoë wirklich mit Drogen vollgestopft und erstickt habe oder sie durch mein Verhalten und meine Worte in den Tod trieb.

Donnerstag, 19. Dezember
(Persönliche Aufzeichnungen)

»Erwähne bei der Verhandlung nicht, daß du katholisch bist«, ermahnte Felix mich heute.
»Wieso?«

»Die Geschworenen könnten es falsch auslegen und dich für einen religiösen Fanatiker halten.«
»Weil ich ans Höllenfeuer glaube?«
»Genau. Niemand glaubt mehr daran, nicht einmal Priester. Ich hoffe, daß die Staatsanwaltschaft es nicht erfährt. Falls doch, gib es offen zu, mach kein verlegenes Gesicht.«
»Das ist ja lächerlich, Felix!« sagte ich.
»Ich weiß.«

Sonntag, 22. Dezember
(Persönliche Aufzeichnungen)

Paul besuchte mich gestern. Ich war seither zu bedrückt zu schreiben oder überhaupt etwas zu tun. Er trug einen neuen, grauen Wollmantel – zu groß für ihn. Er erzählte, daß er ihn von Laura bekommen hat, und ja, er hatte sich gebührend dafür bedankt. Ich weiß nicht, warum ich immer mehr Wert auf Umgangsformen lege. Er lächelte mich sehr viel an, das ist etwas Neues – er hat nie viel gelächelt, nicht einmal als Kleinkind. Ich fragte ihn, was er sich zu Weihnachten wünsche, und er antwortete, er wisse es nicht.
»Du mußt doch einen Wunsch haben.«
»Bücher. Ich wünsche mir Bücher.«
»Irgendwelche besonderen?«
»Über Forscher. Mich interessieren Forschungsreisen.« Ich fand das etwas seltsam und wußte nicht, ob ich mich darüber freuen sollte oder nicht.
»Habt ihr eure Strümpfe für den Weihnachtsmann von zu Hause mitgebracht?«
»Laura hat uns neue gekauft.« Er lächelte nicht, als er sie erwähnte. »Sie ist sehr lieb.«
»Und sehr hübsch.«
»Ja – sehr hübsch.« Jetzt lächelte er.

»Ist da etwas Besonderes, das dich bedrückt – etwas, das du mir sagen willst?«
»Nein, ich wollte dich nur wiedersehen.«
»Bist du sicher? Ich habe das Gefühl, daß dich etwas sehr beschäftigt.« Sein Blick verriet mir, daß ich recht hatte, aber auch, daß er es mir nicht sagen würde.
»Wie geht es deinem Bruder?«
»Gut. Er und Laura haben ein Pony für ihn gefunden, leihweise. Und ihr altes Pferd hat sie vom Gnadenhof zurückgeholt. Sie sagt, es habe ihr so gefehlt und sie verstehe nicht, warum sie nicht schon eher daran gedacht habe.«
»Der Hengst muß aber schon ziemlich alt sein.«
»Neunzehn. Sie sagt, er darf nur noch vorsichtig ausgeritten werden. Kein Traben auf der Straße.«
»Wie heißt er denn?«
»Tenacius.«
»Ah, der Hartnäckige. Welch schöner Name. Und er war wohl auch immer hartnäckig.«
»J.« Eine einsame Träne glitt über Pauls Wange. »Daddy, Laura sagt, sie wird mich nächste Woche zum Friedhof fahren. Soll ich ihnen etwas für dich ausrichten?«
»Nein. Ich werde am Weihnachtstag Blumen schicken.« Ich erschrak nicht, obwohl er von ihnen redete, als lebten sie noch. Das ist bei einem Kind nicht verwunderlich. »Deine Mutter und deine Schwester schauen vom Himmel auf uns horab.«
»Andrew glaubt das nicht.«
»Das ist bedauerlich. Aber erzähl, was machen deine Kochkünste?«
»Ich koche, Daddy. Und ich lese. Nach den Weihnachtsferien werden wir in die neue Schule gehen. Laura macht uns mit den Lehrern bekannt.«
»Das ist gut. Und was ist mit dem Speicher?«

»Riesig. Mit leuchtenden Farben.«
»Nicht wie zu Hause.«
»Nein.«
»Kopf hoch, Paul. Wenn da etwas ist, worüber du mit mir reden willst – wenn du es dir doch noch überlegst –, ich bin immer für dich da. Ist Laura draußen?« Er nickte. »Grüße sie herzlich von mir. Ich weiß, daß sie gut auf dich achtgibt.«
»Und auf Seymour.«
»Und auf Andrew.«
»Andrew braucht niemand, der auf ihn achtgibt.«
»Natürlich braucht er jemanden. Er ist nur anders als du, das ist alles.« Danach sagte Paul nichts mehr, aber er versuchte zu lächeln, so gut er konnte, als wir uns auf Wiedersehen sagten. Ich lobte ihn, weil er ein so tapferer Junge war.
Ich gab ihm einen Brief für Andrew mit.

23. Dezember (Persönliche Aufzeichnungen)

Paul war heute nachmittag wieder hier. Er zeigte mir Fotos – die er wie Siegerpokale hochhielt – von Seymour, von Tenacius und dem neuen Pony Blackie in ihren Boxen, von Laura und Andrew im Sattel und auch vom Speicher, von den beiden Ecken, in denen jeweils die Jungen schlafen. Ihre frisch gemachten Betten stehen an der Wand. Auch ein Bild von Felix und Laura war dabei, wie sie Händchen haltend vor dem Haus stehen.
»Laura ist sehr mager, nicht wahr?«
»Ja, Daddy. Felix versucht immer, sie dazu zu bringen, mehr zu essen. Sie wird schnell müde. Er will, daß sie zum Arzt geht, aber sie lacht ihn nur aus und sagt, ihr fehlt nichts.«

»Sie hat sicher recht. Felix macht sich vielleicht nur Sorgen, weil er sie so wenig sieht.«
»Sie ißt, wenn ich koche. Aber sie ist immer so beschäftigt. Sie ruht sich nie aus.« Ich war froh, daß er mit solcher Zuneigung von Laura sprach. Er erzählte mir, daß sie nach dem Frühstück die Boxen ausmistete, dann gingen sie alle in die Schule, dann heim zum Lunch, danach gab sie Andrew gewöhnlich Reitunterricht oder ritt selber kurz aus; dann arbeitet sie im Haus, schließlich gibt es Tee, kurz darauf füttert sie die Pferde, bügelt anschließend und geht ins Bett. Sie hat an manchen Abenden sogar genäht.
»Ich hoffe, du hilfst ihr, so gut du kannst.«
»Ja, im Pferdestall und im Garten. Im Haus nicht so sehr.«
»Du könntest doch bügeln lernen.«
»Ja, Daddy. Sie und Andrew verstehen sich sehr gut. Er zeichnet sie oft.«
»Fühlst du dich ausgeschlossen?«
»Nein.« Das kam sehr entschieden.
»Was ist mit Felix?«
»Er schickt ihr Faxe mit Herzen und Küssen und Witzen. Jeden Abend, wenn wir schon im Bett sind, ruft er an. Freitag abend kommt er immer heim.«
»Gehen sie ohne euch aus?«
»Manchmal am Samstag, dann haben wir einen Babysitter. Die riecht nach Kraut.«
»Redet Andrew je über Mami mit dir?«
»Manchmal.« Sein Gesicht war plötzlich schmerzverzerrt.
»Tut mir leid, Darling, ich hätte nicht einfach so plötzlich darüber reden sollen.«
»Laura redet von ihr. Laura erzählt uns Geschichten über sie, als sie noch zu Haus war und dann in London und eine solche Karriere machte und wie neidisch sie da auf ihre große Schwester war. Sie erzählte uns von eurer Hochzeit. Ihr habt zu diesem alten Fred-Astaire-Lied getanzt, und

Großmama hat geweint, und Laura sagte, sie könne sich gut erinnern, daß sie gedacht hatte, sie möchte an ihrem Hochzeitstag ebenso glücklich und schön sein.«
»Wie lieb von ihr, Darling. Ich bin froh, daß sie über eure Mami mit euch redet.«
»Sie hat Beth nie gesehen.«
»Sie und Felix waren in New York.«
»Andrew sagt, sie und Mami mochten einander nicht.«
»Ich glaube, das taten sie auch nicht sonderlich. Doch das bedeutet nicht, daß sie einander nicht sehr liebten. Ich glaube, Laura vermißt Mami wie wir alle.«
»Das weiß ich.«
»Du scheinst dich besser zu fühlen, Darling.«
»Ein bißchen besser, Daddy.«
»Es wird schon noch. Wir sehen uns am Weihnachtstag wieder.«
»Ja.« Er schenkte mir ein echtes Lächeln, als er diesmal ging.

24. Dezember (Persönliche Aufzeichnungen)

Weil Weihnachten ist, sandte ich weiße Rosen und Lilien an Zoës und rosa Tulpen an Beths Grabstätte.

Das Immobilienbüro hat ein gutes Angebot für das Haus bekommen, und ich sollte es annehmen, aber vor Neujahr werde ich noch keine endgültige Entscheidung treffen.

Vielleicht liegt es an Weihnachten. Ich habe mein Gewissen befragt und muß immer an Lillian denken. Sie ist der einzige Feind, den ich je hatte. Ich schäme mich, aber ich kann ihr immer noch nicht vergeben; und ich kann nichts dafür, aber ich verfluche sie wegen ihrer Boshaftigkeit –

und doch weiß ich, daß sie nur ein Teilchen unseres Sommerpuzzles ist, ein Stück des Gesamtbildes unseres Verderbens, der Vernichtung unseres Lebens.

Welche schreckliche Übertreibung ich doch eben geschrieben habe. Ich sollte das alles ausstreichen.

Laura kam heute allein. Sie hat wahrhaftig das Gesicht eines Engels – ich verstehe nicht, wieso mir das bisher nie aufgefallen ist. Sie trug einen dicken Mantel und einen Schal, den sie nicht abnahm, obwohl es im Besucherzimmer sehr warm ist.
»Es ist so schön, die Jungen um mich zu haben – sie sind eine Freude!« versicherte sie mir. »Ich glaube, Paul geht es besser, er ist aufgeschlossener. Vielleicht erwarten wir zuviel von ihm. Ich glaube, er mag uns.«
»Er liebt dich, und das ist ein Segen für ihn. Ich bin euch beiden sehr dankbar – dir ganz besonders.«
»Es ist das mindeste, was ich tun konnte, und es macht mir Spaß. So kann ich auch Erfahrungen sammeln für die Zeit, wenn ich eigene Kinder haben werde.«
»Hast du schon überlegt, was passieren wird, falls man mich verurteilt?« Ich hatte gar nicht die Absicht, das zu sagen, aber sie gab mir irgendwie das Gefühl, daß ich das bei ihr dürfte.
»Wenn du möchtest, behalten wir die Jungen bei uns.« Ich sagte, das könne ich ihr nicht zumuten, aber daß ich keine andere Wahl hätte und keine andere Möglichkeit sähe.
»Felix glaubt nicht, daß es dazu kommen wird.«
»Es könnte trotzdem.«
Sie lächelte. »Ich habe vollstes Vertrauen in meinen Mann, Michael.«
»Ich kann dir gar nicht genug danken!«
»Ach, red doch nicht so!«

Ich erzählte ihr, wie Zoë immer behauptet hatte, sie hasse Weihnachten, daß sie am liebsten im Büro bliebe, und daß sie zwischen Weihnachten und Neujahr immer arbeitete. Aber einmal hatte sie zu Weihnachten die Geschenke gekauft und verpackt und mich herumkommandiert, bis ich ihr sagte: »Halt den Mund und benimm dich« – so sagten wir oft im Spaß –, und da hatte sie sich entspannt und mich nicht mehr beim Kochen und der üblichen Arbeit gestört. Dafür hatte sie die Jungen beim Schmücken des Baums beaufsichtigt. Und sie hatte das Ganze genossen. Heiligabend luden wir Freunde auf ein paar Drinks ein, auch Jeffrey und seine Familie, und es gab Sekt und sehr extravagante Canapés, die Zoë von Harvey Nichols' Delikatessengeschäft bestellte. Sie konnte sich über vieles mokieren, aber Weihnachten war davon ausgenommen. Wir gönnten uns beide einen netten Schwips, und nachdem alle gegangen waren, setzten wir uns mit Tränen in den Augen vor den Baum, zu müde, um schlafen zu gehen. Wir versicherten einander, daß wir keinen besseren Partner hätten finden können und wie glücklich wir doch waren. Schließlich füllten wir die Strümpfe für die Jungen und hängten sie am Kaminsims auf. Zoë ging dann ins Bett, und ich schrieb noch einen Brief vom Weihnachtsmann an die Jungen, nahm mir ein Stück der Pastete, die sie für ihn zurechtgestellt hatte, und biß von der Karotte ab, die für Rudolph das Rentier bestimmt war, und schließlich verstreute ich noch ein wenig Ruß auf der feuerfesten Matte vor dem Kamin. Endlich stolperte ich die Treppe hinauf und ins Bett und fühlte mich dabei sehr sentimental. Das war das Schönste an Weihnachten für mich. Am letzten Heiligabend war Zoë schwanger mit Beth und trank deshalb nur ein einziges Glas Sekt und lachte mich aus, weil ich so entsetzlich rührselig wurde.

Laura ist eine wundervolle Zuhörerin. Ich hatte keine Scheu, ihr mein Herz auszuschütten. Ich spürte, daß sie die einzige war, der ich mich voll anvertrauen konnte. Ihre sanfte, fast transparente Seelentiefe umgab mich, und ich spürte, daß ich direkt in ihr Herz sprach, und sie empfing meine Worte wie einen Segen.

Ich hoffe, das klingt nicht zu banal. Es liegt daran, daß nichts viel Sinn oder Bedeutung hat in diesem Sumpf der Verzweiflung und daß der quälende Schmerz und das Chaos schier unerträglich sind. Und plötzlich hat Laura, die Schwester meiner Frau, ihren Lebensweg geändert und trotz ihrer eigenen Trauer und ihres Leides meine Kinder bei sich aufgenommen und ist von sich aus auf eisigen Straßen an Heiligabend zu mir gefahren und hat sich einen belanglosen Teil meiner Story angehört.
»Zoë hat dich angebetet«, sagte sie. »Du warst ihr ein und alles. Sie sagte, daß ihr Leben erst begann, als sie dich kennenlernte.«
»Was glaubst du, Laura, ist mit ihr passiert? Wie haben wir sie verloren?«
»Ich habe immer und immer wieder darüber nachgedacht.« Wenn sie sich konzentrierte, trat eine Ader auf ihrer Stirn hervor. »Als Beth starb, wurde ein wertvoller Teil von ihr gerissen, ohne den sie nicht mehr funktionsfähig war, ohne den sie nicht mehr leben konnte. Sie war viel zerbrechlicher, als irgend jemand ahnte.«
»Ich habe sie im Stich gelassen! Ich machte es noch schlimmer für sie!«
»Wenn du das denkst und nur das, vergißt du die wirklich wichtigen Dinge.« Ich fragte sie nicht, was sie damit meinte, es wäre eine sehr dumme Frage gewesen. Wir wußten es beide. Ich dankte ihr immer wieder, und sie errötete und senkte den Kopf.

Ich bekam nicht viele Besuche, so daß mir alle im Gedächtnis blieben – und jeder erinnerte mich an etwas, das ich vergessen hatte, oder fügte mir auf die eine oder andere Weise neue Schmerzen zu. Doch als Laura ging, ließ sie das Bild von Zoë vor dem Weihnachtsbaum zurück – und es ist immer noch bei mir.

Felix' Aufzeichnungen

6. Januar

Es war mir nie ein Bedürfnis, ein Tagebuch zu führen, so ist dies eine neue Erfahrung für mich. Das heißt, um genau zu sein – jetzt bin ich vielleicht pedantisch –, habe ich keines geführt, seit ich erwachsen bin. Mit dreizehn oder vierzehn, als ich in ein Internat kam, führte ich etwas über ein Jahr lang ein Tagebuch, weil ich mich einsam fühlte, doch das verging. Jedenfalls bin ich nicht mehr gewöhnt, lange persönliche Aufzeichnungen zu machen, die eigene Version meiner Wahrheit niederzuschreiben. Was nicht heißt, daß ich nicht normalerweise eine Menge schreibe: Briefe, Notizen, Vermerke, Plädoyers. Ein Großteil meiner Arbeit konzentriert sich auf geschriebene, gesprochene und erinnerte Worte; bei der Suche nach Gerechtigkeit sind Wortspiel und Wortfechterei schwer zu vermeiden, und die Worte und Redewendungen, die ich bei Gericht benutze, müssen hieb- und stichfest sein und dürfen nur eine einzige Interpretation zulassen. Sie müssen kurz und bündig sein. Wenn ich vor den Geschworenen plädiere, benutze ich gern alliterierende Wiederholungen. Auf keinen Fall darf es den Anschein erwecken, daß ich mich für klüger halte als sie, und sie dürfen sich nicht ausgeschlossen fühlen, als wären sie unsichtbare Zuschauer bei einem privaten Ritual. Klarheit, Knappheit, großes Maul, das ist mein Motto.
Irgendwie zwingen die Ereignisse der vergangenen Monate

mich regelrecht, sie niederzuschreiben, nicht wie gekritzelte Anmerkungen oder Notizen, sondern alle der Reihe nach. In meinem Kopf glaube ich alle Tatsachen zu kennen und sie vor Gericht wirkungsvoll darlegen zu können. Aber irgendwie habe ich das unbestimmte Gefühl, daß diese Fakten, die ich so sorgfältig zur Entlastung meines Mandanten zusammengestellt habe, nicht die ganze Wahrheit enthalten, und das zehrt an meinen Nerven. Dieses Gefühl ist mir nicht fremd. Ich glaube, nur jemand, der sehr überheblich ist, läßt die Möglichkeit außer acht, daß er sich täuschen könnte. Ich versuche, niemanden als Klienten anzunehmen, von dessen Schuld ich überzeugt bin. Trotzdem ist es schon vorgekommen. Im vorliegenden Fall steht jedoch so viel auf dem Spiel. Der Ausgang entscheidet über den Seelenfrieden meiner Frau und somit auch über meinen. Deshalb konnte ich den Fall nicht ablehnen, selbst wenn ich es gewollt hätte. Und nun muß ich der Sache auf den Grund gehen.

So wie die Aussage eines Zeugen häufig Begebenheiten oder Verhaltensweisen ans Licht bringt, deren der Zeuge selbst sich gar nicht bewußt ist, so könnte es in diesem Fall mit meinen eigenen Worten sein. Wenn ich niederschreibe, was geschehen ist, und jedes neue Ereignis chronologisch hinzufüge, so sachlich und nüchtern, wie ich es nur kann, und als erzählte ich es einer dritten Person, so hoffe ich, die Lösung zu meinem eigenen Rätsel zu finden. Das Gefühl, in einem Drama mitzuwirken, dessen Zusammenhänge ich nicht kenne, macht mir zu schaffen. Unter anderen Umständen würde ich es nicht so tragisch nehmen. Zu sagen, ich halte es für aussichtslos, ist übertrieben, aber ich kann keine Ruhe finden. Ich habe Laura nichts davon gesagt, und ich will es auch nicht. Ich möchte sie auf keinen Fall damit belasten, es sei denn, ich kann ihr gleichzeitig eine Lösung präsentieren. In der Hoffnung, meine innere

Ruhe wiederzufinden, muß ich versuchen, unser Leben aus größerer Entfernung zu betrachten, aber trotzdem wie durch ein Vergrößerungsglas.
Bevor ich beginne, hier ein paar Fakten über mich, im Hinblick auf diesen Fall: Ich bin siebenunddreißig, man hält mich für einen brillanten Anwalt, der es weit bringen wird, was daran liegen könnte, daß ich sehr ehrgeizig bin. Mein Ruf eilt mir voraus, obwohl mein Büro keineswegs beeindruckend ist. Ich bin arrogant und intolerant, aber man findet mich charmant, was für meine Zwecke nützlich ist. Ich persönlich mißtraue Charme. Ich glaube an Gerechtigkeit. Ich halte auch viel von der alten Weisheit, von Dickens natürlich, ich liebe Dickens. Er meinte, das Gesetz sei ein schwer beladener Esel, der nicht von der Stelle zu bewegen ist. Wie auch immer, es ist das einzige Mittel, das wir haben. Bis ein besseres erfunden wird, muß ich damit arbeiten. Ich glaube, Juden sind gut darin, ich meine, innerhalb eines Systems zu arbeiten, sich ihm nicht nur anzupassen, sondern es auch völlig zu akzeptieren. Wir – meine Familie – sind Juden aus dem Mittelstand, jetzt mit englischer Staatsbürgerschaft. Mein Großvater kam während des Krieges aus Polen. In Polen war er Kunstmaler, doch in England wurde er Damenschneider und baute ein florierendes Geschäft auf, das mein Vater, ein gehorsamer Sohn, weiterführte. Ich wuchs in einem großen viktorianischen Haus im Norden Londons auf und besuchte Harrow und studierte dann in Oxford. In meinem freien Jahr nach dem Studium bin ich soviel durch die Welt gereist wie nur möglich. Während ich aufwuchs, gab mein Vater mir reichlich Taschengeld, was mein Großvater mißbilligte – er sagte immer, das würde mich zum Verschwender machen und mich verderben. Als er erkannte, daß ich nicht so wurde, überraschte er uns alle damit, daß er mir in seinem Testament sogar noch mehr Geld vermachte, was ironisch ist und

komisch. Ich glaube, er fand, daß ich als Einzelkind viel zu verzogen wurde und er mich auf die Probe stellen müsse, indem er mich glauben ließ, ich würde nichts bekommen. Ich gebe zu, ich war wirklich verzogen. Vielleicht wurde ich, nur um das wettzumachen, ein einfacher Strafverteidiger, ein sogenannter Solicitor, statt ein in den höheren Justizkreisen verkehrender Barrister, obwohl mir klar war, daß ein Strafverteidiger viel weniger verdient, sehr oft als Pflichtverteidiger einspringen muß und kaum Lorbeeren erntet. Glücklicherweise wurde jetzt das Gesetz geändert, und ich bin auch bei den höheren Gerichten zugelassen und kann mich mit den besten Anwälten des Landes messen. Ich muß gestehen, ich bin sehr zufrieden mit mir, und das ist ein großartiges Gefühl. Das Gerücht geht um, daß die Staatsanwaltschaft der Krone mich unbedingt haben will, aber ich liebe meine Arbeit als Strafverteidiger viel zu sehr, als daß mich das reizte. Ich habe absolut kein Interesse daran, Richter zu werden. Unvorstellbar. Absurd. Doch gehen wir nun vom Lächerlichen zum Erhabenen. Laura.
Ich lernte Laura bei der Eröffnung einer Kunstgalerie in Mayfair kennen, eines von jenen Ereignissen, wo die Masse der Anwesenden es unmöglich macht, die Bilder zu sehen, und von niemandem erwartet wird, irgendein Interesse an ihnen zu zeigen. Ich weiß weder, weshalb sie noch ich selbst dort waren. Unsere Flitterwochen verbrachten wir in Rom. Jedes Jahr gönnen wir uns einen schönen, langen Urlaub. Dieses Jahr verbrachten wir ihn in New York. Es fällt mir schwer, Laura zu beschreiben, weil ich sie so sehr liebe. Aber ich muß es versuchen. Laura ist vom Aussehen und vom Benehmen her gütig und sanft, obwohl sie über eine unglaubliche innere Kraft verfügt. Sie ist von sehr zarter physischer Konstitution, ermüdet leicht, aber auch wenn ihr Körper erschöpft ist, arbeitet ihr Verstand auf Hochtouren. Dann breitet sich tiefe Röte von ihrer Brust

ausgehend bis zum Hals aus, doch ihr Gesicht bleibt immer bleich. Sie hat sehr blasse Haut, Alabasterhaut, und braune Augen und Kopf und Hals einer Renaissance-Madonna – »ein zu knochiger Schädel« nennt sie es. Sie ist außerordentlich gefühlsorientiert, jedoch keineswegs selbstbezogen, und das ist sehr gut für mich, denn sie hat die nötige Emotionalität für uns beide. Sie ist grundehrlich, großzügig, und sie lacht über meine Witze. Sie verfügt über eine ungeheure Sensibilität, die für sie jedoch eine Last ist, glaube ich, weil sie ihr nie die Möglichkeit gibt, auch einmal ein bißchen egoistisch zu sein. Auf die Kinder, die sie unterrichtet, überträgt sie innere Ruhe und einen ausgesprochenen Sinn für Ordnung und Anstand. Selbstlos bringt sie ihnen bei, sich im Leben zu behaupten und ihre inneren Werte zu erkennen. Sie sagt, Kinder haben ihre eigene kreative Phantasie, sie müßten daher nicht mit anderen fremden Anschauungen belastet werden. Für mich ist sie wirklich ein Engel. Wenn ich an sie denke, erfüllt mich tiefe Dankbarkeit, daß sie – und keine andere – meine Frau geworden ist.

Wir hielten uns in New York auf, als diese Geschichte begann. Laura ist die jüngste einer größeren englischen Familie, eines von fünf Kindern eines Marineoffiziers und seiner Frau. Sie hat drei ältere Brüder, die wir beide für langweilig halten, also gibt es da keine Meinungsverschiedenheit. Ihre ältere Schwester, Zoë, war eine Karrierefrau, verheiratet mit einem sehr lieben, etwas jüngeren Mann. Sie war im Fernsehgeschäft eine Persönlichkeit, sogar eine Berühmtheit, nehme ich an, jedenfalls ein bekannter Name. Sie und Michael haben zwei Söhne, die mir eigentlich immer gleichgültig waren; und dann überraschte uns Zoë alle, als sie noch einmal schwanger wurde, mit fünfundvierzig, glaube ich. Und im vergangenen März bekam sie das Baby, ein Mädchen. Zoë hatte sich nie für Babys interessiert, nicht einmal als junge Frau, aber Michael sagte, daß sie dieses Baby innig liebte. Wir haben die Kleine, Beth, nie gesehen, weil wir bei ihrer Geburt in New York waren, und wir waren es immer noch, als sie an Kindstod im Alter von nur wenigen Wochen starb. Wir erfuhren es erst nach unserer Rückkehr. Zoë wollte nicht, daß wir unseren Urlaub wegen einer Beerdigung unterbrachen. Wir, die ganze Familie, waren erschüttert, und Zoë schien darüber ihren Verstand verloren zu haben. Beatrice, meine Schwiegermutter, sagte, daß sie nicht einfach unglücklich war, sondern einem Verdrängungswahn verfiel. Sie gab ihre Karriere auf und behauptete, der Tod des Babys sei ein Zeichen, daß sie sich ganz der Familie widmen müsse. Nur daß sie es nicht tat. Sie zog sich völlig in sich zurück, dann fiel sie in eine schreckliche Depression und starb schließlich. Die Obduktion ergab, daß sie keinen Selbstmord begangen haben konnte. All dies – vom Tod ihres Babys bis zu ihrem eigenen – geschah während fünf Monaten. April bis September. Übrigens, die obige Beschreibung von Zoës Geisteszustand beruht auf den Erzählungen von Michael und ihrer Mutter, hauptsächlich von Michael.

Tatsache ist, daß sie ihre Karriere aufgab, die wirklich das Wichtigste in ihrem Leben gewesen war; daß sie sich weigerte, zur Beerdigung ihres Babys mitzukommen, was Michael zutiefst verletzte, da er ein gläubiger Katholik ist; daß sie sich dann völlig von der Welt zurückzog. Keiner von uns sah sie überhaupt irgendwann im Sommer. Beatrice und Laura wollten sie besuchen, aber sie weigerte sich, sie zu sehen. Beide fühlen sich jetzt schuldig, weil sie es nicht stärker versuchten. Michael war gegen Ende mehrmals geschäftlich verreist, und ich bin mir immer noch nicht sicher warum. Ich weiß natürlich, daß ein ungeheurer finanzieller Druck auf ihnen lastete, weil Zoë durch ihr Verhalten ihre Firma in den Bankrott getrieben hat und

dann anfing, Geld mit offenen Händen auszugeben. Aber immerhin war da noch das Haus, das sehr viel Geld wert war und das auf Michaels Namen eingetragen war, eben für den Fall eines Bankrotts der Firma.
Ich glaube, Zoë bevorzugte den Jüngeren, Andrew, ein sehr talentiertes Kind, während sie Paul, den Älteren, wie einen Fremden behandelte. Es war sehr eigenartig, als handle sie unter Zwang. Niemand schien etwas dagegen tun zu können. Wir waren alle wie gelähmt. Ich verstehe, wieso Michael sagt, das Böse sei über sie gekommen. Ich kann diese Art von Aberglauben nicht ausstehen, aber ich weiß genau, was er meint.

Zusammenfassung:
1. Zoë besuchte regelmäßig eine Psychiaterin, eine Scharlatanin, die sich ihr Vertrauen erschlich, und zwar beginnend zwei Wochen nach dem Tod des Babys bis zwei Wochen vor Zoës Tod.
2. Michael engagierte einen Privatdetektiv, der Zoë den ganzen Sommer beobachtete, doch auch das war bis etwa zwei Wochen vor ihrem Tod. (Ich darf nicht vergessen, das zu überprüfen.)
3. Zoë und Michael verbrachten in diesem Sommer wenig Zeit miteinander, und wenn, dann stritten sie; Michael drohte, ihr die Kinder zu entziehen. Er bedrohte auch Zoës Psychiaterin zweimal: einmal in ihrer Praxis und einmal bei Zoës Beerdigung (außerordentlich bedauerlich).
4. Sowohl Zoë wie ihr Baby starben einen Erstickungstod. Es wurden in beiden Fällen keine Spuren eines Kampfes gefunden. Das Baby lag auf dem Rücken, Zoë auf dem Bauch. Sowohl bei dem Baby wie auch bei der Mutter könnte es sich um einen Unfall gehandelt haben. Zoë hatte Temazipam genommen (ein Beruhigungs- und

Schlafmittel), durch das ihre Reaktionsfähigkeit eingeschränkt, wenn nicht sogar völlig gelähmt war. Kein Arzt würde eine Theorie von Selbsterstickung auch nur in Erwägung ziehen, also kommt Selbstmord nicht in Betracht.

5. Michael wurde wegen Mordes sowohl an Zoë als auch an Beth verhaftet; dies ist nach Meinung der Polizei die wahrscheinlichste Interpretation dieser Ereignisse.

Die Sache ist die, daß es sich mit dem kollektiven Unterbewußtsein ähnlich verhält wie mit Rudeltieren: Wenn das Leittier stirbt, wird das Unerklärliche, der unbekannte Faktor, nicht zugelassen. Also wollen die Leute, daß Michael für schuldig erklärt wird, damit sie in Ruhe schlafen und die Sensationsblätter aus irgendeinem anderen Grund kaufen können. Die gegenwärtige Lage sieht so aus: Michael wartet auf seine Verhandlung, und ich bereite seine Verteidigung vor. Er ist in Haft, vorgeblich, weil er keine Kaution hinterlegen konnte. Tatsächlich aber ist es so, daß die von seinem Katholizismus herrührenden Gewissensbisse nicht zulassen, Geld für seine Kaution auszugeben statt für seine Kinder. In seinen Augen wäre das eine Sünde. Jedenfalls leben die Jungen nun mit Laura in unserem Haus auf dem Land. Das berührt unser Leben noch einschneidender als der Prozeß. Jedenfalls verbringe ich jetzt die Wochenenden dort auf dem Land. Ich bin nicht sicher, ob ich schon erwähnt habe, daß Laura im Montessori-Kindergarten lehrt, der sich in Marlow befindet – das ist eine zwanzig Autominuten entfernte Stadt. Die Jungen bei uns zu haben, dazu habe ich gemischte Gefühle; und das war mir bisher fremd. Ich nehme an, das ist völlig natürlich. Nachdem ihre Großmutter, meine Schwiegermutter Beatrice, erkannte, daß es über ihre Kräfte ging, die Jungen zu erziehen und für sie zu sorgen, gab es keine Alternative, und wir haben uns erboten, sie zu uns zu nehmen, schließlich gehören sie zur Familie. Es bedeutet leider auch, daß wir nun völlig in den Fall verwickelt sind, daß wir auch nicht eine einzige Stunde von ihm loskommen. Aber ich nehme an, das wäre nicht viel anders gewesen, wenn ich Michael nur verteidigte, ohne weitere familiäre Verpflichtungen ihm gegenüber. Doch die Verantwortung für seine Kinder ist enorm. Sie haben nur uns, wir sind es, die sie vor dem Waisenhaus bewahren.

Apropos Häuser, Michael verkauft das Haus, damit er für seine Prozeßkosten aufkommen kann, falls er keine Prozeßkostenhilfe erhalten sollte. Ich bin jedenfalls entschlossen, nur das Mindesthonorar zu berechnen, was immer auch geschieht, und ihn dazu zu bringen, den beachtlichen Betrag anzulegen, den er für das Haus bekommen wird, um ein Einkommen für sich und die Jungen zu haben, wenn er wieder auf freiem Fuß ist. Das bedeutet natürlich, daß Laura und ich inzwischen für alle drei aufkommen. Ich weiß, das klingt egoistisch und ist es wohl auch, das kann ich nicht leugnen. Es ist ebenfalls ein Teil des Bildes. Und es ist schließlich wichtig, daß das Gesamtbild erkennbar ist. Wegen der Jungen bin ich die ganze Woche von Laura getrennt. Anders ist es nicht möglich. Es ist schrecklich für mich, daß sie auf dem Land sein muß, während ich in der Stadt bin. Wir fanden aber, daß die Wohnung, die ich vor unserer Heirat bewohnte und die voll von Büchern, Papieren und meinem mürrischen Kettenrauchen war, nicht geeignet für sie ist, nicht einmal, wenn sie den ganzen Tag auswärts arbeitet. Sie ist auf dem Land in frischer Luft viel besser aufgehoben. Sie kann reiten, den Himmel sehen und ihre Ruhe haben, die ich nur an den Wochenenden störe. Doch jetzt, wo die Jungen ebenfalls dort sind, kann sie nicht einmal hin und wieder eine Nacht in der Stadt verbringen, wie wir es uns so schön ausgemalt hatten. Ich sollte viel-

leicht hinzufügen, daß ich sehr altmodische Ansichten über die Ehe habe, was Laura manchmal mit liebevoller Ironie kommentiert. Trotzdem bin ich der Ansicht, daß ich sie beschützen muß und verantwortlich bin für ihre Sicherheit.
Laura liebte Zoë, aber die beiden kamen nicht sehr gut miteinander aus. Zoës Begabung – für die sie berühmt war –, mit Menschen umzugehen, sie aus der Reserve zu locken, erstreckte sich nicht auf ihre Familie. Ich mochte Zoë und kam bald dahinter, daß sie wie ein Mann behandelt werden wollte. Das funktionierte, und wir respektierten uns gegenseitig. Ich glaube, Zoë fühlte sich Laura unterlegen, weil ihre Schwester dermaßen in sich ruht, und Laura konnte das nicht verstehen, weil sie solchen Respekt vor Zoë hatte. Zoë beneidete Laura um ihr Wesen, glaube ich, und darum, daß sie so gut mit Kindern umgehen kann. Zoë liebte Kinder, aber sie behandelte sie wie ihre Angestellten, was wohl alles sagt. Paul bemühte sich immer, seiner Mutter Freude zu machen, aber sie übersah ihn vollkommen und konzentrierte sich auf seinen talentierten Bruder. Ich glaube, Andrew ist es egal, was jemand von ihm hält, und genau das ist es, was eine bestimmte Art von Menschen anzieht: diejenigen, die von Selbstzweifeln geplagt werden. Und Zoë wurde von Selbstzweifeln geplagt, auch wenn das niemand vermutet hatte.
Zoës Tod war für uns alle ein Schock. Und da er so bald nach dem Tod ihres Babys erfolgte, fühlten wir uns irgendwie mitschuldig. Laura ging deshalb besonders hart mit sich ins Gericht, und wir besuchten Michael während dieser ersten vierzehn Tage sehr oft. Sie hätte ihn gern eingeladen, eine Zeitlang zu uns aufs Land zu kommen, aber sie war sich sicher, daß er ablehnen würde. Als Michael verhaftet wurde, rief er mich als ersten an, und ich fuhr sofort zur Polizei, um mit ihm zu sprechen. Laura war außer

sich, als ich sie am Abend anrief und es ihr sagte. Ich mußte ihr versprechen, daß ich ihn verteidigen würde, wenn es zum Prozeß kommen sollte. Als ich ihr sagte, daß ich das für keine gute Idee hielt, wollte sie wissen, ob ich das sagte, weil ich ihn für schuldig hielt. Ich erklärte ihr, daß dies nicht der Grund sei; statt dessen glaubte ich, daß meine Objektivität davon beeinflußt würde und er deshalb möglicherweise nicht die beste Verteidigung erhalten würde. Laura meinte, ich solle Michael verteidigen, gerade weil ich zur Familie gehöre und weil ich so der Welt zeigen würde, daß Zoës eigene Familie ihren Ehemann für unschuldig hielt. Sie ließ nicht einmal mein »Wir werden sehen« gelten. Da wußte ich, daß die Entscheidung bereits gefällt war. Je nachdem, wie kompliziert sich der Fall erweisen wird, werde ich mich vielleicht an einen Barrister wenden, der mit der Verfahrensweise bei Mordprozessen vertrauter ist als ich. Zwei Köpfe sind besser als einer. Ich habe bisher weder mit Michael noch mit Laura darüber geredet. Um Lauras willen habe ich den Fall übernommen. Um Lauras willen muß ich ihn gewinnen.

Jetzt, da ich Gelegenheit hatte, darüber eingehender nachzudenken, bin ich ziemlich sicher, daß ein Zusammenhang zwischen Zoës Tod und dem Tod ihres Babys besteht, nicht nur wegen der Weise, auf die sie gestorben sind. Für sich allein betrachtet ist jeder unnatürliche Tod eine Tragödie, eine düstere, unbegreifliche und aufwühlende menschliche Tragödie; aber bei mehr als einem unnatürlichen Todesfall kommt der Verdacht, daß ein Plan dahintersteckt. Daraus will ich nicht gleich schlußfolgern, daß Michael der Täter ist. Ich kann mir nicht einmal erlauben, das zu denken, obwohl er logisch gesehen der einzige ist, der es hätte sein können. Ich spüre, daß diese Deduktion falsch ist, falsch sein muß. Erstens einmal hat er kein Motiv. Warum sollte ein Mann seine Frau und sein Baby einfach so töten, ohne jeglichen Grund? Ich verteidige ihn und bin wirklich von seiner Schuldlosigkeit überzeugt. Hätte er zwei Morde geplant, hätte er bestimmt nicht – in aller Öffentlichkeit – soviel getan, das ihn belastet; außer natürlich, er ist dumm, aber das ist er ganz gewiß nicht. Ich weiß also, daß es in dieser seltsamen Geschichte einen Aspekt gibt, den ich noch nicht in Erwägung gezogen habe. Könnte es eine Art Selbstmord der Seele oder des Geistes gewesen sein, das völlige Aufgeben jeder Lebenslust? Hat Zoë sich etwa zu Tode getrauert, wie es in unserem Jahrhundert gar nicht mehr passiert? Ich weiß es nicht, aber mir ist klar, daß ich vor Gericht ausgelacht würde, brächte ich es zur Sprache. Sie hungerte sich nicht zu Tode, sie ging nicht ins Wasser, nein – sie wurde erstickt, und es muß – wie immer – die richtige Antwort zu all diesen Fragen geben. Ich kann nur hoffen, daß ich auf sie stoße, während ich all dies niederschreibe.

Es ist zwei Uhr morgens. In meinem in bester englischer Tradition rot tapezierten Arbeitszimmer ist es ausgesprochen kalt. Durch das Fenster sehe ich winterkahle Baumkronen und graue Gebäude, einen fahlen Stadthorizont, welch unschöner Ausblick. Dabei mag ich Wohnblocks, sie sind so ruhig und erwecken in mir den Eindruck, aus Bauklötzen zusammengesetzt zu sein: eine Hyperrealität, in der die Engländer das Bild reflektiert sehen, das sie von sich haben. Und wem würde es mehr bedeuten, Engländer zu sein, als dem Enkel eines polnischen Juden? Fast genau westlich von hier liegt Laura jetzt in unserem riesigen viktorianischen Polsterbett (wir mußten die Verbindungswand von zwei Zimmern abreißen, um ein großes Schlafzimmer zu bekommen); vom Fenster auf ihrer Seite guckt man auf die Felder und Wiesen und den dunklen Nachthimmel. Schlaf gut, mein Schatz.

15. Januar

Seit ich den Fall übernommen habe, ist es meine oberste Pflicht, die Fakten auszuwerten, die mir Michael übermittelt. Er schreibt für mich alles nieder, was sich aus seiner Sicht im vergangenen Sommer ereignet hat, und dabei wird er sehr emotional. Ich glaube, es hat sich zu einer Art Therapie für ihn entwickelt, darum will ich ihm da auch nicht reinreden. Sein Bericht ist fast übertrieben ausführlich und auf beinahe peinliche Weise persönlich und verrät seinen Geisteszustand, aber die Einzelheiten, die ich daraus entnehmen kann, sind sehr wertvoll. Er tut mir unendlich leid, wenn ich seine Notizen lese, doch es ist eine Aufgabe, die ich gerne auf mich nehme. Wenn er das alles durchgemacht hat, dann ist das mindeste, was ich für ihn tun kann, es zu lesen. Um seine Version der Fakten zu untermauern, habe ich mit der Kinderfrau gesprochen, die bereits die Nanny von Zoë und später von Laura gewesen war; außerdem mit Abigail, dem Au-pair-Mädchen, sowie mit Lillian Taylor, Zoës Psychiaterin, die sich endlich Ende November herabließ, mir eine Audienz zu gewähren, so empfand ich es jedenfalls. Lillian erstaunte mich. Sie versuchte mich zu beeindrucken, was ihr allerdings nicht gelang, und das erkannte sie auch. Sie verlor dadurch nichts von ihrer Selbstbeherrschung, aber ich glaube, sie war überrascht. Ich besuchte sie in ihrer Praxis am Devonshire Place. Ich möchte jetzt nicht auf alle Einzelheiten eingehen (davon habe ich Notizen in den Akten im Büro), jedenfalls probierte sie mehrere Taktiken aus. Zunächst gab sie sich professionell und kooperativ, beschrieb ruhig, wie sie Zoë kennengelernt hatte, wie sie in ihrer Show auftrat und daß sie sofortige Sympathie für sie empfand und sich in ihre Lage versetzte und daß sie sie am nächsten Tag anrief, um ihr ihre Hilfe anzubieten. Sie sagte, daß ihrer Meinung nach ihre Therapie bei Zoë sehr gut funktionierte, daß Zoë anfing, »sich selbst zu entdecken und ihre Schwingen auszubreiten« – so nannte sie es. Sie erklärte, daß sie verwundert war, als Zoë ihre Besuche abrupt abbrach, aber daß sie sich nicht gekränkt oder gar beleidigt gefühlt hatte, sondern angenommen hatte, daß Michael sie daran gehindert hatte. Das hatte sie natürlich erschreckt, da sie wußte, wie entschlossen Zoë war und wie sie daran gewöhnt war, sich durchzusetzen. Aber ihre Befürchtung war nicht so groß gewesen, daß sie es für notwendig erachtet hätte, sofort einzuschreiten. Nach etwas über zwei Wochen rief sie Zoë an, aber Michael nahm den Anruf entgegen. Später erfuhr sie, daß das am Tag von Zoës Tod gewesen war. Sie behauptete, das hätte sie nicht überrascht, denn sie verfüge über transzendente Kräfte und habe gespürt, daß Zoës Seele litt und daß sich Zoë in Gefahr befand. Da mußte ich ihr einfach sagen, daß ihre Kräfte sich an diesem Tag etwas früher hätten melden sollen, dann könnte Zoë vielleicht noch am Leben sein.

»Es steht uns nicht zu, uns in den kosmischen Plan einzumischen«, entgegnete sie. Ich glaube, sie ist außerstande, ihre Mitschuld in dieser Sache zu begreifen. (»Wie sieht der kosmische Plan aus?« wollte ich fragen. »Kann er fotokopiert werden?«) Wir sprachen über die Drohungen, die Michael ihr gegenüber ausgesprochen hatte, und auch über die, von denen Zoë ihr erzählt hatte. Ich fragte Lillian, ob sie diese Drohungen ernstgenommen habe, und sie gab zu, daß sie es zu dem Zeitpunkt nicht getan hatte. Ich fragte, ob Zoë sie ernstgenommen habe, und sie antwortete, o ja, das habe sie allerdings. Sie weinte ein bißchen, aber achtete dabei sehr darauf, daß ihr Make-up nicht verschmierte und daß ihr sorgsam errichtetes Gedankengebäude nicht einstürzte.

»Soviel ich weiß, stehen Zoës Kinder jetzt in Ihrer Obhut«, sagte sie.
»Wieso interessieren Sie sich für Zoës Kinder?« Ich war von der Plötzlichkeit dieser Frage ehrlich überrascht.
»Wie Sie wissen, kam Paul mehrere Wochen zu mir. Ich mache mir seinetwegen Sorgen.« Ich sagte nichts mehr über die Jungen; weder bejahte noch leugnete ich, daß sie bei uns lebten. Als ich sie bat, mir Zoës Geisteszustand genau zu beschreiben sowie ihre Behandlungsmethoden, entgegnete Lillian, daß sie nur beschwören könne, daß Zoë auf die Behandlung ansprach und gute Fortschritte machte; alles andere unterliege der ärztlichen Schweigepflicht. Sie fügte hinzu, ohne daß ich um ihre Meinung gebeten hatte, daß sie Michael für gefährlich hielt.
»Wissen Sie, wie er mich bedroht hat?« fragte sie. Ich erklärte ihr, daß ich das aus den Polizeiberichten wußte, die ich eingehend studiert hatte. »Als Zeugin der Anklage möchte ich betonen, daß ich Sie nur Zoës Andenken zuliebe empfangen habe«, sagte sie. Ich dankte ihr und machte sie darauf aufmerksam, daß ich das Recht habe, sie auch als Zeugin der Verteidigung zu laden, ob ihr das paßte oder nicht. Sie ging nicht darauf ein. Erst später informierte sie mich von ihrer Absicht, Michael im Gefängnis zu besuchen, weigerte sich jedoch zu sagen, weshalb. Ich ging nicht weiter darauf ein, weil mir klar war, daß es keinen Sinn haben würde. Ich bemühte mich nicht einmal sonderlich, sie zu überreden, zu Michaels Gunsten auszusagen. Ihr Besuch bei Michael führte zu nichts, womit ich von vornherein gerechnet hatte. Allerdings konnte ich ihm das nicht sagen. Ich mußte ihn motivieren, nur für den Fall des Falles. Sie wollte ihn hinter Gittern sehen und sich daran ergötzen, was mir bewies, was für ein boshaftes Weibsstück sie ist.
Es fiel mir während des gesamten Gesprächs schwer, meine

Fassung zu bewahren und höflich zu sein. Ich wollte meinem Hohn freien Lauf lassen oder lauthals lachen. Sie löst in ihrem Gegenüber offenbar überhöhte Reaktionen aus. Sie selbst tat übertrieben emotional – diese Krokodilstränen, dieses Halblächeln, dieses Senken und Heben des Kopfes, ja sogar das Händeringen machten mich langsam ungeduldig. Sie war eine miserable Schauspielerin. Doch wenn es nur das gewesen wäre, hätte ich durchaus selbstzufrieden sein können. Aber ich spürte, daß diese amateurhafte Schauspielerei lediglich eine außerordentliche Willenskraft verbarg. Ich denke, es war ihr völlig gleichgültig, ob ich ihr glaubte und auf sie hereingefallen war oder nicht. Sie führte diese Show nur zu ihrer eigenen Befriedigung auf. Es war ein Akt verbaler Masturbation, die schamlose Zurschaustellung eines übersteigerten Narzißmus. Ihre angebliche Liebe für Z., die Hingabe zu ihrem Beruf, das waren alles nur Manifestationen ihres Egos. Michael weiß es, und bevor ich Lillian persönlich kennenlernte, war ich unfairerweise ziemlich schroff, wenn er mit solchem Haß von ihr redete. Ihr Mangel an Eigenzensur zeigt, daß sie zwar zweifellos schlau ist, aber dermaßen entsetzlich aufgeblasen vor Eitelkeit, daß es sich beim Prozeß hoffentlich als ihre Achillesferse erweist. Ich habe das Gefühl, daß sie bei der Verhandlung als Star glänzen will, als selbstlose Heldin, deren Bemühungen, Zoë zu retten, durch ihren bösen, eifersüchtigen Ehemann vereitelt wurden. Ich werde sie im Zeugenstand zum Reden ermutigen, ihr soviel Leine geben, daß sie sich selbst damit aufhängt. Aber ich muß sehr überlegt vorgehen und denken, denken, denken. Sie wird höchst erfreut über die Gelegenheit sein, von der Presse fotografiert zu werden; sie wird jedoch so tun, als ob sie es haßt, im Rampenlicht zu stehen, und sie wird mit dunkler Brille aus ihrem Wagen steigen und ins Gebäude laufen. Ich sehe es bereits vor mir.

»Eine Frage, Felix«, hielt sie mich zurück, als ich gehen wollte, »haben Sie Zoë gemocht?« Ich dachte gar nicht daran, diese Frage zu beantworten, trotzdem kam das Unvermeidliche: »Wenn ja, wie können Sie dann ihren Mörder verteidigen?«

Donnerstag, 16. Januar, spät abends

Morgen geht's aufs Land und zu Laura. Ich glaube, ich habe jetzt fast alle Elemente gesammelt für den Prozeß. Ich muß nur noch Jeffrey McIver, Zoës Geschäftspartner, interviewen, und den Privatdetektiv. Dann muß ich gründlich über alles nachdenken.

Montag, 20. Januar

Seltsames Wochenende. Sieht immer mehr so aus, als hätten wir eine vorgefertigte Familie. Während die Weihnachten für uns eine etwas surreale, neue Erfahrung waren, verlief der Januar wieder in den gewohnten Bahnen. Diese Kinder werden erst einmal hierbleiben. Ich sah Andrews Reitvorführung auf Blackie; dank Lauras exzellentem Unterricht wird der Junge immer besser. Das Pony ist sehr zuverlässig und anscheinend auch sehr schnell. Laura und Andrew machten einen Ausritt, und ich blieb bei Paul. Gar nicht einfach; er beantwortete meine Fragen einsilbig, während er so tat, als lese er. Die Arbeit im Haus geht voran. In der Küche ist der Boden bereits gefliest und die Wände gestrichen. Laura gefällt der Herd. Als nächstes wird das Wohnzimmer tapeziert; da kommt ein Teppichboden rein. Wir bekommen zwei neue Heizkörper, die verkleidet werden sollen. Die Schreiner kommen diese

Woche. Laura sieht müde, aber bezaubernd aus. Ständig umarmt sie die Kinder und küßt sie, lobt sie bei jeder Gelegenheit und ist unendlich geduldig. Ich glaube, beide betrachten sie bereits viel zu selbstverständlich als Ersatzmutter.

Dienstag, 21. Januar

Endlich gelang es mir, mit dem Privatdetektiv zu sprechen. Ich kann diese Sorte Männer nicht ausstehen. Jede Art von juristischer Vorgehensweise machte ihn nervös, und er will nicht vor Gericht aussagen. Es ist wohl schon ein Wunder, daß er überhaupt zu mir ins Büro kam. Ich machte mir gleich ein Bild von ihm: Er ist ein tüchtiger, durchschnittlicher Mann, soweit Männer seines Berufs durchschnittlich sein können. Er sagte, er habe Zoë gemocht, was ich für nicht so ungewöhnlich halte. Wohin sie auch ging, war sie höflich zu den Leuten, wenngleich häufig ungeduldig. Der Detektiv sagte, sie wirkte oft benommen und schien manchmal nicht zu wissen, wo sie war, warum sie da war oder wie sie dahin gekommen war. Ich bin froh, daß er das von sich aus sagte und es seine ehrliche Meinung war. Ihre geistige Verwirrtheit erhärtet die Theorie, daß ihr Tod nicht gewaltsam herbeigeführt wurde, auch wenn es keine Beweise dafür gibt. Ich erfuhr von ihm auch – und das bestürzte mich –, daß er keineswegs zwei Wochen vor Zoës Tod aufgehört hatte, sie zu beobachten, sondern daß er, als sie starb, in seinem geparkten Wagen vor ihrem Haus saß. Ich weiß nicht, wieso Michael mich angelogen hat. Was verbirgt er – und warum hat er gelogen? Es sieht ihm gar nicht ähnlich.

Mittwoch

Ich war heute bei Michael. Bei jedem Besuch sieht er hagerer aus. Nicht krank, sondern von Leid verzehrt. Ich glaube nicht, daß ich je jemanden gesehen habe, den das Leid so offensichtlich mitnimmt.

Ich fragte ihn, warum er mir nicht die Wahrheit über die Observation gesagt hat, und ich tat es so behutsam ich konnte. Alles in dem Besuchsraum wirkte schmuddelig: die Plastikbecher, die ramponierten Abfallbehälter, der fleckige Bodenbelag. Ich glaube, wenn man nur Häßliches um sich herum sieht, wirkt sich das nach einiger Zeit negativ auf die Psyche jedes Menschen aus. Michael sagte, er hatte nicht die Absicht gehabt, den Detektiv nach seiner Rückkehr weiter zu beschäftigen und wußte selbst nicht, warum er es dann doch getan hatte. Wahrscheinlich fühlte er sich sicherer bei dem Gedanken, daß Zoë beobachtet wurde, und darüber vergaß er, daß es im Grunde genommen unnötig war.

Ich versicherte ihm, daß das durchaus verständlich sei. Aber trotzdem: Warum hatte er gelogen? Er antwortete, er wußte, daß es von vornherein nicht richtig gewesen war, Zoë beschatten zu lassen, und erst recht nicht, damit weiterzumachen, nachdem er wieder in London war. Deswegen hatte er sich geschämt, es mir zu sagen. Daraufhin habe ich ihn sehr streng zurechtgewiesen, um ihm klarzumachen, daß er mich unter keinen Umständen anlügen dürfe und daß ich ihn nur dann mit besten Kräften verteidigen könne, wenn ich alles wisse, was er selber wisse. Wenn ich jetzt darüber nachdenke, muß ich zugeben, daß ich sehr beunruhigt bin. Ich halte es für sehr merkwürdig, daß er diesen Mann überhaupt engagiert hat; und daß er mich dann noch über ein solches Detail belügt, ergibt nicht so recht einen Sinn. Obwohl ich nicht glaube, daß er mich sonst belogen hat, kann ich nun doch nicht mehr sicher sein. Nur weil ich ihn mag und Mitleid mit ihm empfinde, darf ich die Möglichkeit weiterer Lügen nicht ausschließen. Ich erkenne nun, daß er zum Zeitpunkt von Zoës Tod seelisch viel aufgewühlter war, als ich angenommen hatte. Ich werde ihn wohl von einem Psychiater untersuchen lassen müssen, aber ich tue diesen Schritt nur ungern. Ich habe kein gutes Gefühl dabei.

Später

Wie üblich rief ich heute abend Laura an und kam arg in Versuchung, ihr von Michaels Lüge zu erzählen. Doch das würde bedeuten, daß ich sie in alle Einzelheiten des Falles einweihen müßte. Wir haben jedoch zu Beginn des Ganzen ausgemacht, daß wir nicht darüber reden würden, wenn ich Michael wirklich verteidigen sollte. Das war unsere Abmachung. Auf Laura ließe sich das Sprichwort anwenden: Was ich nicht weiß, macht mich nicht heiß. Warum ihr also Sorgen machen? Die hat sie momentan schon genug mit Paul, dem es offenbar nicht gutgeht. Er redet so gut wie gar nicht, hat Kopfweh, stechende Schmerzen in den Augen und Probleme mit dem Magen.

Donnerstag

Heute kam ein Fax von Laura. Ich konnte sie jedoch erst abends anrufen, weil ich bei einer Verhandlung war.

Liebling,
eine merkwürdige Frau kam heute zu uns nach Hause und stellte sich als Zoës Psychiaterin vor. Sie hatte sich nicht zuvor angemeldet.

Sie wollte Paul und Andrew sehen, die glücklicherweise in der Schule waren. Es wäre sehr unhöflich von mir gewesen, ihr nicht wenigstens eine Tasse Tee anzubieten, schließlich war sie wegen der Jungen den ganzen Weg von London hergefahren. Ich versicherte ihr, daß es beiden gutgeht. Sie redete unentwegt von Zoë – ich dachte, sie würde in Tränen ausbrechen. Ruf mich bitte an, sobald Du kannst.
Deine Laura

Als ich sie dann anrief, war sie bestürzt und erregt. Sie hatte nicht einmal gewußt, daß Zoë in psychiatrischer Behandlung gewesen war, und fand, daß ich sie nicht so übertrieben schonen dürfe, indem ich ihr so etwas vorenthielt. Ich erinnerte sie an unsere Abmachung, aber sie meint nun, daß es falsch von ihr war, die Augen zu schließen, wo es doch im Prozeß um die Ermordung ihrer eigenen Schwester ging. Es überraschte mich, daß sie das Wort »Ermordung« benutzte. Sie sagte, daß schon der Gedanke an Lillian ein ungutes Gefühl in ihr weckt und sie auf keinen Fall wolle, daß diese auch nur in die Nähe der Jungen kommt. Sich das bloß vorzustellen, bereite ihr Übelkeit. Daß Lillian einfach zum Haus kam, war verrückt genug, aber weshalb war sie so scharf darauf, die Jungen zu sehen? Ihre »Liebe« zu Zoë ist schon krankhaft. Offenbar ist sie verrückter, als Michael oder ich erkannt hatten. Ich werde heute abend zum Haus fahren, um die Nacht bei Laura verbringen zu können. Ich kann ja früh am Morgen zurückfahren. Ich finde, wir sollten heute nacht beisammen sein.

Freitag

Sie schlief, als ich ankam, das ganze Haus war dunkel und still. Wenn Laura schläft, schläft sie tief und fest. Es kommt allerdings immer wieder vor, daß sie lange aufbleibt und liest. Ich wollte sie nicht erschrecken, darum schaltete ich das Licht ein und machte ein bißchen Krach. Ich wünschte, ich hätte angerufen, um ihr zu sagen, daß ich kommen würde, statt gleich zum Wagen zu eilen, um so schnell wie möglich hier zu sein. Ich hasse Handys. Es ist dumm, aber schon der Gedanke, daß Laura und ich uns übers Telefon streiten könnten, ist unerträglich für mich. Sie mußte wohl aufgewacht sein, während ich im Bad war, denn als ich ins Schlafzimmer zurückkehrte, saß sie im Bett. »Das solltest du nicht tun, es erschreckt mich.«

»Es tut mir leid.« Verschlafen, mit offenem Haar, sah sie so liebreizend aus wie nur irgend möglich. »Ich bin ein Idiot, und ich entschuldige mich. Es tut mir leid wegen heute.« Sie brauchte nicht zu sagen, daß sie mir vergab – sie wußte, daß wir immer Verbündete sind.

»Ich bin so froh, daß du da bist. Ich möchte mit dir reden. Komm ins Bett, dann unterhalten wir uns. Weißt du, mir ist, als würde mir zum ersten Mal wirklich bewußt, daß Zoë tot ist. Meine Schwester ist tot, und ich werde sie nie wieder sehen. Ich liebte sie, aber ich glaube nicht, daß sie das wußte.«

»Natürlich wußte sie es. Nur weil ihr euch so selten gesehen habt ...«

»Du meinst, weil wir so selten miteinander redeten. Du brauchst nicht taktvoll zu sein. Du weißt, wie sehr es Mutter belastet hat. Es muß schrecklich sein, wenn die eigenen Kinder einander nicht verstehen.«

»Aber es ist doch nicht deine Schuld, daß Zoë tot ist.«

»Ich habe im vergangenen Sommer nur ein einziges Mal versucht, mich mit ihr zu treffen. Ich hätte mich nicht so einfach abwimmeln lassen dürfen.«

»Du hattest genug anderes zu tun, der Umbau des Hauses und ...«

»Ich möchte nicht, daß du versuchst, mich aufzuheitern.

Ich weiß, ich soll mir keine Schuld einreden, aber du brauchst auch nicht zu sagen, daß alles in Ordnung ist.«

»Ich möchte doch nur nicht, daß du leidest.«

»Jeder leidet!« Sie war jetzt ungeduldig mit mir. »Ich glaube, das Schlimmste an der Trauer – an Zoës Tod – ist unser eigener Egoismus. Wir bedauern, daß sie gestorben ist, wir sind bestürzt, daß sie auf so schreckliche Weise starb. Ihretwegen trauern wir, aber Sorgen machen wir uns um uns selbst; es schmerzt uns, daß wir sie verloren haben, daß wir jetzt mit all dem zurechtkommen müssen.«

»Und jetzt eine weitere Komplikation: eine Psychiaterin.«

»Ich wußte nicht einmal, daß sie bei einer in Behandlung war.«

»Sie heißt Lillian Taylor. Zoë hatte sie zu ihrer Show eingeladen.«

»Wir guckten sie nicht immer an.«

»Es war kurz nach Beths Tod. Sie kamen einander sehr nahe – es war eher eine Liebesbeziehung als eine professionelle. Platonisch, natürlich.«

»Natürlich, Felix.« Sie lächelte mich ein wenig neckisch an.

»Zoë war sehr verwundbar, und sie glaubte, die Psychiaterin könne ihr helfen. Aber Michael sagt, sie redete ihr nur eine Menge quasireligiösen Unsinn ein, daß Beths Tod vorbestimmt war ...«

»Wie konnte sie nur so etwas zu Zoë sagen? Das ist ja furchtbar!«

»Ich höre auf, wenn du möchtest.«

»Nein, aber wir hätten ihr beistehen sollen.«

»Sie wollte uns nicht.«

»Das stimmt leider.« Seufzend richtete sie sich im Bett höher auf, griff nach dem Haarband auf dem Nachtkästchen und sammelte ihr Haar zu ihrer sogenannten Arbeitsfrisur zusammen.

»Stehst du auf?«
»Nein, ich denke nach. Ich mache dir deshalb keine Vorwürfe, aber du hast zugelassen, daß ich mich lächerlich benehme. Ich muß alles über diesen Fall wissen, egal was es ist. Schließlich geht es um den Tod meiner Schwester. Wie konnte ich nur so dumm und feige sein?«
»Laura, es ist vertraulich!«
»Das ist mir egal. Du bist mein Mann, sie war meine Schwester – ich möchte, daß du mich gründlich informierst!« Es wäre zwecklos gewesen, es ihr ausreden zu wollen. Und ich muß gestehen, ich war irgendwie auch erleichtert, daß ich nicht mehr mit allem alleine fertigwerden mußte und mit einem anderen Menschen darüber reden konnte.
»Ich habe alles niedergeschrieben – ich führe ein Tagebuch, in dem alles steht, was du wissen willst – wenn du sicher bist, daß du es tatsächlich willst. Es steht auch eine Menge sentimentales Zeug über dich darin.«
»Gib es mir.«
»Es ist im Wagen. Ich kann es dir jetzt nicht geben. Unmöglich. Morgen. Schlaf weiter.«
»Versuch's, sonst hole ich es mir selber.«
»Aha, du spielst wieder den Boß.« Ich stapfte zum Wagen, holte ihr das Tagebuch und schlief friedlich neben ihr ein, während sie die ganze Nacht hindurch las. Ich hätte sie nicht davon abbringen können. Am Morgen hatten wir keine Gelegenheit, uns darüber zu unterhalten, weil ich zu früh weg mußte. Ich nahm das Tagebuch mit, denn ich wollte nicht, daß sie immer und immer wieder darin las und grübelte.

Montag, 27. Januar

Am Wochenende beschäftigten wir uns mit den Jungen – und nachts unterhielten wir uns im dunklen Schlafzimmer flüsternd über Zoë: über ihr Leben und ihren Tod.
»Ich habe sie nie wirklich gekannt«, murmelte Laura.
»Du wußtest nur nicht, zu was für einem Menschen sie im Laufe der Zeit geworden ist. Aber das wußte niemand.«
»Nein, ich meine nicht, wie sehr sie sich verändert hat, sondern daß ich sie nie verstanden habe, glaube ich.« Wir sprachen darüber, wie schwierig es ist, einen anderen Menschen zu verstehen, und wieviel leichter es wäre, wenn man jemanden gleich bei der ersten Begegnung als das erkennen würde, was er wirklich ist, statt sich wie Laura plagen zu müssen, das eigene Fleisch und Blut zu begreifen.

Mittwoch, 29. Januar

Jeffrey McIver besuchte mich heute nachmittag im Büro. Ich hatte es im Terminkalender vermerkt, aber dann doch nicht mehr daran gedacht. Wir hatten uns bereits einmal zuvor getroffen, als ich ihn gebeten hatte, Michaels Version über den Tag zu bestätigen, an dem Zoë beschloß, ihre eigene Firma zu verlassen, und sie ihn am Telefon angeschrien hatte. Ich traf auf einen sentimentalen Mann mit wenig Begabung, außer der, sich jemandem anzuschließen, der welche hatte, und sich an ihn zu klammern. Aber auch wenn er ein Schmarotzer ist, so ist er zumindest offen und ehrlich. Ich mag ihn.
Er erkundigte sich nach dem Stand der Dinge, aber ich glaube, er wollte nur die Gelegenheit nutzen, um mit mir über Zoë zu reden.

»Nach diesem Anruf sah ich sie nur noch ein einziges Mal, obwohl ich oft anrief. Sie hatte die Unterlagen, die ich brauchte, aus ihrem Büro mitgenommen. Daß ich die Papiere dringend benötigte, war nur eine Ausrede. Ich wollte Zoë wiedersehen und sie zur Rede stellen. Ich meldete mich nicht zuvor an, damit sie sich nicht verleugnen ließ. Ich war zu dem Zeitpunkt noch wütend über ihren Verrat und machte mir noch nicht wirklich Sorgen um ihren Geisteszustand. Aber als ich sie dann von Angesicht zu Angesicht sah, bemerkte ich, daß sie weiß wie ein Gespenst war, entsetzlich abgemagert und geistesabwesend. Sie blickte mich nicht an, sondern schien durch mich hindurchzustarren – trotzdem war sie sichtlich verärgert, daß sie sich mit mir befassen mußte. Da begann ich, mir ernsthafte Sorgen um sie zu machen, und alles andere wurde unwichtig. Ich verehrte Zoë. Sie war ein großartiges Mädchen. Stark. Humorvoll. Klug. Ich verehrte sie ohne jegliche Hintergedanken und ohne in sie verliebt zu sein – ich schätzte ihre Art, alles, was sie war. Wir hatten eine schöne Zeit miteinander. Sie war wie ein Talisman.« Ich bot ihm einen Drink an, was wahrscheinlich dumm von mir war, denn bereits beim zweiten Whisky kamen ihm Tränen. »Man weiß in diesem Leben nie, was passieren wird. Einen Augenblick ist man noch der Partner des großartigsten Mädchens auf der Welt, im nächsten ist man pleite, hat einen über alles geschätzten Freund verloren, und das alles, ohne zu wissen wie oder warum.« Ich wußte nicht, was ich darauf hätte sagen sollen. »Bitte halten Sie mich auf dem laufenden«, sagte er, als er ging. »Dieses Mädchen hat mir wirklich unendlich viel bedeutet. Bitte grüßen Sie Ihre Frau von mir.«

Donnerstag, 30. Januar

Ich hatte heute im Gericht zu tun. Als ich ins Büro zurückkam, fand ich ein langes Fax von Laura vor. Sie hätte mir das natürlich alles abends am Telefon sagen können, aber offenbar hielt sie die Mitteilung für zu wichtig, um noch länger damit zu warten.

Liebling,
als die zwei Jungen heute aus der Schule kamen, lagen Briefe für sie vor. Die mit der Schreibmaschine adressierten Umschläge trugen den Absender-Stempel NW6. Paul wurde kreidebleich, als er seinen las, dann zerriß er ihn und warf ihn ins Feuer. Andrew schwieg, er faltete seinen ordentlich zusammen und steckte ihn in seine Hosentasche. Sie sagten nichts zueinander, aber ich hatte das Gefühl, daß Andrew den Inhalt von Pauls Brief zumindest ahnte. Ich bat beide, mir zu sagen, worum es in den Briefen ging, aber keiner antwortete. Es macht mir Sorgen, daß die zwei so gar nicht miteinander auskommen. Ich höre sie selten auch nur irgend etwas zueinander sagen, wenn ich in einem anderen Zimmer bin, und sie spielen nicht. Seit ich Dein Tagebuch gelesen habe, sehe ich alles mit anderen Augen – es hat wahrscheinlich nichts zu sagen, verzeih mir, ich mache mir nur eben Sorgen.
Ruf bitte an, sobald Du kannst.
Laura

Samstag abend

Laura war sehr aufgeregt, als ich gestern heimkam. Sie schickte mich gleich in unser Schlafzimmer, wo nun über der Kommode ein neues Bild hängt: eine Kreidezeichnung von Tenacius, wie er über die Tür seiner Box blickt. Andrew hat es gemalt und sie damit überrascht. Er hat den alten Gaul, wie Laura ihn liebevoll nennt, genau getroffen, nicht nur das Aussehen, nein, auch seinen Gesichtsausdruck, seinen Blick.

»Andrew ist immer auf dem Speicher«, sagte sie. »Ich glaube, er arbeitet an einer ganzen Serie von Bildern da oben. Und er hat ein paar Skizzen von mir gemacht.« Ich freute mich für sie. Jedesmal, wenn einer der Jungen sich dankbar oder anhänglich zeigt, ist sie ganz gerührt und so froh, als erleichtere jede dieser Gesten die Last der Selbstvorwürfe, die sie so ohne zu klagen mit sich herumschleppt.

6. Februar

Ich habe gerade noch einmal alles gelesen, was ich über diesen Fall geschrieben habe, und auch die meisten von Michaels Aufzeichnungen, die er mir geschickt hat. Ich bin der Lösung nicht näher gekommen, habe keine Ahnung, was wirklich geschehen ist. Nur eines ist mir jetzt aufgefallen, das mir bei der ersten Lektüre wohl entgangen ist. Es handelt sich um Michaels Beschreibung von seinem Besuch bei Lillian in ihrer Praxis, als er ihr gedroht hat. Am Schluß sagt er: »An den Flur und die Treppe und die Heimfahrt kann ich mich nur noch verschwommen erinnern.« An irgendeiner anderen Stelle schreibt er, daß er in diesem Sommer aufhörte »er selbst« zu sein, genau wie Zoë aufhörte, sie selbst zu sein. Starker Tobak. Wäre es möglich, daß Michael in einen Zustand der mentalen Dissoziation gefallen war und seine Frau ermordet hat, ohne sich dessen bewußt zu sein? Er erwähnt häufig den Streß, unter dem er stand, und das Gefühl, vom Bösen umgeben zu sein. Vielleicht habe ich mich zu stur dagegen gewehrt, solche Schlußfolgerungen zuzulassen, und habe das Ganze falsch eingeschätzt, weil ich entschlossen war, Michael in einem

guten Licht zu sehen. Ich muß alles noch einmal von Anfang an lesen und systematisch vorgehen.
Es begann mit dem Tod von Baby Beth. Anwesend im Haus waren ihre Mutter, jetzt tot, ihr Vater, jetzt im Gefängnis (und dessen Aufzeichnungen ich habe), ihre Brüder, jetzt in meiner Obhut, und ihre Nanny. Nanny! Ich muß noch einmal mit ihr sprechen.

7. Februar

Ich fuhr heute vormittag zu Nanny. Sie war sehr freundlich am Telefon und nahm es mir nicht übel, daß ich meinen Besuch bei ihr nicht eher angekündigt habe.
»Ich denke den ganzen Tag an das Baby, warum sollte es mir da etwas ausmachen, mit Ihnen darüber zu reden«, sagte sie. Nanny wohnt in einem niedrigen, neueren Wohnblock am Stadtrand von Hungerford. Es gibt einen Vorgarten mit Blumenbeeten; zum Haupteingang führt eine Betonrampe und parallel dazu eine Treppe mit grünem Kunststoffgeländer. Der schmale Vorbau an ihrer Haustür ist aus roten Backsteinen und riecht sehr typisch. Die Tür hat ein Guckloch und eine Sicherheitskette. Nanny bat mich in ein kleines quadratisches Wohnzimmer mit dünnen Wänden, niedriger Decke und einer Schiebetür aus Glas, die zum Vorgarten und einer gepflasterten Terrasse führte. Das Zimmer wirkte ordentlich und schmutzig zugleich, das bedeutet, es roch miefig, und das assoziiere ich mit Feuchtigkeit und Schmutz. Ich hätte sie gern gebeten, das Fenster zu öffnen, fürchtete jedoch, sie damit zu beleidigen. Unwillkürlich dachte ich, daß sie nicht hierher paßte, als wäre nicht dies ihr Zuhause. Als ihr Daheim sah ich immer noch das große Haus, in dem Laura aufwuchs.
Wir tranken Tee, sie schaltete den elektrischen Kamin ein

und suchte nach einem Platz für die Blumen, die ich ihr mitgebracht hatte. Auf dem Kaminsims standen mehrere eingerahmte Schwarzweißfotos von ihr, Zoë, den Jungen und Laura als Baby. Die Bilder sahen aus wie aus einem anderen Jahrhundert, jedes Gesicht wirkte so feierlich und selbstsicher mit dieser Arglosigkeit, die der Vergangenheit angehört. Ich wußte nicht, wie ich beginnen sollte.
»Wie geht es Laura?« fragte sie. »Und wie geht es den Jungen?«
»Gut. Sehr gut – den Umständen entsprechend.«
»Ich bin sehr froh, daß sie bei Ihnen sind. Ich habe eine Weihnachtskarte geschickt.«
»Ja, danke.« Ich konnte mich nicht erinnern, ob wir auch ihr eine geschrieben hatten. Ich hoffte es sehr, aber sie klärte mich nicht auf.
»Es ist alles so traurig«, sagte sie.
»Ja, das ist es«, bestätigte ich. »Aber ich muß Sie leider noch einmal etwas über den Tag fragen, an dem Beth starb. Bitte erzählen Sie mir alles, woran Sie sich erinnern können, von Anfang an.«
»Nun, das Ganze dürfte wohl um halb fünf Uhr morgens angefangen haben, als ich aufstand, um ihr das Fläschchen zu geben.«
»Tat Zoë das nicht?«
»Doch, aber ich war gern dabei, um sicherzugehen, daß alles in Ordnung war. Zoë wollte nie, daß ich schon so früh aufstand, aber ich ließ es mir nicht nehmen. Es hätte sowieso nicht mehr lange gedauert, weil wir ab der folgenden Woche versuchen wollten, sie durchschlafen zu lassen. Um halb neun bekam sie wieder ihr Fläschchen, und Mr. Michael machte das Frühstück für uns alle in der Küche, die Jungen waren auch da. Dann ging Miss Zoë zu ihrem Schreibtisch. Ich erinnere mich, ehe sie ging, sagte sie, welch schöner, sonniger Tag es für April war, aber ich

spürte, daß ihre Gedanken bereits bei ihrer Arbeit waren, so sagte ich nur dahin, ja, wirklich schön, und schon war sie weg. Ich ging hinauf zur Wäschekammer, um zu bügeln. Etwas später hörte ich Mr. Michael in sein Arbeitszimmer heraufkommen – es ist gleich neben der Wäschekammer.«

»Haben Sie nach Beth gesehen, als Sie hinaufgingen?«

»Ja, sie schlief wie ein Engel. Sie war so pflegeleicht.«

»Und wo befanden sich die Jungen?«

»Sie waren entweder in ihrem Schlafzimmer oder in ihrem Spielzimmer. Nach ihnen habe ich nicht gesehen.«

»Aber ihr Spielzimmer hatte doch eine Verbindungstür zu Beths Zimmer?«

»Nein, ihr Schlafzimmer.«

»Ja, natürlich. Das macht es unwahrscheinlicher, daß sie sich dort aufgehalten haben.«

»Es wäre aber durchaus möglich. Sie waren nicht immer beisammen. Paul las oft in seinem Bett, und Andrew zeichnete im Spielzimmer. Sie konnten sich gut allein beschäftigen. Sie saßen nicht ständig vorm Fernseher oder räumten den Kühlschrank leer. Sie waren nicht verzogen.«

»Als Sie oben gebügelt haben, wie konnten Sie da wissen, ob mit Beth alles in Ordnung war?«

»Wir hatten ein Babyfon sowohl in der Wäschekammer wie in der Küche.«

»Sind Sie sicher, daß es eingeschaltet war?«

»Wir schalteten beide Babyfons nie aus. Wir wollten nicht riskieren, sie womöglich nicht wieder einzuschalten.«

»Es tut mir leid, daß ich Ihnen diese Fragen stellen muß, aber ich muß sichergehen. Erinnern Sie sich, ob irgendwann am Vormittag etwas Ungewöhnliches vorgefallen ist?«

»Nein, es war ein ganz gewöhnlicher Tag wie jeder andere in diesem Haus. Ich wußte, daß das Baby friedlich schlief, während ich bügelte. Gegen zwölf Uhr ging ich auf eine

Tasse Tee hinunter, setzte mich wahrscheinlich an den Tisch, um ein oder zwei Kekse zum Tee zu essen, dann sterilisierte ich ein paar Fläschchen und räumte auf.«

»Wann kam Michael herunter, um zum Zahnarzt zu gehen?«

»Gegen zwanzig nach zwölf, glaube ich, die genaue Zeit weiß ich nicht. Jedenfalls kam er zu mir in die Küche und sagte, er würde zum Lunch Schinken kaufen, den wir mit Champignons auf Toast essen konnten. Ich wartete darauf, daß Beth um zwölf Uhr dreißig aufwachte, machte mir jedoch keine Gedanken, als sie sich nicht rührte. Sie hatte einen guten Schlaf, und manchmal schlief sie ein bißchen länger, was nicht schadete. Miss Zoë kam um etwa zwölf Uhr fünfundvierzig kurz herein, dann ging sie hinauf, um nach ihr zu sehen.«

»Sie haben ein erstaunlich gutes Gedächtnis. Aber wäre es möglich, daß Sie etwas ausgelassen haben?«

»Wenn ein Tag so schrecklich und wichtig ist, ist es unmöglich, ihn zu vergessen. Wir liebten dieses kleine Mädchen so sehr. Sie war so ein braves, liebes Ding.«

»Ja.«

»Wie geht es Mr. Michael?«

»Den Umständen entsprechend.« Wir saßen eine Zeitlang stumm am Tisch. Nanny hatte ein kleines, einfaches Kruzifix an der Wand, das mir zuvor nicht aufgefallen war.

»Verzeihen Sie mir, wenn ich das frage, aber ich muß es wissen. Dieses Gespräch ist selbstverständlich vertraulich und wird unter uns bleiben. Waren Michael und Zoë Ihrer Meinung nach glücklich?«

»Sie waren glücklich, solange niemand Miss Zoë bei ihrer Arbeit störte.«

»Was, glauben Sie, empfand Michael für das Baby?«

»Er hatte nicht viel damit zu tun. Er kümmerte sich um die Jungs.«

»Weil er nicht wollte, daß sie eifersüchtig würden?«
»Das kann ich weder mit Ja noch mit Nein beantworten. Ich kann nur sagen, wenn man so lange Kinderfrau war wie ich, überrascht einen nichts mehr.«
»Was meinen Sie damit?« Ich lehnte mich vor.
»Was ich sagte. Ich meine, was ich gerade gesagt habe. Wie kann irgend jemand wissen, was in einem anderen vorgeht? Das weiß nur Gott.«
Ich wußte nicht, was ich darauf sagen sollte, so saßen wir wieder eine Zeitlang stumm da. Schließlich fragte ich: »Gefällt es Ihnen hier?« Ich wußte zwar, daß das zu persönlich war und ich sie außerdem schon einmal gefragt hatte, aber ich fand, ich mußte ihr mein Mitgefühl, meinen Respekt mitteilen.
»Ich fühle mich einsam, aber ich glaube, alle alten Leute sind einsam.«
»Wir werden Sie einmal mit den Jungen besuchen.«
»Das wäre schön. Bitte geben Sie Darling Laura einen Kuß von mir. Sie war ein so liebes Baby, sehr wie Beth, ja, sehr wie Beth. Das sagte Miss Zoë oft.«
Ich hatte Nannys erste Aussage früh am Morgen gelesen, und ich dachte auf dem Heimweg darüber nach. Sie war identisch mit dem, was sie mir soeben erzählt hatte, abgesehen von einem Punkt: daß es auch in der Wäschekammer ein Babyfon gegeben hatte. Ich wußte in dem Moment, als sie es erwähnte, daß es wichtig war, konnte jedoch nicht ungestört darüber nachdenken, solange ich bei ihr war. Das bedeutet, daß der einzige Zeitpunkt, an dem sie das Baby nicht hören konnte, der war, zu dem sie die Treppe zur Küche hinunterging, und selbst da befand sie sich eine kurze Zeit vor Beths Tür. Das heißt, daß dies die Zeit von Beths Tod auf die fünf Minuten – im Höchstfall – beschränkt, die Nanny brauchte, die Treppe hinunterzugehen. Was das über die Art des Todes der kleinen Beth

aussagt, dreht mir den Magen um. Bei einem natürlichen Tod, sofern man einen plötzlichen Kindstod natürlich nennen kann, wäre die Wahrscheinlichkeit, daß sie ausgerechnet in diesen wenigen Minuten um Atem rang, gering. Nein, es wäre zu sehr ein Zufall, daß sie gerade während der wenigen Minuten starb, wo niemand sie hören konnte. Es deutet auf Vorsatz hin, auf einen genau berechneten und ausgeführten Plan. Michael hätte tatsächlich einen solchen Plan durchführen können. Er hätte sich nur in Beths Zimmer zu schleichen brauchen, kurz nachdem Nanny daran vorbeigekommen war, und das Baby schnell und lautlos ersticken können, bevor sie die Küche erreichte. Schwierig, unwahrscheinlich, aber nicht unmöglich.

Kaum war ich im Büro angekommen, rief ich Nanny an und bedankte mich für ihre Hilfe.

»Ich weinte, als Sie gegangen waren«, gestand sie.

»Das tut mir wirklich leid, und es tut mir auch leid, daß ich Sie noch etwas fragen muß. Sind Sie jeden Tag etwa zur gleichen Zeit zur Wäschekammer hinauf und jeden Tag ungefähr zur gleichen Zeit wieder in die Küche hinuntergegangen?«

»Genau zur gleichen Zeit. Routine. Ich halte mich immer an meine Routine. So habe ich es gelernt.«

Ich glaube, ich muß demnächst auch mit den beiden Jungen über diesen Tag reden.

Montag, 10. Februar

Ich habe mit Laura darüber gesprochen, und wir waren beide der Meinung, daß uns keine Wahl blieb, als uns mit den Kindern in allen Einzelheiten über diesen Tag zu unterhalten, den Nanny so genau beschrieben hat. Sie sind vielleicht die einzigen, von denen wir Informationen erfahren könnten, die so wichtig sind wie die von Nanny. Laura bereitete sie darauf vor. Sie sagte ihnen, daß ich ihnen am Samstag vormittag einige Fragen über ihre Mutter und ihre Schwester stellen müßte. Andrew entgegnete, daß die Polizei sie nach dem Tod ihrer Mutter befragt hatte. Da erklärte Laura, daß ich das jetzt auch tun müßte, um ihrem Vater zu helfen, und daß es deshalb wichtig sei. Sie sagte, sie habe sich bei den Jungen entschuldigt, weil es ihnen bestimmt sehr naheginge.

Ich hatte ein schlechtes Gewissen, weil ich die Jungen nun noch einmal mit diesen Vorfällen belasten mußte. Ich machte es mir wirklich nicht leicht. Ich schrieb die Fragen auf Karteikarten, die ich auf dem Schreibtisch in meinem Arbeitszimmer, wo das »Interview« stattfinden sollte, immer wieder mischte. Ich machte mir einen Kaffee. Paul brachte Seymour mit, und die Kinder setzten sich nebeneinander auf die Bettcouch, als wären sie Marionetten – ihre Beine reichten nicht einmal auf den Boden.

»Als eure Schwester – am Tag, als eure Schwester starb, was habt ihr da getan?«

»Wir waren im Spielzimmer«, antwortete Andrew, »den ganzen Vormittag.«

»Ja«, sagte Paul.

»Das Spielzimmer vorne im Haus?«

»Ja«, sagte Paul.

»Keiner von euch war zu irgendeiner Zeit im Schlafzimmer, vielleicht um zu lesen? Nanny hatte euch gebeten, leise zu sein, da könnte es doch sein, daß jeder von euch sich allein beschäftigt hat.«

Paul blickte Andrew flüchtig an, dann sagten beide nein, wie im Chor, und erinnerten mich wieder an Marionetten.

»Was habt ihr gespielt?«

»Domino«, antwortete Andrew. »Wir haben Domino gespielt.«

»Und wer hat gewonnen?«
»Ich«, sagte Andrew. »Ich gewinne immer.«
»Hat einer von euch, während ihr gespielt habt, irgendwelche Geräusche vom Treppenabsatz oder aus dem Zimmer eurer Schwester gehört?«
»Nein, das war zu weit weg«, erwiderte Andrew.
»Ihr habt keine Schritte gehört, niemand, der die Treppe hinunterging?«
»Wenn wir was gehört haben«, antwortete Paul, »dann haben wir es nicht bewußt mitgekriegt. Wir spielten.«
»Was geschah, als Mami in Beths Zimmer ging und sie fand?«
»Sie hat geschrien«, sagte Paul, »und wir sind hingelaufen.«
»Durch das Bad und das Schlafzimmer und die Verbindungstür zwischen eurem Schlafzimmer und Beths Zimmer?«
»Ja.«
»Ihr seid also nicht bereits im Zimmer gewesen oder habt an der Tür gestanden, als sie hereinkam?«
»Nein, wir wären gar nicht hineingegangen, weil das Baby geschlafen hat. Wir rannten hin, als wir Mamis Schrei hörten«, sagte Andrew.
»Seid ihr ganz sicher?«
»Ganz sicher«, antworteten beide gleichzeitig mit tonlosen Stimmen.
»Wo war Daddy?«
»Ich erinnere mich nicht«, entgegnete Andrew. »Er war zum Zahnarzt gegangen. Und zurückgekommen ist er, bevor der Rettungswagen da war.« Ich befragte die Kinder besonders eindringlich nach der Verbindungstür, denn aus Zoës polizeilicher Aussage geht nicht hervor, wann genau sie die Jungen an der Tür hatte stehen sehen. Es könnte sein, daß sie es ein wenig durcheinanderbrachte, denn es ist viel

wahrscheinlicher, daß die Kinder durch ihren Schrei alarmiert wurden und dann herbeirannten. Hätten sie die Leiche vor ihr entdeckt, wäre Zoës Aussage völlig anders gewesen. Aber so hatten sie keinen Grund gehabt, Beths Zimmer zu betreten.
Ich frage mich jedoch, ob die Kinder die Leiche nicht doch sahen und nicht so schnell aus dem Zimmer verscheucht wurden, wie Zoë angab. Es würde erklären, weshalb beide so verstört sind. Zoë war vor Schmerz so durcheinander, daß sie wahrscheinlich gar nicht imstande war, sich an die richtige Reihenfolge der Ereignisse zu erinnern. Andererseits möchte ich ihre Version nicht anzweifeln. Wie Nanny sagte, wenn ein Tag so schrecklich und einschneidend ist, vergißt man nichts darüber. Und Zoë mußte ihre Aussage kurze Zeit danach machen. Nur jemand, dem diese Kinder viel mehr vertrauen, kann mehr aus ihnen herausbringen.
»Wie war Mami danach?«
»Sie war sehr glücklich«, sagte Paul. »Und sehr beschäftigt. Ich habe sie nicht sehr viel gesehen.«
»Wir suchten ein Pony«, erklärte Andrew.
»Gibt es sonst noch etwas, das ihr mir über diese Zeit erzählen wollt – über Daddy?«
»Nein.«
»Über Mami? Über den Tag, an dem sie starb? Was ist an jenem Tag geschehen?«
»Ich war vor der Tür«, sagte Paul, »als Daddy mit der Pflegerin hineinging.«
»Du weißt, daß ich in meinem Atelier war«, sagte Andrew. »Sie holten mich erst, nachdem sie weggebracht worden war.«
Ich spürte, wie sie sich mir gegenüber verschlossen. Je mehr ich diese Kinder sehe, desto merkwürdiger erscheinen sie mir. Ich weiß nicht, was ich machen soll, um irgend etwas von ihnen zu erfahren. Ich habe das Gefühl, daß ich keinen

Schritt weitergekommen bin, im Gegenteil. Vielleicht habe ich zu förmlich mit ihnen gesprochen, ich hätte mich spontan geben sollen, um herauszufinden, was sie über jene Zeit wissen. Es gefällt mir gar nicht, mich so machtlos zu fühlen, beinah ausgetrickst.

Sonntag, 16. Februar

Ich wurde heute morgen von einem fernen Weinen wach. Laura schlief tief und fest. Ich tapste hinunter zu meinem Arbeitszimmer, das ich Paul überlassen habe. Er weinte im Schlaf, und ich befürchtete, es würde ihn zu sehr erschrecken, wenn ich ihn aufweckte. So blickte ich nur hilflos von der Tür aus auf ihn.

19. Februar

Immer mehr komme ich zur Überzeugung, daß die Kinder der Schlüssel zu diesem Fall sind, und ich mache mir ständig Vorwürfe, daß mir das nicht schon früher bewußt wurde, und daß es mir nicht gelingt, auch nur einen wichtigen Hinweis aus ihnen herauszubekommen. Wäre es möglich, daß sie irgendwie etwas mit diesen Todesfällen zu tun haben, daß sie Zeugen eines unvorstellbaren Verbrechens waren?

20. Februar

Der Termin für die Verhandlung wurde jetzt festgesetzt – 28. Juni – früher als ich dachte.
Es bleibt nicht mehr viel Zeit, deshalb habe ich beschlos-

sen, mit Michael über die Jungen zu reden. Aber von meinem Besuch bei Nanny werde ich ihm nichts sagen.

21. Februar

Michael hat sich angewöhnt, leise zu reden, als hätte er Angst, belauscht zu werden.

»Was Neues?« fragte er mich.

»Nein.«

»Wie geht es den Jungen? Andrew hat mich seit dem ersten, einzigen Mal immer noch nicht besucht. Er hat nächsten Monat Geburtstag.«

»Ich weiß. Vielleicht sollten wir ihn das nächste Mal einfach mitnehmen. Was meinst du?«

»Ich möchte nicht, daß er dazu gezwungen wird, aber ich mache mir Sorgen, ich würde gern sein Gesicht sehen.«

»Gut, dann wird Laura ihn herbringen. Was ist mit Pauls Besuchen?«

»Wir strengen uns beide erstaunlich an – reden Belangloses, verbergen, was wir empfinden.«

»Glaubst du, er verbirgt etwas Bestimmtes, das Zoë betrifft?«

»Vielleicht bilde ich es mir ja nur ein, aber ich habe das Gefühl, daß er Geheimnisse hat. Ich weiß nicht warum oder welche es sein könnten. Ich weiß auch nicht, ob sie irgend etwas mit dem zu tun haben, was wir gern erfahren möchten, was für uns wichtig ist, oder ob sie ganz einfach Teil seiner eigenen Seelenqual sind, seiner Erinnerungen an den Sommer.«

»Hast du versucht, ihn dazu zu bringen, daß er darüber mit dir redet?«

»Ja, anfangs – aber es ist sinnlos. Und ich möchte nicht, daß er aufhört, mich zu besuchen, denn es tröstet uns beide. Also tu' ich jetzt, als bemerke ich nicht, wie er sich quält. Ja, so sieht es aus. Wie ist er bei dir und Laura?«

»Sehr zurückhaltend. Ich weiß nicht, ob ich es dir bereits gesagt habe, aber er will nicht mehr auf dem Speicher schlafen, will offenbar nicht mehr mit seinem Bruder zusammensein, zieht sich zurück. Sie reden überhaupt nicht miteinander.«

»Sie standen einander nie sehr nah.«

Wir schwiegen eine Zeitlang, dachten darüber nach, wie schwierig es oft ist, auch geliebten Menschen gegenüber die richtigen Worte zu finden.

»Was ist mit dieser Psychiaterin, Lillian? Meinst du, er würde sich ihr anvertrauen?«

Er rieb die Daumen über die geschlossenen Lider und seufzte.

»Nein. Er haßte sie. Es wundert mich, daß du so etwas überhaupt fragst, Felix. Du weißt doch, welch ein Scharlatan sie ist! Tatsächlich ist mir da gerade eingefallen – ich verstehe nicht, wie ich so etwas vergessen konnte –, daß Paul mir erzählte, sie habe ihm etwas gesagt, das er niemandem weitersagen dürfe. Er mußte es ihr versprechen. Erinnerst du dich nicht? Es steht in meinen Aufzeichnungen.«

»Nein, ich habe es wohl nicht für wichtig gehalten. Es tut mir leid. Warum hast du mich nicht daran erinnert?«

»Ich hab's einfach vergessen. Zu schmerzlich, vermute ich. Ich erinnere mich an manches und vergesse es dann wieder. Mit einigen Dingen beschäftige ich mich ständig, andere scheinen zu verblassen. Ich versuche, Lillian nicht zu sehr zu hassen, ich denke Schlimmes über sie, stochere in alten Wunden. Sie hat mir das Leben bereits genug zur Hölle gemacht.«

»Ich werde Nachforschungen anstellen und alles über sie

herausfinden – aber ich sorge dafür, daß sie es nicht erfährt. Ist dir das recht?«

»Ja, natürlich.«

»Bist du sicher, daß du keine weiteren Einzelheiten von Paul erfahren hast? Ist das alles, was geschehen ist?«

»Das ist alles.« Ich weiß nicht, ob ich ihm glauben kann, ob er nicht etwa noch lügt. Ich frage mich, weshalb Michael mich noch immer anlügt – schließlich ist Verschweigen nur eine Form der Lüge.

Ich habe dafür gesorgt, daß mein Team gründliche Nachforschungen über Lillians Leben anstellt. Damit hätte ich bereits vor Wochen anfangen müssen, gleich nach ihrem merkwürdigen Besuch und diesem Brief an Paul, in dem sie ihn wahrscheinlich warnte, den Mund zu halten. Laura hat versprochen, nochmals mit den Jungen zu reden, und hofft, daß sie sich ihr anvertrauen.

Ich bin völlig fertig und will nur noch ein Glas Whisky und dann ins Bett.

25. Februar

Laura rief heute abend an und erzählte mir, daß Andrew regelrecht aufblüht. Er reitet bei jeder Gelegenheit aus und beschäftigt sich stundenlang auf dem Speicher mit Zeichnen und auch mit Schreiben, wie er ihr erzählt. Pauls Elend scheint er nicht einmal zu bemerken.

»Andrew müßte eigentlich so unglücklich wie Paul sein, aber das liegt nicht in seiner Natur. Er hat es entweder völlig verdrängt oder überwunden, ich weiß es nicht, jedenfalls quält es ihn nicht. Er fühlt sich wohl, und darüber sollten wir uns freuen. Und für sein Alter ist er eigentlich ein sehr angenehmer, lustiger Gesprächspartner. Ich kann es nicht erklären, aber er ist sehr einfühlsam und taktvoll. Er drängt sich nie auf, doch ich möchte bei seinen Spielen und Einfällen immer mitmachen, wenn er mich läßt. Er ist irgendwie unwiderstehlich.«

»Wie geht es Paul?«

»Heute abend brachte ich ihm heiße Milch und Schokoladenkekse ans Bett und setzte mich neben ihn, während er aß und trank. Wenn seine Augen auf mir ruhen, meinen Gesten folgen, ist so viel Gefühl in ihnen, daß – ich kann es nicht beschreiben – es mich belastet. Ich deckte ihn zu und küßte ihn und fragte, ich weiß nicht warum, ob er betete. Er antwortete, früher ja, und ich fragte ihn, ob er glaubte, daß sein Daddy sich freuen würde, wenn er es täte. Er sagte ja, und wir beteten das Vaterunser. Dann fragte er: »Laura, glaubst du, daß es möglich ist, alle Schuld zu vergeben?« Ich sagte, das wisse ich nicht, aber wir müßten es versuchen, und ich fragte ihn, ob er dabei an etwas Bestimmtes dachte, und er antwortete nein. Dann zog er die Knie unter der Decke an und drehte sich zur Wand. Aber ich glaube, er hat gezögert, wenn auch bloß den Bruchteil einer Sekunde, und ich dachte, er würde sich mir anvertrauen.« Ich beruhigte Laura und sagte, daß sie es sehr gut mache, und sie erwiderte: »Ich tue mein Bestes, aber ich bin mir nicht sicher, daß ich überhaupt wissen möchte, was er mir vielleicht hätte sagen können.«

Donnerstag, 27. Februar

Erhielt heute folgendes Fax von Laura:

> *Liebling,*
> *es ist Dir vielleicht aufgefallen: Der Februar ist fast vorüber.*
> *Ich bin heute nachmittag lange ausgeritten, es hat mir sehr gutgetan. Tenacius trabte auf dem nassen Pfad, das Wasser floß im*

Tauwetter. Kaum ein Lüftchen, die Wolken segelten hoch am Himmel, die Sonne war verschleiert. Die Welt fängt wieder an zu riechen – der feuchte Boden, das feste Unterholz im Wald, auf dem die Hufe herrlich dumpf aufschlagen, die Zweige knacken, scheuchen Vögel hoch. Tenacius warf den Kopf zurück, schnaubte und tat, als wäre er erst fünf und scheu wie ein Reh. Wir galoppierten glücklich ein Weilchen neben der Wiese am Bach dahin, wo er sich der Furt nähert. Es war ein wunderbarer kurzer Galopp voll verhaltener Energie; der Wind wehte weich und feucht in mein Gesicht. Es gab viele neue Kaninchenbaue, Krokusse und Schneeglöckchen reckten bereits die Stengel aus dem Boden. Alles rundum drängte dem Frühling entgegen und zog meinen Blick an. Soviel von mir liegt im Winter brach, und dieser Winter war so unerwartet hart. Ich liebe meinen alten Gaul, weil er mich das alles vergessen läßt und mir diesen wunderbaren Ritt beschert hat. Auf gewisse Weise war es eine völlig neue persönliche Erfahrung, aber ich wollte Dir davon erzählen, statt Dir immer nur Betrübliches von zu Hause zu berichten und Deine Sorgen zu vergrößern. Ich backte Ingwerkuchen zum Tee – er war wirklich gut. Andrew und ich aßen so viel davon, daß wir glaubten, wir würden platzen. Paul nahm sein Stück mit auf sein Zimmer und schien eigentlich recht zufrieden zu sein. Vielleicht geht es endlich aufwärts.

Ich werde bald anfangen müssen umzustechen, um die Blumenbeete anzulegen.

Ich liebe Dich,
Deine Laura

Laura gestaltet den Garten um. An der Hausseite, wo wir unsere neue Schiebetür haben, befindet sich zwar bereits ein schmaler Garten, aber er ist nicht nach ihrem Geschmack, vor allem mag sie den Steingarten nicht. Sie will dort alles ausstechen und nur Rosen, Lavendel und Kletterpflanzen einsetzen. Hinter dem Haus befindet sich der größere Garten, zu dem die Fenster unseres Schlafzimmers

und der Küche schauen. Er hat eine leichte Hanglage mit einem bleichen Rasen und schmalen Blumenbeeten, gesäumt von einer hübschen Steinmauer, ist aber sehr verwahrlost. Dort will Laura eine Terrasse anlegen und farbenfrohe Blumenrabatten. Das ist ihr Frühjahrsprojekt. Hinter diesem Garten erstreckt sich die Wiese, entlang deren Zaun schöne Obstbäume wachsen, einige so alt, daß wir sie durch junge ersetzen müssen. Wir haben wirklich Glück, es ist ein herrlicher Ausblick, und wir sind völlig ungestört.
Mir fehlt Laura so sehr, daß es weh tut. Ich möchte wissen, warum ich hier arbeite, so weit von ihr entfernt, es ist idiotisch. Wenn wir mal ein Kind bekommen, wird sie während der Woche eine alleinerziehende Mutter sein. Warum haben wir nicht daran gedacht, als wir uns zu dieser Wochenendehe entschlossen? Aber ich habe vergessen, daß wir damals die Jungen noch nicht hatten.

Freitag, 28. Februar

Ich habe den Bericht über Lillian vor mir auf dem Schreibtisch liegen. Es ist elf Uhr dreißig. Ich habe ihn bereits mehrmals eingehend gelesen, aber ich möchte auch darüber schreiben. Was für ein bewegtes Leben sie geführt hat! Sie ist in eine Familie aus der grundehrlichen, armen Arbeiterklasse im Norden Englands geboren. Beide Eltern sind bereits tot. Sie ist das einzige Kind nach einer langjährigen Ehe. Ich weiß nicht, aber ich könnte mir vorstellen, daß sie sehr geliebt wurde. Sie heiratete bereits mit neunzehn einen Arzt, der sie – wie ich aus dem Bericht schließe – ermutigte, Medizin zu studieren. Er scheint ein sympathischer, obgleich langweiliger Mann gewesen zu sein. Nach Abschluß ihrer Studien wanderten sie nach Südamerika aus, wo sie sich einen sehr guten Ruf als

aufopferungsvolle, tatkräftige und mutige Ärztin erwarb. Sie zeichnete sich dort durch ihren Einsatz während mehrerer Hungersnöte und als Ärztin in diversen Bürgerkriegen und Revolutionen aus. Sie hatte mit ihrem Mann zwei Kinder, ein drittes starb im Säuglingsalter (das habe ich bereits so nachdrücklich unterstrichen, daß die Bleistiftmine abbrach). Das warf sie völlig aus der Bahn. Sie erlitt einen schweren Nervenzusammenbruch, gab ihre Praxis auf. Auch ihre Ehe scheiterte.
Und jetzt kommt der interessante Teil: Sie verläßt ihren Mann und ihre Kinder – sie waren damals sechs und acht – und kehrt nach England zurück. Sie beginnt eine Ausbildung als Psychiaterin. Ihr Mann ist finanziell sehr großzügig, so kann sie sich ganz auf ihr Studium konzentrieren. Nach dem Abschluß bekommt sie eine Stellung in einer psychiatrischen Privatklinik in Reading. Aber die Stadt ist ihr bald zu eng und provinziell – sie wird abgeworben, zieht nach London und nimmt einen Posten in einem Privatkrankenhaus an. Außerdem macht sie eine eigene Praxis auf. Sie läßt sich von ihrem Mann scheiden und versucht gar nicht, das Erziehungsrecht für die Kinder zu bekommen. Aus dem Bericht geht nicht hervor, ob sie sie nach ihrer Abreise aus Südamerika je wiedergesehen hat. Nach ein paar weiteren erfolgreichen Jahren verliebt sie sich, diesmal in einen Patienten, einen schweren Alkoholiker mit noch schwereren Depressionen. Sie beginnen ein Verhältnis, während sie ihn noch behandelt; das verstößt gegen jegliche medizinische Ethik. Die Affäre wird entdeckt, und Lillians Fall kommt vor ein Komitee. Bei der Anhörung sagte sie, laut Protokoll: »Ich behalte mir das Recht vor, mich zu verlieben, in wen ich will.« Sie wird von der Ärztekammer mit keinem Berufsverbot belegt, entgeht diesem Urteil aber nur um Haaresbreite. Man munkelt im Milieu von Korruption, und das Establishment wendet

ihr den Rücken zu. Sie und ihr ehemaliger Patient heiraten in aller Stille und ziehen in ihr sehr großes Haus am Stadtrand zusammen. Neun Monate später begeht er Selbstmord. Es wird festgestellt, daß er trotz seiner psychischen Störung, gegen die eine Behandlung mit Antidepressiva empfohlen wird, in seinen letzten Tagen nichts dergleichen eingenommen hatte. Als Lillian befragt wird, erklärt sie nur, daß sie seine Frau, nicht mehr seine Ärztin sei und keine Verantwortung trage. Es läßt sich keine Fahrlässigkeit beweisen. Außerdem darf jeder selbst entscheiden, ob er Medikamente einnehmen will oder nicht. Aber Lillians zunehmendes Interesse an alternativen Heilmethoden ist gut dokumentiert. Sie beschäftigt sich mit Visualisierungstechniken, Hypnose, obskuren Diäten, Affirmationen, ätherischen Ölen, Massage, sogar mit Kristallen. Sie fängt an, all ihre Patienten ohne Medikamente zu behandeln. Sie nennt sich nun Heilerin. Es gibt Hinweise, daß dies Folgen für sie haben könnte, doch ehe es soweit kommen kann, kündigt sie fristlos ihre Stellung im Krankenhaus und konzentriert sich darauf, ihre Privatpraxis auszubauen. Drei Jahre später tritt sie in Zoës Show auf. Sie behandelt Zoë. Zoë stirbt.

Es ist nicht schwierig, daraus zu folgern, daß der Suizid ihres Mannes Lillians strenggehütetes Geheimnis ist. Kein Arzt würde wollen, daß so etwas in der Öffentlichkeit bekannt wird. Aber warum sollte sie Paul davon erzählen – wenn dies tatsächlich ihr gemeinsames Geheimnis war. Menschliches Verhalten ist jedoch selten logisch. Vielleicht drängt es sie dazu, ihre Geschichte dann und wann einem Fremden zu erzählen. Und der Fremde zu dem Zeitpunkt war gerade Paul. Sie brauchte keine Angst zu haben, sich in ihrer eigenen Praxis einem ängstlichen, schüchternen kleinen Jungen anzuvertrauen – er war keine Bedrohung für sie. Der Selbstmord ihres Mannes und Beths

Tod, irgendwie muß das eine Beziehung zwischen Lillian und Paul geschaffen haben, und da stand sie wieder im Rampenlicht. Hat sie es ihm erzählt in der Hoffnung, ihn von seinen Gewissensbissen zu befreien, weil er sich einbildete, am Tod seiner kleinen Schwester schuld zu sein? Ich glaube zwar nicht, daß ihre Motive je so selbstlos waren, aber möglich wäre es natürlich.

Jedenfalls enthalten diese Fakten genügend Brisanz, um Lillians Glaubwürdigkeit vor Gericht ins Wanken zu bringen. Es wird mir eine Befriedigung sein, mit allen gesetzlichen Mitteln gegen diese Frau vorzugehen. Mir sind die Zigaretten ausgegangen. Es ist jetzt drei Uhr früh. Ich bin bedrückt, wenn ich mir all das durch den Kopf gehen lasse, wird mir richtig übel; die arme Zoë und ihr winziges Baby, diese schreckliche Frau und ihre Rolle in unserem Leben. Für mich, für uns, besteht kein Grund, Angst vor ihr zu haben. Von all dem wird Lillian erst vor Gericht erfahren, und es gibt keinen Anlaß, mich vorher mit ihr zu treffen. Sie würde sowieso nichts gegen uns unternehmen, das weiß ich. Ich bin nur entsetzlich wütend, daß eine solche Verrückte sich zur großen Schamanin ernennt und einen derart großen und verhängnisvollen Einfluß über so viele Menschen haben kann. Und das im Namen der mitfühlenden Menschlichkeit, obwohl es ihr in Wirklichkeit nur um Geld und Macht geht. Übrigens ist ihr Honorar jetzt, laut Bericht, pro Stunde zweihundert Pfund. Wie viele Seelen hat sie von sich abhängig gemacht? Eigentlich ist es sinnlos, daß wir das alles jetzt erfahren, es bringt Zoë nicht mehr zurück. Aber ich darf nicht vergessen, daß es Michael und Paul vielleicht helfen kann.

Ich fühle mich einsam und habe Angst, als stieße ich auf etwas – ich weiß nicht recht – Unabänderliches, vom Schicksal Vorherbestimmtes. Ich sollte jetzt wohl besser schlafen und das Melodrama fürs Gericht aufheben.

4. März

Ich sprach gleich als erstes heute morgen mit Laura. Glücklicherweise weckte ich sie nicht auf, sie war bereits aufgestanden, um dem Mann mit dem Bagger Anweisungen zu geben, wie er die Terrasse ausheben soll. Sie klang sehr erwartungsvoll, und ich fühlte mich gleich besser, als ich ihre Stimme hörte.

London, 9. März, spät Sonntag nachts

Eine äußerst arbeitsreiche Woche. Ich hatte wenig Zeit, an Michaels Fall – bzw. Zoës Fall, wie Laura ihn jetzt nennt – zu denken. Ich war sehr beschäftigt mit anderen Dingen, was ganz gut ist. Aber als ich am Freitag heimkam, unterhielten Laura und ich uns bis ziemlich spät bei einem Glas Weinbrand vor dem Kamin. Ich glaube, sie kann das Ganze jetzt viel besser verarbeiten, und ihr ist bewußt, wieviel über Zoës Leben und Tod wir noch herausfinden müssen. Aber wir müssen geduldig sein und stark, und es wäre sinnlos, uns mit Selbstvorwürfen zu plagen und dadurch vielleicht unser Ziel aus den Augen zu verlieren. Wir sind nun beisammen und unerschütterlich, das ist das Wichtigste.

Heute nachmittag ist etwas geschehen, das uns alle bestürzte. Ich bemühe mich sehr, es zu verstehen, so erschreckend es auch ist. Heute ist Andrew zwölf geworden. Laura hat eine Geburtstagstorte für ihn gebacken, die sie mit Schokoladestreusel verzierte. Sie meinte, daß wir diesen Tag richtig feiern müßten, das sei wichtig. Wir dachten an Andrews Hobby und schenkten ihm Pinsel, Farben und ein Sweatshirt. Von Michael kam eine Geburtstagskarte im Umschlag mit einem Brief, den Andrew uns allerdings nicht zeigte. Paul schenkte ihm ein Buch. Ich weiß nicht, ob ich das bereits erwähnt habe, aber vor kurzem bat er Laura, ob er wieder auf der Bettcouch in meinem Arbeitszimmer schlafen dürfe, und obwohl sie ihm das inzwischen fertige leere Zimmer anbot, erklärte er ihr, daß er lieber im Parterre sein wolle, wo er sich sicher fühle. Da Paul selten um irgend etwas bittet und sie ihn auch nicht mit einem Nein vor den Kopf stoßen wollte, willigte sie ein. Sie sagt, er hält den Speicher für Andrews Reich. Andrew hat bereits gut die Hälfte als sein Atelier in Beschlag genommen. Trotz der vielen Zeit, die er da oben verbringt, durften wir uns noch kein einziges Mal dort umsehen. Jedesmal wenn Laura ihn bat, lehnte er es schroff ab. Es ist merkwürdig, daß die Kinder so verschlossen und geheimnisvoll tun, Zoë war ein so offenherziger Mensch, und Michael ist es ebenfalls. Manchmal erscheinen sie mir mit ihrer verhaltenen Höflichkeit und ihrer Schweigsamkeit gar nicht wie Kinder. Sie spielen auch nicht wie andere Kinder. Ich erinnere mich, daß ich in ihrem Alter ständig neue Spiele erfand, um die Zeit zu vertreiben und mich nicht einsam zu fühlen. Aber ich bin vom Thema abgekommen.

Vor dem Lunch, als Andrew von seinem Ausritt heimgekommen war, verkündete er, daß er uns am Nachmittag, nach seinem Geburtstagstee, eine Freude machen und uns eine Ausstellung seiner Bilder zeigen wolle. Das überraschte uns. Laura errötete sogar vor Freude über dieses Zeichen seines Vertrauens. Ich bin überzeugt, daß er alles lange geplant hatte, und seine Zielstrebigkeit erinnerte mich an Zoë. Ich war neugierig. Ich mochte Zoë gerne, und ich muß zugeben, daß Andrew zweifellos das feingeschnittene Gesicht, die kleine Nase und die schönen dunkelblauen Augen seiner Mutter hat, aber es ist ein abweisendes, verschlossenes Gesicht. Zoës Gefühle überflogen ihr Gesicht in rascher Folge, aber wie Jeffrey sagt, das minderte ihren beruflichen Erfolg in keiner Weise, denn auch ihr Machtbewußtsein zeichnete sich auf einschüchternde Weise ab. Ich muß jetzt ständig an Andrew denken, er geht mir nach den Ereignissen am Nachmittag einfach nicht aus dem Kopf. Ich sehe die Szene ständig vor mir: der verschlossene, wachsame Ausdruck seines Gesichts, diese wohlüberlegte Art, sich auszudrücken.

Es ist hell da oben, sogar in der Märzsonne. Unsere Augen mußten sich erst an dieses Licht gewöhnen. Es dauerte bestimmt gut zwei Minuten, ehe wir begannen, die Bilder zu betrachten, die alle sorgfältig angeordnet waren – es war alles, woran er gearbeitet hat, seit er bei uns ist. Dunkle Kohlezeichnungen und seltsam fahle Kreideskizzen waren an die Wand gelehnt oder lagen auf dem Boden wie Mosaiksteine oder Teile eines riesigen Puzzles. Zunächst waren wir verwirrt und verstanden nicht weshalb. Wir waren überwältigt von den lebensnahen Bildern, die er von Zoë gemacht hatte, nur daß sie erst hier bei uns entstanden waren. Da war Zoë, wie sie ein T-Shirt über den Kopf zog und den Arm noch im Ärmel hatte; wie sie sich über die Badewanne beugte, während das Wasser einlief; wie sie im Bett saß und an einer Tasse nippte, das Radio neben sich auf dem Nachttisch; wie sie Pflanzen einsetzte; wie sie jätete; wie sie an ihrem Schreibtisch arbeitete; wie sie telefonierte; wie sie Seymours Kopf streichelte. Aber diese Bilder waren keine Erinnerungen, sie zeigten unseren Lebensbereich. Wir konnten unsere Küche erkennen, den Ofen, die Tür, die zur Terrasse führt, unseren Eckkamin im Wohnzimmer, sogar den Fensterplatz in unserem Schlafzimmer. Und doch war es ganz offensichtlich Zoë, die unser Haus bewohnte, Zoë, die in allen Bildern zu sehen war. »Ich verstehe es nicht. Wieso ist Zoë hier?« fragte Laura. Röte begann ihren Hals hochzusteigen, und Flecken

breiteten sich dunkel aus. »Diese Skizzen sind aus unserem Leben hier gegriffen, sie sieht aus wie ich!«
»Mamis Kopf, dein Körper. Ich kann mich an ihr Gesicht erinnern, aber ich brauchte dich für die Körperhaltung, um sie lebendig aussehen zu lassen.« Andrew stand dicht neben Laura, er blickte zu ihr hoch und lächelte. Ich wollte ihn von ihr wegschieben, wurde jedoch von einem Murmeln abgelenkt, das von Paul kam. Der Reihe nach trat er vor jedes Bild, betrachtete es eingehend, dabei flüsterte er vor sich hin wie ein alter Mann: »Hübsche Mami«, »Mami denkt nach«, »Kluge Mami ...« und dann »Mami allein«. Er streckte die Hand aus, wie um ihr Gesicht zu berühren, doch seine Finger hielten etwa zehn Zentimeter davor an. Andrew achtete nicht auf Paul, sondern starrte weiter Laura an und lächelte fast kokett.
»Ist das nicht eine gelungene Überraschung?« fragte er.
»Du bist ein sehr geschickter Maler und Zeichner«, antwortete ich. »Aber der Anblick der Bilder regt deinen Bruder zu sehr auf, ich glaube, wir sollten sie uns ein andermal genauer ansehen.« Laura und ich nahmen den völlig benommenen Paul zwischen uns, keilten ihn fast ein und brachten ihn aus dem Atelier. Andrew folgte uns nicht nach unten. Laura verschwand rasch in unser Schlafzimmer und schloß die Tür, und ich ging mit Paul hinunter in die Küche, wo ich anfing, die Überreste der Geburtstagstorte wegzuräumen und den Kessel für frischen Tee aufzusetzen. Ich brauchte etwas, womit ich mich beschäftigen konnte, das uns beiden helfen würde, uns ein wenig zu beruhigen. Paul war kreidebleich. »Die Bilder waren irgendwie erschreckend, nicht wahr?« sagte ich.
»Ja.« Das Kind hob die Katze hoch, die ausgestreckt vor dem Herd lag, und drückte sie fest an die Brust. Das Tier schien es nicht sonderlich zu mögen, aber es protestierte nicht.

»Ein ziemlicher Schock.«
»Ja.«
»Es tut mir leid. Laura und ich hatten keine Ahnung.«
»Das hat er mit Absicht gemacht.« Er blickte nicht mich an, als er es sagte, sondern Seymours Kopf.
»Wahrscheinlich. Er wollte, daß die Bilder wirklich wie sie aussehen. Er liebte die Mami sehr.«
»Sie liebte ihn.« Er blieb mitten in der Küche stehen und schob die Katze auf seine Schulter, als wäre sie ein Baby, das sein Bäuerchen macht. Er begann, sie mit monotonen Bewegungen zu streicheln, und die Katze ließ es geduldig über sich ergehen. Als ich seinen Tee auf den Küchentisch stellte, nahm er rasch die Tasse und verließ – mit Seymour immer noch über der Schulter – die Küche. Ich hörte, wie er die Tür meines Arbeitszimmers schloß. Dann trug ich Tee für Laura hinauf. Ich nahm auf dem Fenstersitz Platz und blickte sie an, wie sie so im Bett saß, sich die Nase putzte und ihre Augen trocknete. Sie erinnerte mich an eines der Bilder, nur daß ihr eigener Kopf auf ihren Schultern saß.
»Ich wünschte, ich müßte nicht weinen. Es ist ein Zeichen von Schwäche. Wie geht es Paul?«
»So still wie immer«, antwortete ich.
»Ich verstehe nicht, warum Andrew das getan hat. Es war grausam.«
»Um die Erinnerung an seine Mutter lebendiger zu machen.«
»Das glaube ich nicht. Es waren keine Erinnerungen – das ist eine Lüge –, die Bilder stellten mich dar, er hat sie hier gemalt. Ich fühlte mich so geschmeichelt, daß er mich zeichnete, erinnerst du dich? Ich dachte, er tat es, weil er sich hier eingewöhnt hatte, weil ihm das Leben hier zu gefallen begann. Aber dann Zoës Kopf hinzuzufügen! Wie ist er bloß auf so eine Idee gekommen?«

»Ihr Tod hat ihn aus dem Gleichgewicht gebracht. Er will sich an sie erinnern, er will nicht, daß sie stirbt.«

»Hör auf mit dem Psycho-Quatsch. Das ist nicht wirklich, was du denkst – das ist Unsinn. Es ist eine gegen uns alle gerichtete aggressive Geste, mit der er uns ganz bewußt Angst einjagen will.«

»Er ist nur ein Kind, Laura.«

»Ein geistig krankes Kind. Ich mag ihn nicht.«

»Er hat dir weh getan, darum interpretierst du viel zuviel hinein. Wir müssen ein wenig auf Distanz gehen, um den richtigen Überblick zu gewinnen. Wir haben uns nie vorgemacht, daß es leicht sein wird, und wir dürfen jetzt nicht an unsere eigenen Gefühle denken. Ob wir ihn mögen oder nicht. Aber wir müssen uns um ihn kümmern, weil wir es seinem Vater versprochen haben.«

»Das weiß ich.« Laura nickte. »Ich werde mir jetzt das Gesicht waschen und mich beruhigen, und dann werde ich es alles bestimmt anders sehen.« Als sie zurückkam, schlang sie die Arme um mich.

»Er hat uns jedenfalls gestattet, seine Mutter so zu betrachten, wie sie in seiner Erinnerung lebt«, sagte ich.

»Ja. Ich werde nicht mehr darüber nachdenken. Ich werde hier oben bleiben und mir eine Zeitschrift vornehmen.«

»Gut. Und ich räume unten auf.«

»Paul wird dir dabei helfen. Das ist gut für ihn.« Sie lächelte mich an.

Ich sagte das nicht zu Laura, aber wenn noch irgend etwas Merkwürdiges geschieht, und ist es noch so geringfügig, werde ich Michael vorschlagen, Andrew zu einem guten Kinderpsychologen zu bringen. Und Paul am besten auch.

11. März

Ich fuhr Andrew heute zu seinem Vater. Es war eine ziemlich schweigsame Fahrt. Die Landschaft freudlos und düster. Ich wartete im Wagen auf ihn, ich hatte absolut keine Lust, die Strafanstalt zu betreten, und zeigte mich dadurch – das muß ich leider zugeben – ziemlich feige.

Aus irgendeinem Grund war Andrew auf dem Heimweg sehr gesprächig, nicht daß er über seinen Vater sprach, nein, er fragte mich über meinen Beruf aus, wie lange man studieren mußte, über Gerichtsverfahren, warum es Geschworene gibt und ob Richter immer gute Menschen sind. Er hat eine sehr rasche Auffassungskraft, sein Verstand springt gekonnt von einem Gedanken zum nächsten, es macht ihm großen Spaß, zu analysieren und Folgerungen zu ziehen, als sei die Information erst dann interessant, wenn er etwas daraus gemacht hat. Er entwickelt Theorien, denkt mit. Er gibt an. Anzugeben ist nicht verkehrt. Das dürfte ich am besten wissen. Ich fragte ihn, ob er daran interessiert sei, später Anwalt zu werden. Er verneinte es, so fragte ich ihn, was er werden wolle, wenn er erwachsen ist.

»Ich denke nie daran, erwachsen zu werden«, erwiderte er.

Das war eine so eigentümliche Antwort, daß ich verstummte.

Michael zeigte sich in seinem nächsten Brief sehr angetan darüber, daß Andrew während seines Besuchs so glücklich, ruhig und gesetzt gewirkt hatte. Er habe fast zärtlich von Laura und Blackie gesprochen und vom Speicher und dem Garten. »Zärtlich gesprochen« – was in aller Welt wird dieses Kind als nächstes anstellen?

13. März

Etwas dermaßen Schreckliches ist passiert, daß es mir schwerfällt, es niederzuschreiben. Gestern stürzte Paul aus dem Speicherfenster. Wir wissen nicht, wie es geschehen konnte, aber er ist nicht tot. Er starb nicht. Er ist bewußtlos. Die Ärzte glauben, daß das Koma dem Schock zuzuschreiben ist, und daß, soweit sie feststellen konnten, die Wirbelsäule unverletzt ist. Arme und Beine sind gebrochen. Zum Glück hatten die Arbeiter beim Terrassenbau Erde aufgehäuft, und das hat seinen Sturz gedämpft. Wenn er auf die herumliegenden Pflastersteine gefallen wäre, hätte er keine Überlebenschance gehabt. Laura war bei Michael und hat es ihm erzählt. Ich fühle mich einfach dumm, dumm, dumm. Das Fenster ist gefährlich, weil es sich nur wenige Zentimeter über dem Fußboden des Zimmers befindet. Aber wir glaubten, die Jungen wären alt genug. Wir hätten doch nie gedacht … Und wenn er mit Absicht … Aber das dürfen wir gar nicht denken. Wir haben uns so bemüht, sein Leid zu lindern, es mit exakt durchdachter Fürsorge zu heilen. Wir dachten, es ginge ihm besser. Wir dachten. Wir waren Idioten. Wir, die wir für den Jungen verantwortlich sind, haben ihn in Gefahr gebracht. Wir haben ihn nicht beschützt. Es ist unsere Schuld. Die Ärzte meinen, daß er nicht sterben wird. Sie glauben auch an keine anhaltende Schädigung des Gehirns. Sie halten es nur für ein Trauma – so nennen sie es – »nur ein Trauma«.

Laura sitzt an seinem Bett, hält seine Hand, redet zu ihm und liest ihm vor. Wenn ich ihn besuche, setze ich mich neben Laura, und sie sagt mit Nachdruck: »Es ist nicht unsere Schuld.« Und einmal sagte ich daraufhin – es war am Anfang: »Das nächste Mal wirst du noch sagen, es wäre Gottes Wille.« Sie nimmt mir meinen Zorn nicht übel. Laura, die plötzlich geduldige Fatalistin, gibt mir nicht die

Schuld, aber ich mache ihr Vorwürfe, weil sie nicht den Mut hat, sich die Schuld zu geben, so wie ich mir die Schuld gebe. Natürlich weiß ich, daß sie sich nicht vor dem Leid gedrückt hat: Sie leidet um Paul, sie leidet selbstlos aus dem Herzen, nicht aus Egoismus. Ich bin in solchen Situationen fehl am Platz, frage nur wütend, was alles hätte sein können; sie dagegen hilft, sie sitzt bei ihm, was ich nicht könnte, sie sieht das Schweigen, die geschlossenen Augen, das zerschundene Gesicht, die abgebrochenen Fingernägel, die vom Aufprall aufgeschürften Hände und die Decke, die ordentlich auf der schwach atmenden Gestalt liegt.

Ich bleibe im Haus mit Andrew, habe mir Sonderurlaub genommen. Wieviel besser wäre es doch für mich, wenn ich in London sein könnte, an meinem Schreibtisch, vor Gericht, und wenn ich auch nur an Routinefällen arbeitete. Statt dessen bin ich auf dem Land mit Andrew, aber wir befinden uns nicht im selben Raum. Laura hat einen Zettel gefunden – in der schrecklichen Aufregung und der ungeheuren Sorge dachte niemand daran, da oben nachzusehen, sie schon. Sie fand ihn, er war mit einem transparenten Klebestreifen auf dem Boden vor dem Fenster befestigt worden. In kindlicher Blockschrift stand darauf: »Eine Mutter weiß es«. Weiß Gott, was das bedeutet – was kann es bedeuten? Sind es die Abschiedsworte eines Selbstmörders? Wir wissen es nicht – wir können es nicht wissen –, das Kind kann es uns nicht sagen, wird es uns auch später wahrscheinlich nicht sagen, sondern seine Lippen eigensinnig zusammenpressen und es für sich behalten wie all die anderen Geheimnisse, die diese verdammte Familie hütet. Das »Verdammt« meine ich nicht als Schimpfwort, sondern als Beschreibung. Sie sind verdammt, sie haben keinen Schutzengel, wie Laura sagen würde, nichts, was ihnen den Lebensweg weisen und sie retten könnte.

Gestern abend fragte ich Andrew, was er meinte, ob sein Bruder durch ein Versehen hinuntergestürzt sei oder ob er sich habe fallen lassen. Er blickte mir in die Augen und sagte: »Ich weiß es nicht«, und das sagte er mit solcher Kälte, ohne jegliches Mitleid, ja ohne jegliches Interesse, daß meine Entschlossenheit, Fragen zu stellen, wie Schnee in der Sonne schmolz. Dabei hatte ich das starke Bedürfnis, zu fragen und zu wissen, seit Laura mich mit der schrecklichen Nachricht angerufen hatte. Paul war um 17 Uhr, kurz vor dem Nachmittagstee, hinuntergefallen, als es anfing zu dämmern; er konnte nicht deutlich erkennen, wohin er fiel, wo er aufprallen würde, weil das Zwielicht trügerisch war. Es ist unglaublich, aber obwohl ich weiß, daß mein Gekritzel eine kindische, mich selbst bemitleidende panische Aktivität ist, kann ich nicht damit aufhören. Ich kann nicht aufhören zu kritzeln, nicht solange dieses furchtbare Bedürfnis in mir ist, noch den einen Satz, das eine Wort zu schreiben, das Bedeutung haben könnte: »Eine Mutter weiß es«. Was ist das? Ein Zitat, eine belauschte Phrase, ein Vers von einem Gedicht, eine Erklärung? Es kann keine richtige Erklärung geben.

Später

Ich wache früh auf, wenn Laura aufbricht, um zum Krankenhaus zu fahren. Dann sitze ich Andrew gegenüber und habe Angst. Zum Frühstück ißt er Eier mit Speck und starrt ins Leere. Ich bringe ihn zur Schule. Zu Hause miste ich die Pferdeboxen aus, mache die Betten und räume in der Küche auf. Dann rufe ich im Büro an und halte alle auf, so daß sie nicht dazu kommen, ihre Arbeit zu tun. Manchmal gehe ich vormittags in den Supermarkt. Dann lese ich, sitze den ganzen Tag wie ein Idiot vor dem Herd und lese

Groschenromane. Manchmal leistet mir Seymour Gesellschaft. Um 16 Uhr hole ich Andrew von der Schule ab, und wir schweigen uns auf der Rückfahrt an. Zu Hause nimmt Andrew sich eine Packung Fruchtsaft und Kartoffelchips mit auf den Speicher, wo er sich anscheinend völlig still verhält. Er sieht nicht nach den Pferden, geschweige denn, daß er mir hilft, sie zu füttern. Er streichelt Seymour nicht, der ihn ebenfalls ignoriert. Er wendet sich nicht ein einziges Mal mit Fragen oder sonst etwas an mich, und ich versuche meinerseits nicht, ihn zum Reden zu bringen. Wenn Laura heimkommt, nehmen wir einen Drink zu uns, dann koche ich. Andrew kommt zu einem frühen Abendessen herunter, Fischstäbchen oder braune Bohnen, dann badet er und geht ohne Widerspruch, ja ohne auch nur einen Ton, zu Bett. Laura ist zu ausgelaugt, sie gibt ihm einfach einen flüchtigen Gutenachtkuß. Ihr fällt seine Schweigsamkeit gar nicht auf, warum auch? In Gedanken ist sie im Krankenhaus bei Paul. Doch wenn ihr Blick dann endlich auf mir ruht, ist es mit solcher Liebe, solcher Erleichterung, als wäre sie bis jetzt gar nicht hier bei mir gewesen, als hätte sie mich eben erst bemerkt. Ich habe mich ein bißchen beruhigt, ärgere mich nicht mehr so sehr über den Jungen, doch fast ununterbrochen drehen sich die Worte in meinem Kopf: »Eine Mutter weiß es«, »eine Mutter weiß es«, »eine Mutter weiß es«. Und ich fühle mich in eine Landschaft versetzt, die mir vertraut sein sollte und doch so fremd ist. Ich komme mir wie ein Blinder vor. Was kann ich tun, damit die Puzzlestücke sich zusammenfügen und ich sagen kann: Darum ist es geschehen; das bedeutet es; dieser oder jener ist dafür verantwortlich? Denn ich zweifle kein bißchen mehr daran, daß tatsächlich irgend jemand für all das verantwortlich ist. Michael. Lillian. Andrew. Paul. Nein, ein Kind kann es nicht sein. Kein Kind könnte töten, seine eigene Familie töten. Ein Kind könnte eingeschüchtert, sogar erpreßt worden sein und so unwillkürlich zum Mitwisser werden. Vielleicht – doch Michael? Nein. Lillian, Schamanin, Göttin. Ich weiß nicht einmal, wo sie sich zum Zeitpunkt von Zoës Tod aufhielt. Wo war sie?

17. März

Den ganzen Vormittag versuche ich schon, diesen verflixten Privatdetektiv anzurufen. Kein Anrufbeantworter, niemand hebt ab. Als ich damals mit ihm sprach, nahm ich an, daß er es mir von sich aus gesagt hätte, wenn er gesehen hätte, daß an Zoës Todestag jemand das Haus betreten oder verlassen hätte. Aber ich hatte mir keine Notiz gemacht, ihn danach zu fragen, da ich mich auf Michael konzentrierte und herausfinden wollte, weshalb er mich belogen hatte. Das erscheint mir jetzt kaum noch wichtig. Daß Michael völlig weggetreten oder außer sich vor Schmerz gewesen ist oder gelogen hat, ist für mich ein unbedeutendes Detail, jetzt, da ich über diese Frau Bescheid weiß. Denn diese Frau hat ebenfalls ihr Baby verloren, war gestört, gierte nach Einfluß und Macht, ergötzte sich an den psychischen Leiden anderer und verdiente daran. Aber nein, das ist Wahnsinn! Dieses Grübeln macht mich selbst verrückt. Ich will eine Erklärung, wo es keine gibt, zumindest keine vernünftige. »Eine Mutter weiß es.« Was ist es, das eine Mutter weiß? Ich muß kühl bleiben, nüchtern überlegen. Ich muß eine Liste aufstellen. Ich muß vielleicht das »weiß« durch »kennt« ersetzen. Eine Mutter kennt Liebe, Schutz, Verständnis, Vergebung, Angst, Langeweile, denke ich – und manchmal Grausamkeit und andere Male Versagen. Eine Mutter kennt das alles. Aber worum geht es hier genau? Was hat Zoë gewußt? Würde eine Mutter wissen, wer es war, der ihr Baby getötet hat und warum? Wußte sie es in ihrem Herzen? Ich drehe mich im Kreis. »Teufelskreis« würde Michael es vermutlich nennen. Morgen muß ich ihn unbedingt wieder besuchen.

Dienstag, 18. März

Michael ist noch dünner und noch leiser denn je. Sein Gesicht löst sich bei jeder kleinsten Regung in Tränen auf. Dann beruhigt er sich wieder, weint, beruhigt sich. Sein Gesicht ähnelt einem Spiegelbild im Wasser, in das man mit einem Stecken rührt, oder in das man springt, herumstampft und lacht, wie wir es als Kinder alle taten, als wir noch arglos waren. Damit Michael nicht fragen mußte, berichtete ich ihm alles, was die Ärzte über Paul sagten: daß sein Zustand stabil ist, daß es keine Anzeichen von einem Gehirnschaden gibt, daß er aus dem Koma erwachen wird, daß sie aber nicht sagen konnten, wann. Er weinte und versicherte mir, wie sehr er seinen Sohn liebt, daß Laura und ich uns jedoch keinesfalls die Schuld an dem Unfall geben dürften.
»Gott sei Dank, daß er nicht tot ist.« Er lächelt und weint, und ich komme mir vor wie eine ausgestopfte Bauchrednerpuppe, die Imitation eines Menschen; und ich sitze ihm gegenüber, als sei er gar nicht im selben Raum.
»Bittest du Laura, mich wieder zu besuchen, wenn sie kann? Ich werde es verstehen, wenn sie nicht kann, aber wenn sie Zeit hat ...«
»Ja. Andrew – würdest du Andrew gern wiedersehen?«
»Nein. Das Kind ist – er ist ...« Er hielt den Atem an, um nicht weiterzureden.
»Er ist tapfer, es geht ihm gut.«
»Seine Familie ist zerstört, und es geht ihm gut.« Michael

versuchte mich anzulächeln, fast ermunternd, als wollte er mir seine alte Ironie beweisen, seinen Humor. Ich verstand nicht weshalb, ich verstehe es auch jetzt noch nicht.

»Er kommt darüber hinweg. Ich glaube, Kinder ...«

»Nein.« Er unterbrach mich. »Versuch nicht, es mir zu erklären.« Weitere Tränen flossen über seine Wangen. Sein Gesicht war naß, und er drückte die Handballen auf die Augen. Ich hatte vorgehabt, ihm zu berichten, was ich bisher unternommen hatte, was ich über Lillian und überhaupt herausgefunden hatte, aber ich konnte es nicht. Es wäre der falsche Zeitpunkt gewesen.

»Es ist gut, daß Zoë das nicht mehr erleben muß. Unsere Kinder ... Tut mir leid, es ist besser, wenn du jetzt gehst, denn ich kann nicht aufhören zu weinen.« Ich stand schwerfällig auf und klopfte ihm, ehe ich ging, auf die Schulter – nur einmal, ganz kurz.

Auf der Heimfahrt hätte ich am liebsten Laura vom Krankenhaus abgeholt – das Kostbarste, was ich besaß –, in den Wagen neben mich gesetzt, wäre einfach zum Flughafen gefahren, in die nächste Maschine gestiegen und abgehauen. Ich fand, daß es ein Revisionsgericht geben müßte, an das wir uns wenden könnten, wo ich plädieren und klarmachen könnte, daß wir ein glückliches Paar waren, hoffnungsvoll und lebensbejahend, und daß es unrecht war, uns so etwas aufzubürden, und wir es geändert haben wollten. Wir waren dazu bestimmt, immer glücklich und unverändert zu bleiben: sie blond, ich dunkel, beide klug und gütig und froh und geborgen. Bevor all dies geschah, hatte ich keine Ahnung, daß ich ein solch unglaublicher Feigling bin.

Ich blickte Michael heute an und dachte: Wie konnte ich je auch nur einen Moment lang in Erwägung gezogen haben, daß er ... Ich bin nur froh, daß ich es Laura gegenüber nie erwähnt habe. Dafür muß ich dankbar sein.

Später

Meine Mitarbeiter riefen an. Sie haben den Privatdetektiv ausfindig gemacht – er war auf Urlaub in Spanien. Wir haben eben miteinander gesprochen, er hatte meinen Anruf erwartet. Ich fragte ihn, ob er an jenem Tag, an dem Zoë nachmittags starb, gesehen hat, ob jemand das Haus betrat oder verließ. Er sagte, er habe nichts gesehen, weil er eingeschlafen war. »Berufsrisiko«, sagte er. »Ein Bier zum Lunch, und es passiert manchmal.« Er hatte lediglich am Vormittag gesehen, wie Michael wegfuhr und dann wieder zurückkam, aber das war alles gewesen, was er bis zur Lunchzeit beobachtet hatte, als er seine Sandwiches aß und aus seiner Thermosflasche Tee trank. Dann hatte sich nichts getan, bis der Rettungswagen und die Polizei eintrafen und das Chaos um ihren Tod anfing. Als letztes sah er, wie die Tote zum Rettungswagen gebracht wurde. Danach war er weggefahren.

Freitag, 21. März

Die Woche haben wir Gott sei Dank überstanden. Ich glaube, der Schock hat bei uns beiden nachgelassen, und wir fangen uns allmählich. Am Montag werden wir beide wieder zur Arbeit gehen, das bedeutet, daß Laura Paul nur mehr nachmittags besuchen kann. Er ist noch immer nicht aufgewacht. Die Ärzte wollen zwar nicht sagen, wann sie damit rechnen, aber ich habe das Gefühl, sie sind überrascht, daß er immer noch im Koma liegt. Wir reden uns ein, daß wir uns keine Sorgen machen dürfen. Nachts klammern wir uns verzweifelt aneinander. Ich werde versuchen, diese Woche wenigstens einmal über Nacht nach Haus zu fahren, weil ich nicht will, daß Laura allein ist.

Natürlich ist Andrew da, aber er ist nicht gerade die beste Gesellschaft. Seit Pauls Sturz kämpfe ich gegen die Abneigung an, die ich beim bloßen Anblick des Jungen empfinde, eine Abneigung, die beinahe zur Furcht ausartet. Laura ist erstaunlich stark. Meistens ist sie fast durchsichtig bleich, aber sie geht ihrem Beruf und ihrer endlosen Wache an Pauls Bett mit einer solchen Ruhe, ja fast gelassenen Heiterkeit nach, daß ich noch größeren Respekt vor ihr empfinde denn je.

Samstag, 22. März

Heute morgen kam ein Brief von der letzten Person, von der ich einen erwartet hätte. Aber vielleicht ist das gar nicht so verwunderlich.

Lieber Felix, liebe Laura,
verzeihen Sie mir, wenn ich Ihnen durch meinen Brief Schmerzen bereite und die Erinnerung an Zoë und ihren tragischen Tod neu aufleben lasse.
Pauls Unfall, von dem ich hörte, war wie eine starke Botschaft für mich, die bedeutete, daß ich meine Meinung über Zoës Tod und dessen Bedeutung überdenken soll. Ich habe eine Entdeckung gemacht, die sehr wertvoll für Sie ist. Deshalb ist es dringend erforderlich, daß ich mit Ihnen beiden persönlich darüber rede.
Ich habe keinen Zweifel, daß dieser Brief Sie ärgern wird, aber bitte gestatten Sie mir trotzdem, Ihnen zu helfen. Weisen Sie mein Angebot nicht zurück, und denken Sie darüber nach, was ich gesagt habe.
Mit Liebe und von Herzen beste Wünsche,
Ihre Lillian Taylor

»Sie hat gar nichts gesagt!« brauste Laura sofort wütend auf. »Sie kann sich einfach aus nichts heraushalten, was mit Zoë zu tun hat.« Wir saßen beim Frühstück. Andrew war oben.
»Ich frage mich, wie sie es erfahren hat«, sagte ich.
»Ärzte schwatzen ebensogern wie jeder andere auch – und es ist schließlich Zoës Sohn.«
»Eigentlich erstaunlich, daß sich keine Reporter sehen lassen.« Das wurde mir ziemlich spät bewußt.
»Sie hatte nie etwas zu melden – sie ist ein Parasit – schlimmer noch, sie ist eine Psychopathin. Sie ist mitverantwortlich am Tod meiner Schwester, vielleicht hat sie ihn sogar verursacht. Sie kommt mir nicht ins Haus!« Laura hat völlig recht. Wir dürfen sie nicht ins Haus lassen. Andererseits ist mir klar, daß ich mit ihr reden muß. Ich hoffe nur, daß irgend etwas von dem, was sie sagt, mir helfen wird. Ich würde alles tun, wenn sie uns jetzt helfen könnte.
Ich sandte ihr ein Fax, in dem ich ihr mitteilte, daß ich am Montag um zwanzig Uhr dreißig in ihre Praxis am Devonshire Place kommen würde. Sie hat nun Macht über uns alle, aber das ist mir egal.

Montag abend, 24. März

Vergangene Nacht konnte ich nicht schlafen. Ich hatte beschlossen, bei Laura auf dem Land zu bleiben und um fünf Uhr früh aufzustehen, um rechtzeitig in die Stadt zu gelangen. Weil ich wußte, daß ich so früh aufstehen mußte und auf keinen Fall verschlafen durfte und immer dieselben Gedanken in meinem Kopf kreisten, wurde ich ganz fiebrig. Laura schlief. Ich konnte ihr Gesicht nicht gut sehen, weil wir beide am liebsten in einem völlig dunklen Zimmer schlafen, außerdem empfinde ich es als eine Verletzung der Intimsphäre, einen Schlafenden zu beobachten, selbst wenn es sich um jemanden handelt, den man sehr gut kennt, und der einem vertraut ist. Schlaf ist etwas sehr Persönliches, eine Zuflucht, und es ist fast, als begehe man einen Raub, finde ich, wenn man einen Schlafenden länger als ein paar Sekunden betrachtet. Sie schlief tief und fest, lag mit dem Rücken zu mir zusammengerollt auf der Seite und rührte sich kaum. Ich setzte mich im Bett auf, weil ich so besser atmen konnte, stierte in die Dunkelheit und dachte an Andrew irgendwo über uns.

Ich muß aufhören, vom Thema abzuweichen, und muß zur Sache kommen. Lillian schien zugenommen zu haben, seit ich sie das letzte Mal gesehen hatte. Das gleiche aufdringliche Parfüm wie beim letzten Mal ging von ihr aus, und ihr Make-up war ebenso dick aufgetragen und vulgär, und diesmal trug sie den gräßlichsten lachsfarbenen Lippenstift, den ich je gesehen habe. Sie trug ein marineblaues Kleid mit einer Kameebrosche, etwa an der Stelle, wo Matronen ihre Uhren anzustecken pflegten. Ich hatte plötzlich das Gefühl, daß ich in ein Film-Melodrama der fünfziger Jahre geraten war, in dem sie die Puffmutter spielte. Sie benahm sich auch genau wie ein Filmstar, beharrte darauf, Tee servieren zu lassen, und bat mich immer wieder, mich zu setzen, als wäre ich ein einflußreicher Journalist, der sie in ihrer Garderobe besuchte. Der Schlager »Rings On Her Fingers And Bells On Her Toes« ging mir aus irgendeinem Grund nicht aus dem Kopf. Es war unangenehm heiß im Zimmer.

»Ich muß Ihnen ein Geständnis machen«, sagte sie feierlich, nachdem die Begrüßungsfloskeln überstanden waren, bei denen ich mich um außerordentliche Höflichkeit bemüht hatte. »Ich habe ein ungemein großes Interesse am Wohlergehen von Zoës Familie, denn ich liebte Zoë sehr. Ich möchte Sie nicht mit Einzelheiten langweilen, doch Sie

sollen wissen, daß ihr und mein Leben viele Parallelen aufwiesen.« Ich wußte genau, welche Parallelen sie meinte, aber ich wollte feststellen, wie weit sie mit ihrem »Geständnis« gehen würde.
»Genau wie Sie war Zoë eine sehr erfolgreiche Businessfrau«, warf ich ein. »Sie war in ihrer Tätigkeit ein Leader, so wie ich annehme, daß auch Sie in Ihrem Bereich ein Leader sind.«
»Das stimmt ganz genau.« Sie nickte auf fast majestätische Weise. Im Zimmer roch es nach Antiseptika, Möbelpolitur und ihrem Parfüm. Ich sah, daß ein Aschenbecher auf ihrem Schreibtisch stand.
»Gestatten Sie, daß ich rauche?« Damit vergaß ich all meine guten Vorsätze.
»Nein, tut mir leid.« Sie bemühte sich bei dieser Antwort nicht einmal um ein Lächeln.
»Ich bin ein hoffnungsloser Raucher«, gestand ich in einem Versuch, charmant zu sein. »Ich mußte einfach fragen.«
»Sie haben das Recht zu fragen, und ich habe das Recht, Ihre Bitte abzulehnen.« Auch das sagte sie ohne zu lächeln.
»Hätten Sie jetzt die Freundlichkeit, mir zu sagen, weshalb Sie mich sprechen wollten?« Ich hatte den gebieterischen Ton nicht beabsichtigt, aber in diesem stickig-heißen Zimmer mit dieser überdimensionalen Frau, die so viel mehr Platz einzunehmen schien, als ihr Körper es tat, hatte mich Klaustrophobie erfaßt.
»Ich habe Sie beleidigt, dafür möchte ich mich entschuldigen, und das ist nicht das einzige, wofür ich mich entschuldigen muß. Ich fürchte, ich war nicht ganz ehrlich zu Ihnen und habe mich schlecht benommen.« Ich tat, als wäre ich überrascht. »Nach Zoës Tod machte ihr Mann mir eine schreckliche Szene, als ich zu ihrer Beerdigung kam. Sie erinnern sich bestimmt daran.«
»Ja.«

»Ja, natürlich. Es war sehr schmerzlich für mich als ihre Freundin, nicht so sehr als ihre Ärztin und Psychiaterin, denn ich trauerte unendlich um sie. Und gerade am Tag ihrer Beerdigung hatte ich unaufschiebbare Termine und Patienten, die mich dringend brauchten, deshalb schaffte ich es nicht mehr zum Trauergottesdienst und konnte bloß noch zur Beisetzung kommen, zu der ja nur die engsten Angehörigen eingeladen waren. Aber ich wußte, Zoë hätte gewollt, daß ich daran teilnahm. Wir waren uns in den vergangenen Monaten so nahe gekommen – ich glaube, ich verstand sie besser als ihr Mann –, aber ...« Sie zögerte. »Das spielt jetzt keine Rolle. Ich wußte ganz einfach, daß ich dort sein mußte an ihrem Grab, daß es sowohl eine schöne wie tragische Erfahrung sein würde. Als ich den Hügel hinaufschritt ... wie Sie wissen, ist ihr Grab unter einem Baum an einem Hang, ein wirklich wunderschönes Fleckchen Erde.« (Bei den Worten »wunderschönes Fleckchen Erde« dachte ich unwillkürlich – warum weiß ich nicht – an ein Picknick in einem Kinderbuch.) »Und als ich den Hang hinaufkam, erkannte ich nicht nur Paul, der ja mehrmals bei mir gewesen war, sondern auch Andrew, ihren jüngeren Sohn, das einzige Familienmitglied, dem ich noch nicht begegnet war. Er blickte mich an, und ich spürte in ihm Zoës Gegenwart, es ließ mich erschaudern, und ich konnte den Blick nicht von ihm losreißen. Erst als ich näherkam, wurde mir bewußt, daß Zoës Mann mich erkannt hatte. Er fing zu brüllen an, mich zu beschimpfen mit den häßlichsten Worten, den schlimmsten Verleumdungen. Er schrie, daß ich da nichts verloren hätte und sofort verschwinden müsse. Ich habe ihm jetzt vergeben, aber in dem Moment war es so grausam. Und die ganze Zeit, während er mich anbrüllte, lächelte mich Andrew immer wärmer an, als hieße er mich irgendwie willkommen. Und das tröstete mich. Selbst nachdem ich mich

gezwungen sah wegzugehen, weil ich nicht weiteres Leid verursachen wollte, hatte ich das Gefühl, daß ein Wunsch erfüllt wurde: Eine Verbindung war hergestellt. Das Leben ist oft so. Man geht irgendwohin, weil man etwas Bestimmtes erwartet, und was man schließlich bekommt, ist etwas völlig anderes, aber letztendlich ist es genau das, was man in dem Moment brauchte. So funktioniert das Universum.«
An diesem Punkt beehrte sie mich doch mit einem Lächeln.
»Sie verursachten viel Schmerz an jenem Tag.«
»Dafür bin ich nicht verantwortlich«, brauste sie auf.
»Und wofür glauben Sie verantwortlich zu sein?«
»Ich heile«, erwiderte sie mit leiser, aber unendlich selbstzufriedener Stimme.
»Was ist mit den Menschen, die Sie nicht heilen – wie Zoë?« Ich hatte gar nicht beabsichtigt, das zu sagen, aber es scheint eine Begleiterscheinung meines Berufs zu sein, Menschen zu befragen, ja anzugreifen, wenn ich das Gefühl habe, daß sie entweder mich oder sich selbst belügen.
»Also wirklich, Mr. Bracewell, ich bin nicht Gott!« Sie sprach diese Worte mit leichtem Spott, so sehr war sie von sich überzeugt. »Wir wollen doch nicht streiten. Ich habe Ihnen noch viel mehr als das zu erzählen.« Sie seufzte. »Wochenlang danach riet mir eine innere Stimme, daß es wichtig sei, den Kontakt zu dem Jungen, Zoës Sohn Andrew, aufrechtzuerhalten. Ich brauchte eine gewisse Zeit, bis ich herausfand, daß er bei Ihnen und Ihrer Frau ist – welch eine schöne Frau sie doch ist, Mr. Bracewell, nicht wie Zoë, aber schön auf ihre eigene Art.«
»Ja, danke«, quetschte ich hervor, um nicht hinauszuschreien: Wie können Sie es wagen, das Aussehen meiner Frau zu beurteilen, Sie vulgäre Kuh!
»Ich war auch zutiefst wegen Paul besorgt, der offenbar unter einem größeren Schmerz litt als unter normaler Trauer.« Zu diesem Zeitpunkt begann ich mich sehr müde zu fühlen.

Sie liebte den Klang ihrer Stimme zu sehr. »Bitte hören Sie mir noch zu. Warten Sie noch ein Weilchen.« Unwillkürlich errötete ich. Sie hat wahrhaftig die Macht, jemanden von seiner Absicht abzubringen. »Ich weiß, welch guter Kamerad Andrew für Zoë gewesen ist, bevor sie starb. Ich dachte, daß er sich fühlen müsse, als wäre ihm ein Teil von sich selbst weggerissen worden. Um so mehr überraschte mich, daß er so völlig unbeschadet zu sein schien – gelassen, offen, heil. Ich beschloß spontan, die Jungen zu besuchen. Einige Patienten hatten ihre Termine verschoben, und so stand mir der Nachmittag frei zur Verfügung. Dummerweise dachte ich nicht daran, daß die Kinder in der Schule sein würden, aber ich freute mich sehr, Laura kennenzulernen. Sie war so besorgt um die Jungen und wollte niemand an sie heranlassen, was ich bewundernswert finde. Wie hätte sie auch wissen sollen, daß ich die beste Freundin ihrer Mutter war? Ich bin sicher, ihr Mann hat ihr das nie gesagt. Und nun komme ich zu dem Teil, der Sie bestimmt verärgern wird, bei dem es sich jedoch um eine Maßnahme handelt, zu der ich mich gezwungen sah. Ich schrieb beiden Jungen. Paul versicherte ich mein tiefstes Mitgefühl über den Tod seiner Mutter, legte ihm meine Karte mit meiner Privatadresse und -telefonnummer bei und versprach ihm, Tag und Nacht für ihn dazusein, wenn er mit mir reden wollte. Ich hörte nichts von ihm, was mich jedoch nicht überraschte. Andrew schrieb ich mit mehr Nachdruck und bat ihn dringend, uns zu treffen, um eine Freundschaft zu vertiefen, die begonnen hatte, als seine Mutter mir erzählte, wie sehr sie ihn liebte, und daß er etwas Besonderes war und so begabt. Wie erwartet rief er mich gleich am nächsten Tag an. Wir einigten uns darauf, unser Treffen geheimzuhalten, da es Ihnen und Laura nicht recht wäre, weil Sie nie verstanden hätten, wie absolut notwendig es war.«

Ich mußte sie einfach unterbrechen. »Wollen Sie damit sagen, daß Sie und Andrew sich trafen – heimlich –, ohne daß wir es wußten?«
»Ja, ja – sogar mehrmals. Ich wußte, daß Sie wütend sein würden.« Fast ungeduldig fuhr sie fort: »Wir trafen uns jeweils am Samstag nachmittag.«
»Wenn er ausreitet, jeden Samstag nachmittag ...«
»An allen Samstagen, an denen ich Zeit habe.«
»Das ist ja unerhört! Wie können Sie es wagen, mich hierher zu zitieren, um mir zu sagen, daß ...« Ich kann mich nicht erinnern, ob ich mehr sagte, aber ich glaube, ich war zu benommen, um fortzufahren.
»Es mußte sein.«
»Es war falsch von Ihnen!«
»Nein.«
»Es war falsch!« Ein quälendes Schweigen folgte, in dem ich nicht recht wußte, ob Wut oder Neugier die Oberhand in mir gewinnen würde. »Wieso mußte es sein?«
»Weil ich das Gefühl habe – nein, weil ich überzeugt bin, daß Andrew der einzige ist, der weiß, wie seine Mutter starb.«
»Haben Sie irgendwelche Beweise für diese Behauptung?«
»Natürlich nicht.«
»Was geschieht – was geschieht, wenn Sie ihn treffen?«
»Wir treffen uns am Waldrand, wo das Drehkreuz zu einem schmalen Reitweg ist – mit dem Auto sind es ein paar Minuten außerhalb der Ortschaft. Es ist sehr still auf dem Weg, und wir unterhalten uns jeweils nur eine halbe Stunde, dann reitet er weg.«
»Wegen einer halben Stunde nehmen Sie die weite Fahrt auf sich?«
»Selbstverständlich.«
»Warum? Was hat er Ihnen erzählt? Hat er Ihnen überhaupt etwas verraten?«

»Das braucht er nicht. Es geht um das, worüber er nicht redet. Er erzählt fröhlich von seiner Mutter, dem vergangenen Sommer, wie sie ein Pony suchten, für sie und ihn, wie sie ihn ermutigte zu malen, wie sie miteinander spielten, daß er ein Freund für sie war. Aber er spricht nicht darüber, wie es Paul letzten Sommer ergangen ist. Ich weiß nur, daß sie ihn vernachlässigte, ja ihn offenbar überhaupt nicht zu mögen schien. Das erwähnte sie mir gegenüber sogar, und Andrew bestätigt es. Paul war der Freund seines Vaters, viel mehr das Kind seines Vaters, aber sein Vater war nicht zu Hause, so wurde er immer introvertierter. Zoë fühlte sich von ihm erdrückt, hatte sogar manchmal Angst vor ihm. Ich mußte sie immer erst überreden, daß es zu ihrem eigenen Besten war, über ihn zu reden. Wußten Sie, daß er bei ihr im Bett schlief und sie Angst hatte, es ihm zu verbieten? Er litt unter Alpträumen, entsetzlichen Angstzuständen. Ohne es zu wollen, trug Zoë dazu bei, daß sein Zustand sich noch verschlechterte, denn sie lehnte ihn ab, und ich glaube, es machte seine Seele krank. Ich hielt es nur für Trauer, dabei hätte ich erkennen müssen, daß es mehr war.«

»Wollen Sie damit etwa wagen zu unterstellen, daß Paul womöglich seine Mutter ermordete?«

»Und dann mit seinen Schuldgefühlen nicht zurechtkam und versuchte, sich selbst das Leben zu nehmen. Er fühlte sich übergangen und dazu getrieben. Ja, ich glaube, er hat sie getötet.«

Ich wollte aufstehen, zum Fenster laufen, es aufreißen und auf die Straße hinunterbrüllen: »Ich bin hier bei einer Wahnsinnigen, helft mir!« Dann wollte ich sie schütteln und anspucken und anschreien, so zornig war ich. Mein Verstand ermahnte mich immer wieder, daß ich Verteidiger in einem Mordprozeß war und dafür verantwortlich, Michael zu entlasten und seine Familie zu beschützen. Und daß ich mich in Teufels Küche brächte, wenn ich bei dieser

Wahnsinnigen handgreiflich würde. Gott sei Dank setzte mein Verstand sich durch.

»Paul ist das sanfteste Kind, das mir je untergekommen ist.«

»Wie so oft, trügt auch hier der Schein. Paul ist sehr gestört.«

»Hat Andrew gesagt, daß ...«

»Nicht mit Worten. Es ist nur, daß ich Michael jetzt für unschuldig halte. Ich glaube, daß Pauls Geisteszustand pathologisch ist. Ich möchte Ihnen bloß sagen, daß ich bereit bin, dasselbe vor Gericht auszusagen.«

»Paul steht nicht unter Anklage.«

»Es gibt Möglichkeiten, die Geschworenen auf die Tatsachen hinzuweisen, das weiß ich.«

»Ich verstehe genau, was Sie zu sagen versuchen«, versicherte ich ihr und tat, als glaubte ich ihre Theorie wirklich. Doch als sie mich ansah, war mir klar, daß ich sie nicht hatte täuschen können.

»Sie glauben mir nicht ein Wort und halten mich für verrückt. Ich wußte, daß dieses Treffen nicht leicht sein würde, und ich konnte mir auch nicht vorstellen, daß wir das Ganze aus demselben Blickwinkel sehen würden. Aber ich habe zumindest meine Pflicht – mir und Zoë gegenüber – erfüllt und habe Ihnen gesagt, was ich weiß, und daß dieses Kind gefährlich und solcher Untaten fähig ist und man ihm gegenüber größte Vorsicht walten lassen muß.«

»Paul liegt im Koma. Wir wissen nicht einmal ...«

»Er wird das Bewußtsein wiedererlangen und zu Ihnen zurückkehren. Das weiß ich.«

»Von jetzt an wird Andrew nicht mehr allein ausreiten.«

»Ja. Wir beide wußten, daß Sie es verhindern würden, und haben uns bereits Lebwohl gesagt.«

»Dann bleibt nur, daß wir uns auch Lebwohl sagen.« Mehr

brachte ich nicht hervor, denn ich hatte lediglich noch den einen Gedanken: raus aus diesem Zimmer!

Ich habe Stunden gebraucht, um das niederzuschreiben. Ich fing fast sofort an, nachdem ich in meine Wohnung zurückgekommen war. Erst jetzt, da ich ruhiger bin, frage ich mich, weshalb sie diesen Zeitpunkt gewählt hat, uns mit einer neuen und raffinierten Theorie bekannt zu machen. Ist es, weil ihr jetzt erst alles so stark einleuchtet, oder gibt es einen anderen Grund? Vielleicht einen, der mich so gegen sie aufbringen würde, daß ich sie nie wieder sehen oder mit ihr sprechen möchte? Ich muß mein Team auf sie ansetzen, damit es herausfindet, wo sie an Zoës Todestag gewesen ist. Ich verstehe nicht, weshalb ich dazu so lange gebraucht habe. Ich bewege mich gerade im Schneckentempo, obwohl ich doch früher flink wie ein Hase war.
Ich werde anfangen, meinen Whisky zu rationieren. Früher wartete ich bis nach dem Dinner – davor nur Wein oder Wasser, aber jetzt gieße ich ihn in mich hinein, während ich versuche, mir klarzuwerden, weshalb es erst Lillian und dann Andrew gelungen ist, uns so zu täuschen. Mein Kopf dreht sich. Ich bin überzeugter denn je, daß Michael unschuldig ist und die Kinder … Jede Vorstellung dieser Art ist abscheulich und abwegig. Ich weiß nicht, wie ich Laura all dies beibringen soll.

Dienstag, 23 Uhr

Spät in der gestrigen Nacht, bevor ich zu Bett ging, rief ich Laura an, um ihr von dem Besuch bei Lillian zu erzählen – aber nicht von einer möglichen Interpretation. Sie pflichtet mir bei, daß Lillians Anschuldigungen absurd sind, geradezu grotesk, aber das Ganze beunruhigt sie bei weitem nicht so sehr wie mich. Vielleicht sieht sie es mit klarerem Blick und ist nicht voreingenommen wie ich, und außerdem wurde sie nicht mit Lillians Wahnsinn konfrontiert – sie hatte ja nur ein einziges Mal mit ihr zu tun. Aber etwas überraschte mich doch: Laura wies nicht einmal darauf hin, daß sie also doch recht gehabt hatte, was die Briefe an die Jungen betraf. Pauls Zustand ist unverändert. Bestimmt beschäftigt sie das vorrangig. Sie schien nicht einmal ganz mitbekommen zu haben, wie Andrew uns hintergangen hat, und wollte auch nicht überlegen, was wir in dieser Sache unternehmen sollten. Sie sagte nur, daß nichts, was Andrew tat, sie noch überraschen könnte. Ich erklärte ihr, daß das auch Michaels Worte gewesen waren.

»Er liebt Spiele«, sagte sie. »Ich glaube, er hat sich heimlich mit Lillian getroffen, weil er es als interessantes Spiel betrachtete. Ich glaube nicht, daß er dabei daran dachte, uns zu hintergehen oder uns weh zu tun. Manchmal glaube ich, daß er für niemanden außer für sich selbst etwas empfindet. Deshalb bin ich auch verwundert, daß ich ihn so liebe.« Ich fragte sie, ob er wieder angefangen habe zu zeichnen, und sie antwortete, daß er ihr gesagt habe, er schreibe – irgendeine Story –, aber daß er wieder malen werde, sobald er damit fertig ist. Sie sagte, daß die Pferde sich am frischen Gras fett fressen. Sie wirkte so geistesabwesend, daß ich mir fast Sorgen machte. Sie möchte Andrew beibringen, über gefällte Stämme im Wald zu springen. Pläne. Laura liebt es, Pläne zu haben.

Freitag

Heute wurde im Büro ein riesiger Strauß gelbe Rosen für mich abgegeben. Auf dem beiliegenden Kärtchen stand:

Deine Frau ist zu schüchtern, es Dir zu sagen. Sie ist schwanger.
Komm bald heim.
Ich liebe, liebe, liebe Dich.
Deine Laura

Sonntag morgen, 30. März

Ich weiß nicht, woran es liegt, aber je mehr in meinem Leben geschieht, desto mehr drängt es mich danach, es niederzuschreiben, als könnte nur dieses Buch es real werden lassen. Wenn ich bedenke, daß ich die Aufzeichnungen als intellektuelles Experiment begann, als Versuch, Gründe, Interpretationen zu finden – und jetzt muß ich zugeben, daß ich verwirrt bin, daß ich in dieser Hinsicht versagt habe. Daß ich meinem Ziel, Beths und auch Zoës Tod zu begreifen, kein bißchen nähergekommen bin und weiter denn je davon entfernt bin, den Schuldigen zu kennen. Aber ich bin von der Unschuld meines Mandanten überzeugt – rückhaltlos. Und ich bin von der Richtigkeit meiner Verteidigungsstrategie überzeugt. Ich habe mich gründlichst vorbereitet. Diese Angst und Qual, mein Gefühl von Hilflosigkeit diesen Todesfällen gegenüber, diese Unsicherheit, wie ich es angehen sollte – all das ist überstanden.
Meine Frau bekommt ein Baby, und ich bin überglücklich. Alle meine Zweifel, meine Ängste sind verflogen. Es sind erst ein paar Wochen vergangen, das Baby wird nicht vor November auf die Welt kommen, deshalb ist es zu früh, es irgend jemandem zu erzählen, aber das macht nichts. Ich glaube, das ist das einzige Geheimnis, das zu hüten mir Spaß macht. Laura ist im Garten, um die Maße für die neuen Blumenbeete zu überprüfen. Ich habe für sie die Kartoffeln geschält, die sie für den Lunch braucht, jetzt sitze ich in

meinem Arbeitszimmer – Pauls Zimmer – und versuche, vor lauter Glücklichsein nicht zu weinen. So glücklich bin ich, daß ich mir wünsche, Paul würde aufwachen, damit ich es ihm erzählen kann. Ich möchte ihm so gern sagen, daß ich ihn liebe, denn das habe ich nie getan, als er hier war. Laura dachte, ich würde vielleicht verärgert sein, weil wir das Baby nicht geplant hatten, es geschah einfach. Ich verärgert! Na so etwas. Dummer Schatz.

Andrews Unterlagen

2. April

Ich habe mein Ziel noch nicht erreicht, ich habe noch nicht gewonnen. Paul lebt, und Laura lebt, und Lauras Baby lebt in ihr. Niemand weiß es, und wie Mami mir einmal sagte, zählt bei einem Angriff nur der Überraschungseffekt. Sie sagte, sie sei nicht sicher, ob sie das Zitat wortgetreu wiedergegeben hatte, aber das Wesentliche drücke es aus. Sie sagte, Überraschung ist die Essenz des Angriffs und Angriff die Essenz des Erfolgs; greif an, bevor du angegriffen wirst. Sie griff in ihrem Beruf an und war erfolgreich. Sie gewann. Zu Hause war sie allerdings hilflos. Gefühl statt Verstand. Baby Beth, Baby Beth, Baby Beth. Bei Baby Beth war sie ganz Gefühl. Wie oft habe ich sie mit tränenüberströmtem Gesicht gesehen – als Beth noch lebte und auch später, als sie tot war. Sie sagte zu mir: »Beth ist die größte Leistung meines Lebens.« Was natürlich eine Lüge war. Jeder lügt und jeder glaubt, er sage die Wahrheit; genau wie jeder, der sagt, ich liebe dich, nur meint: Ich möchte, daß du mich liebst. Wenn man still im Herzen ist und flink im Kopf, entdeckt man diese Dinge, und sie werden einem klar. Paul lebt, aber ich habe ihn besiegt, deshalb sollte ich mir keine Sorgen machen, daß er noch lebt. Als ich ihm Mutters Tagebuch gezeigt habe, den Teil, wo sie ganz eindeutig schreibt, wie sehr sie ihn haßt, als ich ihm das zeigte, brauchte ich bloß auf das Fenster zu deuten und auf die

Stelle, wo er hinspringen sollte, es war gar nicht schwierig. Ich brauchte nicht einmal zu sagen »Spring jetzt, spring von hier aus«, denn ihm war klar, daß er sterben mußte. Er hat immer nur in der Hoffnung gelebt, daß Mami ihn lieben und loben würde, und als sie dann tot war, konnte er sich einbilden, daß sie ihn vielleicht doch geliebt hat. Sie hat ihn nicht geliebt. Sie mochte ihn nicht. Sie bewunderte ihn nicht. Sie hat ihn verachtet und gefürchtet. Paul hat immer gewußt, daß gerade die Menschen, die er liebte, ihn verabscheuten. Aber es ist nie ausgesprochen worden. Niemand hat gewagt, ihm zu sagen, daß er ihn verabscheut, denn niemand möchte zugeben, grausam zu sein. Paul weiß das, tut aber, als ob er es nicht wüßte. Aber er erfuhr es, als ich ihm das Tagebuch unter die Nase hielt, denn die Worte waren einfach und klar. Er wußte, wie sie wirklich gefühlt hat, gefühlt ohne zu lügen. Er wußte auch, daß ich das Tagebuch gestohlen habe. Ich glaube, er hat immer befürchtet, daß ich Mutter und Beth getötet habe, und ich glaube, seine Ungewißheit darüber war zu meinem Vorteil, weil er dadurch noch mehr Angst hatte, als wenn er es mit Sicherheit gewußt hätte. Das Tagebuch erschreckte ihn und sagte ihm die Wahrheit, und er wollte nicht leben, da er jetzt wußte, wie sehr sie ihn gehaßt hatte.
Ich habe das Tagebuch noch. Mein Vater war ziemlich verblüfft, als es verschwunden war. Aber weil er nicht denken konnte, nicht denken kann, nie gedacht hat, hat er nicht daraus geschlußfolgert, daß es nicht verschwunden sein konnte und daß deshalb jemand es entwendet haben muß. Die einzigen zwei, die es hätten nehmen können, waren Paul und ich. Paul ist zu dumm, ich dagegen nicht. Weil ich erst zwölf bin, denkt niemand, daß ich je etwas Böses tun könnte. Das ist sehr eigenartig. Ich würde gern wissen, ob sie glauben, daß es einen magischen Moment gibt, in dem ein unschuldiges Kind plötzlich zum Men-

schen wird und so wie sie – fähig zu schlechten und bösen Gedanken, Gefühlen, Handlungen. Hat dieser magische Moment etwas mit der Pubertät zu tun, mit diesem mysteriösen Phänomen, der Sexualität, das den Erwachsenen immer noch ein Rätsel ist, als wäre ihnen plötzlich ein Buckel gewachsen oder ein Schwanz – oder als ob man von ihnen verlangte, daß sie auf allen vieren laufen?
Mein Vater und Laura glauben, daß sie mich lieben. Paul hat mich nie geliebt. Felix jedoch fürchtet mich, das scheint ihm zunehmend bewußt zu werden – aber das läßt sich nicht vermeiden. Ich will es hinter mich bringen, das ganze Töten. Es muß sein. Nur noch zwei weitere, und die sind zur Zeit im selben Körper. Man betrachtet sie fast als heilig, als wären sie zwei Drittel der Heiligen Dreieinigkeit, an die mein Vater glaubt und von der er uns erzählt hat. Die einzige Zeit, wo Männer aufhören, Frauen zu fürchten und zu verabscheuen, ist, wenn sie schwanger sind. Aber ich verallgemeinere. Mutter sagte immer, daß Verallgemeinern ein Zeichen von Faulheit ist und nicht viel bringt. Und sie hatte natürlich recht. Wenn ich Laura dazu brächte, daß sie sich auf ihr Pferd setzte, könnte ich dafür sorgen, daß sie herunterfällt. Aber Felix läßt aus Angst vor einem Unfall nicht zu, daß sie ausreitet, was vernünftig ist für sie – mir macht es aber alles schwieriger. Vielleicht würde es mehr Spaß machen, wenn ich warte, bis das Baby geboren ist, und sie dann nacheinander umbringe. Der einzige Nachteil ist die Möglichkeit, daß man mich erwischt, bevor ich den ganzen Plan ausgeführt habe. Die Leute können nicht auf die Dauer so hartnäckig dumm sein, und früher oder später werden sie anfangen zu sehen, was geschieht und was geschehen ist, und erkennen, daß Andrew – Andrew das Kind – ein Mörder ist. Ich habe das Gefühl, Felix wird es herausfinden, denn er ist der klügste. Ein Teil von ihm vermutet es bereits, aber wider sein besseres Wissen ver-

drängt er es. Wenn Laura und ihr Baby sterben, werden seine Vermutungen zur qualvollen Gewißheit. Und dann, wenn ich Glück habe, kommt es vielleicht zu einem Zweikampf. Vielleicht ruft er nicht einfach jemand, um mich wegzubringen, um mich hinter Gitter zu stecken, sondern versucht selbst, mich umzubringen, das wäre viel befriedigender. Ich möchte nicht leben, um alles zu wissen, was sie wissen, mit dem Buckel auf dem Rücken, dem Wirrwarr des Erwachsenseins. Ich möchte gern mit der Bewußtheit sterben, daß ich den einzigen Plan meines Lebens – die Vernichtung der Frauen und Kinder meiner Familie – erfolgreich durchgeführt habe. Ich weiß nicht, warum ich nie meinen Vater oder Felix töten wollte, vielleicht genügt es mir, wenn sie mit der Erkenntnis leben müssen, daß sie mit ihrem Lebenszweck – eine Familie zu gründen und zu beschützen und dafür zu sorgen, daß sie gedeiht – versagt haben.
Ein Kind kann einen Mann vernichten. Ich habe das bewiesen: Mein Vater ist vernichtet – ich brauchte ihn nur ein einziges Mal im Gefängnis zu besuchen, um das festzustellen. Danach brauchte ich ihn nicht mehr zu sehen und vermied es auch. Wie pathetisch er sich gab und wie schwach er aussah. Es kommt nicht dem Triumph nah, den ich verspüren werde, wenn er erfährt, daß ich, Andrew, es war, der sie alle vernichtete. Andrew, der begabt ist und absonderlich, und der ihn nie gebraucht hat wie meine Mutter und Paul und Baby Beth.

Felix' Aufzeichnungen

6. April

Gestern abend gingen wir zum Dinner aus, um zu feiern und uns zu unterhalten. Dieses Gefühl, daß ich mit Laura nur außer Haus richtig reden kann, belastet mich immer mehr. Sie sieht großartig aus, ist regelrecht gefräßig geworden und ziemlich launisch. Daran sind die Hormone schuld, sagt sie. Wenn wir beisammen sind, ist mir, als höre sie nur mit einem Ohr zu, wenn wir uns unterhalten, während das andere draußen vor einer inneren Tür einem Gespräch lauscht, an dem ich nicht beteiligt bin. Es macht mir nichts aus, aber es ist wirklich ein sehr eigenartiges Gefühl. Sie trinkt gar nichts Alkoholisches mehr, nicht einmal leichten Wein, doch zu diesem Anlaß machte sie eine Ausnahme und gönnte sich ein Glas Sekt. Wir unterhielten uns über die Zukunft, und als hätten wir es abgemacht, vermieden wir, über Vergangenheit und Gegenwart zu reden, abgesehen von einer Bemerkung Lauras: »Ich wünschte, Paul würde aufwachen, damit wir es ihm sagen könnten.« Sie erzählte, daß Andrew begeistert ist, daß er helfen will, das leere Zimmer auszumalen, das wir für das Baby einrichten wollen. Es liegt gleich neben unserem Schlafzimmer, allerdings wollen wir das Baby anfangs zu uns ins Zimmer nehmen. »So ein winziges Ding braucht noch kein eigenes Zimmer«, meint Laura. Wir müssen eine Menge Sachen kaufen, sagte sie, mehr als ich mir vorstellen kann. Vielleicht sollten wir uns auch eine Kinderfrau nehmen, die bei uns wohnt, weil ich doch während der Woche nicht dasein werde. Auch darauf gingen wir nicht näher ein. Das Ganze ist wie ein Traum. Keine Zweisamkeit mehr. Ich bin egoistisch, ich weiß. Sie sagt, eigentlich sollte sie ein schlechtes Gewissen dabei haben, sich so glücklich zu fühlen, während es um Michael und seine Familie so schlecht steht, aber daß es etwas Gutes für uns alle ist, ein Anfang statt ein Ende. »Und ich glaube, ich werde richtig fett werden«, sagte sie.

Mein Team hat herausgefunden, daß Lillian an Zoës Todestag nicht in ihrer Praxis war. Da Laura nun »außer Gefecht« ist, werde ich allein mit Andrew über seine Treffen mit Lillian reden müssen.

Später

Ich war gewollt laut auf der Treppe und klopfte auch übertrieben laut an der Speichertür. Ich hörte ein Rascheln wie von dürren Blättern oder teurem Papier. Ich mußte lange warten, bis er zur Tür kam.
»Andrew, ich möchte mit dir reden.«
»Der Speicher ist mein privater Bereich!« Ich konnte sein Gesicht nicht sehen, weil es hinter ihm dunkel war.
»Dann unten. Ich warte auf dich.« Er schien eine Ewigkeit zu brauchen, um etwas einzuwickeln und wegzuräumen – so hörte es sich zumindest an. Dann klang es, als würden schwere Bücher oder Kisten aufeinandergestapelt. Wir gingen in mein Arbeitszimmer – Laura hat Pauls wenige Sachen stehenlassen: eine Fotografie

von seinen Eltern mit Beth bald nach ihrer Geburt, ein Narnia-Buch, ein paar Muscheln, die er kurz vor Weihnachten mit uns am Strand gesammelt hat. Seine Kleidungsstücke sind im Büroschrank untergebracht, wo sie nicht zu sehen sind. Ich hatte aber trotzdem das Gefühl, als könnte ich sie sehen. Ich nahm in meinem Sessel Platz, Andrew setzte sich auf die Couch, hinter ihm der verregnete Garten, die Bäume wiegten sich im kalten Wind.

»Ich war diese Woche in Lillian Taylors Praxis in London. Du weißt, wer Lillian Taylor ist?«

»Ja. Sie ist samstags immer hergefahren, um mich zu sehen.« Bildete ich mir nur ein, daß sein Blick herausfordernd war, als er das sagte – daß er genau wußte, mich hintergangen zu haben? Ich hatte gedacht, es würde länger dauern, bis ich soviel aus ihm herausbrachte.

»Warum hast du uns nichts von euren Treffen erzählt, Andrew?«

»Weil ich wußte, daß es euch nicht recht war, wenn wir uns trafen, und ich nicht wollte, daß ihr sie daran hindert hierherzukommen.« Ich glaube, so direkt hat er noch nie zu mir gesprochen. Ich wußte nicht, was ich darauf erwidern sollte.

»Warum hast du gedacht, daß wir dich davon abhalten wollen, sie zu sehen?«

»Weil Daddy sie haßt und ihr die Schuld an Mamis Tod gibt. Das wissen wir alle.«

»Was hältst du von ihr?«

»Sie ist an mir interessiert.«

»Warum ist sie an dir interessiert?«

»Weil ich ihre Hilfe nicht brauche.« Ich glaube nicht, daß mir zuvor klargeworden war, wie klug er tatsächlich ist. Klug auf eine kritische, wachsame, analytische Weise – ohne die verzerrenden Emotionen eines Kindes. »Sie ist auf die gleiche Weise an mir interessiert, wie Mami es ihrem Ende zu war.«

»Was dachte Mami?«

»Daß ich begabt bin und Dinge wußte, beispielsweise, was sie dachte, wie sie sich fühlte.«

»Konntest du es?«

»Nicht besonders, nein, ich glaube nicht.« Es war schwierig, weil ich das Gespräch nicht im Griff hatte. Ich wußte nicht, wie ich ihn in Verlegenheit bringen konnte.

»Siehst du ein, daß es falsch war, dich mit Lillian zu treffen ohne unser Wissen, ohne Erlaubnis?«

»Ich verstehe, daß du es nicht richtig findest.«

»Warum denke ich das?«

»Weil du die Kontrolle haben willst. Das wollen alle. Erwachsene haben gewöhnlich auch die Kontrolle, weil sie größer und stärker sind, aber nicht immer.«

»Wann ist das ›nicht immer‹?« Ich war zu heftig bei dieser Frage, weil mir klar war, daß eine offene Antwort aufschlußreich sein konnte.

»Du weißt es genau.« Andrew stand auf, ging zum Fenster, drückte die Nase an die Scheibe und hauchte sie an, wie Kinder das gern tun. »Ich sollte das auch nicht tun, nicht wahr?« Er drehte sich nicht um und guckte mich nicht an, als er das sagte. Mir war, als wäre ich noch nie zuvor im selben Zimmer mit dem Jungen gewesen, hätte nie zu ihm gesprochen, wüßte nichts über ihn, hätte mich nie auf ihn konzentriert; und ich spürte, daß dies ganz in seinem Sinne war – bis zu diesem Nachmittag, an dem er seine Taktik geändert hatte.

»Du magst deine eigenen Gründe haben zu glauben, daß ich nur die Kontrolle über dich haben will. Die eigentlichen Gründe sind jedoch viel praktischer: Laura und ich sind eurem Vater gegenüber verantwortlich für eure Sicherheit und euer Wohl. Nach dem, was Paul zugestoßen ist, sind wir besonders besorgt, daß dir nichts passiert. Solange du als Minderjähriger unter unserem Dach lebst, müssen wir für deinen Schutz sorgen und sind für dich verantwortlich.«

»Ihr braucht mich nicht zu beschützen.« Er hauchte immer noch die Fensterscheibe an, er hatte seine Handflächen und seine Stirn aufs Glas gepreßt.

»Ebenso ist es wichtig, daß du Gehorsam lernst, es ist Teil des Zusammenlebens in einer Familie, die wiederum Teil der Gesellschaft ist ...« Ich hörte zu reden auf, weil mir bewußt wurde, daß ich mich wie ein schlechter Soziologiedozent in einer Kleinstadt-Universität anhörte. Es klang dumm, und ich klang unehrlich. »Hauch nicht auf die Glasscheiben«, fuhr ich ihn an. Da drehte er sich zu mir um und sagte: »Lillian ist einsam. Sie vermißt meine Mutter. Sie ist gern zu mir gekommen und hat Blackie Würfelzucker gegeben. Sie sagte mir vergangenes Wochenende, daß sie dir von ihren Besuchen erzählen und das nun das letzte Treffen sein würde. Ich weiß nicht, warum sie es dir gesagt hat, aber sie wollte es. Ich weiß auch nicht, warum sie alles so schwer für sich gemacht hat, vielleicht wollte sie einfach nicht mehr kommen.«

»Hat dir schon mal jemand gesagt, daß du nicht wie ein Kind redest?«

»Ja. Meine Mutter.«

»Aber ich habe auch nie zuvor wirklich mit dir gesprochen – aus welchem Grund wohl?«

»Weil ich es nicht wollte.« Andrews Gesicht hatte den konzentrierten Ausdruck eines Tieres, das mit absoluter Natürlichkeit einen Teil seines Lebensrituals ausführt. Er hatte mich völlig aus der Fassung gebracht.

»Du bist wahrhaftig ein sonderbares Kind, weißt du das?«

Ich bemühte mich, es spaßhaft klingen zu lassen, und lächelte.
»Darf ich jetzt gehen?«
»Ja, natürlich. Aber versuch an uns zu denken, ehe du dich heimlich mit irgend jemand anderem triffst.«
»Ich habe nie vergessen, an euch zu denken«, sagte er. Dann verließ er das Zimmer und schloß die Tür hinter sich. Er ist nicht nur ein sonderbares Kind, sondern eines, das alles genau durchdenkt. Er hatte heute beschlossen, sich mir zu öffnen, und ich weiß nicht warum. Alles, was ich weiß, ist, daß ich Angst vor ihm habe.

Ich habe beschlossen, zum Speicher hinaufzugehen und sämtliche Sachen von Andrew durchzusehen. Ich weiß nicht warum, aber ich muß es tun.

Samstag, 12. April

Es ist Samstag nacht. Laura schläft, und ich sitze in Pauls Zimmer, weil ich oben kein Licht machen will, das sie aufwecken könnte. Ich bestand darauf, daß sie heute mit Andrew zu Michael fuhr. Sie taten es ohne Widerspruch. Bis zum Gefängnis sind es mit dem Wagen gut fünfzig Minuten, und eine halbe Stunde bleiben sie bestimmt bei Michael. Ich hatte also genug Zeit. Aus irgendeinem Grund begleitete Seymour mich hinauf, keine Ahnung warum, denn seit Paul in mein Arbeitszimmer umgezogen ist, hat er den Speicher gemieden. Es ist kalt da oben, ich glaube, das Kind hat sämtliche Heizkörper abgeschaltet, und so ohne Bodenbelag zieht es auch. Sämtliche Bilder sind mit der Vorderseite gegen die Wände gelehnt, außer einem Porträt von Zoë, das sie auf ihrem Fenstersitz in London zeigt. Es ist ein Ölgemälde von sehr individuellem, raffiniertem Stil. Er hat es so in das Fenster geklemmt, daß das Licht nicht hereinkann. Ich wagte nicht, es zu bewegen, weil ich nicht wußte, ob es mir gelingen würde, es wieder genau in dieselbe Position zu stellen. Er hat die Glühbirnen aus den beiden Deckenleuchten geschraubt, die von den Dachbalken hängen, also gab es nur die zwei Nachttischlampen, die aber bloß die allernächste Umgebung schwach erhellten. Ich verstehe nicht, warum er da oben im Dunkeln sitzen will. Von den Bildern abgesehen, die an den Wänden lehnen, ist der Boden nackt. Keine Bücher auf den Nachttischen. Auf der Werkbank sind die Malutensilien ordentlich aufgereiht. Ich guckte in die Koffer unter den Betten. Nichts. Ich schaute in die Kleiderschränke. Nichts. Ich kam mir sehr dumm vor. Ich wollte die Story finden, an der er schreibt, wie Laura mir erzählt hat. Davon ist nirgendwo eine Spur. Ich suchte nach einer Schachtel, nach Papier, das vielleicht raschelte, doch da war wirklich nichts. Er hat es versteckt. Ich saß eine Zeitlang auf seinem Bett. Seymour beobachtete mich blinzelnd.

Ich ging, der Kater hinter mir, wieder hinunter und tat etwas, das ich schon seit langer, undenkbar langer Zeit nicht mehr getan hatte. Ich ließ mir ein sehr heißes Bad ein und starrte auf das Wasser, das aus dem Hahn floß. Dann stieg ich in die Wanne, legte mich zurück, schwitzte und fing zu weinen an. Ich weinte, weil ich mich hilflos fühlte und Angst hatte. Ich fühle mich immer noch hilflos und verängstigt. Was hatte ich zu finden erwartet? Ich weiß es nicht – ich weiß nur, daß ich hier in meinem eigenen Haus bin und all meine eigenen Dinge um mich herum sind. Es sind all die Sachen, die mich – eine dahintreibende Seele – mit dem Leben verbinden, das ich mir geschaffen habe – aber ich bin trotzdem hilflos und verängstigt. Was ist es, das mich an Andrew so tief beunruhigt, mehr als irgendwelche Worte, die er zu mir sagte, mehr als ein konkreter Vorfall? Ich weiß es nicht, ich kann nicht darüber nachdenken, ich habe nur das immer stärkere Gefühl, daß er gefährlich ist.

Sonntag nacht, 13. April

Paul ist aufgewacht. Es war heute morgen, und Laura ist sofort zu ihm geeilt. Ich war wieder allein mit Andrew. Er war keineswegs darauf erpicht, ein Gespräch mit mir zu führen, sondern ging rasch auf den Speicher, wo er bis zu Lauras Rückkehr blieb. Paul hatte sich sehr über ihren Besuch gefreut. Er erinnerte sich offenbar nicht, wie er sich verletzt hatte, und schien sich auch nicht zu schämen, wie verhinderte Selbstmörder es gewöhnlich tun. Sie hielt seine Hand und versicherte ihm, daß er bald ganz gesund sein würde. Das Heimkommen erwähnte sie nicht, da es ihn möglicherweise aufregen könnte. Ich sagte ihr, daß sie ein Engel ist.

Montag

Fax von meinem Schatz am Nachmittag.

> *Weil sein Bruder aufgewacht ist, habe ich Andrew den Tag frei gegeben – er braucht nicht zur Schule. Wir borgten uns ein Gerät zum Lösen von Tapeten aus. Er sagte, es würde soviel Spaß machen, das Babyzimmer selbst zu tapezieren. Es war strapaziös und eine furchtbar klebrige Angelegenheit.*
> *Ich liebe Dich,*
> *Deine Laura*

Ich mache mir Sorgen. Ich möchte nicht, daß sie etwas Anstrengendes tut, egal was. Nicht in einem so frühen Stadium. Ich rief sie sofort an und schalt sie deswegen, aber sie lachte nur.
»Es macht soviel Spaß, du solltest hier sein.« Ich schalt sie noch mehr, bis sie nachgab. »Du hast wahrscheinlich recht«, sagte sie und versprach, sofort alles Do-it-yourself zu lassen. Aber ich gelte nun als Spielverderber.

Andrews Unterlagen

18. April

Felix beginnt zu ahnen, daß etwas faul ist im Staate Dänemark. Ich will, daß er die Gefahr spürt, aber ich will natürlich auch, daß er zu spät kommt. Laura, Laura, Laura, Laura und Baby, Laura und Baby, Laura und Baby. Sie können nicht über die Wiesen galoppieren und in einen Graben stürzen und sterben – in einem Graben sterben. Sie können nicht sterben, weil Laura sich an einem Messer schneidet oder weil Laura eine Leiter schleppt. Würde sie eine Katze auf einem Baum retten, ein Kind auf einem Baum, mich auf einem Baum, mich in einem Graben? Ich kann nicht daran denken.
Bei Beth war es einfach. Ich war im Spielzimmer, und Paul las in seinem Zimmer auf dem Bett. Ich konnte warten, bis Nanny die Treppe herunterkam. Ich konnte ein Kissen in ein Badetuch wickeln und auf den Treppenabsatz hinausgehen und dann in ihr Zimmer, sobald Nanny hinuntergegangen war. Dann war ich auf Zehenspitzen über den Treppenabsatz geschlichen und in ihr Zimmer, ganz leise, und hatte mich über das Bettchen gelehnt, es war niedrig, und das kleine Ding erstickt. Sie brauchte länger, bis sie tot war, als ich dachte, aber nicht wirklich lange, und sie gab keinen Laut von sich. Ich empfand solchen Frieden bei ihr, als ich wußte, daß sie nicht mehr lebte. Dieses ganze Getue um das winzige Ding, das so leicht sterben konnte, sobald

ich es wollte. Ich hatte sie in den Tagen zuvor lange beobachtet. Sie wachte nie auf, wenn ich ins Zimmer trat, und ich wußte, daß ich es tun mußte, wenn niemand es hören konnte – ich brauchte nur auf den richtigen Zeitpunkt zu warten. Meine Mutter kam ins Zimmer und fand sie, als ich gerade hinausgegangen und die Tür hinter mir zugemacht hatte. Als sie zu schreien anfing, öffnete ich sie wieder, so sah sie mich erst, nachdem sie Beth entdeckt hatte. Sie hatte keine Ahnung gehabt, daß ich direkt hinter der Tür stand und lauschte, während Paul auf seinem Bett lag und las. Als ich die Tür öffnete, war er hinter mir. Die Art, wie sie schrie und schrie, war unerwartet, vielleicht war ich da drin ein wenig eingedöst, denn ich erinnere mich, daß ich mich sehr schläfrig gefühlt habe, richtig benommen.

Bei meiner Mami, Mami, Mutter, Mami war es noch einfacher. Oh, ganz mühelos leicht war es bei Mami. Sie hatte es gern, daß ich bei ihr saß, wenn sie krank war. Ich saß an dem Tag bei ihr und streichelte sie, während sie schlief. Ich gab ihr die Pillen, die sie beruhigten, deshalb war sie dösig – wie Beth. Ich mußte sie nicht umdrehen. Sie lag auf dem Rücken, und ihr Gesicht war nur halb zu sehen. Sie öffnete die Augen, als ich das Kissen auf ihr Gesicht legte; sie wollte die Hände heben, um sich zu wehren, aber sie konnte nicht. Ich lächelte sie an und sagte: »Es ist schon gut, Mami, Mutter, Mami, schlaf weiter.« Ich blieb lange bei ihr, zwei oder drei Stunden könnten es gewesen sein, und ich glaube, ich bin eingeschlafen. Als ich meinen Vater mit der Pflegerin die Treppe hochkommen hörte, rannte ich durch Mamis Bad und Beth' Zimmer in mein eigenes und dann in mein Atelier. Ich verschloß die Tür, dann legte ich mich auf den Boden und lachte. Ich war wirklich sehr zufrieden mit mir. Erst viel später, in ihrem Arbeitszimmer, nachdem die Ärztin mir gesagt hatte, daß sie tot ist, und ich weinte und wir gemeinsam dort saßen – mein Vater, Paul und ich –, erinnerte ich mich, daß ich ihr Tagebuch aus dem Schreibtisch nehmen mußte. Ich habe es dann unter meiner Matratze versteckt, eine lange Zeit, wo es sicher genug war. Ich las darin, wenn ich allein war, und fand alles über sie heraus – wann sie dumm gewesen war und wann klug, und ich hatte das Gefühl, daß sie bei mir war, ganz nah, und das mochte ich. Das war alles so aufregend, aber jetzt habe ich das Gefühl, daß es unendlich lange her ist. Bei Paul war es nicht dasselbe, weil ich ihn nicht sterben sah. Und nun besteht immer die Möglichkeit, daß er reden wird. Aber das spielt keine Rolle, Hauptsache Laura und ihr Baby sind bis dahin schon tot. Dann kann Paul jedem erzählen, was er will. Ich hatte ihn nicht gebeten, für mich zu lügen über den Tag, an dem Beth gestorben ist, und zu erzählen, daß wir Domino gespielt haben. Glücklicherweise wußte er offenbar von selber, daß er es tun mußte. Also wird er vielleicht gar nicht reden wollen.

Felix' Unterlagen

22. April

Lieber Felix,
vergangene Nacht lag ich stundenlang wach und schlief dann kurz nach Tagesanbruch ein, als das beruhigende Zwitschern und Trillern des Vogelchors begann. Das half mir, mich ein wenig besser zu fühlen, denn es bedeutete, daß der neue Tag gekommen war und ich nicht den Anfang einer ewigen Nacht erlebte. Ich dachte an Paul und seine von schrecklichen Ängsten heimgesuchten Nächte, als er überzeugt war, daß es nie wieder Morgen würde, daß die Dunkelheit für immer und ewig andauern und er nie mehr einen hellen Himmel sehen würde. Gott sei Dank wissen wir jetzt, daß er wieder Tage und ihre Farben erleben wird, daß wir ihn nicht verloren haben wie unsere Mädchen. Ich habe es viele Tage verschoben, diesen Brief zu schreiben. Tage, an denen ich geduldig war, aber Höllenqualen erlitt, weil ich hoffte, daß die Überzeugung, zu der ich gelangt bin, vergehen und einen anderen armen Narren quälen würde. Aber die Überzeugung, die Gedanken, die sich in meinem Kopf drehen, blieben. Der Instinkt, nein, die Gewißheit, wächst nur noch. Sie füllt meinen Schädel mit Schreien und meine Augen mit heißen Tränen. In den Nächten, nachdem die Tränen und der bittere Seelenschmerz nachgelassen haben, ist die Gewißheit – die Stimme in mir – immer noch da. Was ich auch tue, sie bleibt. Ich muß sie einfach mit Worten beschreiben. Und ich möchte, daß Du sie liest.
Ich glaube, daß mein Sohn, Andrew, ein Mörder ist. Ich glaube, er hat seine kleine Schwester und seine Mutter getötet, und ich glaube,

er tat es, weil es ihm Spaß machte. Und ich glaube, das ist der Grund, weshalb wir alle noch Angst haben. Felix, bitte – bevor Du diesen Brief wegwirfst, voll Abscheu und in der Gewißheit, daß ich verrückt bin –, laß Dir die Fakten durch den Kopf gehen und sage mir dann, wenn Du kannst, daß es unmöglich ist.

In unserem Haus schloß sich Andrews und Pauls gemeinsames Schlafzimmer an Beth' Zimmer an. Und davor befindet sich der Treppenabsatz. Andrew ist still – und er ist entschlossen. Er kennt die Routine im Haus. Er hat die Gelegenheit. Ein Baby zu töten dauert nur eineinhalb Minuten, es geht ganz schnell und schmerzlos. Er kehrt in sein Zimmer zurück und wartet, daß die Schreie seiner Mutter ihn ebenso herbeirufen wie Nanny und Paul. Nur weil er ein Kind ist, haben wir ihn bisher nicht verdächtigt. Nur weil er ein Kind ist. Zoë – es fällt mir noch schwerer, über Zoës Tod zu schreiben, aber wir wissen beide, daß sie und Andrew, während sie krank war, oft zusammen im Dunkeln saßen. Das taten sie wahrscheinlich auch an jenem Tag. Es war bestimmt nicht schwierig für ihn, ihr die Pillen zu geben, nicht schwierig, sich über ihr liebes Gesicht zu beugen, und sie hatte bestimmt keine Angst vor ihm. Sie war sehr geschwächt, und sie hatte ihm vertraut. Ich kann nur hoffen, daß sie schnell starb, nachdem sie erkannt hatte, wer ihr Mörder war. Als sie tot war, konnte er das Zimmer entweder durch die Tür zum Treppenabsatz verlassen und dann ins Spielzimmer gehen oder durch sämtliche anschließende Zimmer ins Spielzimmer schleichen. Er war dort so still, so still, daß wir ihn ganz vergaßen und erst an ihn dachten, nachdem sie längst weggebracht worden war.

Ich habe mir die Ereignisse in den letzten Tagen immer und immer wieder vor Augen geführt, Felix, und ich glaube, es kann sehr wohl so geschehen sein. Woher ich weiß, daß er es getan hat? Ich weiß es, weil ich weiß, daß sie ermordet wurden – ich weiß, daß ich es nicht getan habe und daß der arme Paul arglos ist, ganz im Gegensatz zu Andrew. Wir haben immer schon gewußt, daß er nicht wie andere Kinder ist. Aber weil er unser Kind war, liebten wir ihn von ganzem Herzen, und obwohl alles, was er tat und sagte, kalt und unnatürlich war, liebten wir ihn von ganzem Herzen. Ich kann nicht erklären, wieso ich es zuvor nicht wußte, auch nicht, wie es mir mit einem Mal bewußt wurde. Aber was ich jetzt weiß, ist: Es ist nicht vorbei! Nicht um uns müssen wir uns Sorgen machen, sondern um Laura. Wir müssen Angst um Laura haben. Halte mich ruhig für verrückt, weil ich mein eigenes Kind beschuldige, oder für verzweifelt oder völlig von Sinnen. Es ist mir egal, aber ich flehe Dich an, weiche Deiner Frau nicht von der Seite, sie darf nicht einen Augenblick mit ihm allein sein – um Gottes willen, beschütze sie!

Alles Liebe,
Michael

Andrews Unterlagen

24. April

Vergangene Nacht begann ich meinen Plan auszuführen. Ich wußte zwar, wie er aussah, was ich tun würde, aber nicht, wie ich es angehen würde. Bei meinem letzten Töten und meinem aufregendsten, meinem mutigsten, wollte ich auf keinen Fall überstürzt vorgehen. Mami sagte immer, daß man den eigenen Angriffsplan aufs genaueste kennen müsse, falls es zum Krieg kommt. Es genügt nicht, nur eine vage Vorstellung zu haben. Bis in die winzigste Einzelheit muß alles durchdacht sein, und man muß sich alle Details so gut einprägen, daß man sie selbst im Schlaf aufzählen könnte. Sie sagte aber auch, daß man sich nicht starr verhalten dürfe, denn der Gegner könnte leicht etwas Unerwartetes tun, etwas, mit dem man nicht gerechnet hat. Also muß man auch flexibel sein und immer erst denken, bevor man handelt.

Laura hat in der ganzen Zeit, seit ich hier bin, nie etwas Unerwartetes getan. Beispielsweise, wenn sie die Pferdeboxen ausmistet, nimmt sie sich immer die von Tenacius zuerst vor. Sie bindet ihn draußen fest und striegelt ihn gründlich und bürstet ihn und kämmt seine Mähne und den Schweif. Sie redet zärtlich zu ihm. Sie krault ihn an der Stirn, wo das Haar in einem Wirbel wächst, und reibt ihr Gesicht über den weichsten Teil von ihm, um die Nüstern und das Maul. Sie hebt seine Füße hoch und ölt seine Hufe ein und gibt ihm eine Karotte. Sie wechselt seine Decken. Sie verriegelt die obere Tür von Blackies Box, damit er sich nicht herauslehnen kann und Tenacius beißt, und sie führt Tenacius fort vom Eingang seines Stalls, um mehr Platz zu haben. Sie leert die Wassereimer in den Hof und nimmt seine Krippe heraus und sein Heunetz. Sie schiebt die Schubkarre zur offenen Stalltür und fängt an auszumisten. Zuerst hebt sie mit der Mistgabel das Stroh heraus, auf dem Pferdeäpfel sind, dann das Stroh, das naß ist. Das übrige Stroh prüft sie und häuft es an der Seite des Stalls auf, bis nur noch das unbrauchbare, fleckige, durchweichte in der Mitte liegt. Sie lehnt die Mistgabel an die Wand und scharrt den Dreck mit der Stallschaufel vom Boden; das ist ein großes, sperriges, aber leichtes Gerät, das auf dem rissigen Betonboden grauenvoll kratzt. Hin und wieder, aber nicht oft, läßt sie den Boden mehrere Stunden gründlich trocknen, bevor sie ihn wieder mit Stroh bedeckt, und das nur, wenn sie Tenacius auf seine Koppel bringt oder einen langen Ritt macht. Aber gewöhnlich legt sie die Schaufel auf das schmutzige Stroh in der Schubkarre, damit es nicht davonweht, zwängt sich an der anderen Seite daran vorbei, nimmt die mit Gummi überzogenen Griffe und schiebt den gehäuften Karren zum Misthaufen an der entgegengesetzten Seite des Hofs. Sie leert die Schubkarre aus, trampelt den Mist fest – sie trägt dicke Gummistiefel. Dann fährt sie die Schubkarre vor Blackies Stall. Sie holt eineinhalb Ballen Stroh aus der Heu- und Strohscheune. Sie trägt feste Handschuhe, weil der Ballendraht in die Handfläche schneiden kann, dann schneidet sie ihn mit der Stallschere durch. Sie verteilt das frische Stroh, und Tenacius sieht dabei zu. Sie benutzt die Mistgabel, um das Stroh aufzuhäufen, füllt das Heunetz frisch auf und die Wassereimer und führt Tenacius in seinen Stall zurück. Immer in der gleichen Reihenfolge, immer die gleichen

Handgriffe, immer die gleiche Zeit – zwanzig Minuten per Box.
Mir fiel auf, als ich sie beobachtete und ihr hin und wieder half, welch eine brauchbare Waffe diese Schaufel ist. Sie ist leicht, hat aber ein breites, flaches Blatt mit erstaunlich schmaler, fast scharfer Kante. Der Holzgriff hat eine D-Form, so kann man die Schaufel leicht hinlegen, aufheben und benutzen. Laura zu töten, das war mir klar, würde sehr schwierig sein, wenn sie bei vollem Bewußtsein war. Sie ist größer als ich und stärker. Solange sie auf der Hut ist, kann ich nichts machen. Aber wenn ich sie im Schlaf überfiel, dann hätte ich den Vorteil des Überraschungseffekts gehabt, und das ist das wichtigste Element, wie Mami mir einmal erklärte. Felix in London und Paul im Krankenhaus – nicht, daß er ein großes Hindernis sein würde – wenn er hier wäre –, das gab mir reichlich Gelegenheit.
Laura war nach Pauls Sturz weiterhin süß und nach draußen liebevoll zu mir, aber ich wußte, daß sie aufgehört hatte, ehrliche Wärme für mich zu empfinden, nachdem ich ihr die Bilder von Laura-Mami gezeigt hatte. Es war wirklich dumm von mir, so damit anzugeben, aber ich hielt es für so sinnlos, mir die ganze Mühe damit gemacht zu haben, wenn niemand sie sehen und mein Talent bewundern würde. Ich glaube, Felix und Laura schämten sich, weil sie mich danach nicht mehr mochten, und sie bemühten sich sehr, dieses Gefühl zu überwinden. Das war sehr nützlich für mich, weil es sie verwirrte und sie so leichter zu manipulieren waren. Es war diese Stallschaufel, die mir meine erste Überraschungswaffe lieferte, und ich übte stundenlang, sie in Blackies Stall zu schwingen, das Heunetz benutzte ich als Ziel. Ich wollte Laura damit nur streifen, stark genug, um sie außer Gefecht zu setzen, sie vielleicht bewußtlos machen, aber nicht für sehr lange. Ich wollte, daß sie mich sah und daß sie sah, was ich tat.

Ich wählte Mittwoch nacht. Mittwoch ist ein so langweiliger Tag. Ich wartete nicht sehr lange, nachdem sie zu Bett gegangen war, wahrscheinlich nur bis kurz nach Mitternacht. Ich wollte ja nicht etwa einschlafen, und mich um zwei Uhr von meinem Wecker aufwecken zu lassen wäre riskant gewesen – sein Schrillen hätte womöglich auch Laura unter mir geweckt, und dann wäre mein Vorhaben gescheitert. Um fast Mitternacht ist der Himmel auf dem Land schwarz, nicht wie in London mit seinem rosa Schimmer und dem ständigen Verkehr und den unruhigen Lichtern. Um mich nicht im Dunkeln anziehen zu müssen, legte ich mich noch angekleidet aufs Bett, doch barfuß. Ich mußte an Lauras Zimmer vorbei, um hinunter zu gelangen und zum Heustadel, das ist eine halbe, offene, aus Steinen gebaute Scheune, wo ich die Schaufel holen mußte. Ich hätte sie nicht schon früher holen und in meinem Zimmer verstecken können, weil Laura sie vielleicht vermißt hätte, wenn sie abends die Pferde fütterte, oder später, bevor sie ins Bett ging, noch einmal nach den Pferden schaute. So blieb mir nichts anderes übrig, als mich zur Hintertür hinauszustehlen und barfuß über den Kies zu laufen, eine Zeitlang vor der Hintertür zu warten, zu den Sternen hochzusehen, bis meine Augen sich an die Dunkelheit gewöhnt hatten. Alles was ich tat, obwohl ich mich so sehr bemühte, leise zu sein, machte furchtbaren Krach. Die Pferde hörten mich, und Tenacius kam in seiner Box neugierig nach vorn. Als ich endlich zurück im Haus war und die Tür hinter mir verschlossen hatte, mußte ich zehn Minuten in der Küche warten, damit Laura wieder einschlafen würde, falls die Geräusche sie geweckt hatten. Ich war nicht nervös und hatte auch keine Angst, ich war nur aufgeregt, aber so aufgeregt, daß ich bloß stoßweise atmen konnte, und mein Herz fühlte sich an, als hüpfte es in meiner Brust herum. So ein Mord – und die Vorstellung, Laura sterben zu se-

hen –, am liebsten hätte ich geweint, so ungeduldig war ich, wie ich da im Dunkeln vor dem Herd kauerte und mich bemühte, tief und gleichmäßig zu atmen.
Das Bett von Laura und Felix steht ziemlich nah bei der Tür, fast dahinter, gegenüber dem Fenster mit der schönen Aussicht. Felix' Seite ist die näher bei der Tür, deshalb mußte ich ins Zimmer gehen, langsam, langsam, und um das Bett herum zu Lauras Seite. Ich blickte Laura nicht an, sondern konzentrierte mich darauf, die Schaufel so über den Teppich zu ziehen, daß sie so wenig Geräusch wie nur möglich machte. Sie schlief auf der Seite, mir zugewandt. Die Vorhänge waren zugezogen, so war da nur das bißchen Licht vom Treppenabsatz, das mir half, wenigstens die Umrisse wahrzunehmen. Nach einigen Minuten konnte ich erkennen, daß sie ein Nachthemd aus weißer Baumwolle trug, mit kurzen Ärmeln (gut für mich) und Stehkragen. Den obersten Knopf davon hatte sie offen gelassen. Der Nachttisch mit einer Lampe stand zwischen mir und Lauras Kopf, aber ich wollte nichts von der Stelle rücken, damit sie nicht aufwachte. Ich mußte die Schaufel langsam in die richtige Position über und dann hinter meinen Kopf bringen, den Stiel mit beiden Händen halten und die Schaufel so neigen, daß die Kante und nicht das Blatt ihren Schädel treffen würde. Ich erinnere mich, daß ich wünschte, es wäre nicht ganz so dunkel. Ich zählte bis drei, holte tief Luft und ließ die Schaufel hinuntersausen – sie verursachte den herrlichsten dumpfen Aufschlag, den man sich nur vorstellen kann, und als ich sie wegzog, konnte ich fühlen, daß ihr Haar an der Seite warm vor Blut war. Sie hatte sich gerührt, aber nur ganz leicht. Ich ging zum Fenster und zog die Vorhänge zurück. Es war unmöglich, daß ich gesehen werden konnte, denn das Fenster ging auf den Garten hinaus und auf die weiten Wiesen dahinter. Da war nur eine ganz schmale Mondsichel, aber das machte nichts, weil ich die

Nachttischlampe einschalten konnte, um besser zu sehen. Es war mir anscheinend gelungen, eine gut sieben Zentimeter lange Wunde in ihre Kopfseite zu hauen. Sie blutete nicht stark, aber sie sah unsauber und dunkel aus. Es war wundervoll! Es war genau, was ich erhofft hatte.

Ich nahm zwei Kissen von Felix' Bettseite und legte sie hinter sie. Ich schob die Hände unter ihre Achseln und hob sie hoch, so daß sie aufrechter im Bett saß. Allerdings baumelte ihr Kopf nach einer Seite, so daß sie etwas betrunken aussah. Ich war mir nicht sicher, wie lange es dauern würde, bis sie aufwachte, ich wollte nicht zu lange warten müssen, bis ich mit dem zweiten Teil meines Plans beginnen konnte. Es war jedoch wunderschön zu sehen, wie sie blutete. Ich saß auf dem Fenstersitz gegenüber dem Bett und betrachtete sie zwanzig Minuten lang, wie mir schien, aber ich glaube, es könnte auch eine Stunde gewesen sein. Ich wurde nervös. Sie atmete schwer, war aber immer noch bewußtlos, da erinnerte ich mich an den Rat meiner Mutter, flexibel zu bleiben, und überlegte, was ich tun könnte, um sie wach zu kriegen. Kognak. Kognak könnte sie vielleicht wieder zu sich bringen. Aber dann wurde mir klar, wie dumm ich war. Sie wäre sowieso aufgewacht, vor Schmerzen, sobald ich mit dem nächsten Teil meines Plans begonnen hätte. Ich setzte mich neben sie aufs Bett und legte die Schaufel vorsichtig auf Felix' Seite in Reichweite meiner rechten Hand, nur im Fall, daß ich sie noch einmal brauchen sollte. Ich zog mein zuverlässiges Taschenmesser aus der Hose. Ich hatte es so fest umklammert, daß es ein bißchen schweißfeucht war. Ich habe es gestern mit dem altmodischen Messerwetzer geschärft, den Felix in der Speisekammer aufbewahrt. Trotzdem, die Klinge ist klein und das Messer nicht wirklich eine ideale Waffe, aber ich wollte dieses hier benutzen, nicht das Schnitzmesser, das ich im Atelier benutze, und auch nicht ein langweiliges

Küchenmesser. Ich wollte das Messer benutzen, das mich daran erinnert, als ich noch klein war und zu Hause hinten im Garten gespielt habe. Ich fing mit ihrem rechten Handgelenk an, hob erst ihren Arm und hielt ihre Hand in meiner Linken, mit der Handfläche nach oben, dann stach ich die Klingenspitze tief in ihr Handgelenk und versuchte einen ordentlichen waagerechten Schnitt zu tun. Gleich beim Hineinstechen hat es zu bluten angefangen, aber das Messer war nicht so scharf, wie es hätte sein sollen. Ich mußte damit hin und her sägen, bevor ich eine befriedigende Wunde geritzt hatte. Das Blut spritzte nicht wie ein Geysir aus der Wunde, wie ich erwartet hatte, aber sie blutete trotzdem ordentlich. Laura ächzte, ein häßlicher, gutturaler Laut, und ihre Lider zuckten. Noch gar nicht richtig bei Bewußtsein zog sie ihre blutüberströmte Hand aus meinem Griff und hob sie zu ihrem Kopf. Blut befleckte ihre Bettdecke und die Vorderseite ihres Nachthemds. Sie rührte sich wieder, hob den Kopf und öffnete die Augen richtig. Sie ruhten ein paar Sekunden auf mir, mein Gesicht war ganz dicht vor ihrem, bevor sie mich tatsächlich wahrnahm.

»Andrew?« flüsterte sie. »Mein Kopf tut weh.« Mit der blutigen Hand betastete sie ihren Kopf und suchte durch das Haar nach der Wunde. Als sie sie berührte, zuckte sie zusammen, und als sie den Kopf schwerfällig bewegte, bemerkte sie das Blut, das die Laken befleckte, weil es anfing, ihren Arm hinunterzurinnen. Ganz wach war sie immer noch nicht, aber sichtlich verwirrt. »Andrew, ich bin verletzt.« Sie ließ die Hand fallen und bog den Kopf, um sie zu betrachten. »Mein Handgelenk«, jammerte sie und blickte langsam zu mir hoch. Sie hatte zweifellos Schmerzen.

»Ja«, sagte ich bestimmt, nahm ihre andere Hand mit meiner Rechten und schnitt ein wenig ungeschickt, aber ent-

schieden, mit dem Messer in meiner Linken in ihr Handgelenk.
Sie zuckte zusammen und versuchte, mir ihre Hand zu entziehen, aber ich hielt sie fest. Ich machte noch einen Schnitt, nur um sicherzugehen. Wieder fuhr sie zusammen, und ich ließ sie los. Ich stieg vom Bett und nahm meinen Platz auf dem Fenstersitz wieder ein, von wo aus ich sie beobachten konnte. Sie war zusammengesackt, ihr Kopf hing schlaff, allerdings glaube ich, daß sie versuchte ihn zu heben, um mich wieder sehen zu können. Das dauerte mehrere Minuten. Ihr Haar war über ihr Gesicht gefallen, doch ich konnte ihre Augen sehen. Sie sagte: »Hilf mir.«
»Nein!« entgegnete ich. Ich glaube, erst da wurde ihr wirklich bewußt, daß ich sie verwundet hatte und daß ich sie mit Absicht verwundet hatte, weil ich es so wollte und aus keinem anderen Grund.
Sie blickte mich noch eine Sekunde länger an, dann schloß sie die Augen und sagte deutlich: »Felix.« Zu diesem Zeitpunkt war ich mir nicht sicher, ob ihr Blutverlust und der Schlag auf den Kopf sie weiter schwächen würden, bis sie verblutete – das kann bekanntlich über eine Stunde dauern –, oder ob sie das Bewußtsein wiedererlangen und versuchen würde aufzustehen. Ich wollte zusehen, wie sie starb, und es genießen, ohne befürchten zu müssen, daß sie sich wieder erholte. So beschloß ich, nur noch ein paar Minuten zu warten, und wenn sie dann etwas sagte oder sich bewegte, würde ich ihr noch einen Hieb mit der Schaufel versetzen. Ich hatte ja inzwischen das Vergnügen gehabt zu sehen, wie sie begriff, daß ich nicht gekommen war, um ihr zu helfen, sondern im Gegenteil derjenige war, der ihr etwas antat. Ich hatte verfolgt, wie sie mir in die Augen sah und zu verstehen begann. So konnte ich beruhigt ihr Sterben genießen, ohne sie bei Bewußtsein halten zu müssen. Ihr Kopf baumelte noch leicht seitwärts und nach

vorn, und ich ging wieder ans Bett und kniete neben sie, um sie besser sehen zu können. Ihre Lider waren schwer, aber immer noch offen. Sie sah verschlafen aus.

»Kannst du mich hören, Laura?« fragte ich sie. Ich packte sie am Haar und zog daran. Ihr Blick veränderte sich nicht, ihre Augen blieben halb offen und verschleiert. Ich konnte mich entspannen. Sie würde nicht kämpfen. Ich nahm meinen Platz auf dem Fenstersitz wieder ein, um das Ende abzuwarten. Ich erinnere mich, daß ich mich zurücklehnte, die kalte Fensterscheibe am Hinterkopf spürte und ihn zur Seite schob, so daß er an der Wand ruhte. Und ich glaube, danach muß ich wohl ein bißchen – unruhig – geschlafen haben. Ich empfand ein erstaunliches Gefühl von Heiterkeit, Ruhe und Glück, und mir war, als träumte ich, obwohl ich jede Einzelheit im Zimmer deutlich wahrnahm: die Balken der Zimmerdecke, den Sessel mit Lauras Teddybär und den Sachen, die sie am Tag davor angehabt hatte, der hölzerne Wandschrank mit den Porzellangriffen, Felix' noch unberührte Bettseite, sein leerer Nachttisch, die dunkle Lampe darauf und die eingeschaltete Lampe auf Lauras Nachttisch sowie ein Glas Wasser und ihre Ringe und ein Buch (über Gartengestaltung, glaube ich) – eine Narzisse stand in einer Vase. Das Bett war mit Laken und Wolldecken bezogen, darüber waren eine Daunensteppdecke und eine weiße Tagesdecke. Der Teppich war von einem tiefen, weichen Pink, und Laura selbst war in Blut gebadet, ihre Kopfkissen und Decken blutbefleckt, und sie starb langsam vor meinen Augen. Ich fühlte mich so warm und geborgen und sicher in diesem Zimmer mit der sterbenden Laura.

Ich wurde von einer tiefen Stimme, Felix' Stimme, wach. Er schrie: »Laura! Wach auf! Hörst du mich, Laura? O Gott, o Gott, o Gott!« Felix saß an der Bettseite, wo ich gesessen hatte, und schüttelte Laura heftig. Ich brachte keinen Laut

hervor und konnte mich nicht bewegen. Ich fühlte mich so leblos wie sie, und benommen. Er stand auf, drehte sich mir zu, schien mich zu sehen und gleichzeitig nicht zu sehen und rannte an mir vorbei. Ich hörte ihn die Treppe zur Diele hinunterpoltern und ans Telefon gehen. Ich hörte ihn wählen und nach der Polizei und einem Rettungswagen verlangen. Ich hatte keine Ahnung, wie spät es war. Mir war eiskalt, und ich hatte keine Kraft, mich zu rühren. Ich wollte zu Laura hinübergehen, um zu kontrollieren, ob sie noch lebte, und gegebenenfalls ihren Tod zu beschleunigen. Aber ich blieb gegen die Wand gesackt sitzen und spürte, wie mein Atem schneller wurde. Felix kam ins Zimmer zurück, er ignorierte mich wieder, hielt eine Kognakflasche hoch, goß den Verschluß voll und hob ihn, ihren Kopf stützend, an Lauras Lippen. Er wußte nicht, wie er gleichzeitig ihren Kopf hoch- und ihre Lippen offenhalten konnte. Immer und immer wieder sagte er: »O Gott, Laura!« Sie bewegte sich nicht. Er zog ein Kopfkissen ab und riß den Bezug in Streifen, die er um ihre Handgelenke wickelte. Das Blut begann durch den weißen Baumwollstoff zu sickern und auf seine Hände und den Anzug. »Laura, verlaß mich nicht!« flehte er.
Schließlich hörte ich das sich schnell nähernde Heulen von Sirenen und dann bremsende Räder in der Einfahrt. Er hatte die Haustür offengelassen, und sie brüllten nach ihm, und er rief mit seiner tiefen, heiseren Stimme: »Oben.« Ich fühlte mich schwindelig, als eine ganze Horde Fremder in das Zimmer stürmte. Ein Mann, der zu Laura rannte, schob Felix aus dem Weg und drückte sein Ohr auf ihre Brust.
»Sie atmet«, sagte er, und Felix stieß einen merkwürdigen Laut aus wie ein Tier. Der Mann hob Laura auf die Arme und trug sie aus dem Zimmer. Zwei Polizisten hielten Felix auf, der hinterher laufen wollte.
»Können Sie uns sagen, was hier passiert ist, Sir?« fragte

einer mit so lauter, so harter, mir so fremder Stimme, daß ich weinen wollte.
»Nehmen Sie das Kind«, sagte Felix. »Schaffen Sie mir den Jungen aus den Augen – bevor ich ihn umbringe!«
»Wollen Sie damit sagen, Sir, daß das Kind – das Kind das getan hat?«
»Ja. Das Kind. Das Kind hat es getan«, sagte ich und empfand eine ungeheure Erschöpfung und Enttäuschung und Übelkeit, weil ich wußte, daß sie am Leben bleiben würde und ich versagt hatte. Danach hatte ich das merkwürdige Gefühl, als ob alles im Zeitlupentempo passierte, wie sie alle so dastanden und mich anstarrten. Und ich, auf dem Fenstersitz zurückgelehnt, blickte sie an und versuchte zu lächeln.
All dies schreibe ich für die Polizei nieder und nenne es mein Geständnis. Sie sollen es zusammen mit meinen anderen Unterlagen und dem Tagebuch meiner Mutter bekommen, das ich im Zimmer des neuen Babys versteckt habe.
Ich, Andrew Warren, unterzeichne dieses Geständnis und datiere es wieder: 24. April.

Felix' Aufzeichnungen

30. April

Dies ist die letzte Eintragung meiner Aufzeichnungen, die ich der Polizei übergeben werde, als Beweismittel für das Verfahren gegen meinen Neffen, Andrew Warren. Er ist des Mordes an seiner Mutter, Zoë Alexander, seiner Schwester, Elizabeth Warren, angeklagt sowie des Mordversuchs an seinem Bruder, Paul Warren, und an seiner Tante, Laura Bracewell.

Ich weiß nicht, ob es das ist, was Zoë meinte, als sie sagte: »Eine Mutter weiß es.«

Unser lieber Paul ist wiederhergestellt und wird bald zu seinem Vater zurückkehren. Meine Frau Laura hat den heimtückischen Angriff des Kindes überlebt, und wie durch ein Wunder wächst unser Baby weiter in ihr. Wenn es ein Junge wird, wollen wir ihn Michael nennen, nach seinem Onkel, dessen mutiger Brief, den ich nach einem langen Arbeitstag spät nachts öffnete, Lauras Leben rettete. Wird es ein Mädchen, nennen wir es Zoë.

Im Weltbild Verlag ist außerdem erschienen:

Stephen King
Schlaflos

752 Seiten, Format 13,5 x 21,5 cm
gebunden, Best.-Nr. 128 024
ISBN 3-8289-6754-X
19,90 DM

Schlaflos ist ein Alptraum im Wachzustand. Mit außerordentlicher Suggestivkraft schildert der Meister des Horrors den Einbruch böser Mächte in einen idyllischen Provinzalltag!

Im Weltbild Verlag ist außerdem erschienen:

Mary Higgins Clark
Sieh dich nicht um

280 Seiten, Format 13,5 x 21,5 cm
gebunden, Best.-Nr. 115 472
ISBN 3-8289-6913-5
18,- DM

Lacey Farrell gehört zu den erfolgreichsten Immobilienmaklern New Yorks. Doch ihr Leben verändert sich auf einen Schlag, als sie Zeugin des Mordes an einer ihrer Klienten wird. Mußte Isabelle sterben, weil sie die Suche nach dem mutmaßlichen Mörder ihrer Tochter nicht aufgeben wollte? Noch im Sterben weist Isabelle Lacey auf die Spur zu dem Mörder hin und bringt Lacey selbst in höchste Gefahr ...